我愿做你的微光，

在夜色中默默蛰伏，

任时光流转，

用无言为曾经献祭。

青春为证

北斋先生 / 著

上海文艺出版社

序

每个故事都要有一篇序，我想这是传统，也是对故事的一种尊重。我不知道这个倾注我很多很多心血的作品能否面世，但是我很感谢每一个愿意花时间来品读它的朋友，感谢你给我的梦插上了翅膀，感谢给了我的主人公“刘苏”一个与大家见面的机会。

不可否认这个故事的主线有我的一些经历，但艺术就是源于生活而高于生活，在我一些经历的基础上，我发觉有一个坚强的女孩在向我招手，她就是刘苏。也许我的文笔还有些稚嫩，但是故事的主旨只有一个就是信仰！每个人都应该有一个信仰，这个作品就是讲述信仰与灵魂如何结合、如何反叛、如何归于平淡的。也许在这个飞速发展的时代，信仰被越来越多的人所忽视，仿佛它只存在于教科书里，存在于教育读本里，其实信仰就在你我的身边，只是你没有发觉。金钱、权力让很多人蒙蔽了双眼，而毒品的流入又使多少幸福的家庭走入毁灭的深渊。有句话说君子爱财取之有道，这难道不是一种信仰的体现吗？只有心中怀揣着信仰，只有心中常存大爱无言，我们就能把握住人生航线上的舵，正视一切诱惑的风浪，就能走上我们心中最完美的旅途。人生在世，短短数十个春秋，不求名垂青史，只求安心快乐。

我曾以为追求就是一味维护倡导自己认为是对的事情，但在大局面前，在社会面前，那份执着太过稚嫩与冲动，它经不起时间的考验，更经不起现实的捶打。在小说写到三分之一的时候，我的一些朋友帮我试读，然后对我说叶慕林的结局最终能否圆满，因为这个人物太过丰满，他之所以走上这条不归路事出有因，他还拥有一个干净的灵魂，有着迷倒万千女性的儒雅与完美。我对朋友说，叶慕林的结局如何不是我来决定的，是他的行为决定的，作为一个成年人，一个存在于社会的自然人，每个人都要为自己的行为负责，也可以说为自己的欲望埋单，无论原因几何都要如此，这就是生存链的关系，这就是人生的准则。

写这部作品的初衷很简单，用一个不太难懂的故事，告诉阅读它的朋友，随着时间的推移人会改变，而经历的积攒很多曾经认为是痛苦的事情也许会坦然面对，因为释然，因为最终灵魂会得到解脱。所以无论生活中遇到怎样的风雨我们都应该平淡地接受，因为无论是什么，都会过去。这个和青春有关的故事，用一抹淡淡的哀伤来讲述一段不平凡的故事，警匪也可以很言情，不是多么的惊心动魄，才能展现警匪故事的真实。现实中更多的平淡在塑造着不平凡的伟大！

说了这么多，相信你对我的故事已有了大致的认识，很感谢你愿意花时间来品味这段不一样的青春。希望它能够带给你一丝不同的感触，这是我作为一个写作者最大的快乐！

北斋先生

2015 年 1 月 2 日

目录

第一章

街头

凌晨三点，她在一个不知名的街头，像幽灵一样飘荡着。我相信魔法，此时唯一能确信的就是她的灵魂已经废弃了她的身体，不知去向地飘然远逝。

原来上海的冬天也是这样的寒冷，尽管没有北京那么寒风刺骨，但是这股阴冷足以穿透肌肤，直入骨髓。她为它献上轻蔑的微笑，讽刺这看似坚强的寒冷，表面的冷酷是用来掩藏它内心的惶恐，休想骗过她犀利的目光。之所以能够洞晓这些是因为比这更冷的是她的心，确切地说它早已不复存在，像是秋天里最后一株鸢尾花在绚烂时分死去。

一阵阵的寒风吹起她乌黑的长发，它们疯狂地、恣意地扭曲着身体，在黑夜中飞扬。露出了她被掩盖着的脸，她已经很久很久没有照过镜子了，不过我猜它一定是白的，像是洁净的雪，没有一丝污染，哪怕是一丝丝炽热的血色。身上的驼色大衣像是枯叶一样脆薄，她依旧迎着寒风，昂着头向一条未知的路走去，直闯红灯。

“小姐，您没看到红灯吗？请出示您的身份证。”

突然一个黑色的身影闪进她的视线，随之飘来的就是这句透着丝丝温婉的声音，在黑夜中唯一明亮的就是他头顶熟悉的银色警徽。她抬起头看了他一眼，肩上的是双拐，是个新警。她没有说话，继续向前走去。一旁的老民警递给新警一个眼神，示意他赶紧盘查。

“请您配合我的工作。”

“核查？”她抬起了清秀的面庞，带着一脸的平静轻轻地说道。

看见宛如一朵茉莉般纯净的面庞，他霎时间有些不知所措。只是匆忙地点了点头。她没有理会，继续朝前走去。

“小姐，请配合我的工作。”

他紧追不舍，似乎除了公务之外，还有一丝别的什么东西推动着他向她靠近。

她的身上散发出无尽的冷漠，似乎誓要将这严寒打击得无处可逃。在她的眼中闪着一波深潭般的忧愁，让人只能远远地观望。心疼却不敢轻易靠近。

他并没有放弃，而是又向她走了一步。就在这时，女孩如同一片玫瑰的花瓣，轻轻飘落。他急忙接住了她。倒在他怀里的女孩向他袭来一阵冷酷的芬芳。青丝拂过他的面颊，有些痒，又有丝丝暧昧。

他无意中触碰到了她的手，那么冰凉，像是一块沉睡多年寒极之地的冰。不管是多么炙热的阳光，也休想让她感受到一丝丝的暖意，唯一能焐热她的，只有人——那恒存的体温。

师父告诉他反正医院没多远，就在前面，也不用打 120 了，直接开车送过去就行，累了一天就可以回家了。他木木地把她放到摩托车上，然后打开警灯，迅速朝不远处的医院奔去。

他又开始了平静的生活，就像是她闯入他的生活前一样。每天按时上班，按时下班，早晚高峰都会在路口执勤。指挥交通，疏导车流。只是每当夜巡到那个十字路口都会联想起遇见她时的情景。那个像鸢尾花一般清爽的女孩，不，应该说是像谜一样的女孩，就这样无声无息地离开了。可是她恐惧过后又流露出的坚强眼神让人觉得终生难忘。但这一切都像是迷雾，当太阳出现的时候，它就会散去，像从来没有出现过一样。

再次相见，竟然是在麦当劳。这一天，上海出奇地冷，寒冷到让人觉得仿佛是到了南极。也许这种寒冷对于北方人来讲是司空见惯的，但是南方人却是那么的脆弱，万万承受不起的。警服大衣霎时间像是被穿透一样。查完醉驾后，已经是凌晨三点多了，此时哪有什么地方还会开着门卖吃食？眼前只有二十四小时营业的麦当劳。尽管总吃也会让人反胃，但是在又冷又饿的时候，能填饱肚子，再喝上一杯热咖啡，暖暖几乎被冻得没有知觉的身子，没有比这更惬意舒服的了。至于美味，在这些面前就显得不那么重要了。

“欢迎光临，没点餐的顾客这边请。”一个似曾相识的声音传入耳中。定睛一看，这个穿着统一工作制服的女孩不正是那个宛如鸢尾花般独特的她吗？只是脸上多了一些暖人的微笑。除此之外，就是眼神中依旧冷峻的寒意。

“你？你怎么在这？”

“先生请问您要点些什么？”

“两杯热咖啡。随便两个汉堡。”

这时，经理走了出来，她是一个精致到极限的女人，今年最时尚的发卷在她嫩白脸庞的映衬下，显得她就像是一个洋娃娃。只是身上无法掩盖的锋利让人着实不舒服。她带着标准式的微笑向他走来。

“欢迎光临！这位先生点的是什么？”

“是两杯咖啡，还有两个汉堡。”

“把汉堡换成原味的，他不能吃辣的。”

这时她有点茫然，但马上恢复了以往的冷峻与倔强。

“这位先生说随便两个汉堡，为什么要换？”

“我说的话你没听到吗？”

“我是在尊重这位先生，也是在尊重自己。尽管您是经理，在我没有做错的情况下，你也没有权利命令我。也请您尊重您自己。”

“我是他的女朋友。”

“不，今天我就要吃辣汉堡，全部换成辣的。”

“你，你怎么回事？你忘记了吗？你妈妈说不让你吃太多辣的东西，总熬夜这样会更上火的。”

“请您尊重您的顾客，不然我投诉你！呵呵！”

“你明天不用来上班了。”

“如果明天我看不到她，那我永远都不会再光顾这里。”

“你就是成心跟我怄气，为了一个素不相识的人，值吗？你为什么总和我吵架。”

“是你自己蛮不讲理。我和你在一起很累，不如……我们分手吧！”

“就为了她？这个理由太牵强了吧？她拿什么和我比！我是名校毕业的高材生，我的背景雄厚，在这里工作还不是为了你！她有什么呀！没文化……”

“可是她比你有修养！只这一点就比你强过千倍万倍！”

女孩一直不说话，只是默默地走到更衣室，换下工服，摘下帽子，乌黑的长发瞬间散落下来。她一声不响地走出了餐厅。此时的他不再恋战，破门而出，可她瘦弱的身影早已消失在空旷而寂静的大街上。有些失落的他低下了头，却看见脚下有着一个细长的东西发出闪闪星光，捡起来一看是一条白金的手链。鸢尾花！真的是鸢尾花！手链扣竟然是一个精致的鸢尾花！这个女孩肯定也十分钟情于鸢尾花！心中的兴奋使他陷入一种眩晕的状态。早在上初中时，记得那个清新的早晨，田边摇曳着略带露珠的鸢尾花，那时他就深深爱上了这种紫色的独特花朵。心中一直有个细小的声音告诉着自己，将来的妻子一定是一个同样喜爱鸢尾花的女孩！

初识这个白领女友时，记得自己送她的就是鸢尾花，可是她礼貌性地收下后，又告诉他，自己最喜爱的是高贵的玫瑰。因为那丝绒般的花瓣是那么的高贵，只有这种花才配得上自己！吃过饭后，那枝可怜的鸢尾花就被独自留在了座位上。

这恍如隔世的女孩，如同堕入人间的天使，又如同淡淡奶雾，萦绕在脑海之中，甚至连空气中都弥漫着她身上独特的清香，一定要找到她！

依旧是早上八点半，依旧是在车流攒动的街头，忙忙碌碌的人群，把这个“80后”交警淹没了。但是头顶闪烁的银色警徽，依旧是异样的夺目！他的眼神乐此不疲地在湍急的人海中搜索着那个令他心仪的倩影。突然一双手把他抱住，他急忙回过身来，不是那个女孩，是玫瑰白领。

“昨晚是我不好，别生气了好吗？我保证支持你的工作，再也不会因为你加班和你吵架了好吗？你看，我带来了你最喜欢的鸢尾花，尽管它的颜色我不喜欢，闷得一点生气都没有，但是你喜欢，我也会学会接受，好吗？”这个女孩闪着晶莹的大眼睛，满脸笑意地看着他。

“我在工作。”

“这么说，你还是没有原谅我。还在生气？”

“不，我没有生气，我是警察，我在工作，请注意我的形象。”

“好吧，只要你说不生气，我们和好，我就走。”

“下班以后，还是在麦当劳见吧！”

“好的！”说着，玫瑰白领跳起来，在他的脸上轻轻印了一下。只是这一次，她又将手里的鸢尾花松开了，紫色的花瓣瞬间委屈地散落在冰冷的街面，一阵风将它们吹得四处飘散，只留下绿色的花梗，默不作声。

晚上十一点半，清查工作结束了。依旧是放着《绿袖子》的麦当劳，只是缺少了那个熟悉而又陌生的身影。

“我们分手吧。”

“你还是坚持吗？”

“是的。”

“因为她？”

“不，我想做一回自己！和你在一起是因为咱们家里人的意愿，还有当时的我并不知道自己想要些什么。对不起。”

“现在懂了？”

“不能算是吧！但是我们确实不合适。”

“你是怪我不支持你的工作？”

“有一部分。我的工作性质在这儿摆着，加班是正常现象，而且不能总陪你，我工作就很疲惫了，不想休息时再和你吵架，明白吗？我们都很累。”

“可是……”

“没有可是了，其实你和我在一起也很累，不是吗？没有人陪你看电影，没有人陪你吃饭，没有人陪你打高尔夫，没有人陪你玩保龄球。说实话这些对于我这样的人来说都是奢侈的享受，我并不习惯。我们的生长环境不同，认知不同，在一起不过是互相伤害。”

“我知道你的收入，可是你可以换份体面的工作。其实你不用在意每次出去都是谁刷卡，我觉得两个人在一起没必要计较这些。只要感觉对。”

“就像你说的，只要感觉对。可是我和你在一起很少有放松的感觉，就像每次面对的都是一个高傲的女王。我并不是介意谁刷卡，只是我不习惯你那种过高的消费。我的家很普通，我也很普通，所以我适合过那种普通的生活。只要平凡的幸福！我认为我的工作很体面，也许你会觉得每天站在路口风吹日晒的很廉价，某种程度上丢了你的面子。但是它在我看来却是十分高尚的！我愿意为之付出的！我不认为它不体面！”

“但是你的工作……”

“我不想再讨论我的工作问题。我们结束吧！你的身边一定不乏追求者。不是你的问题，是我配不上你。”

“难道就真的无法挽回了？想想我们在加利福尼亚的迪士尼乐园过的圣诞，难道这些都不值得你回味吗？”

“你想到的永远都是奢侈而华丽的美好，难道我们的爱情也是华丽包裹下的虚伪吗？你从不记得我带你去北京的后海，也不记得北海公园里的林荫漫步。我们不是一个世界的人。”

第二章

重逢

2 月 16 日，离遇到那个鸢尾花女孩整整一年了。一年里，她就像是一个调皮的精灵，消失了，毫无踪影。他依旧是每天的早晚高峰都笔直地站在路口疏导交通，依旧经常夜查，依旧饥肠辘辘。只是他再也没有踏进过那家麦当劳。不知道是因为玫瑰，还是因为鸢尾花。

玫瑰白领再也没有找过他，但是从报纸的头版看到了她的近况，她要结婚了，是和一个年轻有为的商界新贵！婚期就定在 2 月 26 日，报纸上两个人甜蜜的婚纱照，格外抢眼。昂贵的钻戒被摆在了显眼的位置。背景是北京新建成的鸟巢，一对新人亲密地依偎在一起。这才是她的风格。

可是心中的鸢尾花女孩却依旧没有任何踪影。但是寻找她的意念更加强烈！

家里人对他的婚姻大事十分着急。自从他和玫瑰白领分手以后就再也没有过女朋友。本来就繁忙的工作和心中深深的惦念使他根本就无暇顾及其他。但是面对操心的父母，他只好硬着头皮去见一个又一个精心挑选的相亲对象。可是每次的结果都只有一个，就是向对方讲述鸢尾花的故事。这个年轻帅气的交警身上透露出的坚毅让很多女性心动不已，但是面对那份坚毅都不得不委身全退了之。

这家樱桃复古的咖啡馆看起来很普通，环境还不错，很是清静、优雅。清雅的《I Can Sing A Rainbow》萦绕在耳边，显得十分舒适。

“两杯咖啡，谢谢。”

“请您稍等。”

一个熟悉的声音传入耳中，定睛一看，正是她！鸢尾花女孩！你，你还好吗？没想到最终的相见，自己竟然如此窘迫，两杯香醇的咖啡，静静地端坐在桌面上。唯一有生气的就是这袅袅升起的丝丝热气。

这时女孩的手机突然响起，打破了原有凝视的美好。女孩突然摘下围裙，疯狂地向门外跑去，他也情不自禁地追去，生怕这女孩再次像风一样消失得毫无影踪。

但是，似乎是命中注定，女孩又一次在指尖滑过。留下的依旧是喧闹街市上的无边落寞。

依旧是平常的早高峰指挥，他的手臂有力地在纷纷扰扰的车流中摆动，不，或许说像是一位优秀的指挥家在路口完美地指挥一个硕大的交响乐团更为准确！熟练明确的手势，自信认真的面庞，温婉而又坚定的眼神，把他刻画得那样线条分明。尽管他的手戴着白色手套，但是依旧可以让人感觉到他的手指肯定又长又细，每一个动作都会使他的关节突起。也可以看到，当他的手颇有节奏感地在空中划出完美的弧线时，车流也会随之勾勒出顺畅的线条。早晨的气温还是略低的，口中传出的哨声带着丝丝颤抖。

“您好！您就是那位微笑交警吗？”

"不好意思，您认错了！"

说完，他转身骑上摩托，带着一脸腼腆的笑容，呼啸而去，留下了一脸茫然的记者。

每次上班，对于别人来说也许从某种程度上是一种煎熬，但是对于他来说却是一种冥冥之中的期待。也许是近乎于疯狂的荒谬，但是她的的确确出现在自己的生活中过，只是消失了而已，但却不能抹煞她的出现！

当当当！

"谁呀！"

一开门，见到了恍如隔世的她——鸢尾花女孩！

"你怎么来了？"

"能让我进去吗？"

"哦。"

一时的震惊与囧态让他忘记了最初的礼节。女孩突然一个不稳，摔倒在地上。他一把抱起了柔弱无力的她，依旧是令人心旷神怡的清香，依旧是难以捉摸的冰冷。

"你怎么了？"

"我，我没地方去了。工作没了，付不起房租，被房东轰出来了，所以只好来麻烦你了。我就住一晚，明早我就走，行吗？"

这是他第一次听她说这么多话。声音虽然温婉，但却透露出一股子坚硬！他的手一直握着她细弱的手臂。突然她轻轻喊了一声疼，他连忙把她搀扶到了沙发上。他轻轻挽起她的袖口，看见胳膊上有块很大的瘀痕，丑陋地躺在那里。

"怎么弄的？"

"不小心撞的。"

他没有多问，显然这个鸢尾花似的女孩身上有着太多太多的秘密，只是也许那些秘密都像这胳膊上的瘀伤一样让人疼痛不已，所以不忍提及。

洗过澡后的女孩，如初吐芬芳的荷花，清新脱俗！让人格外怜惜。发梢的水珠静静地浸湿了她身上的大号警用衬衫，像水墨画一样慢慢晕开。

他为她受伤的手臂上药。"这药很灵的，我每次受伤都用它。"他似乎想把这只化淤的药膏变得富有魔法，同时能化解她心中的淤痕。

"我睡在沙发上吧！"

"还是我吧！你看你都受伤了，就不要再折腾了。好歹我也是个男人呀！"

女孩不再争辩，乖乖地躺在了这张久违了的舒适的大床上。床单上散发出淡淡的清香，和自己身上的气味差不多。抬头看见了床头上面正在燃烧的香薰炉。

"这是什么气味？"

"鸢尾花香。怎么你也喜欢？"

女孩没有回答，只是淡淡地一笑，就像鸢尾花盛开时一样，冷漠的绚烂，寂静的美丽。他不再说话，只是静静地喝着自己煮的咖啡，看着这朵瘦瘦的鸢尾花。

第二天一早，女孩醒来时，已经是早上八点了。

"睡得好吗？"

"很好，谢谢。我已经很久没有睡这么长时间了。"

这句话深深地震动了他的心弦，连最普通的睡眠都不能保障，这个女孩到底过着怎样的生活？

“我走了，打扰了。”

“你，你可以留下。”

“谢谢，我还是走吧。”

“留下吧。正好我要找一个小时工，你可以留下帮忙。怎么样？反正你也是要找工作的。在我这里也不会蛮辛苦。”

女孩犹豫了一下。

“你不放心我吗？我是警察。你的安全可以绝对放心。”说着交警举起了发誓的手势。

“我是在想你……你会不会克扣我的工资。呵呵！”

女孩又一次笑了，真的是让他有种莫名的温暖充满全身的感觉。原来坚冰下面还有那么温存的鸢尾花。

新的生活开始了。

每天早上他都在丝丝的粥香中慢慢睁开眼睛，映入眼帘的是一个忙碌的身影。

“早。”

“早。”

“今天你想吃什么？”

“我？随便。以前都是在外面吃盒饭。”

“哦，你不愿意回来吃吗？”

“别误会，我没有那个意思。只是觉得突然有人在家做饭，蛮惊喜的。你擅长做什么，咱们就吃什么好吗？这是给你的钱，家里缺什么你帮忙看一下，然后就去买吧。我时间来不及了，就这样吧。谢谢你的早餐。拜拜！”

说完他像是离弦的箭一样跑出了家门，尽管有着些许不舍，但是心中依旧热血沸腾！那句轻柔的祝你好运，让他觉得神清气爽！顿时疲惫全无！

尽管早上的上海很是阴冷，只有零下四摄氏度，但是他的哨声却十分有力地响起！

回到家里，已经是七点多了。他轻轻地打开门，看见一个穿着棉质小衫的瘦弱身影靠在沙发上，丝丝柔弱的气息均匀地呼吸着。长长的睫毛微微翘起，吹弹可破的肌肤如玉般白皙。他的手情不自禁地抚向了那倾泻而下的黑发。

“你回来了。不好意思，我等着等着就睡着了。”

“没关系。我才回来。你要是困了，就睡觉吧。”

“哦，没关系，今天我帮你把屋子打扫了一下，所以有点累。我帮你去做饭。”

“你不用忙了，我吃方便面就行。嗯……还是你做吧！今天执了一天的勤还真是有点饿。”

晚饭过后，两个人又陷入了尴尬的寂静之中。

“你……有家人吗？”

“没有。”

“哦。”

又是一阵让人厌恶的寂静。

“你的伤好多了吧？还疼吗？我这好说，别打扫得太辛苦，累着了。”

“没有。”

“你很不爱说话。”

“言多必失。”

“对我也是一样？”

“你对我很好，已经很多年没有人像你这样关心过我了。我不知道该怎么报答你。”

一句话，像是一阵温暖的春风，顿时把他的心融化在一池春水里。

“不用你报答。我只是想对你好，想照顾你。”

“为什么？”

“什么为什么？”

“一个人对另一个人好，不可能无所图吧？”

“有一个原因，因为你也喜欢鸢尾花！坦白说，你对我就像是一个谜，我对你充满了好奇。不瞒你说，我看见了你手里握的警号1151122，这个警号不是公安的，我查过，应该是司法的。它的版式是旧版，你很恐惧。尽管我不知道你在恐惧着什么，又在隐藏着什么，但是我知道你一定和警察有着某种密不可分的关系。你不愿意提及，一定有你的原因，我想一定很疼。我不愿意触及你的伤痛。其实你外表冷漠，但是你却十分依赖警察。换句话说依赖我。”

“你怎么知道？”

“很简单，比如你很喜欢我的警服，每次都熨烫平整，我的帽子你每天都把警徽擦拭一遍，不管多晚。我的手套，你每天都会准备一双洗干净的给我用。你很在意细节。”

“我只是在尽一个保姆的职责。”

“不！你和别人不一样，从你的眼神里就可以看出来。你每次触摸我的警用物品都会噙着眼泪，眼神中的坚硬没有了，剩下的只是温柔。记得第一次见你，你就说出核查录入，外行人一定不会知道这么多。你没有对警察最基本的恐惧。”

“为什么要恐惧警察？我又没有犯法！我泰然得很，所以对你的盘问毫无畏惧。”

“仅此而已？我看未必！”

“你对我充满了好奇，我可以看出来，这并不能代表什么，只能说你是警察，这是你的习惯。”

“没有。我只是……”

“你只是在满足你的自尊心！你是警察，你认为没有你不知道的事情，凡是遇到未知后你都想一探究竟，你不喜欢有谜一样不解的事情！似乎它的存在就是在对你进行公然的挑衅！这就是你的职业病！你在满足自己的私欲！而你的这种满足正是建立在我无比的疼痛之上！相当于在我的伤口上撒盐！你自以为的关心与疼爱不过是虚伪得不能再虚伪的伪装！我没说错吧！警察先生！”

一席话，让他顿时无言以对。只是剩下了久久的寂静，还有空气中弥漫着的鸢尾花的淡淡清香，混合着女孩身上的淡淡汗味。此时的空气就像咖喱在慢慢发酵。浓郁得化不开。

已经是深夜两点了，女孩还在床边静静地哭泣，仿佛是花朵在静静地迎接露珠的侵袭。他走过来，默默地将一条毯子披在了女孩的身上，一杯冒着袅袅热气的咖啡静静地放在女孩的不远处。然后他轻轻离开。

女孩轻轻搂住了他。

“对不起！我不是故意的。我只是……害怕。”

“我明白，我不应该探索你，我试图想了解你的全部，可是忘记了回忆是带刺的，它会刺伤你。是我不好。早点休息吧！别想太多。

你身体还很虚弱。明天我休息，你不用起来做早饭了。就当我放你一天假。好吗？”

“你要离开吗？”

“不，我哪里都不去。就在家静静地看着你，好吗？”

“为什么喜欢我？”

“因为你喜欢鸢尾花。”

“呵呵！你很特别。很少有男人迷恋那种花的。”

“我就是那个特殊的男人。你就是我心中的那朵鸢尾花。”

“如果我说你所做的一切都是徒劳的话，你还会这么做吗？”

“会。”

“可是你知道吗？我已经不相信警察了。”

“没关系，我会让你改变。”

“我永远都不会再为任何人而改变，或退让。”

“那是因为你没有尝过幸福的滋味。以后美好的日子还长着呢。”

“住嘴！！你们都是信口雌黄！你们没有勇气，没有耐性！现实是冰冷残酷的，而警察就是最现实的一群人，为了个人的利益不惜伤害别人！还为自己的自私戴上救赎的帽子！难道掩耳盗铃的道理你们不懂吗？全是假的！！我恨你们！”

“你怎么了？”

“对不起。让我静一静。”

正是那句“以后美好的日子还长着呢”的话深深刺痛了她的心。以前曾经有人说过同样的话，不过短短几日，往日的温存便荡然无存，只留下无尽的落寞。还有遗失在风中，那个已经没有热度的吻……

日子就这样慢慢流逝，转眼间，过去了两个星期。两个人的关系似乎缓和了许多。尽管依旧交谈不是很多，但是一个眼神、一个动作都有了彼此心领神会的默契。仿佛被施了魔法，被神奇的淡淡的鸢尾花香气所沾染。就像叶和花的关系一样，形同一体。俨然一副小夫妻的模样！

“今天是我的生日。”

“哦，你怎么不早说？我可以给你做面条。”

“呵呵！不过生日你就不给我做面条了？”

“贫嘴。”

“今天我带你出去吃大餐，好不好？”

“庆祝您的寿辰？”

“我有那么老吗？媳妇儿把我照顾得这么好，怎么着也得多活好几年呀！”

女孩笑而不语，但是眼神中闪过一丝丝的不安与惆怅。

一顿“大餐”，不过是路边的一家小店，尽管面积也就几平方米的样子，不过倒是很干净，没有红酒牛排，只是最简单的小吃——麻辣烫。原来交警经常来这里吃，尽管店很小很便宜，但味道绝对是上海第一！麻辣烫就是有着神奇的魔力，总能在任何一地方扎根，引得所有人为它倾倒。小店里的破旧吊灯在夜晚的映衬下，成为最绚丽的一束光，浪漫？唯美？深情？还是……一切都像此时此刻的氛围，浓郁得化不开。

终于一个带着一点点低沉的声音，问道：“你从来没有告诉过我你的名字是什么。”

“我不是告诉过你，我叫蓝馨吗？”

“这不是你的名字，确切地说我查过。”

“这很重要吗？”

“当然！我似乎对你一无所知。”

“我告诫过你，不要爱上我！我是一个魔鬼！我会毁了你。”

“我只是想了解你。认知你。你就像是一个谜。除了你所憎恶的好奇，还有就是一份说不清的情愫。”

“你真的想知道吗？这个故事可有点长。”

“我有这个耐心！绝对！”

“你会发现我就是个不折不扣的魔鬼！”

“不！我相信自己的眼睛和内心最真实的感受！你就是我的天使！”

“以前也有个男孩对我说过这话，也是个交警，也是公大的高材生，但是他最终还是选择抛弃了天使！”

“我不会。”

“小伙子，别那么肯定，我保证你听完我的故事，会觉得坐在你面前的不是一个从天堂来的天使，而是来自地狱的恶魔！暂时的光彩皆因她是一个美丽的女人，你作为一个男人无法拒绝一个美丽的尤物。那是一种本能，有时本能会让你丧失辨别真伪的能力！”

“我是警察！我有这个最基本的能力！”

“警察？警察也是普通人，也是一个普通的男人。不是挑战您的专业水准，而是因为只要是人，就逃不出这致命的宿命！”

“你讲吧！”

倔强又一次充斥在了这个年轻而帅气的交警的眼中！然而，他却不知道，这貌似神奇之旅将开启一扇怎样的大门……

第三章

时间倒转

时光倒转，回到了三年前……

“刘苏？快点！就差你了！”

“听到了，这就来了！”

一个笑嘻嘻的女孩活蹦乱跳地出现在人们的视野里。尽管她身着警服，但是身上散发出青春的光彩却是那样的耀眼、夺目！虽然仍有那么一点点的稚气未褪……

“师父，今天咱们去哪儿呀？今天……”

“老赵呀！瞧你徒弟这精神头儿，好像是永远也用不完！跑起来像是小燕子一样，飞着就过来了！哈哈！人家昨晚帮忙值了半宿的夜班，三点多还爬起来跟着出了趟警，早上照样不耽误按时上班，还叽叽喳喳地说个不停！呵呵！”

“是呀！就社区这点儿活，她现在可是比我这老片警有过之无不及了！”

“师父教得好呀！是吧？师父！”

“真羡慕你呀！老赵，瞧你这徒弟一口一个师父叫得这个亲！跟自己亲闺女似的！”

一行三人来到了几公里外的庞村，这次行动很简单，就是带回一个嫌疑人。本地人，叫小五子。是家里的独子，在新城区开了一个计生用品店，但这小子可不是个省油的灯，略带，还掺点别的“东西”！

“赵叔，您说我能干别的吗？我可是一个地地道道的大良民。冲您这么神武的警察，我也不敢呀！是吧？您抽烟！这大热天儿的，还劳您跑这么远，我们这儿没别的，就是西瓜，您从这地边儿上往远处看，一望无际的西瓜地，碧绿碧绿的，全是西瓜！没别的，就是全沙瓤，倍儿甜！您看给我们这小警花儿热的，都有点蔫儿了，要不我去地里给您挑一个！”

“别废话！你小子别在这瞎贫！你说你爸一人带着你，把你拉扯大容易吗？你就不能让他省点儿心！还在外面瞎折腾！你们这的西瓜是出了名儿的，在家帮你爸爸弄弄瓜不是挺好的吗？现在这西瓜的市场价也是不错的。”

“是是是，您说得不错！我不是也没干什么违法的事儿吗？早不干了！”

“知道就好。”

就在这时，门外突然进来两个年轻的男子。一边低头点烟一边说：“小五子，我说你这粉儿，什么时候弄来呀！哥儿几个还等着呢！要不是说一村儿的，肥水不能流了外人田，我们也没必要等这么久呀！”等他们定睛一看，院子里竟然来了几个警察，顿时傻在了那里！

“你怎么把警察招来了？”说完，两人迅速向门外逃去！刘苏瞬间“飞”了出去，直追两名逃窜人员。只听后面，师父边跑边喊：“刘苏，注意安全。”毕竟两个老民警年事已高，跑起来早已当年不再。可是这个小学警却是健步如飞，在一片棒子地里，宛如飞燕般腾空而起！一个纵扑将一名逃窜人员死死地按在了地上！并顺势用银晃晃的手铐将其铐住，让其动弹不得！抓住了这个人，可她的手臂也被麦秸茬划的全是口子，鲜血直流。

“师父，晚上咱们去入户吧！正好利用晚上居民都在家里的时间，白天咱们入户率太低，楼没少爬，只是不见成效。”

“好啊！只是加班加得太晚，你家里该不放心了。”

“没事。嘿嘿！我住单位宿舍。”

“最近你爸爸那儿也忙吧？”

“是呀！也是经常性的演习。他都没空理我了。”说到这，刘苏的脸上划过一丝丝的无奈甚至是悲凉。似乎不回家对自己是一种救赎，不用面对冰冷的墙壁。

晚上一点，整理完了一天的工作笔记，走访入户的资料也都登记在册后，刘苏简单洗漱后，就在宿舍睡下了。

第二天，7 月 8 日，一个看似平常的再不能平常的日子。刘苏照样早早起床，整理好内务后，就跑到了食堂，和大家寒暄过后，就开始吃早饭，由于在奥运期间，所内的伙食得到了有效的改善，据说是上面专门拨下来的款子，犒劳这些默默耕耘的安保卫士。煮鸡蛋，牛奶，稻香村的各式小点心，还有酱牛肉。“这可是局级待遇呀！”老民警们不禁开玩笑道。

别看刘苏是个看似弱不禁风的小女孩，可是饭量确实十分了得！一个鸡蛋，一碗牛奶，三块儿小点心外加五片酱牛肉。这饭量惹得一旁的一个警长笑称道：“苏苏，我说你这是几顿没吃了？一下子这么能吃，饭是公家的，肚子可是自己的呀！”这个警长可是出了名的小气，支使人干活儿从来都是手到擒来的，只是自己除了溜须拍马，却不怎么舍得下辛苦。“那是，咱们政府心疼咱们，多吃点是响应党的号召呀！我干得多，自然吃得就多，那整天不饿，还嚷嚷着减肥的，一看就是凭嘴吃饭！要不就是饭局不断，我可比不上。”一席话，说得在场众民警好生痛快！

“老赵，你徒弟这嘴可是真厉害呀！”

“嘿嘿！谁叫你招惹她呢！”

忙碌了一天，实地勘察火炬传递路线，走访入户宣传文明观看火炬传递，再次核实经纬度……一切结束后已经是下午六点多了。

“苏苏，今晚你回家吗？”一旁的今年新分来的新警陆露说。

“不回了，今晚不是有行动吗？你呢？”

“我笃定是回不去了，唉！这一要开奥运会，就忙个不停，我都好几天没回家了。”

“呵呵。”

“你说哪儿有总让女孩加班加点的道理？我们同学一块分配的，人家在宁川所，也是内勤，从不加班。到点就走。单位特别照顾。你说咱们所怎么就不是呢？”一旁的刘苏只是默默笑着。心想：一个新警多干些是应该的，有什么不平衡的。再者说了，没家没业的总往家跑干什么？这就是警察，心里接受不了，吃不了这份苦，别干呀！又没人求着你们来公安局，还不是你们一毕业就屁颠屁颠地来报考。哪里是因为觉悟高，抱着为人民服务的心态来的，就是看着穿警服飒爽英姿，漂亮！根本就没想到背后的付出乃至牺牲。

从一些方面看来，社招的思想水平还是有待提高，业务技术就更需要提高了，电话咨询和电脑接警同时来，就忙得手忙脚乱了。再加上台子叫，就简直手足无措了！这点儿事都处理不了，还每天讲实战，天方夜谭！和警校毕业的确实有差距。自己在警校受了四年的教育，开始集训的时候比现在苦多了，白天晚上不得安宁，总是紧急集合，要不就下大雨在操场上练警姿，那份儿罪受的，现在简直就是在享福。警校毕业的随便拽出一个，不用培训，直接上岗，肯定出不了大错儿！就每天让她在办公室写点东西，不用出外勤，风吹不着、雨打不着的，一个月好几千拿着，还不知足。我这干得不比谁少，一分钱没有，不是还挺美吗？这警校毕业的专门人才干本行还要左一道关卡，右一道关卡的，社招这帮每天自以为是的大学生倒轻轻松松混进公安队伍，真是没处说理去了。刘苏心里不免一阵郁闷，有些不平。

简单调整过后，就开始了“夜袭”。此次行动的代号为“夜袭”，主要是分局人口处响应市局人口处部署所开展的，命令各派出所在奥运会前夕，再加大下片儿力度，清查流动人口实数，真正摸排干净，做到每个来京务工的外地人员都有暂住证。压发案，打流窜。刘苏换上自己的作训服，戴上黑色警用鸭舌帽，俨然一名干练的女警装扮！站在队伍中绝对的飒爽英姿！格外显眼！苗条的身材，整齐的装扮，长发被利落地挽起。还有那透露出无尽坚毅的眼神，想不惹人注意都难！

“呦！这不是比陀枪师姐里的卫英姿还帅气逼人吗？咱们所最漂亮的女警花。”一旁的同事打趣道。刘苏不好意思地笑了笑，而一丝不悦轻轻滑过陆露的面庞。这名打趣的同事也是今年的新警，毕业于警察学院，今年二十二岁。打刘苏来所的第一天就瞄上了所长的这位小表妹。想尽一切办法打听电话号码，或者找机会约着出去吃饭。可是刘苏总是以巧妙的推辞委婉地回绝。但这小子绝对地“贼心不死”。也是，警校毕业的有几个遇到困难就服输的主儿？换句话说，就是没善茬儿。众多光棍儿的目光聚焦在这个活泼利落又漂亮的实习小警花的身上，对于同样刚刚分来的社招陆露自然就无人问津了。这个名牌大学毕业的高材生不免有些失落，甚至是满含醋意。可是任凭她怎么不服气，刘苏身上的那股子灵气，她还真是可望而不可即的。

行动开始了，刘苏自觉地将手机关机，这都要靠四年的警校生活培养出的觉悟。只要有行动，无论大小，必关手机！她一边和师父们检查租户的暂住证，一边不时地用台子叫所里的指挥室，帮忙核查人员，七月已经进入了北京有名的桑拿天，着实让人觉得黏腻不堪，甚至一丝丝的微风都可以让人们舒爽一下。可就是没有，作训服死死的贴服着身上的每一寸肌肤，汗水将帽檐浸湿，并不住地往下流，滴落在现场核查登记表上，字迹宛如泼墨山水画一般，轻轻晕开。终于行动在晚上十一点左右结束了。回到所里，累得已经不行了的刘苏，脱下衣服，洗了一个澡。这也是在警校养成的习惯，不洗漱，睡不着觉。洗过澡后，人显得精神了许多，倦意也朝自己悄悄地涌了上来。可是想起了还在单位的爸爸，她拨通了电话。

“爸爸，今天晚上我们有行动。我完成得特别好，领导还夸我了呢！”

“是吗？好呀！我闺女长大了，都参加行动了。今晚爸爸也有行动。”

“我知道，为了奥运安保呗！现在哪个单位不这样忙。出差是吗？”

“是呀。”

刘苏犹豫了一下说道：“爸爸，您什么时候回来呀！下周一就要回学校领毕业证了。老师说还欠学校五百元，让补交呢！”

“你的毕业证发下来了？”

“那个证早就发到手里了。我只是想问……爸爸，我上警校四年，您没给我开过一次家长会，学校演习五次，您也没有去看过。我想，如果，如果您有时间可不可以去参加我的毕业典礼，这是我最后一次演习了。好吗？学校给所有也是民警的家长发了邀请函。爸爸，您，您看看能不能去吧。”说完这句话，刘苏似乎如释重负，但是心理压力是解除了，可是随之而来的也许是暴风雨。没想到电话那头传来的不是一阵责骂，而是温柔的声音：“行，苏苏，爸爸对不起你，爸爸知道这么多年你受委屈了。这次爸爸一定到。”简单叮嘱过后，就放下了电话。此时的刘苏早已是泪流满面，心中十二年零三个月的委屈宛如山洪般倾巢而出。是呀！父母分手已经十多年了，原因竟是因为一个已婚的女邻居，多么的可笑与讽刺。为了所谓的“和谐”，刘苏这么多年来受的委屈早已不可计数。面对父亲的软弱，她只能默默忍受，当作是对自己的历练。可是这种历练实在太疼，太难熬。在母亲离开后，自己不顾家人的反对，执意要上警校，为的就是早一天可以和父亲在一个单位工作。她想知道有爸爸的感觉，或许还是内心深处依旧留恋十多年前的那份父女情吧！

第二天依旧是那样的忙碌。闷热得让人有种快要窒息的感觉。刘苏拿起手机给父亲发了几条短信，都是多喝水一类的嘱咐。依旧是没有回音。也许是在执行任务不让开手机吧？她还是自我心理安慰，尽管有掩耳盗铃之嫌，但是面对着近乎于无奈的讽刺，这却是最好的解药。好不容易到了晚上，可以回家休息了。

第四章

你的离开

唉！树梢一动不动，连一丝丝的风都没有。让人难以忍受的闷热和恼人的蝉叫，着实让人睡不着。只好来到客厅，打开冰箱拿一瓶冰镇矿泉水。电视里还在播放着那部经典之作《成长的烦恼》，刘苏对于家庭的所有幸福联想基本都是源于这部片子。是呀！有个幸福美满的家庭多好呀！只是自己只能靠想象和这电视剧来告慰自己了。此时，手机打破这片刻沉醉的幸福，刺耳的铃声响起。一个不认识的手机号码，算了，接了吧！

“喂。您好。”

“是苏苏吧？我是易扬。你爸爸去世了，你知道吗？”

“你说什么？大晚上开这种玩笑。我没得罪你吧！”

“我说的是真的。”

刘苏心想我爸爸去执行任务了，你这瞎说什么呀。一时竟以为这个人太幼稚，不禁笑了起来。可是电话那头传来一阵男人哭泣的声音。

“你说什么？你再说一遍，我没听清！喂，喂，喂，你说呀！”刘苏突然意识到事态的严重，声嘶力竭地大声呼喊着。可是电话那头传来了“嘟嘟嘟”的声音。再次拨打，对方手机已处于关机状态。

她急忙拨打父亲的手机，电话那头传来了对不起，您拨打的电话已关机。她颤颤巍巍地翻找着电话本里父亲单位的电话。终于打通了。

“您好。我找我爸爸，刘裕成。”

“你，你爸爸执行任务去了。”

“让他接电话！你没听到吗？”

“他不在单位。”

“他死了是吗？我问你是不是？”

“你怎么知道的？”

“我找你们领导。”

“他们都去外地处理你爸爸的事情去了。”

刘苏挂上电话，拿起衣服，朝门外跑去。边跑边用手机给正在巡逻的同事打电话。此时的刘苏已经近乎疯狂，只是想尽快找到自己的爸爸。

“罗驿，你在哪儿？能不能马上来我家一趟。我家出事了。求求你，我求求你。”

“行，你别着急。”

“我求求你，你快一点，你快一点，我求求你。”

“苏苏，你听我的话吗？”

“听。”

“那你就别着急，在路口等我。听到了吗？不许着急。别害怕，有我呢！”

她站在路口左顾右盼，一辆警车过去了，没有停下；又一辆警车过去了，依然没有停下。此时，刘苏的心都要碎了。时间一分一秒地过去了，仿佛长到了一个世纪。终于一个闪着耀眼光辉的警车左摇右摆地急速驶来。8657，没错！此时在刘苏的眼中，这辆车就像是在无际大海中唯一一条救命的船只。她急忙上了车。

“哥，我家出事了，快！带我去我爸单位，我认识路。”

“苏苏，你别着急。我知道，你爸爸不在了……”

“你怎么知道？不可能！”

“我和易扬是发小儿。他不放心你。就给我打了电话。知道你爸爸出事了。”

“快点，那你还不快点带我过去！”

“苏苏，你冷静点。这样我们先去麦当劳，易扬一会儿就到。咱们商量商量。”

“还商量什么？还不快点去！”

这一夜就像是身处地狱般难挨，时间像被静止，分分秒秒都过得无比艰难。刘苏的脸庞由干到湿，由湿又变干。犹如一个没有灵魂的躯壳，走走停停。

“苏苏，你别哭了，节哀顺变。”

“哥，我爸爸什么时候回来啊！”

“苏苏别这样，你爸爸知道心里也不会好受的。”

“哥，我爸给我个好脸儿不容易，你能别这么说吗？他怎么每回都骗我啊，凭什么啊！我得去找他，我得问清楚！”

“苏苏，你冷静一点！你爸爸对我有知遇之恩。我的心里也很难过。从知道这事到现在，我就一直哭。”

“我说我要去找我爸爸！”刘苏一字一顿地说。

“你去哪里找？顺着押解路线？别傻了。那根本就不现实。”

“谁去了。”

“处里的领导还有你叔叔，还有，还有那谁。”

“那个女人，是吗？”

一阵沉默。突然，刘苏声嘶力竭地大喊了一声。不远处的巡逻车闪着耀眼的警灯，朝这个方向开了过来。

“您好，请问有什么需要帮助的吗？”

“谢谢，您好，我们是清丰派出所的。家里出了点事。”

“哦。”

看见两个警察带着一个女孩，三人坐在马路边上痛哭，换谁看见都会觉得奇怪。这名小交警一脸的稚气，肩上的双拐难掩他新警的身份。略带疑惑地离开了。回头望了一眼，哭得一塌糊涂还穿着白色睡裙的纤细女孩。整夜他的脑海中都浮现着那个低着头一直颤抖的女孩的柔弱身影。刘苏怎么也不会想到，眼前匆匆一过的这个公大小交警，竟然会给自己带来永生难灭的疼！

一夜的狂奔，耗尽了她身上最后一丝力气。终于像一片枫叶一样，轻柔地晕倒在路边。罗驿急忙下车，抱起了几乎奄奄一息的刘苏。汗水浸湿了她纯棉的白色小裙。

“我找我爸爸。你们让我进去。”

“你是谁？”门卫大姐问道。

“我说我找我爸爸，刘裕成！”

“丫头，你来了。你爸爸，你爸爸他去执行任务了，还没有回来。”

“我说最后一遍，我找我爸爸。”刘苏不禁握紧了手中的伸缩棍。

一会儿，处里的领导向大门口走来。将刘苏迎到了会议室。会议室里鲜花盛开，花篮上的大朵百合依然吐露着醉人的芬芳。一看便知道，这是前几日为了此次行动而举行的誓师大会所布置的会场。刘苏端坐在硕大的会议桌的一端，那名戴着金丝边眼镜的处长就坐在她的对面。纤细的身体占了不到椅子的三分之一，但是冰冷的目光仿佛要噬人魂魄。

“我爸爸呢？”

“我想你知道了，孩子，别太难过。”

“我问你我爸爸呢！”

“你爸爸去湖南执行任务，突发疾病已经不在了。我们处里的领导已经赶过去了，还有你的叔叔和阿姨。”

“为什么不通知我？”

“孩子，我们是考虑你承受不了。”

“事情都出了，早晚我得知道，我承受得了承受不了又有什么关系呢！为什么不告诉我？这就是我十三年零七个月的等待！这对我不公平啊！”刘苏突然声嘶力竭地喊了一声。

“你也要理解我们，据我所知你也是警校的学生。现在是奥运安保特殊时期，非常敏感。这种事情还是处于保密阶段，希望你理解。你能告诉我，你是从哪里知道的吗？”

刘苏早有耳闻，他们知道出事后开的紧急会是不让此次事件泄露出去，这是警察队伍的特殊纪律，任何事情在没有处理完之前，必须秘而不宣。这次又是在特殊敏感期，所以言外之意，不言而喻。

“苏苏，这件事情不要对外面讲。这是你作为一名预备警官的义务与责任。”

刘苏不再说话，拼命地用紧握着的拳头一下又一下地狠狠捶着实木的桌面。泪水静静的一滴一滴地落在她的手上和桌子上。很快，她的手流出了股红的鲜血，和泪水融在了一起。

“你们愣着干什么，还不快拦住！”

这就是所谓的战友情，这就是所谓的二十多年的战友情！也许是自己不够坚强，也许是自己不够理智。还不能适应世界的冰冷。望着父亲生前的办公桌，她不等张科长走过来递纸巾，就匆匆跑了出去。

刘苏一言不发，默默地朝监区的大门走去。一路上，爸爸生前的同事都向她投来同情的目光，只是没有一个人敢和她说话，哪怕是一句安慰的话语。默默陪伴她并注视她的只有那座依旧气势如虹的凯旋门！

在被送回家的路上，刘苏示意在前边的路口停下。

“还是送你到家吧。”

她没有回答，只是默默下了车，呆呆的一个人在街上走着，太阳知趣地藏在云的后面，闷热把北京城弄得像一个大蒸锅。刘苏的汗水不住地往下流，脸上早已分不清究竟是汗水还是泪水。白色的小睡裙沾染了血迹，晕染得犹如一朵又一朵刚刚绽放的火鹤。她面色凝重，纤细的背影惹来不少关注的目光。她随手擦了擦脸上的汗水，血迹被蹭到了脸上。她依旧毫不知情地独自行走。

“小姐，现在是红灯，请注意安全。”这时一个矫健的身影，突然冲了过来，将她一把搂在怀里，一个漂亮利索的转身。一个年轻的面庞默默注视着这个犹如跌落凡尘仙子的女孩。清秀的小脸被几缕凌乱的发丝所遮盖，但是异乎寻常的灵气和冷漠，使她的绝望展现到了极致。柔弱无骨的身子软软地靠在他的怀里。

“小姐，你醒一醒。”

当刘苏再次睁开眼睛时，自己已躺在一个陌生的房间，桌子上摆着一束紫色的鸢尾花。水珠儿轻盈地在它纤细的花瓣上浮动。屋里有一股淡淡的香气。

“你醒了？”

刘苏坐了起来，看着他说：“你是谁？”

然后惊恐而胆怯地站在墙角。

“你怎么了？我说看你眼熟，前天半夜两点左右，我们是不是在路口的麦当劳附近见过。”

刘苏依旧没有说话，只是默默地蹲在墙角，坐在那里小小地抽泣。这名小交警走过去，用手轻轻撩动她长而凌乱的发丝。一双惊恐过度的眼睛，终于开始停留在这个年轻交警的脸上。

“地上凉，别坐在那里。”

他一把将瘦弱的刘苏抱到了床上。就在他准备松手的一刹那，刘苏紧紧地抱住了眼前这个同样穿着国际蓝的警察。

“求求你，别走，别丢下我一个人。我害怕。求求你，别去，别去啊！我求求你。”

“别哭，别哭，放心，我哪儿都不去。行吗？”小交警顺着她的意思说道。被女孩这么抱还真是第一次。最难消受美人恩，真是不假，他的脸霎时红得像个西红柿。

“你家在哪里？要不要送你回家。”

“我不想回家。对不起，把你的衬衣弄湿了。我不是故意的，对不起，对不起。”

“没关系，真的没关系，你不用那么紧张。”

“对不起，我控制不住我的情绪。我不是故意的。我不是故意的。

给你添麻烦了，我先走了。”

“你好像很虚弱，这么热的天，你哭了那么久。一个人走我不放心，还是我送你吧。”

这时，刘苏的手机突然响了起来。她接了一通电话后，跳下床，朝门外奔去。

爷爷也因经受不住打击，正在医院抢救。

“求求您了，让我进去看一眼吧！”

“不行，你爷爷看见你，会更受刺激。你怎么那么狠啊！没良心的。”

“姑姑，我就看一眼，我保证不让爷爷看到我，行吗？”

“说什么都没用，你走吧！”

“求求您了。”

“别废话，这么热，你拽我干什么。”姑姑顺势一推，刘苏的头狠狠地撞倒了不远处的垃圾桶。顷刻间，一道口子渐渐有血迹渗了出来。家破人亡，无人怜。以前一直听人说，只是此时切身面对这些时，人就会没有灵魂，如同行尸走肉一般游荡在街上。

十五个未接电话，一个孤单瘦弱的身影，独自彷徨在喧闹的大街上。一切的热闹、欢乐、争吵仿佛都像是空气，不存在，人没有魂魄就是不知所去，整日恍惚。就这样，刘苏一个人不动声色地走在大街上，似乎只要耗尽所有的力气就会有意想不到的释然。面色苍白的她透露出一种狰狞的凄美。已经是深夜十一点多了，她依旧一个人在未知地前行，突然迎面走过来几个喝得满身酒气的男子。

“小姑娘，一个人要去哪里啊？要不要哥哥来陪啊。”

刘苏没有理会，继续前行。这时，一个手突然伸了过来，一把拽住刘苏，就要强吻她。此时的刘苏体内的愤怒、悲伤、无奈一触即发！一个利落的左勾拳，将一名男子打倒在地。另一个见状上来帮忙，被刘苏飞腿一踹，应声倒下。马路尽头的一辆闪着警灯的摩托车呼啸而来，刘苏突然倒下，像一片在夏季早逝的落叶一样，轻飘飘地落下。几个醉汉急忙四散逃跑。撩开头盔呈现的依旧是那张略带青涩的英俊面庞。他停好车，一把抱起刘苏，又一次回到了队里的宿舍。

“又是你。你为什么不回家呢？”

刘苏没有说话，默默地静置着。他拿起毛巾拭去刘苏头上的血迹。

“你现在就在我的家里。呵呵呵！”他憨厚地笑着。

“我才工作不久，有时很忙，新人嘛，多干事应该的，所以不怎么回家。”

“你好像很不开心。”

这个年轻的警察眼中流露出无尽的怜爱。如此瘦弱的女孩，弱不禁风的身子像是一片干干净净的百合花瓣，轻柔地躺在那里，脸上浮现的是一股说不出的冷峻与绝望。一切都是欲言又止，神秘？麻木？寒冷？说不出的一种意味浮上心头。望着他蓝色的执勤服，女孩的眼泪轻轻地滑出眼眶，静静地浸湿枕巾。他俯身用手绢替她擦去，女孩愁怨的眼光在泪水的衬托下宛如一朵雨后的丁香，让人无限生怜。一时地情不自禁，这个年轻的警察吻向了她。刘苏没有躲闪，只是冰冷的静置，没有回应，也没有丝毫的抗拒。也许她是没有丁点力气反抗了。他心领神会地意识到了这一点，轻轻地吮吸着她脸上的泪水，左手托起她纤细的玉颈，拥入怀中，想温暖这个冰冷的身体。刘苏的双手慢慢抬起拽着他的警服。

“别哭好吗？尽管我不知道发生了什么，但是你一哭，我的心都碎了。你叫什么？”

“我没名字。”

“这是你说的第一句话，你和我说的第一句话，我会永远记住。”

“我不是傻瓜，我知道很多男人都对我动心，可是他们并不了解我，只是看上了我的脸蛋儿。或者是看中我可以给他们写文章。我明白。”

“我喜欢你。是真心的。”交警笑了，他没想到这个姑娘这么实诚天真。

“谁看见了？用什么证明？”

“你难道感受不到吗？”

“我早就麻木了，没有感觉了，你不觉得很冷吗？”

“你感受不到我的爱吗？”

“我只感觉到你压在我的身上，很重。吻过我了，接下来你要干什么？和我上床？”

“你？”

“我和你想象的不一样。我很冷，你焐不热。还有我不是随便的女人。麻烦你从我身上下去！”

连珠炮似的对话让他无力回答，觉得尴尬极了。

“对不起，我，我不是那个意思，只是觉得我爱上你了。”

“爱？你了解我吗？你知道我的家吗？你知道我的背景吗？你一无所知，我很感谢你救了我，但那只是偶然，什么都不能说明。你以为你公安大学毕业就什么都知道了？什么是爱？可是跟你上床做爱的女人，你就爱？那你爱上的人多了。你根本就不懂什么是爱！”

“我喜欢的是你，和别人无关。”

“是吗？还挺纯情！呵呵呵！这个世界很现实，和你想的很不一样，理想不能照进现实！小新警！”

“你怎么知道我是新来的？”

她走到门口的时候回头说了一句：“谢谢。”这纤细的背影就消失在茫茫的夜色中了。一切都恢复了平静，像是她从来没有出现过一样。唯一证明她存在过的痕迹就是床上被她泪水浸湿的枕巾。

他愣愣地看着她躺过的床铺，轻柔的“坑”明显地印在那里。刘苏就这样离开了交通队。如果说人在绝望的时候唯一想到的就是回家。可是面对一个没有家的人，你又能做何解释？回忆是没有任何力量的。的确，这个街角，这个花园，这家必胜客，这家商店，无处不充斥着父亲的影子，一个转身的微笑，一个中年男人宽厚的背影，一个警察的疾驰而过。太多的回忆霎时间涌入了刘苏瘦弱的体内。她崩溃了，突然大声地喊叫着，午夜十二点，又是这个特殊的时间，和上次执行任务回来后的时间一样。歇斯底里的喊叫，一声又一声，响遍了整条街。唯一回应她的只有不远处依旧灿烂辉煌的不灭的警灯。老天也被这最绝望的哭喊惊动了，顷刻间，闷热不再，像刘苏眼泪般不住落下的雨点洒向大地。像是千针般扎打在她的身上。疼吗？不，麻木代替了一切。冷吗？不，比身体更冷的是心。她终于耗尽了最后一点力气，随着最后一声哀鸣，她应声倒下……

醒来时，已经是第二天的中午，慢慢睁开眼睛后，映入眼帘的是几个身着警服的熟悉面孔。“苏苏，你终于醒了。还好吧。易扬你带苏苏去食堂吃点饭吧。”刘苏知道，这是爸爸的宿舍，她挣扎着坐起身来，看着身边的一切。墙上钉子上还挂着父亲的警帽，她飞奔过去，一把夺下，搂在怀里，泪水不住地流。赵主任走过来，想要拿出刘苏紧抓的帽子，可是根本拿不出来。刘苏死死地抱着它。几个警察一起上前，抱着刘苏，往外拽帽子，刘苏终于抑制不住："那是我的，那是我的，别抢我爸爸！别抢！啊！我求求你们。我求求你们。别抢！别抢！别拿走。我求求你们了。"

"刘苏，你爸爸的事情，我想你是知道了，你能告诉我你是怎么知道的吗？"王主任问道。

"我只问你，我爸爸呢？"

"孩子，这很重要，你说这是谁告诉你的。"

"这很重要吗？你们单位少了一个警察！少了一个警察！你却在这问我是怎么知道这件事情的。你别跟我这废话！我上了四年的警校。我明白！你们是在想怎么走漏了风声。你们想把这件事盖住。不想让我知道是吧，纪律是吧，保密是吧。"

"你也要理解我们的工作。你也是警校毕业的，难道不明白组织性、纪律性吗？"

"别跟我提这个。我就是太守规矩了，他执行任务前我就应该来！为了纪律，为了保密，为了奥运会！！我就问你我爸爸呢？别告诉我牺牲了。我爸爸根本就没有心脏病！说！你们把他弄哪里去了。"

"你要知道，我们损失了一个好警察，我们也很难过，你的情绪我们能理解。"

"理解？你理解什么？你明白什么？你知道吗，他不仅仅是个警察，更是我的父亲！我等了十三年零七个月的父亲！我家是破了，但是有他在，还算是苟延残喘，如今你们告诉我他没了，我就没家了！你知道吗？我没家了！我努力十三年，我为了和我爸爸在一个单位，我为了知道有爸爸是什么感觉，我放弃了上音乐学院的机会，为了什么？上这个警校，你说为了什么？我就是为了回到过去！回到他还在我身边的时候！”泪水透过刘苏凌乱的发丝轻轻落下，汗水浸湿了衣服和头发。苍白的脸颊没有一点儿颜色。剩下的只是痛苦至极的哀号。在场的所有干警都不禁落泪。

天气还是一样的闷热，而空气中的黏腻也如心中的不畅，缠绕着北京这座古城，但是人们空前的热情与等待百年奥运的激情却是丝毫未减，如这闷热的天气势不可当！奥运安保工作如火如荼地进行着。为了全力支援城八区，远郊区县的警力大部分涌入。而刘苏也随着洪流进入了核心地带。她的脸是没有血色的，麻木的身躯就在人群中穿梭，身上的警服被汗沁透，一瓶矿泉水被一个大哥递了过来，“你是来支援的学生吧？”刘苏点点头，她接过水，没有喝，而是全部倒在了头上。水珠遮住了眼泪。她在等一个未知的答案。组织原则上是不会同意将父亲的遗体运回北京，可是自己又不能见到父亲的最后一面。这可如何是好？她不相信牺牲的那个民警就是父亲。没有亲眼验证是万万不可能信的。但是等信儿是她现在唯一能做的。

“好，我马上到。我明白！”放下电话的刘苏，开始颤抖，正在休息的她不顾一切地跑上了不远处的公共汽车，满脸的泪水，颤抖的双手，单警装备就压在她稚嫩而瘦弱的肩膀上。

“你能不能快一点！”她嘶喊地叫着。司机诧异地看着她。飞奔到机场的她，在大厅里寻觅着，周围的人都被这个稚气未退的小警察所吸引。她疯狂地搜寻着。就在这时，她看到了不远处一个警察抱着一个盒子，慢慢从机场里走出来，她飞奔过去，却被一个身影拉住，她挣扎着，叫喊着，可是虚脱和严重的精神崩溃让她无力挣扎，就在无尽的绝望中，她看着那个警察抱着一个盒子离开了自己的视线。泪水就如同决堤的洪水，倾巢而出。

“啊！”松手后的一声惨叫让所有人都回过头来注视这个柔弱的身躯。“为什么，为什么你不让我过去。你说，为什么！为什么！”“你冷静点！现在闹事对你没有好处，这是机密，我偷偷告诉你是为了让你知道你父亲确实不在了，别再等了。你去支援，我知道为什么，你在等他，可是他不会回来了，他永远不会再去天安门了。你不能再这样！”“你知道什么？我是在等他。我没有权利等吗？连这个你都要剥夺吗？”这个拦住刘苏的人是易扬。

“你怎么回事？走也不知道要报告。你的学校就是这么教你的吗？组织性、纪律性都不讲！这是特殊时期，这是在奥运安保，我的大小姐，如果你不行，你可以走人，我们这里不需要不负责任的人。”一阵寂静，刘苏慢慢地靠着墙蹲下，满脸的汗水不住地流，眼睛是红肿的，目光的空洞让人很难联想到这是出自一个花季般的少女。“刘苏，你没事吧。”她的异样让队长停止了责骂，“好了，你休息休息吧。以后注意。”刘苏就这样坐在墙角，咬着自己的胳膊，哭了。她压抑的情绪不能宣泄，因为责任与原则沉甸甸地压在了她稚嫩而瘦弱的身躯上，灵魂的痛苦无法救赎，只得默默忍受着还不能名状甚至是模糊的痛苦。

“这，这是你父亲的骨灰。你，苏苏，你节哀顺变啊。”刘苏默默地站在那里……

很快随着最后一个礼花在北京上空的完美绽放，奥运会成功地拉上了帷幕。它深深地在中华大地这片神圣而古老的沃土上烙下了自己的足迹。而随着奥运会的结束，安保工作也画上了完美的句号。但是对于刘苏来讲，却是另一个不幸的开始。

“为什么不让我做警察，能告诉我吗？”“苏苏，你要知道，我们也很为难，组织上确实有规定，你父亲是因公牺牲，但是他不符合烈士条例的规定，所以不能是烈士，也就意味着你不能接你父亲的班，我们也很无奈。”“我没有别的要求，我只想做警察，和我父亲一样，我可以去押解！”“你又没有考下来公务员证，所以很遗憾，按照规定，我们不能录用你。但是我们也考虑到你的问题，你的继母也提出过她的孩子需要安排工作。”“她凭什么？那个孩子和我爸爸没有关系，是她前夫的孩子。”

九月的天气，还是带着丝丝闷热，实习结束后的刘苏，慢慢地理解到，父亲的离去除了带走了她从小对幸福的追求，也带走了原本镌刻在她灵魂中那个璀璨无比的梦想。该去哪里呢？硕大个世界，却没有一个自己的栖身之地。黏腻的汗水如同树上的蝉，拼命地黏在枯枝一样的身体上，刘苏此刻深深地感受着，疯狂不是拼命地呐喊，而是内心的煎熬，难以名状的痛。

其实，人生就是这样，总是在你毫无准备下，让你接受某种意料之外的际遇，有的美好，有的痛苦。而交织在一起就变成了天空中的烟火，无论美丽还是绚烂，最终都要消失得无影无踪，留下刺人泪囊的味道。原本刘苏以为自己对父亲的恨是如此地刻骨铭心，那种遭遇背叛，而后承受生活折磨的苦难让她终生难忘，没想到老天开了一个如此大的玩笑，让刘苏如此真切地感受到爱与恨纠缠在一起的痛，历历在目。

第五章

理智与爱情

四个月过去了，刘苏渐渐恢复了理智，易扬的话不无道理，如此硬撑，能给自己留下什么，一无所有还是流落街头。所有的情绪和痛苦该如何宣泄，人生面对的所有坎坷，顷刻间如同雪山崩塌，将才刚刚走出校门的她狠狠地埋在生命的低谷。她不解着不公的存在，也习惯着不公的存在。选择抗争还是接受，就在自己的一念之间。矛盾与选择一直盘旋在刘苏的耳边。她握着手中的法院判决书，她的家，换句话说是她父亲和另一个女人的家被瓜分得所剩无几。所有的亲情在金钱面前都变得如此面目狰狞，本来就不多的家产被叔叔和那个女人瓜分得所剩无几。尽管如此，她还是如此冷漠，这些钱代表着什么？什么也代表不了，不，或许可以代表父亲对那个女人的爱，那个剥夺了自己家庭和母亲生命的女人，一纸所谓的遗嘱，将一切都现实的表象显露无疑。

此时的无助与恨，浸满了她身上的每一个细胞。

可上天似乎是公平的，仅仅是看上去。

“我，我一直都能见到你，只是你都无视我的存在，你，如果有什么需要帮助的，你可以告诉我。我愿意帮助你。”

“可我没什么能回报你的。”

“我不需要回报。”

“我也不需要帮助。”

“怎么，有事儿吗？”这时易扬走过来，拉住刘苏问道。

说完两个人就转身走了。小交警，愣愣地站在那里，没有了言语。

“原来她有男朋友。”

刘苏自己住在曾经的家中，准确地说是妈妈的家中。简单的不能再简单的几件家具，白色干净的窗帘，就是家里的全部。一架钢琴冷漠地静立在那里，无声无息地观察着周遭的一切。这是她妈妈生前最喜欢的乐器，家里很拮据，但只要妈妈弹起钢琴，仿佛一切都变得美好，没有暴躁，没有贫穷，没有伤感，只有无尽的欢乐。易扬不禁劝道：“以后自己住都要小心点，这个社会上好男人不多。”“嗯。”“我给你买了箱牛奶，你自己注意身体，我只是想说，人不得活着吗？那就好好活着，别为死人较劲，犯不着。也许你觉得很不公平，可世间的事又有几件是公平的呢？你考虑一下那个提议，虽说不是最好的，但却是最现实，对你最有利的。我走了，有事给我打电话。”说完，易扬留下一束百合花就走了，刘苏拿起百合花闻了闻花香，还是那个气味，每次爸爸都会在见自己时给自己买一束，因为他说过，他的女儿是世界上最纯真的女孩，百合花下是一沓钱，刘苏知道，易扬是在替爸爸守护自己。

“我要一份特价套餐。”这个顾客指着其中一款餐牌上的画片说道。“好的。”“你不认识我了吗？”“不好意思，我不认识你。”这个小交警显得有些失望，不过有时男人就是这样，越是得不到的越是牵肠挂肚。一直到了夜幕上扬，小交警还是坐在这里，默默地看着刘苏忙里忙外，终于到了打烊的时间，刘苏收拾好自己的东西就准备离开了，小交警急忙追了出去。“你好，我叫张桐，能交个朋友吗？”“对不起，我不想交朋友。”“你很冷漠，难道遇到了什么事情？当然，如果你不想说，我不会逼你。”“你有事吗？如果只是单纯的追姑娘，你还是换个人吧。我不适合你。”说完，她转身离去，张桐不舍地追了过去，“我送你回家吧。”刘苏默不作声，继续独自前行，张桐就推着自行车尾随其后，到了十字路口，刘苏上了一辆汽车，易扬已在此等候多时，“这小子怎么总跟着你，我去帮你处理一下？”“不用了。”

一连几天，这个小交警都没有出现在餐厅中，也没有在路口出现，之前的几次“骚扰”倒让刘苏对这个小警察有了几分印象。也好，谁的生命中不会出现几个插曲。想起这个纯真的大男孩，刘苏感叹道，人真的生来不同命。高等学府出来的公务员，看着那么快乐无忧，单纯的工作，追求自己喜欢的女孩，毫无烦恼。而自己不长的生命中却承受着太多太多的痛苦，生命难以承受之重，真的让人喘不过气来。也正是如此，人在痛苦和坎坷中挣扎才会体会生命的真谛，那就是想要的必须靠自己的双手得到，不争取，永远不属于你，而恨只是你的兴奋剂，让人勇往直前。

尽管易扬嘴上没说，可做的每件事，都是在彰显着自己对刘苏的爱，这份爱除了爱情，更多的是怜爱和责任。刘苏感受得很清晰，但这仅仅只是易扬的想法，刘苏每次看到易扬都会想起父亲，心中的灼热就会顿时烧得自己濒临毁灭，接受这份爱就是接受重复的痛苦。

夜晚的街道总是那么的温情，有孩子的嬉笑声，有伴侣们依偎在一起的身影，只是自己和这幸福似乎总隔着遥不可及的距离。心不在焉的行进中，碰到了石座，手提袋里的橙子散落一地，刘苏只好弯下腰一个一个地捡起。这时一个身影出现，帮着她一起捡起，就在这样一个温情的夜，就在一个这样需要安全感的夜，有些相遇还是注定会发生。

“你去哪儿了？”

“怎么，我的冰山女神也会关心人了？”

“我只是好奇。”

“我出差了，顺便回了趟老家。”

“哦。”

“你怎么总是这么晚才出来？”

“我想吃橙子。”

“你的脸很苍白。”

“嗯。”

“我送你回家。”两个人一路默默无语，只有两个背影在灯光下显得很贴近。“快进去吧，外面很冷。”“进来喝杯茶吧。”张桐被冻的发红的小脸上露出了快乐的笑意。

“我只有绿茶，你喝吗？”“好的。”看着简单的家居，一尘不染的格局，冷得如同眼前这个女孩般，一架钢琴就在那里静置。他走过去打开盖子，自顾自地弹奏了起来，刘苏端着茶坐到了他的身边，静静地聆听着。看着这个穿着蓝色警用毛衣的小警察，和父亲一样纤细的背影，她不自觉地靠了过去，颤抖的肩膀不住地抖动，眼泪顺着眼角不住地流。张桐没有动，继续弹奏着钢琴，默默地成为刘苏的依靠。“你叫什么名字？”“我叫刘苏。”台灯亮了一夜，两个人坐在沙发上胡乱地聊着，刘苏似乎把自己静默了十几年的话全部倒出。两个人聊得很投机，原来张桐也没有父亲，他的父亲死于癌症，母亲一个人带大自己和姐姐，原来他们有着这么多的共同点，醒来时，已经是第二天的早晨。“刘苏？你在吗？”一阵短促的敲门声吵醒了两个人。打开门，是易扬站在门口。“我敲了半天门怎么你也不开啊。你怎么回……”看到这个小警察站在刘苏的家里，易扬的心里像扎了根刺一样。“你怎么在这里？”说完，易扬像一头愤怒的狮子，冲向了张桐，“你要干吗？”“你说干吗？”“我的事儿你别管。”“我别管？你说这小子在这干什么？”“张桐你出去。”“我不出去，他到底是你什么人？男朋友？”“你管得着吗？早就看你这小子不怀好意，我告诉你，你离刘苏远点。”“只要她愿意，我就不会离开。”“好了，你俩别吵了。张桐，你先回去，我有话要和易扬说。”张桐拿起自己的双肩包，走了出去，临出门的时候回头望了一眼这谜一样的女孩。

“易扬，你到底要干吗？”“我在保护你。”“保护？你是我什么人？要你来保护我。”“我是……也对，我算什么？”“你是我父亲曾经的同事，我最信赖的人，仅此而已。我希望你注意我们的距离，保持好你的分寸。”“我们曾经在一起那么长的时间，就抵不过这个小子的花言巧语？”“我知道，你看着我长大，这么多年，你帮了我很多，你了解我的家庭，我的过去，我的一切，就因为这样我才要和你保持距离，我给不了你想要的，而每次见到你只是让我感觉在不断地重复过去，你明白不明白！”“我不明白，过去有什么不好？你不去想就能证明过去的一切没有发生吗？你为什么不能现实一点。”“我就是想要现实一点，才要让你走出我的世界，有你在，就在提醒我那些不堪回首的往事，我被羞辱被抛弃的每一个画面。每次想起这些，我的心就会撕裂般的疼痛，这些你都知道吗？”“好吧，我不干涉你，我只是，我只是不想你再次受到伤害。”“那就离我远一点。我不想永远也走不出来，永远在重复。”易扬走了，放下那束洁白的百合花离开了，刘苏知道，也许自己的生活会少了一个依靠，可是她深深地明白，这是走出过去唯一的通道，而面对漫长的人生，面对接下来的暴风骤雨，未知的路途，和自己并肩前行的那个人绝对不是易扬。

她收拾起散落一地的心，走回了卧室，她发现窗前多了一个小挂件，桌上有一张字条：我知道你也和我一样，有着相同的经历，都会夜晚辗转反侧，都会失眠，有了这个梦网，你就会远离那些噩梦，它会捕捉你所有的美好，将它重新展现在你的眼前，让你安眠。希望你能喜欢。张桐。看着这饱含深情的字条，刘苏的心为之一颤。

每天下班，小交警都会骑着他的自行车在快餐厅门口等她，尽管没有豪华的座驾，但这自行车的两个轮子，在他们彼此的心中留下了深深的车辙，温暖而难忘。两个彼此需要温暖的人，互相的慰藉，有事无须言语，只一个眼神就可以洞晓彼此的心意甚至是一个微乎其微的呼吸。一个棒棒糖，一个气球，一个毛绒玩具，钩织起的是两个人失落的童年。幸福总像天边的浮云，尽管飘忽不定，但一团团地簇拥在一起，保证让你沉湎其中，不能自拔。

“我把给你买的百合放在了瓶子里，你喜欢吗？老板特意给我留的。”“嗯，就放在那吧。”“你为什么喜欢百合，女孩不都喜欢玫瑰吗？”“玫瑰虽然美丽，可是带刺，爱恨太分明，可百合就温柔了许多，你不觉得它很祥和吗？而且弯曲的花瓣极富美感。以前我爸爸说过，我就是他心里永不凋谢的那株百合。”“你在我的心里也是，你还是我永远的天使。”两个人相视而笑，屋子里被浪漫与温情所进驻。时间仿佛就停在一瞬，一切都不再重要。“我想让你嫁给我，做我的妻子。”“可我才二十岁。”“已经可以结婚了。要是岁数不够，我有同学，可以找人给你改户口本。”“别开玩笑了，警察同志，你以为法律是你制定的？”“可是我特别喜欢你，从见你的第一次起，我就是爱你到不能自拔。”尽管刘苏脸上笑意连连，可是内心对着突如其来的深情厚谊还是持怀疑态度，毕竟这么多年，这么多的经历让她感到世界上最不可信的就是感情，而只有握在自己手里的才是最最真切的。她一边倒着水，一边自己思索着。可这个大自己四岁的男孩，无时无刻不在体现着他的细心与成熟，一个拥抱，一次细心把被子给熟睡的自己盖上，所有的一切似乎都完美得无懈可击。

“最近，你怎么胃口不好，也不怎么笑了，怎么了？我哪里做的不好？”“没事，没事，就是工作太累了。”“哦。”尽管什么都没说，但在刘苏的心里却出现了一些波澜，到底是怎么回事。直到有一天，张桐接刘苏时开了一辆夏利，刘苏很惊奇，这是哪儿来的车？“上车吧”。“嗯。”“这是谁的车？”“苏苏，我有事跟你说，你别伤心。”“你说吧。”“我，我和我妈说了咱们俩的事，她很反对，不同意。”“哦。”刘苏的心此刻已如刀绞，这太突然了。“你为什么不问问原因？”“我不用再问了。你我心里都明白，还用说透吗？”“我妈妈的意思是你的工作不稳定，还有，还没有爸爸，所以，我们两个相同的家庭组合在一起不合适。完全不是因为你的问题。是我的问题。”“哦。”“苏苏，你别这样，要不你打我吧，你骂我也行，就是别这样不说话。行吗？”“我还需要说什么吗？我已经听出了你的答案，多说也无益了。”“苏苏，我很抱歉，可我妈一个人带大我们不容易，为这件事，我和她争执过几次了，而且她的身体也不好，不能生气。真的对不起，苏苏，我是爱你的。”刘苏什么都没有说，打开车门，径直走了。雪下得更大了，犹如鹅毛般，世界仿佛都变得宁静且柔软了，似乎一切都如雪花一样轻飘飘。张桐跳下车，大声喊“苏苏，苏苏”，可此刻刘苏的耳朵已经被心关上，她什么也听不见，什么也不想听，只想一个人静静地走回家。此刻的她已然麻木，没有眼泪，有的只有身上落满的白雪。

回到家后，她坐在卧室里，看着那个紫色的梦网，的的确确自己做了一个很美的梦，梦的颜色犹如这个挂件一样梦幻，而梦终究要醒，醒了就都散了。一切都被站在墙边的易扬看到，他在想，刘苏此刻需要的是一个人的安静，而不是慰藉。易扬走到了交通队，找到了张桐，上去就是两拳，“第一拳是上一次你欠我的，第二拳是你欠刘苏的。”交通队的其他民警看到就上前要拦住疯了一样的易扬，张桐拦了下来。“既然你不够爱她，就不要去招惹她。你知道吗，她才失去了父亲，她的父亲也是警察，她把你当成了她全部的寄托！你这个浑蛋，你不配享受她的爱，你就是个浑蛋！你更不配做个警察！”说完，易扬转身就走了，只留下站在雪地里、愣愣地看着易扬离去背影的张桐，还有他嘴角残留的血迹。

第二天，太阳终于蹦出了地平线，一切又恢复了往日的光明。易扬却怎么也没想到，刘苏竟然来到了他的单位。“苏苏，你怎么来了？”“我来签字。”“你疯了吗？你签什么字？”“我爸爸死了，只要我签字，他们就给我安排工作。”“你，你怎么回事，你不是不同意吗？”“我这个样子能做警察吗？我爸不是烈士，我永远也做不了警察了。我得现实点，填饱我的肚子。”“苏苏，苏苏。”这时，领导走了过来，易扬只好作罢，不敢言状。

“刘苏，你终于想通了。组织上已经尽可能地照顾你了，你下个月1日来报到吧。具体分配到哪个单位，组织研究好后会通知你的。”“嗯。”“刘苏，你爸爸看到你这样，也会欣慰的。”“是吗？我想他看不到。”说完，刘苏呆呆地走了，她走出了大门，回头看着这个曾经她认为是最快乐的地方，看了看手指上的红色印泥，一切都结束了。

“这么大的事，你怎么不找我商量一下就自己做决定。你知道警察和工勤的差距吗？你为什么不再坚持一下？”“坚持，我拿什么坚持？我有人吗？你是局长吗？你有关系吗？我的等待是徒劳的，根本就没有用。”“你不能就为了那个小子，就动摇了你的决心。他根本就不值。”“我知道。我就是那个傻瓜。我活该被人玩儿。你满意了？”“苏苏，你为什么就不能看看我。你回过头来看看，我一直都在。”“我累了，你走吧，我要睡觉了。”易扬还是和往常一样，放下手中的百合，静静地走了。此时的刘苏，满脸的泪水。是啊，等待她的又是一场未知的旅途。

新的工作就这样开始了，尽管月薪两千出头，但毕竟比快餐店赚得要多。“苏苏，你怎么来了？”原来是刘苏在警校的同学孙莫。“我来这里上班。”“你没怎么变？对了你家的事处理完了吧？出了这么大的事，你也不告诉我，还把不把我当朋友。你怎么上班不穿警服啊。”刘苏略带几分尴尬地说：“我不是警察，我是工勤。”“哦哦。没事儿，不管是什么工作，咱们还能在一起就好。”“嗯。你先去忙吧，我要去报到了，这是我来工作的第一天，我得先去趟政治处。”

到政治处报到完后，刘苏被分配到了食堂，她没有什么技能，只好干杂工。看着昔日同学已经成为真正的警察，曾经自己也是他们中的一员，刘苏的心里就被火辣辣的灼热所填满。想起在警校上学时的一幕幕，真实总是那么的冰冷，让你不敢逾越半步。午饭时间，孙莫跑来拉着刘苏，叫她和自己一起吃饭。刘苏婉言谢绝了，因为她还要维持食堂的卫生。孙莫是兄弟单位所长的女儿，尽管家境不错，但是人很好，随和且不张扬，没心没肺的，和刘苏在警校是最好的朋友。可是警校一别再次见到刘苏，孙莫觉得刘苏变了，不再是那个爱唱爱跳的女孩，变得沉默寡言，尽管如此，在她的眼里，她们依然是最好的朋友。只是，虽然嘴上不说，孙莫一直觉得自己欠刘苏的，自己的父亲没能帮上刘苏的忙，虽然她有了工作，但警察和工勤还是差距很大的，她能体会刘苏的落差。可刘苏此刻心里也有了一道坎，这道坎把自己和孙莫划分得很清楚，楚河汉界，两个人再也不是一个世界的人了。曾经一起躺在草坪上谈天说地的快乐只能成为昨天，而今天自己是为孙莫、为警察服务的服务员。

一个犀利的眼神捕捉到了刘苏的身影，随着这个眼神的移动，一盘刚刚打好的西红柿鸡蛋就这样倾注下来，洒满了一地，刘苏赶忙拿着抹布跑了过去。这个倒了一地菜的女孩叫蒋雪娇，也是刘苏在警校的同学，只不过她的家庭十分殷实，父母都是显贵，出乎意料的是，竟然由着他们这位千金大小姐任性，不仅考了警校还做了警察。“哟，真不好意思，我不小心把菜打翻了，麻烦你清理一下。”刘苏什么都没有说蹲在地上就要擦，孙莫一把拉住刘苏。“蒋雪娇，你至于吗？不管怎么说大家也同学一场，你别太过分。”“碍着你什么事儿了？这是她的工作。”刘苏毅然决然地蹲在地上开始清理，并说：“没事儿，没事儿，大家都散了吧，就是有人不小心把菜打翻了。都吃饭去吧。”围着的人才慢慢散开。“你小心点，别弄脏了我的 CARVEN 小跟鞋，这可是限量版的。”

蒋雪娇说完，扬长而去。“你何必这样？我帮你。”孙莫挽起袖子蹲下来帮刘苏，“你快起来，这不是你干的活，别把你的警服弄脏了。没事儿。我自己能做好。”“苏苏，你这是干吗啊，你就这么任凭她欺负你啊！”“欺负？我不觉得，我还是原来那个我，我没变，变的是这个世界。再说了，我挣着这份钱，就得干好这份活。”收拾完了，孙莫也要回去继续工作了，临走时，刘苏帮她整理了一下警服说：“你穿警服真漂亮。”“你穿也漂亮！真的，比我好看。”“呵呵，我怕是没有机会穿了。走吧，去工作吧。”

刘苏的心怎么能不疼。这件曾经是自己世界支柱的警服近在咫尺，却又似乎离自己十分遥远，永远不会再有交集了。不管是为了接近父亲，还是为了保护自己不再受欺负，她都把这个职业这个工作看作自己最高的信仰、最坚实的依靠，凭借着这个信仰她闯过了那么多的难关，就算是在手术台上，也丝毫没有恐惧过，不管多么疼，她都告诉自己不要睡，不能睡，只要坚持过来，一切都会好的，那件警服就会属于自己。可如今，一切都是昨日黄花，一切都随风消失得无影无踪。

一连几个月，刘苏每天都在重复着诸如此类的工作，擦地、收拾桌子、倒泔水、洗厕所。可尽管如此，她却干得如鱼得水，生命赐予我们什么，我们就应该享受什么。也许是自我安慰，但从接受到适应还是需要时间的考量。这天傍晚，彩霞映红了天边，易扬来这里办事，“易扬？你怎么来了？不跟我说一声。”“哦，蒋雪娇啊，你分配到这里了？”“对啊。你都不关心我，分配到哪里都不知道。”“呵呵，最近工作怎么样？”“挺好的。晚上一起吃饭吧。咱们去吃牛排吧，我知道王府饭店新来的大厨做的佛罗里达小牛排不错，怎么样？”“好吧，不过得稍微晚一点，晚上七点我去接你。”“行。”这个娇生惯养的大小姐，在易扬的面前，乖巧得如同邻家的小猫，原来问题的根源在这里。易扬确实有事要办，他来接刘苏下班。“苏苏，上车吧。”刘苏没有说话，上了他的汽车。“你怎么来了？”“我来办事，顺便接你。你最近怎么样？”“挺好的。”“工作还习惯吗？”“嗯。”“上次的事，对不起，我……”“不用道歉，以前的事就不提了。过去就过去了。”“嗯，行。你想吃什么？我回家给你做。”“嗯。”易扬的心里乐开了花，刘苏对自己的态度终于好了许多，这短暂的温暖，在他看来十分暧昧，这么多年，两个人尽管有年龄上的差距，可对于这个小妹妹，易扬总有一种言不明道不出的保护欲，从她上初中时第一次见面，到如今已经过去十多年了，这份感情从未改变过，这种守候也成了一种习惯。原本老刘的意思是既然女儿和自己有着解不开的疙瘩，年轻人好沟通，就让易扬替自己多关心一下这个还在青春期的女儿，没想到，易扬已经把帮忙变成了一种习惯，甚至是一种责任。而在刘苏的眼里，易扬只是爸爸的徒弟，是自己和父亲沟通的中介而已。这份“深情厚谊”，刘苏实在不知该如何安放。

一餐晚饭过后，易扬熬了刘苏最喜欢的银耳雪梨汤，放在她的床头，看着刚刚洗完澡出来的刘苏，他不禁心猿意马，略带着丝忧郁的面庞，但浑身都散发着清香的女孩就站在自己的面前。那么消瘦的身影，自己多么希望可以一把抱住她，告诉她不用再害怕，一切都可以依靠自己，会保护她爱她一辈子。“花，我插在客厅的花瓶里了。”“嗯。谢谢。以后就别破费了。反正也没人给你报销了。”“我习惯了。以前都是你爸爸让我买，这么多年过去了，都变成一种不自觉了。”“谢谢。”刘苏转过身，对着镜子擦头发，发丝的清香弥漫开来，终于易扬慢慢走向她，抱住了她。“苏苏，你知道，我会保护你一辈子的。我不会伤害你，永远不会。”这次刘苏没有反抗，她太累了，真的需要一个依靠，一个坚实不会转移的依靠，就在易扬的手滑落在她的睡衣带子上的时候，她深切地明白她必须告别过去。刘苏推开了易扬，尴尬地说：“我要休息了，你回去吧。”“哦，好。你好好休息。汤别凉了。”

出了刘苏家的门，易扬便开车去接蒋雪娇。一袭盛装出席的蒋雪娇着实迷人，只是可惜，这精致的面庞和衣着还是掩盖不住她的苛刻。“走吧，我已经订好位子了。”

最浪漫不过的就是在这种高级餐厅喝着昂贵的红酒，吃着上等的牛排，对面有美人相伴，不远处还传来悠扬的小提琴乐曲。“蒋小姐，对于今晚的菜品，请问您还满意吗？”“不错。替我多谢主厨，很合我的胃口。”蒋雪娇用流利的法语和餐厅的主管交流着。易扬笑着看着一切。“看来我对你还是不够了解，没想到你的法语这么流利。”“你没想到的多着呢。我从小就学多国语言，不然将来如何成为我母亲生意上的得力助手。我家的生意可是遍布欧洲、亚洲的各个领域。”“你真的很优秀。”“可我也很寂寞。我的父母常年不在家，可对我的管教却一刻也没放松过，老师和保姆轮流转，我必须学会符合我身份的所有技能。”“可你为什么会喜欢我？”一句话问得蒋雪娇花容失色，她没有想到自己埋藏了三年的感情竟然会被易扬轻而易举地戳破。她没有说话，只是眼神看向了别处。“如果是为了和刘苏竞争，我想就不必了。”“我不是为了和她怄气。她和我就不是一个世界的人。”“没错，你们不是一个世界的人，所以请你不要再伤害她。”“这顿晚餐看来是鸿门宴啊，你就为了她而来的吧。”“当然不是。我们只是朋友，换句话说，我是她父亲的朋友，既然她的父亲不在了，我替她的父亲照顾她也理所应当，对吗？”“你知道我喜欢你，可你从来都不理睬，不就是因为刘苏吗？”“当然不是，我比你大，而且我没有你优秀，我只是一个普通的小警察，我没有殷实的家境，未来也一片混沌，我配不上你。”“如果你选择了我，你的前途肯定很光明。”“你的家里人不会同意的。”“会的。只要我想要的，就没有得不到的。”

离开的时候途经一个花店，“为我买束花吧。”“好啊。”两个人下车进入了花店。“你喜欢什么花？”“我喜欢玫瑰。”“是不是每个女孩都喜欢玫瑰？”“别人喜欢是别人的事，我喜欢是因为它是高贵的，它是完美的，永远那么的诱人，永远拥有着迷人的芬芳，让人难以抗拒，可如果你要毁灭它，它会先刺向你，所以，它也足够坚强。”易扬看着眼前的这个女孩，和刘苏有着绝对迥然的风格，同样是坚强，两个女孩反射出的光芒却是如此的不一样。刘苏的家就像是一个你特别想拥有的港湾，温馨而干净；但蒋雪娇的家却是大厦林立，犹如皇宫一般，难怪那么小就要独自生活，还要学会一身技艺，也实属不易。

蒋雪娇的身上不是没有让易扬心动的地方，比如看到好吃的东西，她会露出会心的笑，笑得那么纯真；看到鲜花总会俯身闭上眼睛静静采香，仿佛在和花朵交流。但她的保护欲也很强，总是害怕自己受到一丝一毫的伤害。而刘苏对于花朵总是敬而远之，就静静地在远处看着，看得出神，看得忧郁。她的忧郁绝不是软弱，只是不得不臣服于现实不公的无奈。只要有机会，她必定会绝地反击，报复所有的不公和伤害。她的忍耐力绝对超过这个年纪同龄人该有的耐力。

的确，那次晚餐后，蒋雪娇对刘苏的态度好了很多，虽说也谈不上说话，但是两个人至少没有那么针锋相对了。不过蒋雪娇的豪车与奢侈品着实成为单位一道亮丽的风景线，可谓羡煞旁人。她一口流利的外语也给单位带来了极大的荣誉，每当有外宾前来参观学习，翻译工作对她来讲就是轻而易举。工作上的顺风顺水也让她成为单位名副其实的明星。孙莫虽然比不上蒋雪娇如此风光，但也是局长的千金，她的踏实肯干为她迎来了不少掌声。一天晚上下班，刘苏和孙莫一起坐班车，“你这是要去哪儿？很少见你穿这么华丽的裙子啊。”“唉，苏苏，你是不知道，我爸非让我今晚去相亲，说是什么公安局的后起之秀，我不想去，可是不去他就不会给我零用钱，你知道吗？他承诺我，去了就给我买一件 CARVEN 的印花羊毛连衣裙，就是这款，吴千语穿过的。”说着从包里掏出一本画册，的确这个女星面容清秀，穿上这条裙子十分淡雅。“这么说你是为了裙子才去的？”“没错。八千呢！靠我自己什么时候才能买上？”“你什么时候也跟土豪学了？”刘苏指了指疾驰而过的宾利座驾。“嗨，又不是她家开的，就她能穿，我们老百姓就不能穿了？嘿嘿。回头咱俩一起穿。”

第二天，果真，孙莫穿着和杂志上一模一样的裙子出现在刘苏面前。“漂亮吗？”“嗯。我一辈子也穿不上了，太贵了。”“以后找个有钱的老公什么穿不上啊。嘿嘿。”“昨晚相亲相得怎么样？”“还行吧，就那么回事。”“就那么回事你干吗脸红啊。”“你知道吗？他长得可清秀了，说话的声音好听极了。而且还是大学时候的短跑冠军。”“心动了？”“嘿嘿，嗯。”“祝贺你啊。希望你是咱们同学中最早嫁出去的。”“嗯。这条裙子就是他给我买的。”刘苏笑了笑，继续拿起拖把擦地。花季少女的幸福总是那么的充满色彩，没错，这种看似简单的幸福总是那么的诱人，自己又何尝不想拥有？以为碰到了命中注定的人能够相依，没想到到头来还是一场空。现实还是现实的存在。

刘苏总是累得直不起腰来，一天的工作让她辛苦得像个女佣。可是身体的苦怎么能和心里的痛相比。该来的还是会来。一天上午，刘苏开会回来进住区，一进门就看到奶奶一家人坐在大厅里等她。一直以来，他们都觉得刘苏应该听他们的话，同意在爷爷过世后，将房屋过户到奶奶名下。还拿出了所谓的遗嘱。刘苏一直不同意，这分明就是抢夺家产，尽管家产没有多少，但是再次被羞辱的感觉还是给了她一记响亮的耳光。“刘苏，你要是签了字，咱们还是一家人。”“我要是不签呢？”刘苏抢过了姑姑的话直接问道。“那就法庭见。”“好啊，你去告我吧。如果法院能给你立案的话。代位继承，我是我父亲的女儿我有这个权利。房屋没在我的手里，房产证上没写我的名字，我也没有居住,你告我什么？”“你爷爷有遗嘱。”“那你们就直接去公证吧，去过户,来找我干什么。”“需要所有子女签字,你爸死了,你得替他签，还得交出你爸爸的死亡证明。”“我只知道他死了，死亡证明？我不知道从哪儿拿，你可以先死，教教我怎么开具死亡证明。”“你怎么说话呢？”“我怎么说话，你们抢了我的家产现在祖业产也来抢，我给足你们面子了。如果想告我，那就随便，抓紧时间。一家人？我跟你们从来就不是一家人。”“你,你这不是浑蛋吗？”“我就是浑蛋,怎么了？如果你们再不走，还在这里捣乱，我就报警，说你们扰乱政府机关正常办公秩序，怎么样？你也想被警察抓？”“你。”“我什么，你们不就是一个个想在北京弄套房子吗？算盘打错了吧。去告吧，让法院强制分配遗产，看看有没有我的。”说完刘苏扬长而去。

这么多年，同样的阴影还是挥之不去，竟然闹到了单位。儿时，父亲一次次地去学校探望，买那么多的零食、衣服，让其他同学嫉妒，可又很诧异为何如此。可孩子的世界已然不再单纯，他们肆意地在放学的路上追打刘苏，刘苏从那一刻就明白，只有跑才能活。

心绪难以平静之下，她跑到了大街上，看着车水马龙的大街，那么的热闹又是那么的冰冷。一个人还是该何去何从呢？不知不觉又走到了公安局的门口，看到一辆别克停下，这是孙莫的车，一个熟悉的身影跃上眼前，原来孙莫的男友就是张桐，他笑得还是那么的纯净，还是那么的温暖，他一把拉出孙莫，搂在怀里，那么的幸福。刘苏的眼泪一下子就冲出了眼眶。幸福还是属于原本就幸福的人，而自己终究还是那个留守在街角的人。

夜还是一样的漫长，自己坚持的究竟是什么？现在的茫然终于使自己顷刻崩塌，躺在床上，无力动弹。

第六章

离去

第二天，刘苏辞职了，她决定离开这个地方，走，去一个没有人认识自己的新环境。她去了上海。“苏苏，你为什么辞职都不说一声，你怎么了？”收到孙莫的短信时，刘苏已经拖着箱子上了前往上海的火车。刘苏没有回复，只是删除了短信，前往那个未知的目的地。临行前，她给易扬发了一个短信，我走了。当易扬追到火车站的时候，火车已经轻轻开动，将自己和北京的一切都抛到了刘苏的身后。

上海的天有些阴霾，可比起北京，这里完全是另一个世界。刘苏带着身上的一万块钱，来到了宏盛大酒店旁边的一处民宅，顺利地租了一个房子，房子比较旧，但很干净，月租两千，这也许是上海最便宜的房子。她打开行李箱，整理着自己的衣物，掏出了那个曾经的美梦，紫色的梦网。

为了方便工作与居住，她来到宏盛大酒店应聘服务员。没有了朋友的自己，感觉一切都是崭新的，陌生但崭新，这似乎是一个自己重新做人的地方，没有人认识自己，也不会有人了解自己。一切都是新的开始。

应聘结束后，她回到家里等待通知，整理房子总是那么的辛苦，因为每个地方都想弄到最舒服，最干净。没有钱，她只买了一枝百合花，放在床边的玻璃瓶子里。一连三天没有任何消息，刘苏想自己应该失去了这次机会，于是跑到肯德基去应征，这里条件低，也许可以先做起来，养活自己。就在她前往的途中，接到了酒店打来的电话，通知她已经顺利通过考试，第二天就可以来酒店工作了。不过是继续打扫、服务，似乎也没有什么区别。选专业的时候太过执着，如果是考取别的学校，似乎一技之长就会运用更广泛些，不必如此狭窄。

经过了一段时间的培训，刘苏正式上岗了。工作一周后她才发觉，这是一份十分辛苦的差事，从早忙到晚，不管是多么难缠的客人，你都要微笑相对，有时真的觉得自己的脸会笑僵。这天中午，刘苏正在餐厅上菜，突然被领班叫住，告诉她停下手头的工作，要有新的安排。她换上了新的制服，一看这做工和料子，肯定价格不菲。可是为什么会有如此待遇？“刘苏，你的工作表现很踏实，所以你的工作将会被调动。”“我？我才工作一周。”“我们是服务行业，客人的要求就是上帝的要求，我们必须满足。与咱们酒店长期合作的一位客人指明要你服务。你可以去总统套房工作了。工资是你以前的三倍，条件是二十四小时服务，没有休息。你也不用担心，这位客人不是总在这里，他一般回国后就会来我们酒店一至两个月，所以在此期间你做好服务工作就可以了。”“可是,我才刚刚工作,总统套房的服务我还不会。”“没关系，会有人告诉你该怎么做。”

“刘苏，1214 房间的客人要一瓶香槟，你去给他送去。”“收到。”听到耳机那头传来的指令，刘苏前往酒库取酒。来到客人房间，看到一个儒雅的男子站在窗前，仿佛在盯着什么看。“您好，您要的香槟已经到了，请问需要帮您打开吗？”男子慢慢回过头来，注视着眼前这个穿着黑色制服的女孩，他的眼神复杂极了，如同打翻了的五味瓶，惆怅与期待混合在一起，让人不解。“打开吧。”“好的。”“你也喝一杯吧。”“谢谢，但是我不喝酒。”“看来你还不知道该如何服务总统套房的客人。”“的确，我才工作一周，没有经验，不当之处还望您海涵。”“你很诚实。我不会难为你，做好你的本职工作就行了。”一连几天，这位客人总是叫莫名其妙的东西，一瓶香槟或者一瓶红酒，一件女式连衣裙，一双女鞋，一些化妆品，品牌和尺码都会写好，然后让人去准备。很奇怪的是，这么大的套房只有他一个人住，何必买这么多不相干的东西。为了服务好客人，这些东西都由刘苏亲自去挑选，甚至连眼影的色号都会注明。这些奢侈品是刘苏一辈子都不会用的，如今却如此大包大包地买，真是觉得上天不公啊。不过这就是工作，购物总比在酒店端盘子要轻松些。售货小姐总是以为刘苏是哪个暴发户，拼命地向她推荐，可刘苏总会说，照这个单子的要求去拿货，我是为客人代买的。这时售货小姐就会闭紧她们的嘴，然后迅速拿来刘苏需要的东西。以前的工作经历让她养成了一个良好的习惯，就是凡事都要亲自核实，以免弄错。在疯狂帮这位客人购物后不久，刘苏像往常一样按照惯例在上午十点的时候送去一杯咖啡，不过这次要了两杯。刘苏心想，肯定是一位小姐要来，不然买这么多东西岂不是有病？“刘小姐，感谢您这段时间为我所做的一切，您的服务我很满意。”“谢谢。”“您很重视保密，这个原则我很喜欢，您从未把您在我这里看到的听到的一切告诉外面的人。”“我的工作是服务，其他的都与我无关，我很高兴我的服务让您满意。”“刘小姐，有一个不情之请，还望您能够帮助我。”“请讲。”“能否陪我在上海逛一天，当然，这是有薪资的。”“我可以拒绝吗？”“当然可以。不过，我还是希望您能考虑一下，这是我在上海的最后一天。感谢您一个月来对我的照顾。”“好的，我考虑一下。”“晚餐我在餐厅等您。”说完，刘苏转身离开，刚刚到楼下，主管就找了过来。“刘苏，客人对你的服务很满意，我也很意外，你能够表现得这么出色。”“其实我没有做什么。”“但是有句话，我还是要说，这位客人对我们酒店很重要，我希望你不要拒绝他的邀请。薪金很丰厚。无非你就是再为他服务一天，也会有其他随行人员，你会很安全的。”“经理，我想休息一下。”“刘苏，对于你的破格录取包括可以在总统套房工作都是这位客人的缘故，我希望你认真考虑一下，午餐前给我答复。”

刘苏没有犹豫，午餐时她找到了主管，表示接受工作安排。主管把她带到了1214号房，“刘苏，这不仅是一项工作，就把它当作你辛苦工作这段时间的奖励吧。”说完，酒店的工作人员就依次排开，打开衣柜为刘苏挑选衣服，并化妆。“不是一天的服务吗？这是要干吗？”“客人的要求是你要符合他的品位，然后继续为他服务。刘苏，这些可都是世界名牌，咱们普通人想穿想用都没机会的，你就是运气好，客人喜欢你，你就奢侈一回吧。”刘苏望着镜子中那个脸色苍白的自己，什么都没说，坐了下来，任由同事装扮。

装扮一新后，她看了看镜子，觉得确实很不一样，一样的不过是自己的面容，还是那么的愁云满布。“刘小姐很漂亮，这些衣服都是按照你的尺码选购的，样式还喜欢吗？”“为什么按照我的尺码？”“说穿了，你很像我的一位故人。真的很像，有时让我难辨真假。”“我的任务就是陪伴您一天，做好我的工作。”“您对这一切不满意吗？”“我是很穷，需要工作来养我，但是我不卖人。”“你别误会，我只是想和刘小姐交个朋友。没有其他的意思。”“那最好了。”“我想让你作为我的朋友入住本酒店。仅仅是一天。以感谢你对我的优质服务。”

餐桌上的美食，刘苏没有见过，只能生硬地用着刀叉，很是尴尬。不过餐桌上的百合却传来阵阵清香，犹如仙子般站在高级的餐厅内，傲视一切。客人换过已经切好的牛排，说：“刘小姐不常吃西餐吗？”“是的，我吃不起。”“其实在我看来，每道食物无论做法多么不同，味道多么独特，原材料也就是根本不会发生变化，无论多么昂贵，都在后天加工，而不是事物本身。所以你自己炖牛肉和在这里吃几千元的牛排，从实质上讲是一样的。”“谢谢。”“我还没有自我介绍。我叫叶慕林，是盘古药业的总裁。”“我想您知道了我叫刘苏，很高兴认识您。”“刘小姐似乎总是不太开心，这和我有关系吗？”“我想没有，我是因为丧父。”“哦，很对不起，不应该提起你的伤心事。那我们就说一些愉快的，据说你也是刚刚来上海，还没有怎么玩儿过吧。我出生在上海，这样，明天我们就上海一日游，怎么样。”“悉听尊便。”

城隍庙永远是熙熙攘攘的，人们似乎喜欢这种拥挤，只有这样才能让他们感受到温暖与热闹。刘苏束起了高高的马尾，穿着简单的运动服，而身着风衣的叶慕林总是那么的风姿卓著。“怎么，今天没有你的保镖跟随吗？”“说好了是上海一日游，就不需要跟随。”“嗯。”在游玩中，两个人渐渐打破了隔阂，追逐笑闹，“你把糖吃到了嘴角。”叶慕林提醒道。“在哪里？”刘苏满脸乱擦。“在这里。”他帮刘苏拿下嘴角的糖，然后贴到了她的鼻子上。一路说说笑笑，很快到了傍晚。“你喜欢百合？”“嗯，特别喜欢。”刘苏回答道。叶慕林掏出钱包买了一大束，说：“送你。”刘苏刚要接过鲜花，就被叶慕林突然抓着手，撒腿疯跑。一路狂奔，在一个小弄堂的棚户旁，叶慕林捂着刘苏的嘴，抱住她闪入其中。过了不知多久，叶慕林才放开手，刘苏大口地喘着气。“你不问问为什么跑吗？”“废话，肯定被人追呗。”“你不想知道吗？”“我不想知道。你把我的花弄蔫了。”说完，刘苏若无其事地整理起了花瓣。“你不害怕？”“我怕什么，他们追的是你，又不是我。我就一服务员。别说了，赶紧回酒店吧，你要真出点什么事儿，主管肯定不会轻饶了我。”“你真是个奇怪的女孩。”

叶慕林心里明白，今天的追杀只是序幕的开始。只是没想到对方动手这么快。但是他更惊讶于刘苏的反应是如此的镇定。她很知道分寸，多一句都不会问。叶慕林望着上海的茫茫夜色，流动的黄浦江像极了自己的内心，暗潮迭起。这个样貌如此像霍青的女孩究竟是谁？她们不仅样貌乃至连喜好都如此相似。难道是老天的恩赐？霍青已经死了，不可能是霍青。但他肯定的是，绝对不能让这个女孩离开自己。

“刘苏呢？”“她昨晚回来后在酒店的楼梯上摔了下去，弄伤了腿，怕是不能继续为您服务了。我们可以派其他经验更为丰富的人员为您提供服务。”“我说了我只要她！”叶慕林大吼了一声，然后匆忙跑了出去。他心里在想这绝不是意外,这只是对手留下的第一个“小礼物”，他要让自己知道痛苦可以再次上演，而自己也绝对不能让刘苏成为第二个霍青。看到在医院吊着腿的刘苏，他松了一口气，还好没有大事。刘苏正咬着苹果，看着手里的一本漫画。

第七章

替身

“刘苏你还好吗？”“我很好啊。你怎么来了？”“赔你昨天的百合花。你的腿没事儿吧？”“没事儿，医生打了石膏了。过些日子就能好。经理说这算工伤。嘿嘿。你不是要走了吗？”“刘苏，我想带你一起走。”“为什么？”“你别问了，总之为了你的安全，你必须跟我走。”“我不去，我哪儿也不去。”“你现在在这里很危险，他们以为你是霍青，他们会杀了你的。”“霍青是谁？”“霍青是……总而言之你在这里很危险，你必须跟我走。”“如果我拒绝呢。你太怪了，别以为接触几天就是朋友了，我为什么要相信你，既然和你接近就有危险，你就应该放了我。”

“对，我应该放了你。”叶慕林的心狠狠地震动了一下，以前霍青也对他说过同样的话。只是那时的自己因为一时气盛，任由霍青离去，最终永远地离开了自己。这次他绝对不能让故事重演，必须带着刘苏离开。不管她们是一个人还是长得相似，不能再分开。他不由分说地抱住了刘苏，刘苏拼命地挣扎，他暴怒地吻向了她。“你干吗？”刘苏拼命推开了压在身上的叶慕林，给了他一记耳光。“别以为有钱就能为所欲为。”“对不起。”

一夜漫漫流逝，叶慕林望着眼前的这个女人，和霍青如此相像的女人，情感难以控制，如流水般涌了出来。原本想埋藏的情愫，却被到这家酒店偶然间见到的女孩所打破，仿佛时间倒流，又回到了过去，回到了霍青还在的时候。但是这个长相极其像霍青的女人，脾气和性格着实和霍青有着天壤之别，霍青的温顺和体贴，这个女人的幽怨和偶尔的活泼，一时间自己也被困惑。“老板，如果还不走的话就会有危险。为了一个女人不值。”“你不懂，她对我的意义。”“青姐已经死了，林哥，你应该明白。”“可她们长得太像了。”“但这个女人的底细你并不清楚，她不适合和我们在一起。”“我明白。可是，你去准备两张明天的机票，我要带她回香港。”秘书小北的话并没有起到丝毫作用，只是加深了他的决心。

叶慕林的一意孤行并不知道能否在这个倔强的女孩身上实现，但此刻的他已经全然不顾一切，哪怕只是一个影子也要牢牢抓住。

刘苏醒来已经是第二天了。“你没走？”“你不走我不会走的。我知道，我说什么都没有用。如果你想活命，你就得跟我走。我想你不会没有过去，你活着的意义究竟是什么？不是等死吧。”一句话戳中了刘苏的伤口，是啊，活着的目的是什么？刘苏从来没有忘记，那就是查出父亲的死因，或者说父亲到底有没有牺牲。一切的不公都由自己承担，这未免太过残忍。而手无缚鸡之力的自己，怎么能做到呢？也许眼前的这个人就可以帮到自己。她望了一眼桌子上的百合花，说：“我同意。我跟你走。”叶慕林喜出望外，“你同意了？我就知道你会同意的，不管你是出于什么目的，只要不离开我就好。”说完，他立即起身，吩咐小北准备回港的事宜。

当天晚上，叶慕林命人帮刘苏收拾了她出租房里的东西，就准备一起到机场了。“那好几个大箱子是什么？”“那里面装的都是我为你买的衣服和首饰。每样都是你去挑选的。你还记得吗？都是你平时爱用的。你的尺码你的喜好我都记得。”一席话说得刘苏答不上来。小北在一旁示意刘苏别反驳。“你能去给我买一杯柚子茶吗？”“我想喝。”“行。”说完叶慕林起身就去购买。小北走上前来说：“我不知道你是出于什么原因同意跟老板回香港，但是我希望你像我们看到的一样纯净，他很爱霍青，霍青是他此生的挚爱，可惜五年前去世了。你想好了做她的替代品了吗？”“我想活命。我不想被无缘无故地杀死。”叶慕林的回来打断了两个人的谈话。而在小北的心中，对这个甘愿为一个相识不久的男人做最爱的女人的替身感到不安。

刘苏被叶慕林抱上了头等舱，她的腿还是不能动。坐下后，叶慕林细心地为刘苏盖上毯子，就坐在她的旁边，一直握着她的手。而在一帘之隔的经济舱，一个熟悉的面孔已然登上飞机，一同前往香港。

香港的天气湿润且舒适，似乎空气中都弥漫着淡淡的花香，打开房门，里面全是新鲜的白百合。“喜欢吗？”“嗯。”叶慕林抱着刘苏来到了卧室，“喜欢吗？这就是咱们的卧室。”“咱们？”“对。”“可是，叶先生，我能做的就到这个地步，希望您还是从您的梦里醒来，我不是霍青，是刘苏。”叶慕林一下子恢复了以往的礼貌和冷淡。“抱歉，刘苏小姐。这是你的房间，我的房间在隔壁。不过对于佣人，你还是夫人。一会儿会有人来帮你整理东西。”说完他径直走出了房间。

看着窗外的院落，刘苏在想自己究竟做了一件对的事还是错的事。一切都是未知。

叶慕林的的确确是盘古药业的总裁，可是他的神秘却不像一般的生意人。一种似乎是与生俱来的绅士气息，还有就是无尽的落寞，似乎笑容只是别人脸上的风景，对于自己那是不存在的绽放。

每天，叶慕林都按时回来，除了在书房整理文件，大部分时间都是和刘苏在一起。刘苏无聊，躺在床上只能看书，两个人就总是聊着书里的内容。日复一日，两个人越来越像熟络的夫妻，刘苏的腿终于可以下地行走。“今天你不用工作吗？怎么都这个时候了，还在家里。”“今天我不用工作，因为今天是我的生日，你会陪我度过吧。”“好啊，反正我也没事。”“那你换件裙子吧，我送你一个礼物，放在了你的床上。”刘苏回到房间果然看到床上摆着一个盒子，打开一看，是一双漂亮的黑色鹿皮跟鞋，还留着一张字条：请给我一元钱。刘苏笑了，原来这个看似西化的男人竟然还懂得这个北京的风俗。

“我认为这是全香港最好的西餐厅。”“为什么？”“因为这是我和霍青第一次见面的地方。她曾经自己经营一家花店，她的花永远都是那么的芬芳，仿佛隔着几条街，我都能闻到那种香味。”“你很爱她。”“是的。我那个时候还什么都不是，只是一个公司的小职员，每天就是弄药的配方，赚得也不多。她陪我走过了最黯淡的时光。”“她是怎么死的？”“意外……”

“祝你生日快乐。”两个人晶莹的酒杯碰在了一起。合着灯光的摇曳，真是美极了。“我可以请你跳支舞吗？”“当然可以。只是我跳不好。”“没关系的。”随着曼妙的曲子，两个人慢慢起舞。这是刘苏第一次和叶慕林靠得这么近，面对这个风度翩翩的男子，哪个女孩不会心动？此刻的刘苏仿佛置身于童话中，而此刻的叶慕林仿佛也回到了从前。所有的戒备都随着刘苏曼妙飞扬的发丝变得柔软了许多。无意中，刘苏看到一个服务生突然从兜里要掏出什么，她下意识地迅速按下叶慕林的身子，自己趴在了他的背上，留下的只有回荡在餐厅中的枪声。叶慕林惊呆了，眼前的这个女孩竟然身手如此敏捷，四处的保卫即刻冲上前来按住了服务生。

“你没事儿吧，受没受伤？”刘苏警觉地查看着叶慕林，而他却没能从眼前的惊愕中缓过神儿来。叶慕林没有受伤，只是刘苏的胳膊被击中了。

一路上，叶慕林一直抱着刘苏回到公馆，他的心里矛盾极了，这个酷似霍青的女孩原来一点儿都不简单，她的身手绝对不是偶然，可是她救了自己，也不可能是敌人，究竟是一个怎样的女子？自己的理性和感性一直不断冲刷着内心，一半是火焰一半是海水的感觉，真的让人莫名的不安。

“夫人受伤了，好好照顾她。”放下刘苏后，叶慕林将她交由佣人照顾，自己来到了书房，小北随后进入。“小北，你觉得是什么人干的？”“我不知道，派人去查了，应该是他们，可是手法不像，没有置你于死地。”“那个服务生呢？”“留下了活口，正在往咱们这送。”此时小北的电话响了起来。“林哥，来的途中遇到了警车，这小子衣服上有血被警察带走了。”“算了，警察会解决他的，别把事情闹大。咱们还有事情要做。”“林哥，你，你不觉得奇怪吗？”“我知道你想说什么，可是她刚刚救了我。没有她我可能已经不在这里了。”“保险起见咱们应该查查，哥，干这个的时候你就跟我说没有小心，只有清楚。咱们必须注意，她的身手不像是一般女孩子。”“我知道了，你回去休息吧。”

夜幕下的灯光总是那么的温暖而暧昧，透着浓浓的柚子茶清香，刘苏躺在床上，看着窗外的夜色。不是惊魂未定，只是心中有些激动，原来有些东西已经渗入骨髓，一生都无法躲藏，那也许是条件反射，也许只是自己一直规避的本能。看似简单的动作比起在警校摸爬滚打的一切都显得太过苍白，可此刻却又让自己觉悟，一切都不过是一场梦，我依然是我，我不是警察。这种内心的纠结如同蜂蜜再甜蜜黏稠也无法绝对与水相融一样，如同心头的一根刺，随着时间的延续，它只会越扎越深，让你痛不欲生。

“还疼吗？”叶慕林走了过来。“你还没睡？不疼了。”“可是我很心疼。来喝点水。”说着他坐在床边，拿起桌上的马克杯。“你不想问问什么？”“你今天受惊了，多休息，我很担心你的伤。”说罢抬起手来轻轻抚摸着刘苏的头发，这种小小的爱抚对于刘苏来讲是一生最期盼的。她曾经多么希望自己的父亲也可以这样对待自己，能够享受一刻的爱意也是幸福的，更是奢望的。这让她有一种想要流泪的冲动，可能也是因为这些，自己才会奋不顾身地救了叶慕林，眼前这个比自己大了近十岁的男人，让自己无法自拔，深陷于他成熟而深邃的眼眸中，也许是一种魅力，也许是自己对爱奋不顾身的追逐，抑或是缅怀。“苏苏，你对我很重要，你知道吗？你今天这样，我很害怕，我害怕失去你。不管别人说什么都不重要，我只要你。”说完，他俯身亲吻了刘苏的额头。刘苏的眼泪终于坚持不住，顷刻落下。叶慕林走到床边躺下，刘苏紧张地往旁边躲了躲，“别怕。有我在，你什么都不用怕。我只想抱着你，好吗？”刘苏没有说话，任由这个儒雅的男子抱着自己，只是原本自己最爱的国际蓝颜色的衬衫换成了纯净的白，他身上淡淡的香气让人沉醉而安心，仿佛只要有他的臂膀在，一切都是微不足道的，而所有的暴风骤雨都将在外面的世界恣意上演。

清晨起来，刘苏见叶慕林还在睡着，拿起身上的被子为他盖上。原来他的睫毛那么的长卷，原来他的鼻梁那么的挺直，原来他的气息那么的沉静。眼前的这个男人没有一点瑕疵，完美得就如同书中走出的王子，可他的眼睛有时太过深邃，藏了太多的秘密。可是一个少女的心被挑逗起来又如何能轻易放下，刘苏轻轻地吻向了他的脸庞，只一下，只一次。叶慕林轻轻地睁开了眼睛，一把抱住刘苏，“让我逮到了。”“哎，男女授受不亲。”“是你先亲的我，你怎么反倒恶人先告状了。”一时间，刘苏的脸红得像个大苹果，“小东西，我等这一天等了好久。”叶慕林的怀抱总是那么的温暖，而他的吻总是如此的温热，浅尝辄止，从不越过这道线一丝一毫。

刘苏最喜欢的就是坐在窗前看着窗外的一切，偌大的世界，自己是如此的渺小，多美的风景，自己都不会身在其中，内心的压抑和纠结就像是挥之不去的噩梦，一直萦绕。而自己无力抛下一切，必须继续纠缠，也许是习惯，也许是信仰。

“怎么窗户总是打开一点？”“我觉得这样能透透气，会舒服一些。”叶慕林笑着走到窗前，从身后变戏法一样拿出一个盒子，“这是我送你的。”一个晶莹剔透的葫芦形玉坠，他轻轻地戴在了刘苏的脖子上。“这太贵重了，我不能要。”“没有什么不能的，你听着，这个东西对我来讲特别重要，不管是过去现在还是未来。它是我的护身符，你是我的幸运星，我希望你们可以在一起保佑我，只要有你在，我就什么都不怕。”映着天边的光芒，这个玉葫芦飘落在刘苏的胸前，发出晶莹透亮的光泽。

第八章

失踪

这一天，刘苏正常起床，经过一段时间的调整，她已经基本恢复了健康。在叶慕林离开后，她提出要去外面走走。在佣人告诉小北后，小北派了几个兄弟陪同她一起前往。灰色的CC奔走在这个忙碌而灰暗的城市，车子停在了一家咖啡店的门口，刘苏拿起身边的皮包走下了车，就在这时，突然几个人冲了上来，一群男人扭打在一起，小北的人根本不是来者的对手，刘苏被一个矫健的身影一把抓住，就在刘苏要反抗的时候，她愣住了，随后便被劫持而去。

“找，给我全世界的找。连个女人都保护不好。”“哥，兄弟们找遍了，没有消息。”“继续！会不会是他们做的？”“要真是他们做的，咱们肯定查不到，就算查到也没有办法。”“我不管，就是把香港翻个底朝天也要找到。”“哥，为了一个女人，得罪他们值得吗？”“我不能再失去她，绝对不能！”“你冷静一下，现在这样有什么用！不管是哪方都会联系我们，谈条件。哥，你变了。”叶慕林不再说话，只是扶了扶眼镜，抽着一支雪茄，默不作声。

这个熟悉的身影不是别人就是易扬。很快他们一行人来到一个小区的单元，打开房门后，映入眼帘的是两个人，一个是刑警队的张队，一个是刘苏的领导郭处。

“刘苏同志，你辛苦了。”“有话快说，我时间紧张。”“刘苏，你的任务进行得很顺利，不过你还要继续坚持。我和张队商量过了，由于叶慕林和帮派之间还有渊源，所以派易扬和其他同事保护你，当然这都是外围的，内部还需要你自己多多注意。”郭处的几句话简单，却意志鲜明。“张队、郭处，我觉得这个行动方案应该有变，叶慕林他是黑社会，不是信男善女，刘苏现在很危险，他随时有可能伤害刘苏。”易扬着急地说道。“他不会伤害我，他喜欢我。”“我知道他喜欢你，监听器里我听得清清楚楚，可关键是，如果伤害发生呢？”“我会处理好。”“刘苏你救了叶慕林，他对你肯定会信任有加，而且对于他对你的喜爱我们是很有把握的，这一点肯定会使工作有所突破。当然你也要注意自身安全。”“我明白。”

出了安全屋，易扬和刘苏走在楼道里，沉默与愤怒落了一地。“刘苏，我就不明白你为什么答应参加这个行动，你知不知道很危险，你知不知道制毒贩毒的人都心狠手辣。”“我知道，可我愿意。”“我看你是活够了，你就为了这个，夺走你一切的职业太不值得了。”“对，不值，那你觉得我要是不接这个行动，我的人生就有意义了？一辈子在食堂擦地，忍受着所有人的同情还是嘲讽？”“那你就玩儿命？”易扬怒吼了一声。“对，我就玩儿命。我活着的意义就是不再重复过去，我活着的意义就是找到我爸！”“你疯了，你太自私了，你竟然说你的生命不重要。”“自私？你不自私吗？我的生命对谁重要？对你吗？那是我自己的，我可以对自己负责！”“我怕你受到伤害！刘苏，你知道我说的是哪种伤害。”“上床吗？我还在乎这个吗？”“刘苏，你冷静一点，你爸爸已经不在了。”“那好，要是他不在了，为什么我在上海的时候从张队的本子里看到我爸的电话？”“那只是巧合，张队解释过了。”“你以为我是小孩？随你耍吗？我会找到我爸爸。”“好了，刘苏，我们不吵了，每次见面都要这样吗？我们时间不多，我会放出风去，很快他们会找到你，我希望你可以保护好自己。如果你不爱惜自己，我会动用一切力量保护你。”

当叶慕林找到刘苏的时候，她已经被捆在椅子上，嘴上也被贴了封条，叶慕林疯了一样用刀割开绳子。看着脸色惨白的刘苏，他一把抱住了这个瘦弱的身体，刘苏的眼泪轻轻流下，紧咬的嘴唇让叶慕林觉得他亏欠刘苏的更多了。可他却不知，刘苏的泪水和隐忍都不是为了他，而是为了那个所谓“牺牲”的父亲。这一切都被不远处的易扬尽收眼底。

就在刘苏被“成功解救”之后，叶慕林的安全防范变得更为谨慎了，除了别墅和车就是公司了。他告诉刘苏一定不要再单独出门，可时间越来越紧，一味地谈情说爱怕是不能对案情有丝毫帮助，而郭处曾经的承诺就会变得越来越缥缈。经过这次“绑架事件”，小北越来越怀疑这次所谓“绑架”的真实性，但直说就是怀疑这个出现突然的极像霍青的女人有疑点，叶慕林是不会相信的，他已全然被这相似的外貌所迷惑，不查，任由其发展也不行，这行当由不得半点马虎，出事就不会是小事。一切的调查只能从刘苏的身世开始，慢慢发散也许可以找到说动叶慕林的证据。

“张队，怎么让我这么快就回去？”易扬的一通电话，打乱了他所有的保护计划，因为曾经手上办过的一个案子，他必须尽快回京接受调查。法治科的办公室混乱的桌面和洁白的墙面成为鲜明的对比，一杯透明得不能再透明的白开水就端放在桌面，似乎每喝一口就会尝到那种烫熟的塑料味儿。“我已经说得很清楚了，这个案子还有什么值得怀疑的？”“小易啊，你冷静点，接受质疑也是我们工作的一部分。既然检察院发了回来，咱们就得重新核实，按照程序办事。”“他一个小偷，多明显啊，他只撂了一起，现在还翻供？他头戴的帽子都是事主家的，事主的口供材料也都在啊。”“你不要急，我们已经联系过事主了，她说监控摄像头的录像并不是很清楚，的确赃款确实和她家丢的数目相吻合，但这帽子是不是她家的，她也不能确定。”“可当时给她看监控的时候，她特别肯定地说是她家的，而且时间和地点都对得上，金额也对，不能因为他一个嫌疑人的翻供这案子就不能立了吧。”

经过了一个下午的调查没出什么结果，之所以不能审判，就是因为犯罪嫌疑人翻供，称自己被打，是屈打成招。一个半路杀出的程咬金，打破了易扬这条安全线，但事情没结，就不能离开北京，还要继续接受调查，他心里明白无非就是个告诫，可此刻比告诫更重要的就是刘苏的安全。自己心里就算有再多的不满再大的冤枉也认了。如今的工作是越来越难开展啊。

随着北京的小风，他打了一个冷战，走到看守所旁边的小饭店，要了一盘花生米，要了几个驴肉火烧和一碗鸡蛋汤，自顾自地吃了起来，自打和张队、郭处去了香港，就没吃过一顿正经饭，那些饭菜都像不加盐一样，好不容易吃顿早餐，还全是果酱面包什么的，比起单位的食堂，真不知道还要差到哪里。就在这时，看到交通的同事也在旁边吃，彼此打了个招呼就各自吃了起来。“听说了吗？张桐调到政治处了，这才短短半年，就爬到那里了，以后前程不可估量啊。”“你跟人家比得了吗？你一大老爷们儿，人家会吃软饭，哈哈哈！”“你小子嘴太损，后悔结婚早了吧？”几个人的谈笑让易扬知道，原来张桐和刘苏分手原因如此，或许太过敏感，可对于这种伤害，他更能明白，刘苏为什么同意执行并参与这次行动了。她把自己的未来、自己的情感、自己的满腔仇怨都发泄在了这个本不应属于她的任务。而更巧合的是刘苏竟然长得这么像霍青，叶慕林怕是自己做梦都不会想到，警方的这招棋会如此地为其量身定做。

“小莫你先回家吧，今晚我还要加班。”张桐一边安慰着电话那头的女友一边整理着手中的文件。“早知道把你调出交通队还这么忙，我就不求爸爸帮忙了。”“正是因为你爸爸帮忙，我才更要好好干，这样才不会丢你爸爸的脸，就是为了我们的将来我也要努力啊。”微笑上扬的脸被幸福所布满。这时办公室的门被易扬打开了。“不说了，我有同事过来。你乖。”

“够甜蜜的啊。”“易哥，你有事？”“没事儿，看你这还没关灯就过来看看。”“哦哦，局长明天有个会，我还在整理材料。”“爬得够快的，我这干了十多年了，还不过是个探长，你直接都局长秘书了。”“哪里哪里。”“名牌大学毕业的就是不一样，不鸣则已、一鸣惊人啊。我也不绕圈子了，你也知道孙莫和刘苏的关系，还是那句话，既然你离开了刘苏就彻底，你和孙莫怎么样我管不着也不想管，只是别再伤害刘苏，明白吗？”“我知道你对刘苏的感情，当初要不是……算了，都是我的错，我对不起她。她最近好吗？听说她辞职了。”“她好不好跟你都没关系，照顾好你的局长千金才是头等大事！”易扬说完就要转身离开，“易哥，我配不上刘苏，她是个好女孩，好好照顾她。”只留下砰的一声门响，自此这个男人便与刘苏相隔两个世界了。

易扬回到宿舍看到蒋雪娇就站在门前，易扬没有说话只是径直走过去打开房门，蒋雪娇如同空气一般静置一旁。就在门开动的一刹那，蒋雪娇紧紧地抱住了易扬。“你这是干什么。”“易扬，你回来怎么不告诉我一声，我想你了。”“小孩儿天晚了，你该回家了。”“我不是小孩儿。”倔强的蒋雪娇如同她的名字一般不可退让。两个人坐在宿舍里，一起喝着啤酒。“我知道你心里放不下刘苏，可是刘苏已经辞职走了，就说明她心里没你，为什么你还不能看看身边的我呢？”“我在忙工作，而且咱俩年龄上也不合适。”“谁说的不合适？我从小就喜欢你，你为什么一点儿感觉也没有呢？”这句话像钉子一样插进了易扬的心，是啊，自己照顾喜欢了刘苏这么多年，为什么她一点儿感觉都没有，为什么一个初出茅庐的小子就可以走进她的内心，这究竟是为什么。自己苦苦支撑的究竟是一份可遇不可求的感情还是仅仅是黄粱一梦，抑或是自己对那种玄而又玄的感觉的一种迷恋？酒过三巡，两人都已经混混噩噩，夜幕星空下，两个心碎的人只得互相慰藉……

清晨的第一缕阳光如同草尖上的露珠一样晶莹剔透，穿过窗户，铺洒开来。蒋雪娇的面庞从未有过的满足，看着还在睡梦中的易扬她在心里默默想：以前看电视剧觉得女主角都特矫情，没想到趾高气扬的自己也有这一天，对于心爱人的漠视，近在咫尺却如同天涯一般的感觉是如此的清晰与痛楚，不过一切都不重要了，只有此刻，唯有此刻，沉睡中的他，酒后的彼此是相互属于的，无须任何人的肯定也无须任何人的知晓，只有自己明白，这一夜的亲密是如此的重要。“你怎么在这儿？”“你说呢？”自己的那份骄傲哪怕是对待心爱的人，蒋雪娇也很难控制。其实她是那么的想温柔些，再温柔些。“这件事，你还是先别说出去了。我们以后再谈，我还有工作，你先走吧。”说着易扬一下子从床上坐起来，拿起椅子上的衬衫就迅速穿了起来。尽管蒋雪娇心里很难过，自己一时间还不能从昨晚的耳鬓厮磨到今天的形同陌路，但对于感情中卑微的一方，又能奢求什么呢？她保持着作为女王最后的尊严，拿起自己的裙子，套上后看了一眼殷红的如同玫瑰般盛开的床单，离开了这个曾留有她青春最美好一笔的房间。

孙莫的短信一直没有断过，只是她不明白刘苏的突然离职和失去消息究竟是为什么。可是对于她而言，自小的情谊是不会变的，也许有一天当刘苏想明白的时候就会回来。张桐接孙莫下班，一路上见孙莫一直在摆弄手机，就问道:“忙什么呢？这么入神。”“刘苏走了很久了，我一直给她发信息她都不回，打电话也没人接。不知道是怎么了。”“哦。”听到这些张桐的内心矛盾极了，也许彻底地离开是对三方最好的解脱，也许是自己对刘苏的伤害太深太深，不然易扬不会特地来找自己说那些话。可对于现在无论如何自己都要把握住机会，不管是爱情还是生活、工作都要把握住，这也许是自己一生中唯一能够改变的机会。孙莫的天真和无邪，那份小女孩天生的可爱是那么的吸引人，比起刘苏的冷漠和现实，自己宁愿选择前者，既来之则安之，对于有过不易过去的自己冷静的选择是他最好的出路。

此刻的香港也是暗流涌动，经过小北的几番调查，刘苏的疑点进一步被证实。可如何让叶慕林相信，小北还在仔细斟酌。一天中午在看到叶慕林微笑地望着坐在秋千上刘苏的背影发呆时，终于忍不住向叶慕林提起了这件事。“林哥。你觉得刘苏的背影美吗？”“当然，你知道我多喜欢她。”“当弟弟的问一句，你是喜欢刘苏还是忘不了霍青。”“你怎么这么问？”“林哥，我们是生意人，不是大街上随意的痴情男女，我记得跟你的第一天你就说过，不要感情用事，不是不能，而是我们输不起……别人输丢的是感情，我们输丢的是命。”“可你也应该知道霍青对我有多么重要，要知道她永远不会背叛我。”“可面前的这个女人不是霍青，是刘苏！”“那又怎样？就当她是霍青的替身吧。”“替身？这就是个炸弹。你知道她是干什么的吗？为什么接近你，为什么身手如此敏捷？不是每个女孩都有这种本事吧。”“你什么意思。”一句话让叶慕林一下子紧张了起来。小北把一份文件交给了叶慕林，然后转身离开了。

晚餐的时候，叶慕林拉着刘苏的手，坐到了院子里的露天饭桌前，送上了一束玫瑰。刘苏微笑着把花放在了一边。“刘苏，你觉得我对你好吗？”“当然。”刘苏想都没想就一边喝着海参小米粥一边说道。“你知道我喜欢你，我对你是坦诚的，那你对我呢？有没有秘密。”“你指什么？”“什么都指。你了解我吗？”“我知道你不仅仅是药业总裁这么简单，不然不会有人追杀你。至于和你在一起究竟为什么，我自然有我的原因。”“可我需要知道你的原因，我要明白我身边的究竟是一株美丽的玫瑰，还是会致命的鹤顶红。”刘苏笑了一下，此刻她心里明白，叶慕林一定是查到了什么，不然不会这么说，哪怕是对着一个他深爱的女人的替身。

“你是警察？”叶慕林旁若无人地喝了一口咖啡，像是自言自语一样。刘苏也拿起杯子，喝了一口蜂蜜柚子茶，然后缓缓放下，“就像这柚子茶一样，从小我就爱喝，可无论它多么甜蜜，都有一丝苦涩掺杂其中。”“你没回答我的问题。”“你猜呢？”“我说你是警察，只是我想不明白你为什么会救我，而且连自己的命都不顾。”他顿了顿，接着说，“人家都说玩儿命的人有两种，一种是求死，解脱；一种是求生，拼死一搏。你是哪种？”“我是第三种，想保护我爱的男人。”叶慕林听到这里，微微颤了一下，他从没想过自己想要的答案会如此清晰分明地呈现在自己眼前，来的是如此的突然，又是如此的迅猛，如同当年霍青一样，为了自己，奋不顾身。

“准确地说我不是警察，的确，我上过警校，上了三年。我爸爸是警察，他在执行任务的时候牺牲了，可惜，不能被追认为烈士。我以为我会和他一样，做一辈子警察，可惜，我只能在食堂做一辈子的清洁工。”刘苏停了停，起身站在花园的凉亭里，手紧握着拳头，“你知道什么是从天堂到地狱的感觉吗？我体会到了，昨天你还是闪耀的明日之星，今天你就连阶下囚都不如。我受尽了羞辱，换句话说，我恨警察。”“你恨警察？”“没错。你一定以为我家庭幸福，是被突如其来的打击所改变。其实不然，我父母在我年幼时离异，就因为我父亲爱上了别的女人——我母亲最信任的朋友。接下来我所遭受的就是暴风骤雨。还用我详细地讲解吗？”“刘苏，你……”此时，叶慕林也不知道该说些什么。“我的家产被其他人瓜分了，我只得到了五万元，然后带着五万元我走了，永远都不会再回去。可我觉得我爸没死，因为只有骨灰被送了回来。如果他死了，按照大陆的相关规定，他就是烈士。可不能追认，我实在不能理解。我同意跟你来香港，不为别的，因为我知道你有势力，你不仅仅是一个商人，所以你能帮我找到他。”“可你从没提起过，你也不问我是做什么的。”“你也没有告诉过我你的真实工作啊，既然如此，我就当你是药业总裁。我上了三年警校，别的没学会，就学会了两样，一是服从，二是不该问的不问，不该说的不说。”叶慕林此刻觉得眼前的这个女孩所散发出的气息是如此的冷峻，这种冷峻是经历过无数坎坷或者是折磨过后的一种淡然，一种无言的抵抗，而她的沉稳与实际年龄又是如此的不符，原来是因为这些。受过训练的女人也许是有着别样气质的，但眼神中散发出的丝丝寒意和忧伤却又是如此的吸引人。

刘苏说完，长出了一口气，然后回过头来，默默地看着叶慕林，这个她几近心动，但却想要将其抓获甚至置于死地的男人。

“我要找到我的父亲，我要他偿还所欠我的一切，他对我的伤害不该就这么了结，我要他一点一点地体会发生在我身上的痛苦。我要报复那些伤害我的人，树倒猢狲散，可我越是退让，他们越是一味地侵犯，让我永远生活在痛苦中无法自拔！我恨，我恨他们所有人！我恨他们永远纠缠着我，就像梦魇一样无法躲藏，就像蚂蚁一样侵入你的每一寸灵魂，他们应该为自己的行为付出代价！为此我愿赌上一切！”也许这是一种发泄，也许这是刘苏伤疤被揭起后，最后的哀号。叶慕林心中暗下决心，一定要帮助眼前的这个女孩，无论她是霍青还是刘苏，爱已然深入骨髓，无法自拔。她和霍青同样有着倔强的性格，可是霍青从小生活优渥，缺少了刘苏逆境中来的反抗和凶狠，没错，就是这种眼神，或许十几年前的自己也是如此，为了崛起，为了不再被欺负和践踏，必须拥有属于自己的世界。

夜晚的星空很美，如同婴儿般纯净，可世界却是阴霾的，因为有欲，有恨，有太多割舍不掉的爱恨情仇。刘苏的话像烙印一样印在了叶慕林的心上，而小北听到了刘苏的解释，似乎对眼前的这个女孩多了份敬佩，至于猜忌，还是且走且看吧。

经过一周的等待，易扬终于按捺不住，要尽快了结此事，赶回香港，他明白自己这条外线无论是从工作上还是从私人感情上，都是对刘苏最有利的保护，不仅是替她的父亲照顾刘苏，更多的是自私的情感……

蒋雪娇对待工作全无心思，那个像深潭一样漆黑的夜晚，记录了她所有少女对爱情从憧憬到实现的美丽幻影，但却像泡沫一样，瞬间击破，消失得无影无踪，只有随着空气漂浮的淡淡味道。走出队长办公室，她的很多工作都没有完成好，受到了严厉的批评，可这些痛苦在易扬的冷漠下都显得如此的微不足道。她回到宿舍，看着自己因工作原因和易扬一起的合影，两个人在合影中挨得很近，这也是唯一的一次在阳光下的亲密，不知不觉，眼泪湿了脸颊。究竟一切都是为了什么，自己哪里不优秀？就因为刘苏？可是她已经走了，已经消失了，为什么还是会阴魂不散地纠缠着自己的生活，其实纠缠的也许不是刘苏，而是自己对易扬狂热到发疯的爱，还有就是追逐一份永远也不属于自己的缘分。

易扬终于了结了手头上的琐事，赶紧致电领导，领导同意他返回香港，继续行动，欣喜若狂的他返回宿舍，收拾行李。看到穿着一袭白色连衣裙的蒋雪娇蹲在自己的宿舍门前，瘦弱无骨的女孩垂头丧气地静置在那里，仿佛空气都凝结在她深深的叹息中。一时间，易扬的心被狠狠震了一下，是啊，这个冰清玉洁的姑娘有什么错，除了她与生俱来的骄傲，她做错什么了？只是喜欢了一个不喜欢她的人，她是如此的执着与大胆，在知道也许得到的只是付出与伤害的情况下，还是义无反顾地将自己作为少女最珍贵的宝物给了这个心里记挂着别的女人的男子。这个如此美好骄傲的公主，因为自己此刻却像是失败的将军，忧愁地坐在这里。而自己除了酒后乱性，给了她一点所谓的憧憬，就再无其他了。如果不是对刘苏记挂了这么多年，如果蒋雪娇可以不那么骄傲，也许自己会爱上这个最为单纯的女孩。但此刻的形势，容不得自己多想，刘苏的身边总是危机四伏，任何一步棋走错，都可能直接要了她的性命。

“你怎么来了，不是告诉你我还有其他事吗？”蒋雪娇没有说话，易扬打开房门，径直走进去，这时蒋雪娇只是在背后轻轻地抱住了他，易扬的心确实为之动了一下。“我要出差，你还是先回去吧。”“你怎么又要出差？不是才回来吗？”蒋雪娇诧异地问道。“只是暂时回来处理一些事情，还是要回去继续工作。“雪娇，你是一个好女孩，但是，但是那只是一个错误，一个错觉。我很抱歉。除了这些，我不知道该说些什么。”蒋雪娇的脸上露出一丝会心的笑容，她说：“易扬，我从小就喜欢你，只是我从没想过从你这得到些什么，就算我们不是在一起工作，但是我希望我可以离你近一些再近一些，所以我报考了你在的局，这个想法伴随我从少年走到了今天，不然你以为我会为了什么做警察？可好不容易才和你能够见面，你就离开了，你调到了公安局。这是不是太讽刺了？”“其实，我一直都知道，不仅是因为我只是拿你当妹妹看，还有就是……我有喜欢的人了。”“可是刘苏并不爱你！你为什么这么执着呢！”说完这句话两个人都默不作声，是啊，为什么这么执着？这句话像是说给对方听的，又像是说给自己听的。“我让罗驿送你回家。”“我不用。”

送走蒋雪娇后，易扬抓紧时间收拾行李，赶往机场。窗外的霞光是那么的刺眼，烧红了半边天的火焰此刻也在易扬的心中燃烧。

第九章

夜醉

“你家住哪里啊？”“送我去 MIX。”“大晚上你一个女孩去那儿干吗？”“你管我呢？我一警察，他们还能把我怎么着啊。”“我的意思是说你自己去毕竟不安全，那里挺乱的。”“乱不乱跟你有关系吗？要不我自己打车去，还不用你了。”说完蒋雪娇就要拉开车门跳下去，罗驿只好答应送她去。刚到了 MIX 的大门，蒋雪娇唰一下打开车门，径直走了进去，罗驿赶紧停好车跟了进去。只见蒋雪娇脱掉外套，穿着吊带背心在人群中乱舞，灯光忽明忽暗地打在人们的脸上，也打在了蒋雪娇的心上，音乐震耳欲聋，猛烈地拍击着每个人的心脏，仿佛所有的不满、不快、不顺都会瞬间被击破，然后宣泄在舞池中。这时有几个男的围住了蒋雪娇，和她一起跳，她开始微笑，扭摆，尖叫。

罗驿在一旁看得很清楚，真想一把拉回来这个已经微醺的女孩，何必如此糟蹋自己。难道灯红酒绿就能救赎自己？难道疯狂的不羁就是为自己受挫找的理由吗？跳了一个晚上，疯了一个晚上，蒋雪娇跌跌撞撞地冲出人群，几名男子瞬间跟了出来。有拉她的，有拽着她的，蒋雪娇想甩开他们的手，但酒后的女孩如何能摆脱几个大汉的束缚。罗驿迅速走上前去，一把抓过蒋雪娇，结局很简单，就是几个人大打出手，蒋雪娇的酒劲儿就在此刻清醒了过来，夜晚的凉风徐徐吹来，让人倍感清新，路边的两个人坐在树下，“还疼吗？”“你说呢？”“跟你说了不要管我。”“你以为我愿意管你啊，要是你有什么事的话，易扬能饶了我？跟你说了别来别来，你非来。”“对，都是我的错，我就是一个惹事精，行吗？”说完蒋雪娇站起来，转过身去，不再说话。“我知道你心里不好受，可你也没必要这么糟蹋自己，易扬跟我是这么多年的兄弟，他什么人我最清楚，他喜欢谁不喜欢谁，我，咱们都知道。你何必呢？”“对，我何必呢？我就是傻，从小就傻，知道他喜欢刘苏还是喜欢他。可是刘苏就那么好？刘苏都失踪了，为什么她还是阴魂不散，为什么啊。我哪里比不上她。”蒋雪娇声嘶力竭地喊道，风吹乱了她的一头长发，裙摆自然地游荡，仿佛她的整个灵魂都渴望如此的自由。“你干吗非得跟她比呢？你有你的优点，她有她的长处，你们根本就不是一个世界的。”“对，她跟易扬是一个世界的。”“你要是想自己这么一直纠结下去，我也没办法，你看看你自己的脸现在有多么狰狞，我要是易扬，也不会选择一个这般模样的你。”蒋雪娇愣住了，是啊，自己好久没有仔细看过自己的脸了。自己变得这么狰狞了吗？

此时的香港天气阴雨不定。刘苏发觉，尽管小北的怀疑一直是自己无法开展行动的根本，但叶慕林的内心似乎一直在对自己保持友好距离，无论如何也无法走入核心。这让她很着急，但与此同时，寻找父亲的唯一方法就是叶慕林，他的势力、他的能力都可以帮到自己。这天，阴雨绵绵，叶慕林带着刘苏来到了中环的一家店面，店员从柜台后面取出了一个盒子，打开以后，里面是一个雕刻着鸢尾花形状的玉坠，美得让人窒息，更让人惊叹的是这和刘苏日常画的手稿中的花一模一样，哪个女人能拒绝这么细心的男人，换言之，不是每个男人都能具备把心爱女人的梦想变成现实的能力。“喜欢吗？”“这个太贵重了。”“对于你来讲，它只为陪衬你的美而存在。”简单的推辞对叶慕林来讲是如此的动心，霍青也是如此面对自己送出的每一件礼物。不是因为她虚伪或拜金，而是因为她深知叶慕林每一分钱赚得不易。“今天你不用上班吗？”“今天我休息，这就是自己给自己打工的好处。我带你去个地方。”刘苏微笑着被叶慕林牵着手走进了一处剧院，不是很大，但台子上有个架子鼓，叶慕林对工作人员示意可以提前开始，要求把架子鼓拿开，此时的刘苏已经走上台去，坐在那里，说：“你想看现场演出吗？”说完自如地打奏了一段，那个神情，那个微笑，还有转动鼓槌的动作，每一个细节都是如此的熟练和熟悉，叶慕林的脑海里突然浮现出曾几何时，霍青也是如此坐在学校的礼堂里，潇洒地打着架子鼓，微笑着抹杀一片菲林。这样的场景让自己仿佛置身于六年前，那个霍青还在的时间，一切都仿佛霎时凝固。

“我就知道你没走，你不会离开我的，你舍不得离开我。”叶慕林抱住刘苏说道。刘苏被叶慕林的举动惊呆了，一个平日里严肃潇洒的老大，此刻却哭得像个孩子。这一次她没有生硬地提醒叶慕林自己是刘苏不是霍青，而是格外心疼眼前这个不能忘记旧爱的男人，此刻他不是犯罪嫌疑人，不是盘古制药的老板，不是帮派老大，只是一个失去爱人的男人，一个孤独的男人，一个需要安慰的普通人。小北在门口看得清清楚楚，这一场景更加深了他对刘苏的怀疑。

一会儿，演奏开始了，一个长发的女人悠扬地弹奏着竖琴，刘苏不自觉地靠在叶慕林的肩膀上，这种感觉很温暖，也很惬意，仿佛是自己此生寻找的一种感觉。这个比自己大了十岁的男人，如兄长，如父亲，更是如同自己的丈夫，照顾得自己无微不至，而自己此刻不是侦查人员，只是一个小女人，在享受片刻的温存。回去的路上，叶慕林用风衣裹着刘苏，“冷吗？”“不冷。”“你笑什么？”“我总觉得你像害怕把我丢了似的，总是抓紧我的手。”“我就是怕你丢了，你要是丢了，我该怎么办呢？”“我不会离开你的，你放心吧。”“刘苏，你爱我吗？”“我不知道什么是爱，我不想骗你，可是，你已经变成我的一种习惯，还有就是一种说不出的感觉。就像似曾相识一样。”“有一天我会让你说出你爱我。想吃什么？”“咖喱鱼蛋。”“吃了很多次了，你还是要吃。”“去嘛去嘛。”两个人俨然一对小夫妻，而这一切都被易扬收入眼中，心里火辣辣地疼，恨不得上去了断了这个男人。

“你得告诉刘苏，让她加快行动，如果还得不到叶慕林的信任，那我们的行动将会十分被动，你知道马上从泰国运来的一批毒品即将上岸，这个时候如果没有采取相应的行动是会很危险的，一旦货流入市场，什么后果你很清楚。”郭处说道。“可是刘苏已经尽力了，你们不能逼她吧。”易扬辩解道。“没错，这个时候就是要逼她，不然她会忘记自己的身份，沉湎于叶慕林的爱慕之中，我们的行动会失败。你知道部里对这个案子很是重视，如果失败，我们还有什么脸面回去？”“郭处，刘苏用自己的命救了叶慕林两次，他对她的信任已经开始加强了。”“这还不够，这帮毒贩不会轻易相信任何人，哪怕是自己人，也会留有余地。”“你的意思，就是让刘苏跟他上床？”“你怎么说话呢？”易扬拿起桌子上的杯子狠狠地摔在郭处的面前。此时，张队走了过来，“易扬，你这是干什么。虽然说现在你已经是公安局的人，但也不能这么跟郭处说话啊，毕竟他是你过去的领导。郭处的意思是让刘苏看看能不能加紧找到突破口，咱们组织是绝对不会因为案子的事让办案人员毫无保留地牺牲的。这是违反规定的。再说，有你和咱们这么多同事保护，还能让刘苏出事？”“张队，刘苏不是民警，她只是一个普通的小女孩。她不应该参加到这次的行动中。”“易扬啊，我们知道你对刘苏的感情，也知道你和她爸爸的关系，可是这次行动她是自愿参加的，而且她不仅仅是一个小女孩，她是一个受过警校专业侦查训练的女孩，而且她不是在编民警，底子很干净，不会引起毒贩的怀疑。退一万步说，她长得像霍青你不是不知道吧。”“就因为她像霍青才危险，如果叶慕林把她当成了霍青，该怎么办？”“那就最好，据我所知叶慕林和霍青的关系很单纯，没有发生过关系。所以就这一点来看，刘苏是安全的。而且她那么机灵，上次被小北怀疑，她就自救得很成功嘛，不仅贴合了实际，也让叶慕林对她增加了几分信任。当然了，不管部里多着急多重视这个案子，咱们还是得一步一个脚印的来，不能操之过急，你说对吧郭处。”张队的一席话缓和了刚刚尴尬的气氛，其实大家心里都清楚，易扬对刘苏的爱是比生命都重要的，而他的这份专注就像刘苏冒险参加任务一样，如果成功就有可能成为一名真正的警察，也许希望是渺茫的，但只要组织肯考虑总比一点儿机会都没有要强，最重要的是如果能在迷雾中找到父亲，或者是父亲真正的死因，那么一切都将是值得的。而易扬也是如此，他执着地保护着刘苏，他希望能够用尽一切办法感动刘苏，不敢奢望刘苏有一天会嫁给自己，只要能够和她在一起就足够了。

此时的叶慕林正陪着刘苏练毛笔字，叶慕林轻轻地握着刘苏的手，环抱着这个有些单薄的女孩，仿佛两个人的呼吸都在彼此的世界，不容打扰，叶慕林身上淡淡的绿茶香让人觉得无比的清净及安逸，仿佛这个儒雅的男人是书中走出的公子，让人难以抗拒。“你的手腕要用劲，而不是手指。心要静下来，才可以写得一手好字。”“真没想到你还会写毛笔字，还有什么是你不会的？”叶慕林笑了笑说道：“只要是你需要的，我都会。你身上的气味真好闻。”“什么啊，我又不喷香水，是你身上的气味，靠太近，沾染到了我而已。”“那是香味的福气。”

“林哥，你的电话，是台湾打来的。”小北进来书房说道。叶慕林放下挽起的袖口，走了出去。刘苏依旧在桌前写着字。“你是真心喜欢林哥吗？”“我是为了活命。”“你不觉得你的出现太突然吗？你的所作所为也很唐突。”“我觉得你们出现在我的生活中也很突然，不然我还会是那个安安静静生活的我。不会每日东躲西藏，不敢出去。”“如果你是真心喜欢林哥，我会祝福你们，但如果你要利用他对霍青的感情伤害他，我绝不会放过你。”这时叶慕林走回了书房，“你们在聊什么？”叶慕林挽起袖子。“哦，没什么，我们在聊写字，霍青姐的字可是真的很不错，毕竟她学了那么多年。”小北说道。“对，练毛笔字是功夫，不是一日两日就能出师的，我也是最近才想起学的。只为兴趣，不为别的。别拿霍青跟我比。”刘苏答道。“小北，你出去一下。”小北转身走出了书房，随着关门声，叶慕林打了刘苏一记耳光，刘苏被这突如其来的暴行吓住了，头撞到了墙上，嘴角流了血。“别让我听见你的嘴里说霍青，你只是跟她很像而已，你不是她，你比不上她！”叶慕林吼道。“我从未想跟她比较，是你们一次次地提起。我根本就不认识她，何必比较。”刘苏回答道。“我说话的时候，你不许说！你只要做好你替身的工作就可以了，不要跟霍青比，没有人能比得上她。”叶慕林疾步上前，一把抓起地上的刘苏，“你说，你到底是谁，你到底是谁，你为什么长得和她一样，为什么你们的喜好都一样，为什么会来到我身边，为什么？”刘苏一言不发，任由这个疯了的男人摇晃，绝望的眼神仿佛能穿透一切。说完叶慕林转身走出了书房，门外的小北露出一丝笑意。

夜晚的星空还是一样的静逸，刘苏不知道为什么，除了气愤叶慕林一改常态的暴行，心里似乎很痛。这种说不出的感觉和多日来的压抑紧张使自己身心俱疲。她一个人关在房间，没有吃晚饭。“夫人还在楼上吗？”叶慕林问道。“是的，夫人没吃晚饭也没下过楼，一直在房间里。”佣人回答道。

叶慕林抱着双臂走到了刘苏房间的门口，反复踱步。终于他还是放心不下，轻轻地敲了敲门，说：“刘苏，对不起，今天是我不对，我不该发脾气，不该打你。今天我的心情不好，生意上出了点问题。我……对不起。”刘苏没有开门，只是一直静默。过了第三天，刘苏依然没有开门，叶慕林沉不住气了，找来钥匙打开了房门，看到躺在床上脸色惨白的刘苏。叶慕林一把抱起她，“对不起，对不起。我说了那么多的对不起，你为什么就是不听呢。你是在用伤害自己来惩罚我吗？你达到目的了，别再这样做。”“我不是霍青，我是刘苏。”“我不管你是谁，你是霍青也好刘苏也罢，我爱的就是你，你别再伤害自己了。快给夫人把汤端来。”叶慕林和刘苏之间好不容易建立起的“亲密关系”就被小北的一句话给挑拨了。

一连几日，刘苏都脸色惨白地卧床休息，没有出过房门。叶慕林温柔地坐在床边，看着睡梦中的刘苏，小声问道：“还疼吗？”略泛着青紫色的嘴角，微肿的脸庞还是很明显。叶慕林放下手中的甜汤，慢慢地说道：“我知道我不该打你，你知道吗？那天我送去台湾的货被青云帮劫了，我损失了一千多万。我知道这是青云帮对我的报复，他们想尽一切办法灭我，青云帮的大哥就是霍青的父亲。他恨我害死了他的女儿，而我也恨他不给我们俩活路。你知道吗？霍青是为我死的，我当年就是一个普通的学生，靠打工赚学费。在他们青云帮眼里，我就是一只蝼蚁。我和霍青在同一所大学念书，我比她大，是她的学长。我那时给报社投稿赚稿费，霍青也很喜欢，我们就在一起讨论学习，一来二去就在一起了。我不知道她的父亲是青云帮的老大，毕业时原本想着出国留学，她也很向往，我们共同的志向是斯坦福大学。可惜，我们的事还是被她父亲的手下发现了，她父亲郑重其事地要求我离开，说不然就杀了我。霍青很害怕，所以我们决定分手。我那时并不同意分手，可没办法，她根本就出不来。她父亲的手下就是发现我们在一起的人是她的追求者，可是霍青根本不喜欢他，一个没文化每天只懂得打打杀杀的小混混，其实霍青明白，那个手下根本不喜欢自己，只是想借着自己上位而已。霍青是她父亲的独生女，她的父亲希望有一天可以由她继承衣钵，而这个手下就可以帮她打理。后来有一天，我突然接到霍青的短信，说我们要一起出国。要我去机场等她，在去机场的路上，我见到了霍青，她打扮得很严实，那是我们毕业后第一次见面，她摘下口罩后显得特别的憔悴，身体也很消瘦。我们刚刚下车就被她父亲的手下追了过来，那人拿起枪打向了我，霍青挣脱了抓住她的几个人替我挡了一枪，她说了一个字，走。当时就死了。我一个人满身是血地跑向不远处的机场。警察听到枪声跑向了这里，我才得以逃脱，我低头披上一件外套坐上了飞往美国的飞机。在美国的几年，我拼命地学习，拼命地打工，最后终于获得了化学制药硕士学位，我圆了我们两个人的梦。回国后，我在一家小药厂工作，后来竞争力越来越大，就要倒闭了，我那时存了一些钱，又东借西借，凑了六十万，把这个小破药厂盘下来，开始自己干。制药哪那么容易赚钱？我找关系托门路小药厂才没死，终于算是把欠的钱还上了。我是学化学的，毒品和制药其实步骤一样，只是多了或少了那么几个环节而已。制毒更简单些。青云帮的人知道我没死回来了，就开始新一轮的追杀，为了活下去，为了霍青，我开始有自己的势力，想赚钱想养活兄弟们就得搞毒，这对我来说是最简单的。所以盘古药业只是一个掩饰，的确我们制药，我们是药商，但也制毒。”刘苏睁开眼睛望着眼前这个身中情毒的男人，用情太深，走向了罂粟花开满的不归路，可悲可叹。“我对你……没有隐瞒了。你也知道我是什么人了，你可以离开，如果你想，我就送你回内地。跟着我，不过是在赌命罢了。”刘苏刚要开口说话，叶慕林一个吻堵住了她的嘴。这个吻来得突然，来得轻逸，似乎无处不散发出那股淡淡的茶香，叶慕林就趴在刘苏的身上，深情地吻着她，不知过了多久，刘苏在睡梦中醒来，叶慕林就躺在旁边，刘苏用指尖轻轻划过他的衬衫扣，“你醒了？”“嗯。”刘苏有点窘迫地答道。“真没想到，有人接吻也会睡着。”叶慕林边笑着边用手抚摸刘苏的头发，“你别再那么突然……”“那么突然什么？”“亲我。”“那要不要再来一次。”说着叶慕林把怀中的刘苏按在床上，一不注意碰到了刘苏的脸颊，刘苏疼得直闭眼，“还疼吗？对不起，都怪我下手太重。你打回来吧。”“你以为是小孩子过家家吗？别闹了。”“你的冷静和理智真让人着迷。我不能没有你，你别离开我，求求你。”说着叶慕林趴在了刘苏的怀里，刘苏再无反抗的力气。

“刘苏被他打了，难道我们还不行动吗？”易扬疯狂地喊叫着。“你冷静点，如果这个时候行动，刘苏就不仅仅是挨打了，就会有生命的危险，你知不知道！”张队说道。“叶慕林都上了刘苏的床了，你们还熟视无睹，出了事怎么办？”“不会，不会出事。刘苏也不会让这种事情发生，她能够保护好自己。而且我们的线人就在刘苏周围，任何风吹草动都会及时反馈，所以他是对刘苏最有力的保障。这也是郭处的意见。”“张队，你知不知道，那个郭处不是什么好东西，他为了升官发财不知道踩了多少人，偷了人家多少功绩，你以为他会真心为刘苏考虑？他巴不得刘苏死了，她爸爸的事好一起完结。”“易扬，我知道你和郭处过去在一起工作过，当然你对他的为人比我清楚得多，但是在这件案子上，我相信郭处，首先他是一名警察，对不对？你就算不相信他也得相信我吧。”易扬暂时压住了怒气，但是他决定自己必须有所行动，不能看着刘苏被伤害。一连几日的阴雨都像易扬的心情般郁闷得化不开。他拿起椅子上的外套，在窗口吸着一支烟。

第十章

接头

刘苏每天都会在桌子上摆一杯果汁，然后在键盘上敲敲打打，记录下当天的天气和小心情，这在叶慕林的眼里都是极其可爱的。但是这一天刘苏的手机突然接到了孙莫的信息，信息写着，你最近好吗？你在哪里？刘苏关上手机并没有在意，一会儿又来了一条简讯，我是张桐，愿你一切都好。刘苏看着简讯愣住了，这代表什么？已经是过去式的人，又平白无故地招惹上了自己，于是她把这个手机号设置成黑名单。在短短的十分钟后，她又接到了一条信息，“晴天”。刘苏赶紧删除了简讯，然后戴着墨镜走出了家门。

“你找我有什么事？”刘苏来到花店的后院说道。“你怎么样？你的脸颊还疼吗？他打你你怎么不还手。”易扬一口气把心中的担忧全部倒了出来。“你说我为什么不能还手。我要是还手了，一切都会失败。”“你不能不顾及自己的命吧？”“我的命？我来香港就是玩儿命来的。”“黑豹指示，让你加快行动，这么久了一点进展都没有，黑云不高兴了。”“哼，当官的总是想着建功立业荣誉加身，我一个小老百姓可是在玩儿命。”“你是不是被叶慕林的示爱和奢华的生活冲昏头脑了？你忘记你为什么来了吗？”“我忘记了。怎么样？”“我就知道他爬上你的床是迟早的事。”刘苏回手打了易扬一记耳光。“对，我就是要他爬上我的床，怎么了？你管得着吗？我他妈每天睡觉都不敢说梦话，面对叶慕林我还得处处小心，你他妈知道他多油吗？生怕他产生一点儿怀疑，还有个时刻想杀了我的顾小北，他想尽一切办法调查我、跟踪我，你知道我有多累多难吗？我随时都可能没命！”易扬没有说话，只是愣愣地看着刘苏，然后说了一句“小心，注意安全，别再让他插手你爸爸的事，黑云已经知道他在调查”就离开了。

刘苏捧着一束百合回到叶慕林的别墅，她悉心把花插好，然后开始收拾行李。通知下人给叶慕林打电话。叶慕林急匆匆地赶回家里，看到刘苏收拾好的行李说：“你这是要干什么？”“我觉得我该离开了，谢谢你一直以来的照顾和保护，但我还是应该回到我自己的生活里。你给我买的东西我都留下了，珠宝在保险柜里。”“你这话什么意思？你是还不原谅我打了你吗？”“我必须得走。”“如果青云帮的人知道，他们会想尽一切办法抓你的。”“那就让他们来抓我吧！”刘苏突然吼叫了一声，“叶慕林，认识你之前我就是一个普通的女孩，我的生活已经够糟糕的了，可遇上你之后，就变得更为糟糕。我不知道我为什么会成为霍青的替身，我根本就不认识她也没见过她，整天被一帮不知所云的黑社会追杀，跟着你躲在这个别墅里，像是笼子里的金丝雀，再美丽有什么用？我的自由呢？还被你身边的人怀疑，你说我图什么？”刘苏一口气把全部怨气吐了出来。叶慕林怔怔地站在那里说不出话来。“我知道你是干什么的，我不会说出去，因为那是你的事，你总有你的原因。你知道我为什么跟你在一起这么长时间吗？因为你答应帮我查我爸爸的事情，可多久了，你有所行动吗？你有所结果吗？你就用这个来一直束缚我。我受够了，我要离开了。他死也就死了，活也就活了，跟我都没关系。反正无论是生是死他永远不会记起我，永远不会想起他是一个父亲！还有一句话，因果报应终有时，你做什么老天都在上面看着呢。你有了不该属于你的东西，迟早是要还回去的。"说着刘苏提起行李就往外走。"你站住。"叶慕林走上前一把夺过刘苏手里的行李，和刘苏争执了起来。刘苏的话深深地震动了这个平日冷峻且无畏的大哥，在他心里贩毒只不过是生存的一种途径，而且那些瘾君子不过是买死罢了，根本就无须考虑其他。也许刘苏说的对，不应属于自己的就算短暂占有，也迟早会还回去的，亦如刘苏的出现。

可此刻的叶慕林就像一头发疯的狮子，绝对不会让刘苏离开，哪怕刘苏就是霍青的一个影子，哪怕暂时的拥有也终会还回去，也绝对不能放手，遭天谴就遭天谴，自己犯下的罪孽已经够多了，已经不怕五雷轰顶了。

"哥，你们在干吗？"一个穿着时尚的妙龄女郎出现在大家的面前，她看上去也就二十三四岁，清秀的面庞抹了太多的化妆品，但极其精致。手上提着的是Prada最新版的包包，脚上穿的是火焰高跟鞋，就像是刚从哪个片场赶来的明星一般。"慕杉你怎么来了？"叶慕林松开紧抓刘苏的手。"这是我家，我为什么不能回来。哥，她是谁啊？怎么那么像霍青姐。""哦，她是刘苏，我的……一个朋友。""哦哦，你们这是打起来了，那你们忙你们忙，我回我房间了。"说着她示意后面的下人帮她把行李拿上楼，然后一扭一扭地走上了扶梯。

"刘苏，别逼我。""我没有逼你，我就是要离开。""你怎么知道我没帮你找你的父亲，你以为我在骗你吗？”“还有什么好说的。”刘苏转过头去一直在默默流泪。“刘苏小姐，本来我不该多嘴，但你真的误会我哥了，他一直在帮你查你父亲的事，只是得到的线索都很支离破碎，拼不出个所以然来，你知道吗？前段时间青云帮又劫了我们的货，林哥已经损失惨重了，可他还在帮你查。”小北在一旁说道。刘苏什么也没说只是一直往外走。

“你怎么一个人出来了？你是要退出吗？”郭处长看到刘苏后就暴跳如雷地质问，而易扬的脸上却划过一丝笑意，至少刘苏离开了那个毒魔,这比什么都强。张队安慰郭处别着急,刘苏肯定有自己的原因,顺便递上了一杯白开水。刘苏一饮而尽，说道:“你们都知道，我和叶慕林在一起的这段时间，他根本就拿我当替身，从不谈及他的工作。我不是他的女朋友，我没有义务继续扮演。”“可他已经信任你，告诉了你他的职业，他的生意。你这个时候不趁热打铁，还离开，这行动就作废了，你明白吗？”“郭处，你接触过叶慕林吗？除了上级给的资料，你了解他吗？如果你用脑子想想就知道什么叫欲擒故纵。我不是你手下的民警，我随时都可以离开，你别拿让我做警察来诱惑我，这他妈对我根本就不重要。我差点暴露身份的时候，你们的保护在哪里？”一席话，屋里鸦雀无声。

“我的离开只是暂时的，叶慕林不会让我离开香港。我会回去的。”刘苏低头说道，此时她的白衬衫已经被汗水浸透。“老郭啊，咱们得改变原本的方案，不能守株待兔，必须逼叶慕林动手，咱们得主动出击。刘苏的话不无道理。只是刘苏，以后你有行动，必须提前请示，不能随意乱来。不然不仅咱们很被动,你也会很危险。”刘苏没有说话，只是坐到了椅子上。

一连几日，都没有刘苏的消息，叶慕林像疯了一样地到处寻找。刘苏说过一句话：其实人和魔只在一线之隔，黑与白也是如此，这个世界上也没有绝对的黑或者白，有的只是你眼睛暂时看到的虚幻。而真实的一面，或许你永远不会发现。刘苏也许只是表面看上去很独立，其实她很需要安全感，她并不是很抗拒叶慕林对自己的亲近，只是她讨厌被当作替身的感觉。可自己却无法自拔，因为过去，因为现在，因为太多的一切都是因为霍青而发生的。而此刻，叶慕林最担心的就是刘苏被青云帮的人抓走。

青云帮也并不是坐以待毙，在劫了叶慕林两次货后，他们以为叶慕林还是当年的大学生，根本就不敢反抗，抑或是因为霍青的死，心存愧疚，不敢反抗。但是，这批货却迟迟没有流出，青云帮的霍老大并不是一介莽夫，他明白，叶慕林丢货，警方也许已经知道，这个时候出货，量还这么大，岂不是引火上身？还是隔岸观火，静静等待时机。但他们并不知道刘苏的存在，只是知道叶慕林身边多了一个女人，还被迷得神魂颠倒，男人不过如此，对一个女人的爱再深，能维持多久呢？想到这里，他的心被狠狠地刺了一下，要不是叶慕林，自己的霍青还好好地活在这个世上，可是一切都无从改变，覆水难收了。

叶慕林百般打探，怀疑刘苏被霍老大劫走，作为要挟，可是一连多日都没有消息，难道霍老大执意报复？他与小北一行人来到茶楼喝茶，顺便做诱饵，想叫霍老大现身。霍老大也给面子，知道他在茶楼喝茶，新账旧账一起算，两帮人就在这个小小的茶馆，狭路相逢了。“叶慕林，丢了货还这么有兴致在这里喝茶。”霍老大手下的刘峰说道。“睁开眼睛，天亮了，还活着就够了。兄弟们也得继续吃饭，自然也得喝茶。”叶慕林说道。“丢了两次货，心里不舒服吧，可损失了几千万啊。”刘峰继续挑衅。“钱丢了还会赚回来，可有的人非想用它买墓地，我也没办法。只好拱手相让。”“说什么呢你！”刘峰一个箭步走到叶慕林的面前，小北等人也站了起来。一场火拼似乎已经蓄势待发。“小峰，别动不动火气就那么大。咱们是来喝茶的。”霍老大终于开了口。“你们把霍青怎么样都可以，反正她是你的女儿。”叶慕林一句话，让刚刚还十分气势的霍老大哆嗦了一下，手里的茶撒了一桌子，不禁问道:“你说什么？”“我说什么，你很清楚，霍青回来了。”叶慕林呷了一口手中的茶说道。“你，我女儿是因为你死的，你还有脸提她？小峰，收拾这个人渣。”霍老大强压怒火，低声吼道。“霍老大，害死你女儿的不是我，我承认当年是我们要一起走。可是是谁开的枪，枪口瞄准谁，你看到了吗？为什么霍青只是跑向我，死的不是我是她？你应该回去好好询问你的狗。”叶慕林轻轻地放下茶杯和小北一行人离开了茶馆。

“大哥，好端端的干吗提青姐？”小北问道。“看来刘苏没有在他们手上，不然我说霍青回来了，他们就该有所反应而不是怒火中烧。刘苏暂时还是安全的。”泰国方面已经不满，货丢了按照规矩应该是一人一半，毕竟双方都在场，货还是被劫了。根本就无从谈起运往台湾，台湾方面更是着急，货款已经付了一半，现在该怎么办？叶慕林低下头深深地吸了一口烟，然后决定第一批货就算了，当是还霍青的债，可是第二批货已经知道就是霍老大劫的，他必须有所行动。

叶慕林无疑是一个很有品位的人，他的院落装饰得很有江南情趣，藤蔓编织下的秋千总是那么的迷人，刘苏裹着一个披肩静静地坐在这里，看着一本书，叶慕林似乎很喜欢这种满目美人背影的凝望。然而，此刻的秋千只剩下一片空寂，但叶慕林的眼里再也抹不去那道纤细的背影。

刘苏从未放弃过寻找她的父亲，她坚信父亲没有牺牲，但不可否认，长时间的记忆挣扎，现实折磨，她已经出现了幻觉，有时恍恍惚惚，有时突然流泪，有时会为一个相似的背影发疯。她不知道自己能否完成任务，但是她知道她不能此刻抽身，因为她已经无从自拔。

蒋雪娇的电话总是不断地显示在易扬的手机上，每每此时，易扬总是将电话直接挂掉或者干脆任由其闪烁。蒋雪娇的疯狂一点儿也不亚于刘苏。就在蒋雪娇停止骚扰的两天后，她发来了一条信息“我怀孕了”。易扬的头一下子就大了。不过三个月前的一次，怎么就会怀孕了？可是以蒋雪娇的性格，不会是其他人的。他脑子里第一个蹦出的名字就是刘苏。他对刘苏这么多年的执着岂不是全部白费？他急忙给蒋雪娇打了过去，终于接通了，“你说的是真的吗？你去医院了吗？”“是真的又怎么样，不是真的又怎么样。”“我希望你对待这个问题认真一点，这是人命，不是儿戏。”“你也知道是人命啊，那我的命就不是命？你管我了吗？”“蒋雪娇，你给听清楚了，你不是我女朋友更不是我老婆，你管不着我，我也管不着你，这个孩子如果是真的，必须想办法解决！不然对于咱们来讲都是毁灭。”“毁灭？难道我没有被毁吗？我一直那么爱你，可你呢？你连一点儿光都不给我。”“那一次我承认是我的错，但是你是清醒的，你不能全部怪我，咱们你情我愿。”“这种话你都说得出口，你这么做不是全为了刘苏吗？如果刘苏知道这件事会怎么样？”“她永远不会知道。”“我要把孩子生下来。”“你疯了，你无药可救，就算你把孩子生下来我也不会娶你。”“你知道我的父亲是谁吧，那你就要跟你的前途说再见了，别逼我。”“那你就去做吧。我也不是被吓大的。”说完，易扬挂上了电话。电挂那头的蒋雪娇摸了摸自己的肚子，然后擦干眼泪，套上一条裙子，把头发扎成一个马尾就出门了，直奔 MIX。

随着杂乱的音乐、浑浊的气味、摇曳的酒瓶，蒋雪娇疯狂地扭动着自己的身体，在酒精的驱使下，她不断地在找寻，自己究竟想要的是什么，曾经那个骄傲闪耀的自己去了哪儿，如今人不人鬼不鬼的自己还有什么存在的价值？一个不小心，她摔倒在地，此刻的她是孤独的，尽管身处在喧闹中，但那种迷离和无助是无法用言语形容的。她挣扎着坐了起来，跌跌撞撞地走到了厕所门口，扶着墙胡乱地吐着。这时有一个男人从里面走出来，递了一杯饮料给她，她想都没想就一把接了过来，哆哆嗦嗦地就要喝，这时一个身影蹿出，一把抢过了杯子，倒在了地上，然后狠狠对着这个男人说了一句:“滚！”那个瘦弱的男人见状急忙走了。这个人不是别人正是罗驿。“怎么我在哪里，都能看见你。”蒋雪娇一手扶墙一手撩起头发说道。“你喝得太多了，该回家了。”“我不回去，你管不着我。你谁啊？我跟你有关系吗？”“你喝多了，走。”“我不走，我去哪儿？我自己都不知道我该去哪儿。我的酒呢？”

罗驿啪地打了蒋雪娇一记耳光，“你能不作吗？全世界的男人死光了，你就看上他了，他不喜欢你，你就糟践自己吗？你做什么他都不会动容的，这一点你比谁都清楚。”“对，我就是作，我就是犯贱，我就是贱，怎么了？”“你作死可以，别当着我的面。你知不知道刚刚那个男的给你的是什么，那是下了药的。”“我愿意。”罗驿从洗手台上拿起一杯水泼在了蒋雪娇的脸上，“你别忘了，你是个警察，那是毒品！”此刻的她早已卸去了女王的外衣，柔弱得如同一株风中的梨花，随时会被摧残凋落，她多希望那是结束痛苦的毒药，哪怕顷刻就会毙命，自己也会毫不犹豫地喝下，因为下一秒，就会是天堂。蒋雪娇终于坚持不住，扶着墙蹲下哭了，眼泪如同大雨倾泻而下，再也无法阻挡……

北京的秋是璀璨的，颇有着冲天香阵透长安，我花开后百花杀的阵势，而香港的秋则委婉得多，不冷不热的气候让人感受不到季节的变化，唯一的不同就是你会在不经意间听到落叶飘落的声音，尽管很静，但你仍然能够感觉到，如同空气的鼻息。

刘苏在安全屋已经待了一个月，她明白郭处已经报告上级，自己很可能将退出任务，自己的状态和身体似乎都在受着史无前例的煎熬，但是进是退，孰轻孰重，自己还是拿捏不好。唯一和自己的纠结，与郭处、张队焦虑形成鲜明反差的就是易扬，他开心地帮刘苏收拾东西，忙碌着收拾手头的文件，甚至已经开始查询飞往北京的近期机票。

“这条线断了，太可惜了。只是我担心叶慕林会醒，他可不是个光认钱的简单毒贩，他可是名牌大学毕业的高材生。”张队吸了一口手上的烟卷说道。“可是就算不断，我们目前也没什么进展，他制毒的工厂和存放现金的地库我们至今没有一点儿线索。刀尖上舔血的，他算是智商高的。干这个就不能动情，本来还以为他用了情就会走出来，谁想到水挺深，根本不是咱们想得那么简单。”郭处的紧张不安让张队陷入了沉思。

“我不会退出。”刘苏突然走出房间说道。“你说什么？”张队一下站了起来。“我不会退出，既然这条线跟了这么久，我们都付出了这么多，我就不应该离开。”张队和郭处一起站了起来，“可是你已经离开这么多天了。”郭处说道。“跟上级怎么说是你们的事，我不会退出。叶慕林不会轻易放掉我，而我也不会离开。我相信再坚持一下就会找到毒场，你们可以找酒店伪造我的住店记录，放风出去，他自然会来酒店找我。一切就都顺理成章了。我会继续执行任务。”郭处的脸上露出了一丝欣慰的笑容，可是在里屋的易扬冲了出来：“我反对！刘苏你不要命了，好不容易出来了，现在还回去，你知道这有多危险吗？叶慕林要是起了疑心，你随时都可能没命。”“你还是管好你自己和蒋雪娇的事吧！”但是如同蒋雪娇的怀孕，一切都不是易扬所能控制的，一句话使得刚刚还火冒三丈的他一下子没有了言语。刘苏的执着换来了任务的继续，很快她便被安排进了一家四星级酒店。

入住的当天晚上，刘苏简单地吃了点清炒牛河，剩了大半盒扔在桌子上，就躺下睡了，她明白也许上次自己是半推半就地参与了任务，但这次是自己选的路，没有一点儿后退的余地。

一阵急促的敲门声惊醒了刘苏，她打开门看见了身穿白色衬衫黑色马甲的叶慕林，他一把抱住刘苏，低头亲吻了她的头发，“这些天你都去哪儿了，我怎么找也找不到你，你知道我有多着急吗？”叶慕林的眼泪清澈而透明，它轻轻地打湿了刘苏的脸颊，刘苏一句话也没说，只是任由叶慕林用力地抱着自己。小北等人见状识趣地关上了房门。

“苏苏，你怎么不说话？你知道我有多想你吗？”叶慕林哑着嗓子向刘苏宣泄着自己的情感。“你瘦了。”刘苏的一句话让叶慕林不禁低头吻向了她，刘苏紧张地颤抖了一下，叶慕林急忙抱住她，“你不在，我都快急疯了，哪还顾得上吃饭睡觉。这下好了，找到你了，再也不会让你走了，我保证，我再也不会打你了。好吗？”刘苏刚要说些什么就被叶慕林打断了，“你爸爸的事我会继续帮你查的，我已经有些眉目了，他来过香港，和青云帮的人有过接触，只是后来没有了音讯，详细的我会全部告诉你的。”叶慕林抓着刘苏的手说道。“有点疼。”刘苏淡淡地说道，叶慕林赶紧放开了紧抓着刘苏的手。看着桌子上的剩饭和两个方便面的盒子他不禁心疼起眼前这个瘦弱而馨香的小人儿。

“你吃饭了吗？我帮你泡个面吧，这里只有这个。”刘苏望着叶慕林说道。“好啊。不过我得洗个澡，跑出了一身的汗。今晚我就不走了。”“你不走怎么住啊，这里只有一张床。”“谁叫你乱跑的。这大半夜的还跑回去？这么大的雨，明早再走吧。”说完，他笑着脱起了衣服，衬衫下面是他略带肌肉的身躯，伟岸而诱惑，只是不知这样的背影究竟承载了多少秘密。刘苏赶紧转过身撕开泡面，生怕自己的凝望被叶慕林发现，叶慕林径直走向了浴室。等他出来的时候，刘苏已经将泡面准备好，要给他拿过来，可此刻，叶慕林哪有心思吃什么泡面，在背后抱住了刘苏，“以后不许离家出走了，你这个小姑娘脾气怎么那么大。再乱跑，我就把你锁在我身边，我去哪里你就去哪里。”“你干吗啊，放开我。”“就是不放，你是不是对我动心了？”“没有的事，你太自恋了。”“没动心,我脱衣服的时候你老看我。”“我,我没有。”“还说谎，玻璃上都映出来了。小东西，你就那么害羞吗？”刘苏咽了一口口水，没有说话。这种窘态越发可爱，叶慕林就越难以自持。他一把将刘苏转过来抱了起来，“小东西，你不是愿意看我吗？那你就看吧。是不是你看了我，我也得看看你才公平？”“不是的不是的，你臭流氓，放开我。”刘苏拍打着叶慕林的肩膀,叶慕林一下子按住刘苏,“我爱你，我知道你还不能确定自己是否爱我，我也知道你是个好姑娘，我会把你保护好，不会伤害你。”此刻的刘苏仿佛真的是一个小女人。不是一个满腹秘密的“特务”。

第二天一早，阳光穿过窗帘投到床上，叶慕林看着还在睡梦中的刘苏，不禁用手指轻轻摸摸她的脸颊，刘苏咂了咂嘴，一头扎进叶慕林的怀里继续睡觉。叶慕林不禁喜上眉梢，这种场景，自己似乎盼了很多年。

“大哥，青云帮的人来了，你还是赶紧离开的好。”小北在门外突然说道。叶慕林急忙起身穿好衬衫，拿起沙发上的风衣给刘苏披上，“快走，有危险。”刘苏急忙爬起来，被叶慕林抓着急匆匆地跑向了楼道。小北和两个人跟着他们一起跑，可楼梯间被迎面而来的打手堵住，很快，他们便开始厮打了起来，刘苏被叶慕林一把推到了墙角，和身边的一个打手动起手来，小北和另外两个人一起迎打其他几个打手。就在叶慕林和其中一个厮打的过程中，被人从背后拿起了枪，刘苏一个飞腿将对方的枪踢落，拿起枪指向了那个跟叶慕林厮打的打手，打手大喊:“都别动。”当他慢慢转过身来竟然愣住了。“霍青，你没死。”“让他们都双手抱头，靠墙蹲下。”“听见没有，按照霍青的话去做。”这个人不是别人，就是刘峰，他的心被狠狠地震动了一下，他惊讶于这个女人如此像霍青，不，就是霍青。然后迅速有一个念头蹿上他的大脑，霍青没死，她是来寻仇的！刘峰下意识地向后退了两步。

“慕林，你没事吧？”叶慕林更是被眼前的景象所惊呆，每次都是这个弱不禁风的女子将自己救赎于危难之中，而一个堂堂的大哥却如此不堪一击。“背后开枪，你真不是男人，或许你一直就不是男人。记住这一枪，我会让你偿还的！”刘苏说完，小北急忙上前，接过刘苏的枪，勒着刘峰的脖子，一行人退到了地下车库。上车前，小北将刘峰猛地推了出去，然后开着车走了。“峰哥，要不要追？”刘峰怔怔地看着车子离开的影子，满眼全是刘苏冷峻的眼神，“不追了，回去！”刘峰的心里乱极了，这个女子到底是不是霍青，以前的霍青弱不禁风，如今的她怎么身手如此之好。可是明明是自己开枪打死了她，并亲手安葬了她，她不可能活着回来寻仇啊。可那个眼神，一直萦绕在他的脑海深处，再也挥之不去。难道真的有轮回，难道真的有现世报。自己已经知道了这个“霍青”的存在，可是霍老大还不知道，但一起冲上去的兄弟那么多，保不齐谁就嘴快说了出去，如果霍老大知道会怎么样？如果真的是霍青，当年的事岂不是会被揭发出来。混乱让他难以自持，一杯接一杯地灌黄汤。

回到住所，还是这个漂亮的金丝鸟笼，只是此刻看上去，似乎它不再那么冰冷和险恶，更多了几分安全的感觉。小北没有说什么，只是提着刘苏的包进了客厅，叶慕林拉着刘苏的手走到了花园。“为什么你每次都救我？”叶慕林满眼深情地说道。“如果是我遇险，你不也会舍身救我吗？”看着眼前这个谜一样的女子，叶慕林的心好乱，她的出现的确很突然，而领她走入自己生活的人是自己，一次次的怀疑和不舍让自己进退两难，他明白也许这是上天对自己的救赎，也许是上天对自己的惩罚。做了那么多的恶事，报应只是迟早的。而自己一直为自己找的借口就是霍青的离开，因为上天收走了自己此生的最爱，所以自己要疯狂地报复，而犯罪只是一种手段，并不是最终的目的。可无论如何，自己都将受到灵魂的审判。

第十一章

怀疑

刘苏一个人坐在房间，想着刚刚发生过的一切，想着曾经在学校烈日下的训练，想着在特警队集训时的一次次摔打，一次次搏击，不管多苦多累，自己从未放弃，哪怕汗水如雨，泪水成河，哪怕摔打到浑身青紫，也从无怨言，只要抬起头就会看到父亲的脸庞，她都会告诉自己，再坚持一下，再坚持一下，只要一下就会胜利，你的父亲就在前方等你。尽管每次训练房里最后都只有自己一个人，根本没有任何奖励，但是自己仍然在奋力前追，不知是茫然的奋斗，还是早知为了有朝一日能够有所用处。无论如何，一切都朝着一个自己从未想过、也不能预知的方向，肆意发展而去。看着镜中长发的自己，已经找不到在公大时那个短发自己的纯真与轻松。可融入骨血的信仰，似乎是一辈子的。

小北被叫进了叶慕林的书房。“你不想说些什么吗？”小北愣了一下，欲言又止。“我知道，你想说怀疑刘苏的一切。她的出现，她的身手，她的奋不顾身，她的机敏和直觉都不像我们所认识的她。我也知道，你怀疑她对我们不利，你所有的担心都是因为你怕我因为她像霍青而疯狂失度地忽略一切。最终自我毁灭。”“没错。慕哥，跟了你这么多年，我没什么本事，总是护你不周全，这个女人来得太突然，这么多的事让我的怀疑变得更加迷茫，我不知道她是不是真的爱你。可一次次她的离开，一次次她的出手相救都是真的。我，不知道该说些什么了。”小北低下头，不再说话，叶慕林拍了拍小北的肩膀说:“小北，你是我的好兄弟，我知道你所做的一切都是为我好，你慕哥不是个见了女人就不知道北的窝囊废，你以为每次都是刘苏救了我，而我对她一点儿芥蒂都没有，其实我也是在试她，试她真情还是假意。”“慕哥，咱们过的是刀尖上舔血的日子，如果她真心对你，我无话可说，如果有……你明白我的意思。”“你也应该知道，慕哥我不是吃素的。”

而经过了这一战，霍老大已经如同一语惊醒梦中人了，他明白霍青的死也许不是当年汇报的那么简单，可是一切都是那么的真实，这个自己当了半辈子儿子、悉心栽培的二当家怎么可能心存反叛，当然这个世界不能把任何人说得太绝对，不然都是自己搬起石头砸了自己的脚。但行走江湖这么多年，当年的事确实捕风捉影地听闻了许多，但没有确实的证据，自己不可轻举妄动。刘峰跟了自己这么多年，尤其在霍青死后，自己基本把他当成了亲生儿子，许多大的生意多交给他来打理，他在手下中的声望也是越来越高。若此时动手，自己反而被动许多，还是按兵不动，先查清楚再说。尽管自己思女心切，但也不能操之过急，这个女孩是不是霍青还有待查证，但刘峰的事却是不得不开始动手了。

刘苏的心此刻也是绷得很紧，叶慕林对自己的心理防线还是没有全部击破，可是过于逆来顺受反而更让人怀疑，但易扬一直劝自己退出任务也使自己明白，郭处和张队已经在给易扬施加压力。为什么每次出去都会让青云帮的人知道，如果是内鬼，叶慕林不可能不动手查，而且每次出去的随从都只有小北和司机，没有旁人，知道一切动向的小北是不可能背叛叶慕林的。可如果内鬼不是自己人，那这个人就是安全屋里的人。父亲的死，那么突然，叶慕林查了很久依然没有什么线索，而郭处又总是施压，他明明知道易扬对自己的感情，就是变相以施压的方式想让自己撤出任务，改从别的地方入手，究竟是想从别的地方侦破还是暗中维护着叶慕林的制毒运毒网络呢？可是如果郭处是叶慕林的人，为什么一早不和叶慕林明讲，反而派自己长期潜伏在叶慕林的身边。这些疑问让刘苏陷入了沉思。但她深切地明白，如果还是一味地等待，机会是不会自己出现的，任务完不成，父亲的事情也会没有下文。为此，必须有所行动了。

晚风徐徐而来，窗子旁的纱帘被风吹得起起伏伏，就如同自己此刻的心情，是进是退，现在的自己已经不能靠安全屋发来的指令来进行了。她一边梳着头发，一边低头思索，就在这时，一双手慢慢抚向了自己的长发，她猛然一抬头，发现镜子中的竟然是易扬，她急忙站起来锁上门，小声说道:“你怎么来了？你不要命了？”“我不放心你，所以来看看你怎么样，有没有受伤。”易扬关切地拉着刘苏的手说道。刘苏满脸怒气地对着易扬，突然揪起易扬的领子说:“你想死我不拦着，别把我拉进去。你知道这是哪里吗？这不是公安局的后院，你来这里做什么，他能把我照顾得很好，根本不用你挂念。”“是啊，你就真的爱上叶慕林了,可你别忘了你的身份,他可是个毒贩！”“我什么身份？我是警察吗？我不过是你们手中的棋子，我就一个卖命混饭吃的，我和叶慕林有什么区别？”“郭处已经在催了，我还是觉得你应该退出任务。这根本就不是你应该做的事情。”“他要撤销任务？”“嗯。”“你明不明白每次的事情都发生得如此突然，他究竟是想叶慕林死还是我死？”“你什么意思？”“每次刺杀难道都是青云帮干的？为什么这次我刚刚和叶慕林见面就会有人来寻仇，我现在是为自己卖命，不是他！”只听门外有脚步声，应该是叶慕林来了，她一把将易扬推到窗外，拉上窗帘，转身之时叶慕林已经打开了房门。

“刘苏，你在干什么？”

“我在梳头发，想着你是不是还在忙。”

叶慕林笑着走了过来，一把搂住她，“我再忙也得来看看我的小东西啊。”刘苏笑着低下了头。“慕林，我们在一起的感觉是爱吗？”“为什么这么问？”“因为和你在一起的时候我就会变傻，不分是非。”“无论是不是爱，我都会保护你，不会让你受到伤害。”“我相信你。可你的平安对我来讲太重要。没有你，我就什么都没了。今晚别走好吗？留下陪我。”窗外的易扬听得一清二楚，他的心一抽一抽地疼着，难道刘苏变节？还是只不过是美人计？戏也太真了吧。

第二天清晨，刘苏还在睡梦中，叶慕林慢慢坐起身来，轻轻抚摸着刘苏的头发，刘苏动了一下一头扎进了叶慕林的怀中，叶慕林笑了，这是自己这么多年来最幸福的场景，曾几何时自己想都不敢想，甚至不知是如何熬过每一个黑夜，如今自己的灵魂归位，是否也该真正收手，但回头太难。

刘苏轻轻一动，肩头的睡衣滑落，香肩半露，酥胸轻遮，有美在侧，叶慕林难免意动心移，他吻着刘苏的面颊、刘苏的脖子和她的肩膀。刘苏一下子醒来，突然把他推开，抓起被子往身上盖。“对不起，刘苏你别害怕。”“你要干吗？”“对不起，我只是……你放心以后不会发生了。”刘苏惊恐的眼神让叶慕林的心被针猛然地刺了一下。随即他转身拿起榻上双排扣的西服离开了刘苏的房间。

刘苏坐起身来，对着镜子摸着自己的脸和脖子，自己究竟还是不是那个当初警校毕业的自己，自己究竟是害怕任务失败，还是害怕自己会爱上这个远近闻名的大毒枭？迷失似乎不是一个很遥远的词，镜中的自己究竟是黑还是白已经如此混淆，再也分辨不清。佛曰：空即是色，色即是空。可谁也说不清边界这两个字的意义。

易扬回到安全屋，他看到郭处在紧张兮兮地看着手机，没动声色，而是在门口徘徊了一会儿抽了一支香烟，然后径直走了进去，故意弄得很大声，郭处不紧不慢地将手机放在桌子上。“易扬你去哪儿了？”“嗨，郭处，还能去哪儿，找刘苏呗，她这个倔脾气怎么说都不听，我还不是为了她好。”易扬故意如此说道。“是啊，这个丫头就是太倔，我也是担心她的安全，她父亲既然出了事，她绝对不能出事，她不是在编民警，这样的任务就不该由她来参加，她还年轻，定力不强，万一受不住毒贩的引诱，没有成功完成任务，反而变节，那我们的处境就会十分危险。”郭处自顾自地说道。“我还是得继续劝劝她，您知道我对她的感情，我不会放手不管的。”郭处点了点头。随着郭处走出安全屋，易扬打开了放在桌子上的手机。里面没有任何一条短信，那究竟刚刚郭处在小心翼翼地看着手机里的什么？还真让刘苏说着了，郭处异于常态地想让刘苏退出任务，究竟是为什么？难道真的是出于刘苏的安全考虑？

此时的北京已经入秋，而孙莫的肚子也一天一天地大了起来，就在刘苏被绑在椅子上的那天，张桐和孙莫正式到民政局领了结婚证，因为孙莫怀孕了。孙莫的脸上洋溢着幸福的微笑，是啊，作为一个女人所有的幸福此刻她都已拥有，美满的家庭，父亲就是自己的靠山，前途无量的丈夫，肚子中即将出世的孩子，自己完美的工作，世界上所有的美好仿佛都是在为她量身定做。而张桐的心中却有着一种说不出的感觉，的确自己能和孙莫结婚，母亲十分高兴，毕竟自己不仅成家立业，也有了很稳妥的靠山，可是曾经这个婚姻的承诺自己许给了第一个让自己心动，也是为一个让自己疯狂的女人，可惜，自己的懦弱和生活的现实让他自己亲手扼杀了一切，眼下，孙莫肚子里的孩子在一天一天地长大，此刻已经由不得自己多想了，唯有继续走下去，绝对没有回头路。婚礼的日期逐步临近，一切都不用自己操心，十万块钱的婚礼策划很是贴心，一切都在紧锣密鼓地进行着，可自己的心似乎总是飘忽不定，惦记着不知所终的刘苏。不知不觉地握紧了手上的戒指。

蒋雪娇看到孙莫从医院出来，便走上前去打了一个招呼，简单寒暄过后，便分开了。蒋雪娇穿着白色的羊绒大衣，宛如童话中走出的公主，罗驿的车就在不远处等着，她一边拉开车门一边搓着手。“今天还挺冷。”“大小姐，都十一月了，您还这身打扮，能不冷吗？”“开你的车，哪儿那么多话啊。”车子一路奔跑，来到了蒋雪娇的单位，她急匆匆地跑进办公室，换好警服就直奔了监区。这个看似不大的地方，一望就能尽收眼底，可这里却关押了两千多名强制隔离戒毒人员，每天的工作量的确不少，人员一个又一个地增加，而出去的人却总没有进来的人多，所以永远超标饱和。

“报告队长，队长好，我可以到阅览室吗？”“可以。”“谢谢队长。”每天都是如此循环的请示和批准，陈词滥调不断地重复，要求就是让戒毒人员明白，吸毒是错误的行为，自己必须为错误的行为付出代价，同时也明白什么叫遵守规则。这里的人基本都有不同程度的疾病，有一部分人还有传染病，吸毒是一个逐渐堕落的过程，无论从精神还是到人的躯体，你不断地去吸食，人的灵魂和躯干就会不断地走向毁灭，最终结束一切。比如墙角坐着的这个女孩，今年才二十岁，已经吸毒四年，本来是一个不错的女孩，在发廊干洗头妹，结果被老板带的吸了冰毒，到现在都反应迟缓，学名延习症。

孙莫因为怀孕反应大，已经休假好几个月了，这里本来就枯燥无味，整日的活动、训练还有就是不断的心理测试、督促强戒出工。蒋雪娇更是烦躁不已，不仅仅是因为工作，更是因为易扬再也没回来，这次出差时间很长，她不知道是单位派出去的任务所致，还是易扬就是为了躲着自己。罗驿一直默默地和自己在一起，表面上说是帮易扬看着自己，其实蒋雪娇明白，要不是在乎自己，罗驿没必要这么上心，即便是朋友之托也不必如此。可是自己的心里装进了易扬，就像空气满溢一样，再也盛不下其他了。自己期盼了那么久的一个人，到头来却是如同梦一场，再也不见了踪影。以前自己是多么高傲，可易扬让自己是多么的落寞和自卑，仿佛阴霾般挥散不去。

其实蒋雪娇想得很简单就是能够陪在心爱的人的身边，哪怕世界一片混沌，自己也是心甘情愿的。但是这么多年的默默守候，以身相许的决绝，都无法让易扬心动，有时自己也怀疑，过分地憎恨刘苏是不是没有道理，就算没有刘苏，易扬对自己这么多年的付出依然熟视无睹，好像一切都是注定的。但自己总要找一个宣泄口，那么刘苏就是这个不幸的对象，毕竟她明白易扬爱的人就是刘苏。可世间的凡事就是这么的有趣，自己爱着一个不爱自己的人，而易扬又何尝不是呢？

一大清早，罗驿就来到强戒所的门口等蒋雪娇下班。似乎这个帮助照顾蒋雪娇的责任是十分重大的，开始也许是受兄弟所托，而后来，这仿佛是自己选择的一个生活方式，一种很难改掉的习惯。只见蒋雪娇一路小跑，坐上了罗驿的车。“辛苦你了，等我的车修好就可以自己开车回家了。”“没事儿没事儿。这是……我应该做的。其实你不用着急，我也没什么事儿，最近都在休假，接你送你就是分分钟的事儿。你们这这么僻静，女孩一个人走这么远才有公共汽车站的确不安全。”其实两个人都明白，这份尴尬就来自易扬。“我明白。谢谢你。我以后开车会小心一点，不会再有事儿，还要谢谢你交通队的朋友帮我，要不那天真的被那几个民工忽悠住了，估计赔钱事小，还得被讹诈。”蒋雪娇一边说一边将包里的手机拿出来翻看。“其实那天你要不是分神，没注意，肯定不会撞到树上的，还好马力不足，要不就真的有危险了，那几个民工吓肯定是吓了一跳，但是很明显就是自己摔倒在地上，根本就不是你撞了他们，分明就是想要讹钱。你一个姑娘家，又没经历过，自然处理不好。”蒋雪娇只顾低头一遍又一遍地翻看手机，从短信到微信，从微博到人人，多么希望能够找到关于易扬的只字片语，但结果都是徒劳，就像这些强戒人员，一旦吸了毒，想戒掉是那么难的事……

“停一下，我去前面买个早餐。”蒋雪娇放下怀中的包下了车。就在她关上车门的一瞬，包一下子掉了下去，罗驿帮忙捡起来，见文件掉落在地上就收拾起来，不经意间看到了一个叫张霞霞的名字，这个女孩是自己之前参与抓捕的，因为吸毒已经二进宫了。这个女孩别看不大，但是背景很是深厚，当时就满世界地托人能不能取保候审，可惜抓捕时间短，很快这个女孩就招认了吸毒的事实，并很顺利地通过体检就送进了拘留所，如今转到强戒所来继续执行，可是自己记得很清楚，当时这个女孩体检没有什么大问题，这个文件怎么有她患有哮喘、心脏病和韧带疾病的字样呢？要求保外就医？这不是天方夜谭吗？底下的批示竟然是同意。联想到蒋雪娇的父亲是他们局的局长，母亲在商海很有地位，罗驿似乎明白了什么。他不动声色地将文件赶紧放到了蒋雪娇的包里，当作什么都没发生一样。

回到车里的蒋雪娇手里拿着两份煎饼，略带笑意地说，还好今天排队的人不多。罗驿将蒋雪娇送到她家的楼下，这可是高档住宅，不仅保卫严密，而且这环境跟花园似的，就算有命住也缴不起物业费啊。罗驿转身从车后座上拿起一个纸袋子，递给蒋雪娇说："这是易扬托朋友从香港给你带回来的，说让给你。"蒋雪娇喜出望外地拿起袋子，里面是一整套的海蓝之谜，这可是高级保养品，一套可是价格不菲。太细心了，没想到表面对自己冷冷的易扬，竟然知道自己用什么牌子的保养品。难道是易扬对自己的付出有所触动了，难道自己的真心终于感动他了？虽然没有只字片语，但这份大礼足以让她满心欢喜的一扫前几日的阴霾。肚子里的孩子是瞒不住的，现在已经快三个月了，该怎么办呢，易扬一直不回来，唯一的音讯就是罗驿带来的这个礼物，她在想无论如何自己都要保住这个孩子，因为这是自己和易扬唯一的纽带。究竟如何向父亲开口还是得好好想想。

香港因为占中事件，经济受到影响，不仅如此，连基本的生活都受到了很大的影响。但对于叶慕林来说这似乎是一件好事，恰恰可以趁着混乱，作为掩护。刘苏父亲的事似乎查到了一些眉目，因为和叶慕林交易的台湾人有刘苏父亲的消息，当然，这是友好的情况之下，可当务之急，是台湾人再也等不了那么长的时间，耐性总是有限的，不能无限度耗尽，几百万的交易，任凭谁都得谨慎些。这一天叶慕林离开别墅几天后，终于在早饭后现身，来到刘苏的房间对她说要去浙江绍兴散散心，知道刘苏喜欢江南水乡，但没去过，那就去那里转转。消息很突然，刘苏根本来不及向上级汇报，只好简单地收拾行李后和叶慕林坐飞机来到了浙江，随后辗转乘汽车、乘船来到了绍兴的一个小村——寿旺村。刘苏感到叶慕林突然急匆匆地说带自己到绍兴玩儿，肯定没这么简单，不然不会换这么多的交通工具，除了避开警方，更不想被青云帮的人知道。这次究竟是意义何在？

第十二章

酒厂

来到一处白墙灰瓦的院落，古朴别致，清新淡雅，倒是处不错的居住房屋。此刻一个身穿粉色旗袍的女人站在门口，正笑脸迎接着他们。这个人不是别人就是叶慕林的妹妹叶慕杉。“大哥，我可是恭候多时了。这次可把你妹妹我累惨了。”叶慕杉笑嘻嘻地说道。“知道你辛苦，这不是都为了你未来的嫂子吗？”叶慕林回答道。刘苏一头雾水地跟着他们走到了院子里。确实别致非凡，满院子的鲜花、石板路、长廊，仿佛走到了画中的梦境。百合，这么多的百合，真是少见，刘苏不禁蹲下身子轻轻地触动着它们的花瓣，仿佛在爱抚每一个柔美的生命。叶慕杉拉起刘苏说：“走，嫂夫人，咱们去看看你的房间。哦不，是你和我哥的房间。哈哈。”“你们先聊着，我和小北去酒厂看看。”叶慕林转身拿起桌子上的风衣，和小北离开了院子。“这屋子？”刘苏不解道。“怎么样？美吧。这都是按照你的喜好布置的。这张床就花了三十多万，雕刻得不错吧。哦对了，我想你们来得急，你肯定没准备太多衣服，我把衣服都准备好了，就放在柜子里，你自己看看，喜欢不喜欢。”慕杉的笑脸着实让人难忘，那么的红润，那么的自然，仿佛世间所有的烦恼都与她无关。但慕杉的每一次转身仿佛都藏着另一双眼睛，让人感到一丝丝的不安。

江南水乡果然名不虚传，仿佛在这里，可以将自己融为这涓涓河水，人的生命仿佛也蜿蜒了起来。午餐十分丰盛，西湖醋鱼、醉鸡、炸臭豆腐、糯米藕等等，不过这最特别的就是绍兴的女儿红。“怎么不吃？你尝尝这是你最喜欢的桂花蜜汁莲藕，这可是最正宗的。”叶慕林一直在给刘苏夹菜。刘苏默不作声，不好意思地笑了。慕杉的脸上划过一丝不悦，不过很快变得娇嗔起来：“大哥，你也太偏心了吧，怎么光给嫂子夹菜，就不管妹妹。”“你呀，不用我管，什么不会吃啊，要是你喜欢的，谁能拦得住？”慕杉笑了笑。“对了，你这身深蓝色的短旗袍很适合你，人显得很清爽。”叶慕林夸赞道。“哦，是慕杉帮我准备的，我也很喜欢。”“来嫂子，你尝尝，这是咱们酒厂自己酿造的女儿红，特别棒，外面买不到的。”慕杉拿起酒坛为刘苏倒了一杯。叶慕林想都没想直接一把拿起来说：“她不能喝酒，我替她喝了。”然后一饮而尽。慕杉尴尬地笑了笑。

午饭后，叶慕林拉着刘苏的手一起回到房间休息，看着他们离去的背影，慕杉的眼中满是哀伤。“你怎么不和我说啊，原来慕杉没住几天就走了，就是为了来这里布置。”刘苏坐在梳妆台旁说道。“你不喜欢？我就是要给你一个惊喜，告诉你，还有什么惊喜可言？”刘苏低头不语，只是看着坐在床边的叶慕林。他身材高大，但是背影却是那么的瘦，似乎每一根肋骨都在拼命地支撑着他每一根紧张的神经。叶慕林脱下风衣，随手放在旁边的榻上，把手伸给了刘苏，刘苏拉着他的手，突然被拽到了怀里。“怎么你，几天不见，你很想我吗？”“才没有。”刘苏挣扎了一下，但被这双有力的臂膀给按住了。“没有，没有你老看我，吃饭也不好好吃。”刘苏低头不语。“我就喜欢看你脸红的样子，怎么看也看不够。”说着轻轻地吻了吻刘苏的脸颊。然后把刘苏放倒在床上，给她盖好被子，自己则走向塌，拿起风衣盖在身上，独自睡去。刘苏心想，这个男人很有风度也很有教养，如果不是毒枭，也许自己会真的爱上他，可惜，一切都是枉然，身份注定了彼此的世界，两个人注定是火星与地球的距离。这个喜欢穿衬衫与西服的男人总是把自己禁锢，禁锢在自己设计规划好的世界中，不能动弹。也许这个过程是痛苦的，但是这也是使自己最安全的方法，哪怕这是一个牢笼。

下午的行程很简单，刘苏被叶慕林开车带到了一处院落，门不大，但是里面却别有洞天。院子里摆满了大大小小的酒坛，仿佛都在等待着太阳的洗礼。“走吧，这是我们的酒厂，酿的酒味道非常不错，中午的酒就是出自这里，外面人是喝不到的。”叶慕林自顾自地介绍着。刘苏的眼睛不停地看着这些酒坛，真的是很有趣，略微发白的坛身，大红纸贴的标注，真的是太有感觉了。只是不知道为什么，这个院子里不仅有酒味，还有一种让人难以言喻的气味，说香不香，但是很浓郁，可以肯定的是不仅仅有酒香，还有别的气味。

叶慕林拉着刘苏的手来到后院，上了一条旧旧的乌篷船。船轻轻地漂在水面，向远处缓缓划去。“喜欢吗？”“喜欢。咱们这是去哪儿啊？”“去一个没有人的地方。”刘苏心里一惊，没人的地方？深处一条幽静的小河之上，周边两侧是灰色的房屋，仿佛空气中都弥漫着淡淡的酒香，让人的魂魄都醉了。可自己此刻哪儿有闲情逸致来欣赏美景，只是心里盘算着，叶慕林不可能就仅仅是为了让自己高兴才突然带自己来绍兴酒厂？从未听他提起过，难道这就是制毒的老窝？可是出来得太过匆忙，根本没法和上面联络，究竟该怎么办？船如同一片飘落的叶子，摇摇晃晃来到了一处僻静的地方，叶慕林停好船就拉着刘苏上了岸。手里还提着一个大袋子。刘苏没有多问，只是默默地跟着他走进树林。

突然，叶慕林停止了脚步，放下袋子，慢慢地转过身来，对着刘苏说道："告诉我，你到底想要的是什么？是我拥有的，还是我珍视的，还是我的命。"刘苏心里一惊，难道他发现了自己的身份？这出戏该怎么唱下去？此刻只得沉着应对。"你说的是什么意思。""我说的是什么意思？你为什么接近我，就为了爱上我？"刘苏目不转睛地盯着叶慕林，"你的怀疑已经断送了我们之间的情感一次，你还要继续怀疑？其实你说得对，我也不知道为什么稀里糊涂地就和你一起来到香港，不知道为什么和你好似在一起。我也不知道你为什么一直怀疑我，也许做你们这种大事的人都注定疑心病很重。但我想告诉你，我和你在一起每一步都是你设计的，不是我主动接近你。无论是上海还是香港。女人这一辈子其实都是围绕着男人转的，爱上一个男人，然后怨一个男人，甚至为了这个男人不惜牺牲自己的性命，你要是问她为什么这么做，我想女人自己也解释不清。我只能说，我做得问心无愧，如果你要怀疑我，我可以离开。带着我们所有的相遇离开。"叶慕林不再说话，只是静静地站在那里，然后转身，注视着眼前的这个瘦弱的女人，她的坚毅和果敢不得不让自己折服，而现在的处境，却是如此的危险。叶慕林将刘苏抱在怀里，狠狠地吻着她的头发，然后如同飘过一阵烟雾，刘苏失去了知觉。

当她醒来的时候，发现自己已经在小船里，叶慕林并不在身边，她急忙探出身子寻找叶慕林的踪迹，只见叶慕林拖着受伤的胳膊急匆匆地向船这边走来。“怎么了？你怎么受伤了？”“别问了，赶紧走。”叶慕林一把将刘苏推进船舱，然后迅速地摇动小船向酒厂划去。

经过慕杉的诊治，叶慕林的胳膊被缠上了白色的纱布，盘子里晃动着带血的子弹。刘苏紧张地站在一旁，不知道一切究竟是怎么回事。包扎好以后，慕杉出去倒用过的医用废料，当她回来的时候，只见叶慕林抱着刘苏不住地安慰她，刘苏的肩膀在微微颤抖，哭泣是对一个男人最强的杀伤力武器。慕杉什么也没说，安静地来到了客厅。

“怎么，慕哥没事儿了？”小北问道。“没什么，只是枪伤，我已经为他包扎好了。”慕杉边自顾自地倒酒边说道。“慕杉小姐，你这是何必呢？你喜欢慕哥吗？这么多年你从来没说过。”“是啊，这么多年都没说过，现在更不必说了。”“我明白，当时霍青出现的时候，你就选择了留学，因为慕哥你学了医学，可青姐已经不在了，你为什么不说呢？”“说什么？说我可以替代霍青？”慕杉喝了一大口酒。“小北，我知道你对我哥是真心的好，是好兄弟，可是你也是男人，你难道就不需要女人，不需要爱情？男人要是喜欢上一个女人，那就是十头牛，不对，一百头牛也拉不回来的。我这个身份你让我怎么和我哥说？我以为霍青死了，我可以出现了，我急匆匆地辞去美国的工作赶回来，一进门就看到了另一个霍青站在屋子里，你知道我当时是什么心情吗？我觉得老天这是在告诉我，注定我只能是我哥的妹妹，我不能是他的女人。”小北默默地看着这个喝得微醺的女人，很是心疼。的确，在外人眼里，他们是亲兄妹，其实不然，慕杉是慕林的妹妹，但却是慕林妈妈带着他改嫁后，继父带来的女儿，从科学上来讲他们没有任何血缘关系，可是慕林很是保护这个妹妹，从来都是拿她当亲妹妹般看待。而慕杉却由对慕林的仰慕变成了爱，只是这份爱掩埋在心底太久太久，久到成为一种不能言语的痛，但这感情就在那里，成为一种习惯。如果传到江湖里，说哥哥和妹妹在一起，岂不让不明实情的人笑掉大牙，所以这不能说，而慕林只是继续宠爱着这个妹妹。

本来慕杉以为慕林是为刘苏才受的枪伤，此刻自己的出现终于证明了自己的必要性，处理了慕林的伤口，但就在一瞬，自己终于明白慕林有多么离不开刘苏，哪怕她只是一个替身又或者单单只是刘苏，不管她是谁都不再重要，重要的是叶慕林爱着刘苏，而自己只能对着情敌恭恭敬敬，不能流露出一丝一毫的感情。

刘苏本想问问叶慕林事情的来龙去脉，可是看着还在发热的叶慕林，只好将到嘴边的话咽了回去。“我哥，怎么样了？”慕杉走到房间中说道。“我也不太清楚，他突然发热起来，一直昏睡着，我想还是让他休息一下吧。”慕杉听罢便离开了房间。

时间在一点一滴地流逝，叶慕林从未有过的平静与安详，像一个玩儿累了的孩子一般静静地躺在床上，躺在这张原本属于他却从未染指的床上。刘苏的茫然是如此的直接，她不知道自己该何去何从，接下来的每一步都是没有部署和指令，来到这种地方。等待自己的就是未知。半个月过去了，叶慕林的伤势有了好转，能够坐在床边吃一点清粥了，刘苏在抽屉里找耳环的时候发现了一个本子，里面每一篇都写着诗或日记。“九月十一日，我相信是上天的安排让我重新找到了你，相遇是上天的赏赐，对我灵魂的救赎，我该如何形容我的感受呢？激动？彷徨？一切都太过奇妙，无法用言语形容。只是这次我能够将至宝收入囊中吗？未知。十月二日，今天，刘苏被我打了，我很紧张，不知为何失态，可是我又是如此的后悔，她会不会恨上我？十一月十五日，刘苏就是刘苏，不是别人，我坚信这一点。最是江南秋色浓，爱意阑珊愁何在。留下襄阳变洛阳，苏橘甘香莫道涩。——最爱刘苏。”看到这里，刘苏的眼泪不禁落下，从来没有一个人会对自己如此动心，因为自己的世界永远只存活在灰色里，如同北京的雾霾，难以消散。但这个男人，这个大毒枭却为自己留下这许多吹不散的情意，如何能够不动心？如何能够抗拒？刘苏起身走到卫生间，用凉水猛泼了几下自己的脸，看着镜中的自己，再次陷入彷徨。演员演完剧集是可以出戏的，可是自己这出不知何时能够终结的戏，却在一直没有导演没有剧本的情况下上演。自己是警察？不是。自己是一个恋爱中的女人？不是。自己在做的一切仿佛都是迷茫的，只是为了找到爸爸，只是为了完成任务，只是为了一个也许并不能实现的理想在做着飞蛾扑火的努力！这代价也许是生命，也许是自己的灵魂。

易扬的追寻一直没有停歇，在没有找到刘苏踪迹的日子里，他几乎不眠不休，实在扛不住了就在哪里歪一会儿，渴了随便喝点水，饿了就是方便面，不是条件不允许，而是他舍不得浪费一丝一毫的时间，因为也许就是这一秒，刘苏已经陷入危险。可是香港现在的环境根本不可能顺利开展工作，可谓是难上加难。很多地痞流氓帮派成员参与到“占中”行动中，这分明就是扰乱秩序，想趁机发国难财。可是也唯有在这些古惑仔口中才能得到一些信息。经过几日的不断工作，终于得知，叶慕林和小北似乎是走水路回到了大陆，并没有通过正常程序出关，难怪查不到蛛丝马迹，可刘苏是否一同前往，还是被发现身份后带到了其他地方，目前还不能确定。一脸愁云的易扬在安全屋抽着烟，看着窗外冷峻的高楼大厦。此时，张队进来拍了拍他的肩膀，说：“有线索了吗？”易扬低下头说：“有还不如没有，只是增强了不确定性。”“可你并未向上级及时汇报这个情况。”张队坐下来说道。易扬看了一眼张队，又看了一眼里屋。郭处正坐在电脑前不知道搜索着什么。张队将一盒烟递给易扬，拍了拍他的肩膀走到了沙发旁，“老郭，今天吃什么？让易扬出去买吧。”

易扬走到便利店，打开烟盒后看到了一个字条，是一个杭州的地址，瞬间他明白了张队的用意，原来张队也开始怀疑郭处。看来郭处确实有问题，不然为什么他会出现如此奇怪的举动。很快，他收到了回北京协助工作的通知，但却接到了转飞杭州的机票。

杭州的天气时好时坏，如同女孩的心情总叫人难以拿捏。叶慕林的伤虽然好了很多，但是以前的旧伤复发，身体每况愈下。可清晨的叶慕林不同于往日，一口饭没吃，一直在窗口坐着。刘苏走过去，把手放在叶慕林的肩膀上说：“怎么了？一个人坐在这里，风大，对你的伤势不好。”说完，关上窗户，扶叶慕林到床边坐下。“我的伤好几个月了，也不见大好，身体真是不行了。”“别急，慢慢来，你还不相信慕杉的医术吗？”“当然相信，只是……我的身体我知道，这么多年都是扛过来的。”“你烦心，不仅是因为伤口吧。还为生意？”“刘苏，你知道吗，现在有一个棘手的事，我的一个客户，一个大买家要来买货，可是我受伤了，身体一直没好利索，现在去见面，怕流传出去，我的仇家会来寻仇。可如果不进行交易，那就会失去这个大客户。”“为什么一定要面交？”“干我们这行的，都不信旁人，做事亲力亲为。本来我们是都不会明着出面的，可是合作了这么多年，为了表示诚意，我们俩之间的交易都会亲自去。这次交易对我很重要，制药厂的资金链出现了很大问题，我急需资金注入，不然药厂无法正常运转，原材料进不来，货也就无法制造。”“你需要一个替你出面的人？我替你去。”叶慕林怔怔地看着刘苏，他想不到这种事刘苏竟然会主动参加。

“可是我不想让你去，因为这是犯法的，如果有什么，你就不能回头了。”“和你在一起，你觉得我还能回头吗？”“我想让慕杉去，可是慕杉，她太单纯。对方根本就不知道她的存在。如果她出现，那么交易就等于自动取消。”“所以我是最合适的人选，让小北陪我一起去。我想外面的人都知道我的存在，都知道我是你的女人。”

就这样，刘苏以“大嫂”的身份参与到了整个交易中。货原来就在酒厂中，这么久以来，刘苏苦苦寻找，可就是没有头绪，哪里都没有货的踪影，可此刻一切都是如此的清晰。货不是别的，就是院子里一直等待晾干的酒坛子。它们被做成酒坛的形状，外面上釉，贴上红纸，根本就看不出来，也没人会发觉，浓重的异味被置酒的酒香所掩盖，所以周边居民也没有发觉，这么明目张胆地制造真是难以让人起疑。药厂名义是药厂，其实批量进入的制毒原料就是正常进药厂，然后以中药的名义运出直奔酒厂，再由酒厂在酿酒的同时将毒品制造，再做成酒坛子，以卖酒的形式给客户，客户买回去后再将分解的毒品合成，就可以直接销售，真是一路平安。奥妙就在这里，拖了几年的案子一直无法侦破，所有的猫腻竟如此完美。制毒的工人都是跟着叶慕林一起打拼天下的老人，身家性命都在这里，根本不会出卖他，如此便可在神不知鬼不觉的情况下制毒贩毒。

第二天的清晨，刘苏很早便起床，在叶慕林的注视下，她穿上了一条黑色的针织裙，这是她最喜欢的一条裙子。对着镜子，刘苏轻抹了几下口红，然后松散下一头长发，换上一双红底黑面的高跟鞋，走到叶慕林的面前。“你真美，不过比起平时更添了几分冷酷。”刘苏笑了笑。“你现在的样子真的很像一位大嫂。刘苏，你想好了吗？这是一条不归路啊，参与干了这个，你就不再是一个简单的女孩，就是罪犯，你可能一下子就什么都没有了。”“我知道，可是为了你，我愿意。”叶慕林拿起一个香奈儿的黑色羊皮包递给刘苏，里面除了装着转账用的U盘，还有一把自卫的手枪。“关键时刻保护自己，记住，一切都没有你重要。我相信你有能力保护自己。”

一行人来到了叶慕林受伤的树林，小北看着面无表情的刘苏，仿佛觉得自己就是看着当年的霍青，那份冷峻、那份成熟和坦然是旁人无法比拟的。“小姐，你先在船上，我先带人下去。”“还叫我小姐。你应该叫我大嫂。”小北愣了一下，急忙改口：“是，大嫂。”对方的人已经在岸边的空地上等候，刘苏大致看了一下，应该现在这些人都是小弟，老大没有出现，多半就在停在一旁的黑色宾利里，她告诉小北，多注意旁边几辆车中间的宾利。

小北在手下跳下船后，也跟着上了岸，和对方简单交谈过后，小北跑上船叫刘苏上岸。刘苏戴上墨镜被小北扶上岸，对方的黑色宾利里面也走出一个男人，当这个男人站在刘苏面前的时候，她愣住了，这个男人不是别人，就是她朝思暮想的父亲！她一下子不知所措，难以抑制住内心的兴奋，又仿佛一切都是茫然的，为什么父亲会出现在这里，为什么他会变成买家，为什么局里要说父亲牺牲了，太多的疑问一下子涌入刘苏的脑海，可是此刻一切都不能问，她很确定这就是自己的父亲，可他的表现就如同不认识自己一般，此刻，唯有演好这出戏，才可以让两个人活命。刘苏一言不发地站在那里，男人开口说话：“这就是叶公子的夫人？”“您好，黄老板。”刘苏摘下墨镜，伸出手。这个自称黄老板的男人也伸出手，用力地握住了刘苏的手。“夫人芳名。”“刘念。”小北没有说话，黄老板的手微微抖了一下，这个名字不是刘苏的，而是刘苏母亲的名字，如此便更可确定这就是自己的父亲，不然他不会知道刘念是谁。小北愣了一下，然后在简单交谈过后，便和黄老板手下的人去办货款交易的事情去了，一时间，仿佛一切都已静止，只留下刘苏和这个自称是黄老板的男人，两个人的眼睛似乎眨都不眨地盯着对方，此刻一言不发，却胜过千言万语。无论历经什么，只要能够活着就好。“大嫂，货款两清，没问题。”小北向刘苏汇报道。“嗯，黄老板，交易结束了，祝我们合作愉快。期待您的下次光临。”刘苏不紧不慢地说着，但此刻，她已经把手中的墨镜握碎。黄老板拿起手中的毡帽，对刘苏说：“还请夫人代我向叶公子问好，他是我最好的生意伙伴，我们的事业肯定会越来越好。走吧。”几个小喽啰转身替他开车门，就在开门的一瞬，刘苏清晰地听到不远处有响声，一颗子弹，飞入人们的视野，突然间刘苏推了黄老板一把，子弹击中，贯穿黄老板的胳膊，鲜血立即流出。很快两拨人陷入与“莫名人士”的枪战中，只是隔着树木，一切似是非是，难以看清敌人的面目。小北护着刘苏爬上车，然后拿起密码箱，开车准备杀出重围。黄老板的人也急忙关闭货车后门，想离开，可对方火力太强，根本无法脱身。

“走！”黄老板手下的一个小喽啰听到老板命令后跳上货车，不再恋战，先把货拉走。就在他开车离开以后，刘苏被一个男人从车中拽出，刘苏狠命挣扎，刚要动手，看到了面罩下一双熟悉的眼睛。她停止了挣扎，只见刘苏被这个男人拉到了一旁，对着小北，向天放了两枪，然后用枪指着刘苏的头，对小北说：“我求财，不求命。给你们老大打电话，想要他的女人活命，就把密码箱给我，还有他的身份钥匙，我会联络他。”说完拉着刘苏上了一辆从路的另一头驶来的黑色汽车，扬长而去。

“刘苏。”易扬拉下面罩说道。刘苏的眼泪一下子就涌出眼眶，近日来所有的悲伤和不安，忐忑与迷茫顷刻涌出。她一把抱住易扬，再也不松开。回到基地后，刘苏被带进了办公室，里面只有易扬和一个陌生男子。“刘苏，这是我们这次扫霾行动的指挥，地方兄弟单位的李岩浩。李队，这是我们的侦查同志，刘苏。”简单的介绍过后，刘苏将自己如何来到杭州等事全部告诉易扬，并对叶慕林所在的位置与制毒工场和藏毒运毒的流程全部说出。让易扬与李队很是诧异，原来一切都是如此精密布置的，怪不得一直查而无果。

“我爸爸为什么是黄老板？”刘苏终于将心中的疑惑问了出来。“这个需要张处跟你解释。”易扬说道。“难道有你在，我还需要问他们吗？”刘苏的眼泪不争气地流了下来，也流进了易扬的心里。他抱住刘苏，任她哭泣，此刻的刘苏卸去了平日的防备，柔弱得如同一朵路旁被风雨摧残，随时会凋零的小花一般。但这种温暖的拥有似乎从未远离，也未曾靠近。刘苏就像天空的浮云，总让你觉得唾手可得，但其实咫尺千里。

还记得第一次看到这个女孩，是替她的父亲到学校送学费，那时她还在上初二，一个干净却倔强的女孩，老师把刘苏叫到办公室，说有个警察叔叔找她，刘苏便说：“我们到操场谈吧。”径直走出了办公室，在耀眼阳光绿色草坪红色跑道的映衬下，一切仿佛都是那么的自然，那一年也是易扬做警察的第一年，在操场上的漫步，似乎很是美好，刘苏的眼睛就没离开过易扬手中帽子上的警徽。“他怎么没来？”刘苏问道。“你爸爸，他今天被派出去出车了。”刘苏没有说话，只是低着头停在了那里，霎时间，易扬的心被狠狠地震了一下，看来这不是老刘第一次食言，她太熟悉父亲的“牌路”了，看着刘苏的一把乌黑马尾在风中恣意地飞扬，看着她瘦弱的背影、失落的神情，易扬在心里想一定要做些什么，这种莫名的触动以至于他在好多年都以为是作为一个男人对一个不能完整拥有父爱小女孩的关爱。听老师说，其实前一天就该缴学费了，全班就只有她一个人没缴，在大雪天里刘苏在学校门口等了父亲几个小时，冻得小手小脸通红，老师劝了很久，她就是倔强的不进去。她说她爸爸一定会来，因为她和爸爸说好了。易扬的眼圈红了。于是，在第二天下午的体育课，易扬为刘苏送来了一部新手机，对她说："这是你爸爸让我送来的，如果有事你可以给他打电话也可以给我打电话，我的电话号码存在电话本里了，按快捷键1就会自动拨出。如果你爸爸没有空，我一定会赶到，好吗？"那个下午的阳光特别温暖，仿佛所有的冰雪都变得晶莹而耀眼，仿佛春的气息提前映入了刘苏的心里，她笑得特别开心，这是第一次看到刘苏的笑容如此慧心、如此美丽。刘苏从不轻易给易扬打电话，她总是给爸爸发信息，当父亲食言或是暴怒过后，她才会在迫不得已的情况下给自己拨打。刘苏似乎总是很懂事，超越她年龄的懂事，又是超越她年龄的冷静和倔强，这种提前的"成熟"让易扬看在眼里，痛在心里，他明白，如果不是老刘的所作所为，如果不是这种环境的逼迫，刘苏本应在花季年龄享受和所有女孩一样的快乐童年乃至整个青春的绚烂。可这个世界没有如果，只有现实，易扬从警后的整个青春似乎都和刘苏有关，他去参加了她的家长会，他送给了刘苏人生第一部手机，他为了她要去外地参加琵琶演奏比赛特意请假陪同，他去参加了她的高中毕业典礼，她生病发高烧也是他带她去的医院，甚至痛经晕倒在学校，也是自己去接她，她上公大第一年参加开学军训也是自己给她准备的行李。易扬对刘苏的情谊很复杂，既像父亲般的关爱，又像男友般的体贴，他一直默默用实际行动，以“替她父亲做事”为借口爱着这个清秀的女孩。他清楚地知道自己也许只是她漫长人生中的一个过客，但他宁愿做这个过客的时间能够长一点，再长一点。哪怕只是一缕花香，也愿倾尽一切温暖你所有。

每一次的见面似乎都是在刘苏受尽委屈的时候，但每一次的相拥，易扬又都只能欲言又止，他不想对刘苏的这份情感影响到她的成长，到后来成人后的她，他又无法面对如果被她拒绝后的窘迫。只能如同呵护一个婴孩般，以大哥的姿态守护着这个命运多舛的女孩。

还记得第一次相拥，是在刘苏的高中学校附近看到有男生要欺负刘苏，刘苏害怕地缩在墙角，几个男生不怀好意地围着她，易扬想也没想走过去一把拉出刘苏，抱入怀里，几下就把几个男孩打跑，刘苏哭得很委屈，仿佛整个人都要碎了，一直在易扬的怀里颤抖，如同一只惊魂未定的小鸟般，易扬抱着孱弱的刘苏，心不由自主地怦怦乱跳，他摸着刘苏的头发，感受着她所有来自少女的芬芳。那一夜，刘苏没有离开他，一直抓着他的衬衫，不肯放手。易扬就抱着刘苏一直到了天亮。老刘似乎默许着什么，他太了解易扬了，这个从警校毕业的小子，没别的就是执着也单纯，他对刘苏的关照已经超越了一个父亲对他的嘱托。但老刘心里明白，自己已经组织了新的家庭，也深知自己的懦弱和对刘苏的亏欠，很多亏欠是无法弥补的，只有靠易扬来填补自己在刘苏人生每一个重要时刻的缺失。直到老刘执行任务走的前一天晚上，他才对易扬说：“小子，咱们爷俩这么多年都在一个单位，从你刚来到现在也好几年了，我是看着你成长的，我也感谢你对刘苏的关爱，我欠刘苏的，可我还不起了，所以我把我的宝贝女儿托付给你了。好好对她，别让她伤心。我不是个好父亲，希望你是她下半生幸福的依靠。”易扬不明白老刘这么说的意思，很突然，只是想着，刘苏马上就要十八岁了，难道这是老刘对自己的一种默许？也许是想把自己当生日礼物送出去？不管出于怎样的考虑，易扬心中都是十分高兴的，毕竟多年的守护得到了认可，只是这种认可是来自她的父亲，如果这份认可是刘苏的意思，那自己将是多么的幸福啊。没想到这成了老刘临终前的嘱托。

对于“黄老板”的解释，易扬心里明白，只是这份明白来得太晚，他不知道该如何向刘苏解释。没错，难道对于相处这么多年的彼此，对于一个心爱女人伤心的请求，自己也能熟视无睹吗？刘苏拨通了张队的电话，经过了一个多小时的谈话，刘苏冷静了，她明白有很多的无奈，也更坚信了自己当初的想法，只是这份暴怒无从发泄！也许是以为任务的特殊性，也许是因为自己不适合知晓，太多的也许，太多的荒唐，自己难道就应该受到命运的捉弄吗？一句你只要做好自己的工作就可以将一切一笔勾销吗？父亲的任务究竟是什么，自己也猜得八九不离十了，可这份欺骗让自己付出的代价是巨大的，身处这个任务就是在和死神打交道，随时都有可能牺牲，那么假“牺牲”就有可能变成了真牺牲。

易扬拿起一杯水走到刘苏面前，递了过去，刘苏看了一眼易扬，接过水杯，然后转身，狠命地把水杯摔碎在地上。啪的一声，玻璃和水四溅开来，所有的愤怒与痛苦，就如同这个破碎的杯子再也无法掩饰。

夜晚的南方总是那么的湿润，无论季节如何变幻，这股温润始终不变。对于刘苏，叶慕林和易扬一样，两个人倾注了太多的爱，无论这份爱来的时间是否合适，都是相同的浓烈。叶慕林的夜是难熬的，他明白这份情感是对自己灵魂的救赎，而这笔钱则是对自己药厂的救赎。可是在这个两难的时刻，小北竟然支持他救刘苏，这是叶慕林出乎意料的，而慕杉却出乎意料地让叶慕林放弃营救，如今没有任何救出她的把握，唯一的方法就是牺牲药厂，可是如果牺牲药厂，叶慕林就等于倾家荡产，一切都烟消云散了。对方是看中钱财还是另有他求，能否放了刘苏都还是未知，在未知的情况下就下这么大的赌注，未免太过冒险。叶慕林抽着一支雪茄，陷入了沉寂，他的内心无比的挣扎，一个是心爱的女人，一个是自己白手起家的事业，何去何从，如何选择真是让人难以决断。可他的心里又有一个声音告诉自己，已经失去过霍青一次，难道连刘苏也要失去吗？奋斗的一切不都是为了这个女人吗？叶慕林扶着窗户坐在椅子上，看了看自己的伤口，然后叫来小北，照对方说的做，现下只能等待对方的来电了。

这个夜注定是漫长的，辗转难眠的除了叶慕林，易扬也是如此，他不知该如何面对刘苏，甚至不知该如何安慰她。这个弥天大谎对于刘苏来说太过残酷，乃至差点要了她的命。可自己能做的又太少太少。于是，他动笔，写下了一行一字，希望这封信，能在刘苏继续任务，离开时交给她看。

“苏苏，我们相识了很多年，从你还是个孩子，到你成为一个少女，从你经历压力山大的高考到你进入公安大学，我见证了你的每一次成长。你是个有着好多心事的姑娘，我明白你的无奈与痛苦，因为我目睹了你每一个残酷的现实，我很心痛，很想保护你。你知道吗？无论发生什么，我都会第一时间站出来尽我所能地保护你，只要你需要我，我从未改变。宇宙是如此的浩瀚，也许星球是数不清的尘埃，可遇到你，我就变得有了温度，有了气息。我相信上天对我最大的恩赐就是遇到你，我还记得第一次见你，你梳着一个马尾，瘦弱纤细的背影，那个场景我将终生难忘。我知道在这个当口，无论说些什么，都无法解开你内心的结，但请你相信我，我会一直保护你。这个任务无论你参加与否，我都会保护你。你说过你喜欢百合，你说过你喜欢鸢尾花，无论是什么，我都会为你摘下。这不仅是一个男子对心仪女子的承诺，更是一种责任，我知道你的恨，你恨你父亲的言而无信，你恨他的懦弱与自私，我深知你的所思所想，所以我会是一个有责任的男人，我会为你倾尽我的一生。也许你不会选择我，但我想告诉你，无论百合开放在哪里，它都需要水的滋润，无论你在哪里，我都会如影随形。”

在落笔的时候，刘苏正在另一个房间忐忑地想着一切。自参加这个任务以来，自己的精神一直是高度紧张，仿佛每一分每一秒都是紧要关头，稍加不留意就会粉身碎骨，但是更痛苦的是对自己情感的束缚，日久生情，这是曾经书本上的一句话，可这也是真理。动情才可以感动叶慕林，动情才可以找到藏毒制毒的窝点，可恰恰是这份“动情”也是自己最不能动之情。要时刻提醒自己的身份是件很痛苦的事。可更让她疯狂的是看到父亲就是黄老板，那么多年的苦苦挣扎，那么多年的奋力找寻，为的就是父亲的出现，这是她生命可救的唯一稻草，但这稻草从消失到出现，是这么的戏剧性。她缩在墙角，泪水从空洞的眼睛中流逝，此刻的她已经不是一个花季少女，更像是一个疯子，一个被上帝玩弄了的疯子……

第十三章

真真假假

北京已进入冬季，阳光依然明媚，只是几场大风将气温拉得很低，每个人都裹得像个粽子般，所有的棉衣全副武装，今年的冬似乎比往年冷一些。

孙莫怀着孕，被调到了办公室内勤，每天撑着肚子，做些力所能及的文职工作。经过了这么长时间的工作，似乎每个人的成长都在与日俱增，除了工作能力的变化，更多的是来自心理与思想上的。对于自己的怀孕，其实父亲是十分不高兴的，毕竟未婚先孕听上去就很别扭，可是对于她来说，这是她送给张桐最好的礼物。其实孙莫是个特别单纯的姑娘，不是很白的皮肤，一双大眼睛，突出的额头，与身边同事相处得都不错，大大咧咧的性格一直是刘苏十分羡慕的，对于这种没那么多事儿的姑娘，刘苏觉得交往起来简单舒服，所以自小她们就是好朋友。从小学、初中、高中、大学，两个人的联系几乎就没断过，别看孙莫家庭环境很好，但没有一点优渥的感觉，每天跟个愣小子似的蹿进蹿出，这份单纯也让她从未尝试过恋爱的滋味，张桐的闯入恰恰是她幼稚世界的一把钥匙，顷刻间就融化为一江春水了。张桐明白这不仅是一段恋爱，更是自己仕途的开端，只要把握住这个单纯的姑娘，一切曾经出现的问题都将不是问题。他不会再被瞧不起，不会再被那些老民警奚落，不会再把错误推到自己身上。母亲也会满意，毕竟攀上这门亲事，母亲在家里也能扬眉吐气，成为炫耀的资本。而自己原本的感情只能放置，甚至是十分残忍地抛弃了刘苏，人在苦与甜面前的抉择永远是那么的犀利，没有任何可以遮掩的余地，只能赤裸展现，尽管它足够冷血。

张桐是孙莫父亲介绍的，自然，孙莫的父亲是默许他们的，所以即便有些不满女儿吃亏，也还算能将就接受，两个人的婚礼很快就定了下来，被安排在明年的春天，这样孙莫也生产了，可以办婚礼，总比大着肚子让来宾见笑的好。孙莫对待张桐也算是真心真意，她的世界从未出现过如此细心体贴的男人，哪怕你只是轻咳两声，第二天他就会把一杯热热的雪梨茶送到你的嘴边。张桐虽然身材不是很高大，但据说在公大时也是体育健将，短跑、足球、跳远都是把好手。男孩有个体育特长对女孩总是有着强大的吸引力。他带着孙莫去球场看自己踢球，让孙莫体会到了一个男人应有的矫健，他带她去爬山，在林间小路上相拥，并向孙莫讲述光影原理，一个理科男的强大魅力轻而易举地征服了这个初出校门的女生。但是每当孙莫露出幸福的微笑时，张桐的眼前总浮现出曾经和刘苏一起的快乐时光，那种快乐是自然的流露，无须任何讨好和献媚，他曾经的心愿就是找到一个有文采、漂亮而坚定的女孩，刘苏就完全具备了这些，两个人相似的成长经历有着不言而喻的感知共鸣，但在孙莫面前，自己必须要求自己装出高高在上的强大，不然自己就是一个自惭形秽的人，一个配不上天鹅的癞蛤蟆。人累，心更累。可是这是唯一的捷径，只有抓住才会有自己想要的未来。

孙莫虽然知道张桐对自己百般呵护，但总有一种不安，仿佛下一秒张桐就会消失，那份亲密似乎总缺乏了一种自然的流露，只是恋人间应该做些什么，并不是两个相爱的人要一起做些什么，只有孩子才能拴住这个男人，这也是加快婚姻脚步的捷径。不管如何，此刻两个人是腹中孩子最亲的人，自己的未来也一定是鲜花拥簇。美好就在她的手中慢慢勾画着。

孙莫调到了办公室，所以蒋雪娇到大队顶了孙莫的缺，这么长时间在一线工作，的确和在办公室的时候有了截然不同的感受，感受到了人间的各种苦辣酸甜，感受到了原来人生可以辉煌如也，也可以一败涂地。队里一个近四十岁的女人，叫王雅彬，面容姣好，温文尔雅，戴着一副金丝边的眼镜，似乎每一个动作都是在深思熟虑过后才行动的，她不像其他强戒人员那样难以自控，只是安静地看书或参加劳动，但她从不提及自己的家人，也不愿提及过去，只是用一句话概括："我有过人生辉煌的时刻，也因一失足铸成了千古憾。"

坐在她对面的这个女人，叫崔果，小学文化，别看字识得不多，毒品可是如数家珍。十岁就辍学在家，十三岁外出打工，交了一帮社会上的朋友，赶着时髦吸了毒，之后就剩下一身的伤疤，有一次出现幻觉，她竟然将房屋点燃，双腿烧伤，所幸还能走路。只是才过了身体脱毒期，脾气还是无法自控。就在今天，她突然打了正在看书的王雅彬。本来王雅彬一直在隐忍，没有还手，但她依旧不依不饶，抓着王雅彬的头就往床上撞，王雅彬的头瞬间鲜血直流，刚刚爬起来，就被崔果一记大耳光迎面打来，边打还边说："你个臭婊子，勾引我老公，打死你！”王雅彬的怒火一下子烧了起来，拎着崔果的脑袋就往墙上撞，很快崔果就昏迷了。当民警赶到时，蒋雪娇一把拽住王雅彬就往外拉，谁知王雅彬不知哪里来的力气，一把推开了蒋雪娇的手，她一下子摔倒在地上，只见她锁着眉头，手捂着肚子，鲜血直流。

被送往医院后，她的孩子没有保住。蒋雪娇的泪水就在她如同白纸般的脸上轻轻滑落，这件事这么大的动静，她的父亲肯定知道了。只是父亲在赶到后，轻轻地拍了拍她的肩膀，问她孩子是谁的？尽管这个父亲不算称职，但是他明白掌上明珠的心思，他知道这个孩子就是易扬的，而易扬早已被自己要到公安局去了，没想到蒋雪娇这么的倔强，纵使调走了易扬，还是不肯放弃，终于将自己搭了进去。“我肯定会解决好这件事情，你不用管了。好好休息。”蒋局长几句简单的话让人不寒而栗，蒋雪娇赶忙解释道：“爸，这事不怪易扬，是我灌醉了他，才有的这个孩子。”话音未落，蒋局长突然转身给了蒋雪娇一记大耳光，“你怎么就那么不知道自爱！你就那么离不开这个男人吗？”从小大到，蒋雪娇没有挨过父亲的一次打，甚至责骂也少得很，这次父亲是真的痛心疾首。“你以为一个孩子就能拴住男人的心吗？他要是不爱你，你就是为他死也不管用啊！”蒋局长转过身，擦了擦眼角的泪水，这一刻他不是平日里极富官威的局长，而仅仅是一个叹息至极的父亲，一个失败的父亲。虽然他很难过，但他也明白这件事并不能怪易扬，自己女儿的性格自己再清楚不过了，不得到肯定不会罢手，说是要强其实就是过分的自尊。这茫茫的夜色下，这对父女只得接受他们光环下的阴霾。

很快蒋雪娇就出院了，对于她流产的事情，单位出于上面的安排，没有曝光，只是说她身体不适，受伤而已。这个王雅彬的个案蒋雪娇跟了很久，她不会轻易放手，总觉得王雅彬会敞开心扉，会重归正途。再次回到工作岗位以后，调查事件始末的工作就落在了蒋雪娇的身上，如果打开王雅彬的嘴，不仅对她改造有帮助，也对她重新生活过来有帮助。开始，王雅彬什么都不肯说，就默默地躺在床上，头上缠着纱布，眼睛青肿丑陋地呆滞在那里，蒋雪娇坐在她的床边，给她倒了一杯水，然后轻轻地叹了口气说："没想到你平日那么文静，力气却这么大，你知道吗？你这一推，我的孩子就没有了。"王雅彬猛地坐直了身体，惊愕地看着眼前这个年轻的小警察，她在想自己这是犯了多大的罪啊！害得人家失去了孩子，自己就是凶手啊。可是为什么她还来看自己？"我不知道你经历过什么，但是这个孩子是我对我所爱的人唯一的联系，如今没有了，反倒觉得自己松了一口气，不然我不知道对这个孩子是不是公平。毕竟，他的爸爸不爱我。"王雅彬的眼泪一下子就流了下来，说起了属于她的故事。

没错，她曾经是那个时代最令人称羡的女孩，美丽的容貌，花季的年龄，聪明的头脑，国内大学毕业后，到斯坦福大学深造，在那里她认识了她人生中第一个男朋友，后来到了华尔街，在那里最棒的投行开始了自己的事业版图，回国后，终于创建了自己的公司，上市，成为人人眼中最璀璨的天之骄子。第一个男友在她决定回国的时候离开了她，最后被抛弃的她开始了苦闷的创业，在创业途中她遇到了她人生的瘟神，就是第二任男友，她的司机，无微不至的关怀让这个孤独的女人如获至宝，男人开始挥霍她辛苦赚来的钱，但是无论她多么生气，只要他送来一个拥抱或者一件用她钱购买的首饰，一切就都会烟消云散。直至这个男人到夜总会游玩染上了毒瘾，为了挽回精神已经不正常男友的心，她盲目地随着他深陷毒海，就在自己最痛苦无助的时候，为了挽回男友，她带着男友到了最棒的温泉酒店，希望能换来男友的满意。就在这里，她有生以来第一次被打，打她的人就是她男友的妻子，她明白了，原来她的男友早已结婚，而且已育有一个男孩，那天她被男友妻子打得很厉害，男友妻子还一直在叫骂，骂得很难听。事后，男友离开了她也离开了公司，在这种刺激下，最终生活无望，她继续沉迷毒海，自己加之男友的挥霍，败光了大半个公司，还被公安机关抓获，来到了戒毒所。

蒋雪娇在听完她的故事后才发觉，原来傻到极致的女人不只自己一个，面对爱情，单纯的女人总是付出所有，哪怕生命，哪怕灵魂。可当灵魂被吞噬后，自己又该如何面对残缺的人生呢？在回到办公室，写个案的过程中，仿佛她不仅是在剖析王雅彬的人生，也是在剖析自己经历的一切。殊不知今天所有的结果都是自己失去理智的倔强，忘乎所以的求爱所导致。可即便付出了代价，自己就该放手吗？难道自己终究也成为不了易扬所爱吗？是否放手，成为蒋雪娇心中的一个痛。

在蒋雪娇失去孩子的这几天，罗驿一直陪伴左右，他特意休了年假，来接送她，甚至劝蒋雪娇应该休息一段时间，可是以她的个性怎么可能。“易扬让我告诉你注意身体，他还在外地执行任务，所以一时间不能赶回来。”罗驿小心翼翼地说道。“是吗？他知道我流产的事了，看来消息还是挺快的。他可以安心了，本来他也不想要这个孩子。我知道，他就是不想我一直赖着他，他如愿以偿了。”蒋雪娇说这些话的时候看着挺平淡，其实心里早已血流成河。罗驿几次话到嘴边都被咽了回去，他不明白蒋雪娇一个好端端的姑娘，干嘛非死心塌地地爱上易扬，一个根本就不爱她，不珍惜她的男人。纵使易扬再好，再有能力，也不至于倒贴啊。但此刻说这些话好像不太合适，尤其是在她失去唯一筹码——孩子的时候。

“雪娇，今天你们队的一个强戒要保外就医，就那个总是说难受的。你先去看看啊，然后帮着办一下手续，我得赶紧下班了，要不来不及送儿子去婆婆家了。”同事边说边换便装，蒋雪娇明白，这是父亲的意思，所以也没多想，直接就去队里提人办手续去了，这个女人就是张霞霞。

有人被释放是自由的味道，有人就深陷泥潭般难以抽身。刘苏在易扬那里已经一周了，这期间一点风儿都没给叶慕林露，叶慕林就像是热锅上的蚂蚁般焦急地各处寻找。而刘苏此刻也是焦急万分地向易扬，向张队不停地询问“黄老板”的事。“我只能告诉你，这是我们的另一个行动，跟你无关，你无须知晓，你应该明白纪律！”张队在电话里言辞激烈地告诉刘苏。“黄老板就是我爸，你们为什么报他牺牲了？如果你们不给我一个解释，我就不会回到叶慕林那里。你的行动就会全盘失败！”张队沉默了许久说：“刘苏，我知道你的感受，了解你的不易，你也要知道，这个行业有很多的属于它的无奈。我说过如果你愿意继续完成，我答应你会帮你想办法让你成为一个真正的警察。”这句话所带来的震撼太大了，这句可能出现的结果像一剂镇静剂般注入刘苏的大脑，失去的还能回来？自己为之付出许多而失去的梦想还能实现？就如同父亲再次站在自己的面前一样，只是这个梦太过逼真，太过完美。

刘苏心里纵使有更多的疑问和不解此刻似乎在巨大的诱惑面前也说不出口了。她明白这个承诺没有任何的保障，但是不努力连这个没保障的梦都没有，她只得把手机还给了易扬。易扬拿过手机，转身出去继续和张队通话。

“张队让我转告你，你之前在任务中的表现都十分出色，表现出一个优秀侦查员应有的素质，他希望你继续这个任务，为了你的梦想，也为了你的信仰。他知道你牺牲了很多，也付出了很多，但无论如何，如果功亏一篑，之前你所有的付出就付之东流了。至于你父亲的事，我们还是觉得你想太多了，可能你看到的只是像，但不是。”易扬说完，刘苏没说话，只是坐在那里，静静地看着杯子里的水，被阳光一照射，是多么的晶莹剔透，可她也明白这世间的人与事不会都像这杯水一样清可见底，复杂与纠缠才是凡尘的本质。“苏苏，我还是那句话，我知道你的感受，我是张队的人，所以我做的一切都是听他的指令，对于你父亲的事，我明白，我也很震惊，但我们不能左右的事何必去追寻所谓的真相呢？我还是我，永远是你第一次见到时的易扬，从没变过，只要你不想参加这个任务，我就支持你退出，我不想看着心爱的女人在火山边徘徊。”

“送我回去吧。”刘苏轻声地说了这一句，易扬叹了口气，默默注视着眼前这个命运多舛的女孩，只见她突然拿起桌子上的杯子用力砸向桌子，然后握着玻璃碴儿往自己的额头用力地一划，易扬急忙站起来，抓住刘苏的手说：“你这是干吗？”“难道你让我完整无缺地回去吗？”殷红的鲜血顺着刘苏的脸颊流了下来，她内心的伤痛就如同这鲜血般，止不住。

叶慕林这边尽管没有什么线索，但依旧奋力寻找着刘苏的蛛丝马迹，几天下来，叶慕林也折腾得瘦了很多，慕杉端着一碗百合银耳莲子粥来到了叶慕林的书房，只见叶慕林对着窗口，不停地吸着烟。“哥，你还是吃点东西吧，我看你最近茶饭不思，嘴角都干裂了。”叶慕林没有说话只是依旧看着窗口。

“叶慕林，你觉得你为了一个女人搞成这样值得吗？现在货已经被黄老板提走了，钱咱们是一分没有，你的场子还是岌岌可危，现在不想办法救场子就完了。可你还在为一个女人茶饭不思，这就是你想要的吗？”慕杉生气地问道。“我的事，不用你管。”“哥，你醒醒吧，霍青已经死了，你眼前这个来路不明的女人不是霍青，是你的瘟神，你会赔上性命的！”“那是我的事！”“对，你走上这条路，也是因为女人，就为了霍青嘛，霍青死了，你就找一个长得跟她一模一样的代替她，为了她你建立了这么大的家业，为了她你也会毁了一切。可你别忘了，药厂的几千名职工也靠着你的家业在吃饭，药厂倒了，酒厂还能正常运转吗？小北哥他们喝西北风啊。”“慕杉，我说过，这是老天对我的救赎，我不能放手，就算赔上一切我也愿意。”“你为什么这么执着，你为什么那么放不下霍青，还记得你曾经说过的吗？你会替我妈妈照顾我，可是你怎么照顾的？除了打钱，你关心过我吗？你甚至都不看我一眼。”“我承认我不是个好大哥，对不起慕杉。”“你不是对不起我，你是对不起你自己。你身边真的缺女人吗？你从不回过头来，你看看，我就在你身后，从未离开。”叶慕林依旧望着窗外，不动声色，慕杉哭着离开了书房。“你是我的妹妹，就永远都是我的妹妹，不会成为我的女人。”

也许慕杉的世界永远都是如此的简单，因为她只是一个平凡的小女人，默默地暗恋着自己的大哥，多年的相处，让她觉得有一个能够为自己遮风挡雨，保护自己的男人是多么的幸福，但她从没想过，叶慕林做的一切都是因为她是自己的妹妹，而不是把她当作一个女人看待。其实刘苏的离开，对于慕杉来讲是件好事，她急切地盼望这个女人永远不会回到自己的世界中，她是自己和叶慕林之间最大的障碍。

如果没有霍青，没有刘苏，那么自己也许会是叶慕林最好的选择。

为了加强“效果”，易扬将刘苏受伤的照片寄给了叶慕林，叶慕林就像一只被惹怒的狮子一般，将桌子上的东西全部推倒在地，他按照字条上的电话打了过去。

易扬和叶慕林的通话就如同与情敌的较量一般，叶慕林不知道自己面对的是何许人也，只是他必须按照对方的指示做，不然就不会换回刘苏。“只要你们不再伤害我的女人，我按照你们说的做，钱我有的是，可以给你们，但你们要保证我女人的安全。”“当然，叶老板，我们就是知道你是谁，才下的手，我们要的不是这几百万，而是你的全部。”说完，对方就传来了线音。按照指示，箱子里的三百万就当是凭证，那部电脑是筹码，只要叶慕林把密钥交给易扬派去的人，刘苏就会被释放。叶慕林带着小北等人来到了约定的地点，“慕哥，真的要把钥匙给他们吗？”“废话。”小北不情愿地拿着钥匙走下车门，交给了对方的手下，只见对方接过钥匙后走回车里，不一会儿车子竟然发动离开了，叶慕林慌忙开车去追，只是在桥下只剩下一辆黑色的空车，人早已不知所踪，很快电话响了，“你们还想怎样，为什么不放人。”叶慕林怒吼着。“叶老板不诚心实意啊，你给我们的是一个病毒钥匙，幸好发现得及时，不然，我们这台电脑就完了。你以为我们毫无防备吗？看来叶老板并不在意这个女人，我看留着也没什么用了。不如……啊啊……”电话那头传来刘苏的一声声惨叫。叶慕林急忙说：“不可能，这就是真的钥匙，你别伤她，我马上回去找。你等我。”“好吧，再给你一次机会，等我的电话，要是再食言，你的女人就不仅仅是毁容了。”

刘苏坐在车里，一言不发。“看到了，这就是毒贩，没人性。”易扬挂上电话骂道。“不可能，叶慕林就算舍不得把钥匙给你们，也犯不着和你们出来交易啊，我觉得这其中有诈。”刘苏肯定地说道。易扬虽然嘴上不说，但他心里觉得刘苏就是爱上这个姓叶的了，不然不会处处维护，但自己必须要让刘苏清醒，这只是个任务，一切都是假的，无须投入真感情，自己才是她正确的选择。

叶慕林回到了住处，把小北叫到了书房，上去就是一记耳光。“我从没打过你，但这次你做得太过分了。钥匙呢？”“小北。哥，你怎么能打他？”“这没你事，慕杉你出去。”叶慕林松开了脖子处的领扣说道。“慕哥，我就是不想你为一个来路不明的女人葬送了自己的基业。”“我愿意！轮不着你来教训我，把钥匙拿来，拿来！”叶慕林怒吼着。小北跪在地上一言不发，此刻的叶慕林失去了平日温和儒雅的形象，暴怒地抓着小北的衣服就是一顿暴打，直到打到小北趴在地上起不来，慕杉哭着求他才住手。叶慕林生气地走出了房间，来到了和刘苏一起住的房间，坐在她的梳妆台前，抚摸着她日常用的化妆品，镜中的自己很瘦，怒火中烧的模样，让自己都觉得不寒而栗。这还是曾经那个意气风发的自己吗？还是人人口中的慕哥吗？不是，此刻自己只是一个失败的男人，一个再次痛失爱人的男人，不，自己绝对不会让悲剧再次上演，必须改写历史！刘苏必须回来，必须平安地回到自己的怀抱。眼前浮现的全是刘苏的音容笑貌，她的一颦一笑贯穿了自己的整个灵魂。为她弹奏钢琴的自己，是多么的快乐，那首《Victors Piano Solo》是自己的最爱也是刘苏的最爱，刘苏说过这首 Solo 没有大乐章的恢宏，却倾泻出的全是灵魂的颜色。刘苏的这句话深深地印在叶慕林的心上，自己的灵魂还有颜色吗？不过是一具行尸走肉，装满仇恨的躯壳。如果有颜色也一定是黑色，自己是一个毒贩，一个迟早会遭天谴的人渣，配拥有这么纯粹干净的灵魂吗？这也是自己从不染指刘苏的原因，不愿自己的肮脏，沾染了这块美玉。失去才知珍贵，曾经的暴怒，曾经的怀疑此刻都显得滑稽而可笑，自己是多么的愚蠢，怀疑一个深爱的人，就算此刻刘苏背叛了自己，怕是也不能恨她，因为自己对她的思念，对她的亏欠早已将原本的自己全部淹没。

夜晚如同魔术剧般上演，漆黑的夜空不知包藏了多少秘密，星星的闪烁如同刘苏此刻的眼泪，晶莹而纯洁。她心中的压抑如同火山般随时会爆发，但强压住这股抑郁的只有那个蔚蓝色的梦，付出了这么多，为了什么，此刻的她必须强迫自己镇定，只要稍作松懈，她的神经就会崩溃，她就会毁了自己。易扬多想能够多留刘苏一阵，不想将自己心爱的女人送回那个杀人不眨眼罪恶滔天的毒贩身边，但任务还要继续，可今天太过欣喜，因为这个假钥匙，刘苏今晚还在自己的身边，没有离去。洗过澡的刘苏更显得单薄，瘦弱的身躯仿佛任何一阵微风都能将她吹倒。易扬走到刘苏的身边，拿起一条毛巾，替她擦干头发，他明白刘苏的痛苦，那种不能名状的悲伤不用言语，在她落寞的身影中就能够感受出来，可自己能做的太有限了，两个人都被同一个理由所禁锢，有时对信仰的执着是痛苦的，这也许是上天安排的考验，也许是自己的过分执着所受到的另一种惩罚。水珠顺着发丝滴落在易扬蔚蓝色的衬衫上，这是刘苏第一次穿自己的衣服，仿佛这一瞬间，两个人的距离从未有过的近，易扬轻轻吻向了刘苏惨白的面颊，刘苏停顿了一下，将头转向了一侧，一个剔透的小东西滑了出来，是那个翡翠的小葫芦。易扬的所有暖意顷刻崩塌，这不是刘苏的东西，肯定是叶慕林送的，他似乎明白了什么。刘苏的确对叶慕林很重要，不仅是因为霍青，更因为刘苏已经走进了他的心里。易扬转身离去，没有再说什么。

刘苏躺在了小床上，摸了摸胸口的葫芦形吊坠，此刻的她似乎奄奄一息，她深刻地明白自己不过是个被利用的工具，接近叶慕林投入自己的感情，感化他，不过是为了抓住他的罪证；上级的隐瞒对自己是致命的，因为父亲她一步步走上未知的旅途，这趟旅途也许没有返回的船票，随时有可能命丧大海。但自己的执着似乎是一种本能，她不知道牵引自己的究竟是那身国际蓝的警服，还是追寻父亲的踪迹，如果两者都没有，自己还会坚持吗？还会奋不顾身吗？答案竟然是会。此刻的她如同支线木偶，被操纵于股掌之间。理想的颜色早已不知所踪，全是挥之不去的阴霾。

时间在一点一滴地推移，叶慕林的找寻从未停止，只是他很好奇，钥匙明明是自己亲手给小北的，可小北手里的假钥匙是哪里来的？怎么会和自己的一模一样？事有蹊跷，而且真的钥匙究竟在哪里？自刘苏失踪以后，慕杉的变化不小，除了表白外，她每日的情绪都很高涨，忙乎着里面外面的大事小情，这事难道和慕杉有关？

夜的黑暗总能让很多人的本性露出原本的模样，感情是最难隐藏的，以为它可以支配你的行为控制你的思想，没有救命良药，只有一碗又苦又涩的毒药，尽管你知道一饮毙命，但还是难以逃脱它的诱惑。慕杉透过窗户看到疲惫的叶慕林躺在办公桌后面的木椅子上，微闭着双眼，手臂支着头，仿佛灵魂都在等着一个人的救赎。慕杉推开房门，轻轻地把一碗雪梨汤放在了桌子上，长长的眼睑，高高的鼻梁，就连手臂的支撑也是儒雅至极，这个自己凝视了二十多年的男人，这个保护自己照顾自己这么多年的男人，怎能不动心？她想霍青也好刘苏也罢，她们都不会再出现了，而自己不管发生什么，都会陪在他的身边不离不弃。于是忘情地吻向了叶慕林，只见叶慕林轻轻地推开了慕杉。

“慕杉，你该休息了。”叶慕林闭着眼睛说道。慕杉的泪水顷刻夺眶而出，为什么，究竟是为什么，自己的美丽和努力，难道他就看不到吗？低着头离开了叶慕林的房间。

第二天的晚上，小北和慕杉还有酒厂的老赵都被叶慕林叫到了饭厅，叶慕林笑着为每一个人倒酒。“各位都是我叶慕林此生最为亲近的人，我能有今天全凭大家的帮助，不然我叶慕林今天还是一个无名小卒，无法拥有今天的一切。小北，哥打你是以为你的错误，但是兄弟没有隔夜仇，这杯酒哥敬你。”小北没有说话，一仰头将杯中的酒喝了个干净。“老赵，这些年全依仗你酒厂才能正常运转，你功不可没，这个酒厂就是我全部的心血，没有你在，我成不了今天的叶慕林。来，这一杯酒我敬你。”说完叶慕林仰头干杯。“慕哥，我一把年纪了，能为你尽力的时间也许不多了，但是您放心，只要我老赵有这口气，一定为你赴汤蹈火，在所不辞，如果不是你，当年我儿子就病死了，你不仅给我钱，还给我的孩子捐骨髓，这份恩情我今生怕是还不清了，下辈子，我还是你的手下。我知道厂子最近周转不灵，还遇到意外，但你放心，兄弟们还会帮你重振雄威的。”叶慕林走到老赵身边用力拍了拍他的肩膀。“老赵，再麻烦你一回，给小姐收拾行李，送她去美国，机票我已经派人办好了。”慕杉的脸一下子由刚才的笑意变得不可思议。她满以为叶慕林想通了，决定放弃刘苏，重振自己的事业，没想到竟然是送自己出国。“哥，为什么？”慕杉不解地问道。小北也站了起来。“慕杉，是我太小看你了。我知道你的心思，可是我也明确地告诉你，没有任何一点儿可能。我们是两个世界的人，换句话说我永远是你哥哥，记住。”叶慕林坐在桌边云淡风轻地说道。“我不明白。为什么要送我走。”叶慕林掏出了那个钥匙，放在了桌子上。“你让小北换钥匙，然后藏在我书房的暗格里，以为我就不知道了。小北追随我多年，他的脾性我是了解的，不管他愿意不愿意，只要是我的命令他都会照做。为什么这次他变了，而且早有准备，这不是他的个性，他也没这个远见。”说完，叶慕林低头喝了一口杯中的酒。“慕杉，你长大了，也更聪明了。可是，你不该挑战我的耐性……”

慕杉愣在那里，仿佛在一切被拆穿后，自己能做的就只是离开，仿佛是终于等到的宣判一样，自己终要离去，不管自己多么的爱这个男人，不管自己为了他什么都愿意做，此刻，离开已经成为自己唯一的结局。绝望的眼神停留在叶慕林转身离开的背影里，再也难以消散。

回归的时刻终于到来，对于刘苏是一种解脱也一种束缚，这种矛盾的心境不仅出现在慕杉身上，此刻的刘苏也品尝着。易扬的心很是复杂，他既希望自己可以尽快完成这个拖了许久的任务，又不想刘苏参加到这个行动中来，如果必要二选一，自己一定会选刘苏。她只是一个小女孩，一个饱受摧残的小女孩，用“有偿”的方式来诱惑这个初出校门的女孩，让她用生命和超过自己负荷的精神压力来完成这个本属于自己的任务，内心的纠结可想而知。

刘苏静静地坐在椅子上，看着易扬，自己的模样就倒映在易扬深邃的眼眸中，不像叶慕林的深不可测，易扬的眼睛如一汪清可见底的泉水，一眼便可望到底。可路是自己选的，和爱情一样，不能后悔，也不愿浪费对方的心意。“把我绑上吧。”

易扬用手机给叶慕林拨打了过去。“这次你亲自来,只许你一个人，再有差池，你的女人就不会只是这点伤了。”叶慕林没有说话，只是拿起钥匙，独自开着车到了河边。隔着蜿蜒的河水，两个人隔岸而站。“钥匙在这里,人呢？”叶慕林问道。“把钥匙放在船上。”叶慕林照做。

易扬与刘苏就坐在车里默默地看着眼前的这一切，刘苏惊叹道短短几日，叶慕林竟然如此消瘦，胡子占据了他原本俊美的面庞，自己的心中划过一丝心痛。易扬接到钥匙后，插上电脑，这是真的。然后用胶布亲手封住了刘苏的嘴，给她戴上眼罩被同事拉出了车子。望着刘苏远去的背影，易扬的心像是被掏空了一样，除了静置，自己竟然什么都不能做。

坐着船的刘苏被推到了河对岸，叶慕林一跃跳到了小船上，拽下眼罩和胶布，看着一脸惨白的刘苏，轻轻摸了一下她的伤口，一把抱住了她。“你什么都没有了。”刘苏轻声说道。“可我还有你。”叶慕林闭上眼睛回答道。

回到了那个小院，刘苏被叶慕林抱回了房间，刘苏一到房间就走到了浴室里，插上门放开水。叶慕林在门外不停地敲，“刘苏，你在干什么？”“没事，我，我在处理点事。”“你把门打开，让我帮你。”“你帮不了，我，我一会儿就出去了。”刘苏赶忙打开水，随着倾盆而下的水珠，刘苏的泪也混着水珠倾泻而下。洗过澡的刘苏走出了浴室，叶慕林一下子从椅子上站了起来，然后说：“你怎么不开门，你在干什么？”“不方便你进去，女孩的事你都要知道吗？”叶慕林尴尬地转身拿起早已准备好的药箱为刘苏上药。“你的伤怎么样了？看你消瘦的。”“这话应该我问你吧，你看你的头都破了，全是我的错，如果不是我让你去，你就不会被劫。我不会放过他们的。”“你的钱都没了？”“这你别管了。”“我问你是不是。”“嗯。钱是身外之物，肯定会回来，属于我们的谁也拿不走，不属于我们的拿走也无妨。你才是最珍贵的。”刘苏看着眼前的叶慕林，她很难想象一个毒枭，自己全部家当被劫竟然如此镇定，没有要追回的意思，而且仿佛这是发生在别人身上的事，还有心情和女人儿女情长，不是叶慕林的心理素质太好，就是另有隐情，这不会是叶慕林的全部。可是再一想到“黄老板”的事，刘苏的眼泪就止不住地流了下来。叶慕林为她拭去眼泪，还在内心深深地自责，刘苏在绑匪手里一定受到了极大的委屈，不然如此坚强的她不会如此，不过反过来想，刘苏再坚强也只是一个小女孩，遇到这种事情哪个女孩能镇定自若。一想到此处，他抱住了刘苏，“我再也不会离开你了，我们离开这里，一切我都不要了，只要有你。我们回北京，回你的城市，好吗？”刘苏的心被狠狠地震了一下，回去，是回到过去，还是回到未来，自己还能面对北京的曾经吗？还能生活在这个“家”吗？

刘苏靠着叶慕林谈起了自己的过去，讲述了自己家庭的不幸，自己的不幸，与内心的愤怒和无奈。叶慕林认真地聆听着，此刻的刘苏没有一点防备，只是在诉说自己的过去。叶慕林听得真切，他终于明白这个女孩为何能够表现出少有的冷静与机智，她的生长环境原来并不简单，而她的愿望很简单只是有一个父亲，仅此而已，但最爱已失去，永远也不可能得到了，这种痛，叶慕林感同身受。

第十四章

回京

大约过了一周，叶慕林便收拾行李和刘苏、小北登上了飞往北京的航班，临走时叶慕林交代老赵，照顾好酒厂，酒照做，所有大小事情的决定都交给老赵，至于其他就不做了。赚钱也要有度，目前小厂子的钱留给大家伙吃一辈子怕是问题不大，再回来不知什么时候了。小北看着刘苏脸上的伤疤似乎接受了这个长时间的“突然闯入的入侵者”。在头等舱的座位上，刘苏被叶慕林亲手盖上毯子，刘苏笑着说：“你未免太土豪了，竟然用这么贵的毯子。”“我说过我会给我最爱的女人全世界最好的疼惜，别的女人有的你就要有，别的女人没有的，你也要有。”“不过是一条毯子值这么多钱吗？”刘苏拽着毯子的一角说道。“在我眼里，这不是一条爱马仕，而是让我女人温暖的介质。”刘苏笑着闭上眼睛，慢慢睡去。

即便是在梦中，刘苏也会随时惊醒，她的眼前总在闪现“黄老板”出现的那一幕，还有曾经在机场看到骨灰盒的悲痛与无助，交替的画面让她的神经紧张到不行，哪怕任何一点风吹草动都会使她崩溃。只要父亲没有离去，没有死，所有的一切都是值得的。很多人不解，在这种家庭成长的刘苏，为什么对自己的父亲会有如此深厚的情感。源于幼年时的关爱，源于对父爱的渴望，源于未曾留下一句话就离开的无奈。对于儿女来讲，有时父爱的体现不需要繁文缛节的形式，仅仅是一句话，一个眼神。过去这么多年了，在刘苏刚刚和父亲的关系修复一点后，就匆忙天人两隔，难道这不残忍吗？难道这不是命运和她开了一个可怕的玩笑吗？对于父亲的爱也好恨也罢，此刻不过是煎熬灵魂的一杯毒酒。回想起曾经与父亲在海洋馆的欢声笑语，回想起自己躺在手术床上仍然等待父亲到来的决心，回想起自己第一次穿上警服看着镜中自己的样子，回想起执行任务途中奔向机场看到骨灰盒的一瞬，曾经的一幕幕揪心地展现在眼前，而所有的泪水只能默默在心中流淌，这条盖在身上的毯子再昂贵也不过如同这个任务一样，外表光鲜亮丽，实则如坐针毡。

透过层层白云，郭处的举动也如这层层白云越见迷惑。午后的阳光还是一样的明媚，对于易扬的离去，张队的回答是：个人问题。但郭处也不是傻子，不得已张队只好在这午饭后的闲暇时间与郭处促膝长谈。“老张，你说易扬这小子一走就是一个多月，到底干吗去了？咱们要不要及时汇报，选派新的人员来支援咱们？”郭处递给张队一支烟说道。“我看不用，老郭啊，事到如今我也不得不说了，易扬跟局长的闺女，就是你们单位的蒋雪娇谈起恋爱了，没想到蒋雪娇意外流产了。这不，这小子就赶紧回去了。毕竟他还得在人家爸爸手底下干活不是。”郭处深吸了一口烟说道：“嗯。不过这公私也应该分开。不然这任务怎么继续？都把人和线跟断了，不好交代啊。”“没错。谁说不是呢。可现在上面的意思是咱们先盯着青云帮，有情况再说。老哥，咱们出来也这么久了，你说家里扔着一大摊子没人管，也不是事儿啊。”“唉，谁说不是呢。我那小子学习不好，马上要高考了，自打跟这个案子以来，我就没回过家，电话都不敢经常打。唉，能不急嘛。”这句话是郭处的心里话，但如果之前他打的电话都是给家里的，不必躲躲闪闪。现下的证据又没有，组织的意思是放长线钓大鱼，前提是不能让鱼醒了。还得继续跟。没办法只好请君入瓮了。

张队熄灭了烟，然后说要出去买点日用品，这么多同事一直窝在这里需要的东西不少，于是叫着两个年轻的同事一起上街了。郭处依旧坐在那里默默地吸着烟。其余的人不是懒懒地躺在床上玩手机就是在电脑前看着无聊的电视剧。郭处见状一个人来到院子旁边后巷的厕所，打了一通电话……

“喂，是我。到底怎么回事，找不到叶慕林了。这样的话工厂的事迟早会露馅。你说什么？好吧。只不过便宜这小子了。我会等待命令的。你放心，人已经放出来了，这条线不断，咱们有的是机会。”放下电话，只见张队哼着京剧走了进来，这声音由远到近，倒是也没让郭处起疑，但着实吓了一跳。“你怎么回来了？这么快。”郭处问道。“嗨，这帮小子不带钱包，又让我垫，我怎么垫啊。这不回来拿钱来了，这帮小子又要上厕所，没办法，我就被挤到后面的厕所来了。”说着张队方便了起来。郭处急忙走了出去，心想他这哼小曲的样子不像是听见了什么，只怪自己太大意，以后接打电话必须到外面了。

桌子上零零散散地倒落着几个矿泉水瓶和几张繁体字的报纸，如此的等待确实让人难以煎熬，就像这清炒牛河，再好吃，吃多了也厌烦了，毕竟口味不和，少盐少酱油，生活得无趣无味。不过工作就是这样，有时你期待已久的不见得出现，但你觉得从未有可能出现的，会一跃而上，意外地裸露在你的眼前。

北京的风总是那么的硬朗，仿佛这座穿越古今的城池，不管经历怎样的风雨，贵气依然，这份泰然自若就是皇城的态度，不需任何人质疑。这个机场不是迎来凯旋的战士，而是另一项任务的开始，仿佛空气中的养分都会随着刘苏的呼吸而瞬间颤抖，人在面对未知时总是难以抑制自己的恐惧。在叶慕林的带领下，刘苏等人来到了丰台区的一处住宅，这里外表朴素典雅，内里实则富丽堂皇。跟着叶慕林东奔西走转眼已经过了一年多，离开北京的日日夜夜都让自己对这个城市又爱又恨，曾经这是自己的家，而后来却变成人生最痛苦的集结地，而今不知是荣耀归来还是葬身于此，太多的感触让刘苏不知如何是好，但此刻，必须找好自己的位置，必须冷静，不然这出戏就不会走向平稳的结局。

这个房子虽然比不上香港的半山别墅，但是在北京这房子也算是价格不菲。看样子这是叶慕林早就备好的，可是这房子是他哪里来的呢?装潢布局都不是新的，看样子很久没人住过，但是叶慕林和小北对这里又十分熟悉。不管了，这时的刘苏只想好好休息，赶走一身的疲惫。

北京的一切都是如此的熟悉而怀念，似乎空气中都弥漫着熟悉的气息。刘苏不知道自己将会面对什么，可叶慕林却像没事儿人一样心情大好。他叫醒还在睡的刘苏，让她换好衣服和自己一起出门。“我们这次回来的目的就是让你开心，快乐。找回你失去的，因为你是我叶慕林爱的女人。至于其他就不要想了，好不好？”这是叶慕林回北京后对刘苏说过的唯一一句重要的话，看似轻飘，其实却真心实意，一直控制自己情感的刘苏也不禁动容了。

“这里是北京，你的地盘，你要尽地主之谊。”可刘苏哪有心情带他游山玩水，满脑子的真相，除了父亲更多的是叶慕林出人意料的沉着。但想起张队说过的话，自己还是要坚持面对。她摸了摸手上的手表，然后带着叶慕林开始了北京之旅。

在金碧辉煌的故宫，人头攒动，仿佛这就是一个大集市，来自世界各地的游人会聚于此。“这里人真多，我是第一次来这里，以前都是匆匆而过，从来没有走进去过。”叶慕林依旧风度翩翩地站在连廊里说道。“这有什么好看，你没听过登高跌重这句话吗？尽管如此，人们还是愿意来圆一圆帝王梦。”刘苏一脸落寞地说道。“不做梦，如何能成真。人性永远是贪婪的，越是得不到的越想得到，如果太过容易得到就会不知珍惜。”刘苏看着这恢宏的红墙金瓦，看到的只是满眼的落败，就像此刻的自己看着风光无限，其实就是一个行尸走肉，用青春乃至生命在交换着这个所谓的美梦，而费尽心机得到的也许不过是一场黄粱美梦，终要破碎。就在不远处，一个眼神在默默地盯着这对“情侣”，他的内心同样充满了煎熬。刘苏走进卫生间，被一个身影拽进了工具房，她安心地接受着一切，因为她知道这双温暖的手只有一个人拥有——就是易扬。

“还是这个手表好用，不然找到你太难了。你怎么样？”“我没事儿，挺好的，让你帮我打听我爸爸的事有情报了吗？”“苏苏，这事不能急，你放心，我和你爸爸在一起这么多年，我的担心不亚于你。首先你要保护好自己，有什么消息吗？”“我觉得叶慕林没有表面那么简单。这么大一笔资金不见了，他一点反应都没有，还要来北京，整天游山玩水，根本不像损失了这么多钱的样子，这绝对不是他的全部。”刘苏一口气说出了自己所有的感受。易扬怔怔地看着眼前这个女孩，已经与开始的被动有了很大区别，她开始真正适应这个任务，收集身边的蛛丝马迹，仿佛任何一个线索都有可能给案件带来另一番景象。惊诧之余，易扬也在考虑如何向刘苏讲解她爸爸的情况，父女两人同时参加行动，这毕竟是少见的，组织上要求保密，可是对于刘苏的苦苦哀求，面对饱经伤害的瘦弱灵魂，自己如何能够隐瞒？

“我得走了，不然他会着急。”说完刘苏转身就要离开，易扬一把抓住她抱入怀中，轻声说道：“刘苏，你是最重要的，保护好自己。”刘苏愣了一下，急忙走出了工具间。此刻的叶慕林早已放下了往日的戒备，拿着两杯热咖啡，站在不远处的花园里，一个身着风衣的翩翩君子，一个如此深情的男人，刘苏的内心矛盾极了，但她清楚地知道自己的使命，明白自己的追求，一切都不能阻挡自己梦的方向，哪怕这个梦是如此的易碎。她轻轻走来，一把抱住了叶慕林，原本是想吓他一跳，没想到叶慕林的胳膊夹住了刘苏让她动弹不得。“我想让你这样抱着我一辈子。”刘苏红了脸颊，仿佛这一刻他们都不是各有身份的敌人，而是一对单纯的男女。刘苏想起了张队对她说过的话，放松，用真实的自己去面对他，但要保护好自己的梦，不忘初衷。

“你说要是穿越回去，你会是一个怎样的人呢？”叶慕林喝了一口咖啡说道。“如果有前世，我一定是一个女官。”“为什么？”“生活在后宫，不管你多么努力多么用心，也不过是男人的装饰，而要作为一个女官，就可以把自己的所思所想变为现实。也不必成为附属品。”叶慕林笑了，笑得很简单很干净，如同一个刚刚走出校门的大学生，这是刘苏与叶慕林接触以来从未有过的，这个男人以毒枭的身份把自己包裹得太过严实，以至于让你看不到他的本来面目。可是在经历这么大的起伏过后，还能笑看人生，就太过匪夷所思了。不过对于刘苏而言，不管因为什么，此刻的惬意和放松都是自己已经告别许久的，不知道为什么这份释然似乎已经离开很多很多年，但自己从未察觉到，也许是习惯了冷漠，也许是与他一样，包裹久了就忘记了自己原本的面目。

逛完故宫，两个人来到了全聚德。“这烤鸭，多油腻啊。”叶慕林一边脱风衣，一边看着刘苏说道。“你一个大男人，怎么这么蔫酸，又不怕胖，哪儿来那么多事儿啊。这是北京的特产，最有名的全聚德烤鸭，这鸭子都是肥鸭，而且分为焖炉烤和挂炉烤，味道口感也不一样。”“你倒是懂得真多，就是个小吃货。”“哪里，以前我上学的时候每周都要吃一只的。我爸……”说到这里，刘苏突然停住，不自觉地抱起了双臂。叶慕林走过来，蹲在地上，用手摸了摸刘苏的头发，轻声说道：“我知道你的曾经很痛苦，但曾经也只能是曾经，回忆没有任何力量，对不对？我说过我会给你最好的。只要面对，才会走出。我们这次回北京不就是为你找回快乐的吗？”刘苏点点头，微笑了一下。

邻桌的几个女生一直在朝这边看，轻声议论这个男人真有风度，而且是典型的大帅哥，这几个女人妖艳得很，浓妆艳抹，脚穿细跟高跟鞋，拿着新款的 Plus，一副拜金女的模样，叶慕林故意看了她们一眼，刘苏默默看在眼里，没有说话。只见其中一个穿着灰色短裙，大领口露肩上衣的女人摇摆着屁股径直走了过来，对着叶慕林挤了一个极富挑逗的媚眼，然后对着他说：“帅哥，喜欢吃烤鸭啊。我也爱吃，介不介意留个电话，下次我约你啊。”和一身休闲装扮，简单朴素的刘苏一比，这简直就是个性感尤物。刘苏依旧默不作声，只见叶慕林说了一句：“小姐，不好意思，这要问过我的女朋友才可以。”这个拜金女一脸轻蔑地看了刘苏一眼，说道：“帅哥，你的眼光不怎么样啊。我约的是你又不是别人，只要你给我电话就好。”竟然弯下腰凑到叶慕林的脸庞，一股浓烈的香水味儿瞬间袭来，刘苏一下子握住了这个拜金女的手腕，“小姐，不如我告诉你他的手机号啊。”只见这个小姐花容失色，却无论怎么折腾也甩不开刘苏的手，疼得她嗷嗷直叫。“不想死，就滚远一点，不然你就要跟你的小细腰说再见了，我想折断它对我来说一点也不困难。”刘苏侧着头看了一下这个“美女”的腰身，拜金女被放开的一瞬跌了几步，然后跑回原桌拿起包就往外跑，一行的几个女人也急忙追了出去。

叶慕林笑得出不来气了，刘苏依旧不理他，烤鸭上来后，自顾自熟练地卷了烤鸭卷。“怎么，不高兴了？你终于知道我的魅力了吧，还总不知道珍惜。”叶慕林笑着看着刘苏。“我不是我妈妈，想抢我的男人，得先过我这第一关。”刘苏的笑有些冷，她深深地感触到，其实只是一个玩笑，自己却无限紧张，这种玩笑就像一根刺一样，狠狠地扎在心间，永远也拔不出去。“不管外面的风景多么美丽，我的世界只有你这一株百合。”

吃过饭后，刘苏与叶慕林漫步在大街上，“想知道真正的北京哪里最好吗？”刘苏问道。“哪里啊？”叶慕林拽着刘苏的手说道。“跟我走就对了。”

出租车在不远处的后海停下了。刘苏打开车门走了下来，她带着叶慕林来到了银锭桥畔。“这里不错啊，挺美的。”“晚上更热闹，尤其夏天的时候，人挤人，可就算是如此，来往于此享受夜生活的人依然是络绎不绝。”刘苏自顾自地讲解着，然后站在桥上，看着流淌而过的河水说道：“你知道我为什么带你来这里吗？两年前我曾差点在这里自尽。”叶慕林愣了一下。“那时候，我刚刚得知我爸爸牺牲，那年我十八岁，刚刚要毕业，一下子全世界的灯都关了，我家也没了，未来何去何从也不知道，只是一直在被人不断地否定。仿佛我就是个罪大恶极的人，我不知道该相信谁，我也不知道我活着的意义究竟是什么，只是每天被逼着做很多我不知道该如何做的事情。我记得那是个夏天，我站在这里，我想我就是死，也得在一个最美的地方死。可最终我没跳下去，不是因为我胆怯，是因为我要报仇，我要报复所有欺负我的人，我要报复那些让我失去一切的人，我要他们付出代价，偿还我所有的一切。”叶慕林从刘苏的身后抱住了她，亲吻了她的头发，“你放心，我会让你如愿以偿，所有人都会为此付出代价。”刘苏没有说话，只是泪水不自然地流了下来，还是一样的伤感，还是一样的难以忘怀，再次站在这里，依然是进退两难的心境。

回到北京后，更多占据刘苏内心的是矛盾，她知道叶慕林账面的资金基本没了，也就意味着他破产了，可是回到北京也意味着案件已经进入了最后关头。能否查出叶慕林背后的人是关键，而自己却陷入了从未有过的焦虑，一方面她急切地希望破案，这样父亲的消息也许就更明确些；另一方面，自己已经动情，无论怎么控制，面对这样一个风姿绰约的男子，面对一个对自己如此深情痴情的男子，都是无法拒绝的。自己在男人身上看到的更多的是失望与伤痛，而叶慕林给予自己的恰恰是自己最需要的，如同父爱般的无微不至，又如丈夫般的体贴，难道这不是自己一直渴求的吗？而当他真正到来的时候，却要拒之千里之外，这未免太过强人所难。

一连几日不见小北，这北京城带着叶慕林大大小小也去了很多地方，除了游玩就是各种购物，真是瘦死的骆驼比马大，各种名牌，不断地刷卡，叶慕林的眼睛都不眨一下。只是刘苏对此还是不大习惯，尽管有之前在上海时见识过的阵仗，可是这么买为了自己，还真是第一次。巴宝莉的风衣一买就买来三件。“小姐，这件驼色的很适合你。”

售货员不住地赞美道，刘苏看了一眼标签，竟然两万八，这哪是衣服，简直就是黄金！试来试去刘苏还是觉得藏蓝色适合自己，那种特有的蓝色穿在身上，似乎在镜子中看到了曾经的自己，只是面容已经改变，再也找不到那种自信与骄傲。

“全部包起来。”叶慕林坐在沙发上说道。“全部？太贵了，还是算了。你现在要改掉乱花钱的毛病。”刘苏提醒着。“怎么，现在就开始管起我了？呵呵。这点钱还是有的。你这一身不错，一会儿去买个包吧。在香港的时候，总怕你出事，所以都没让你逛过街，这次给你补上。”

LV、GUCCI 等，一时间让人眼花缭乱。大包小包地买了一大堆，只是在 LV 店的时候，碰到了前来购物的蒋雪娇，还是一样的精致，看到她时，正在提着一个限量版小包上下查看呢。两个人见面很是尴尬，但立即，蒋雪娇的醋意就上了头，走过去讽刺道：“真是巧啊，一年多没见，你还是回来了，听说你走了，怎么回来了。”“这是我的家，怎么进北京都要你蒋大小姐允许？”“一年多没见，你还真是一点没变，怎么，傍上大款了？也来这里购物了？”只见叶慕林把刘苏拉到身后，说道：“这位小姐，请你对我的未婚妻说话客气一点。”蒋雪娇睁大眼睛看着眼前这个帅气儒雅的青年，原本以为刘苏肯定是傍上了一个肥头大耳的老头儿，没想到如此命好。看着叶慕林拉着刘苏手的样子，她被深深地刺痛了，刘苏的神情完全是一副被保护小女人的样子，而自己从未拥有过，易扬对自己的态度就像冬季和夏季一样，此刻面对二人的自己显得如此的狰狞。

悻悻离开后，叶慕林拉着刘苏的手走到柜台前，让小姐把刚才蒋雪娇看过的包全部包起来，柜台小姐惊讶地愣了一下，然后赶紧转身准备去了。“你这又是何必呢。我不在乎这些。”“我知道你不在乎，可是我在乎，我要让他们都知道，你是我叶慕林的女人，谁也不可以看不起你，谁也不可以伤害你。因为有我在。”刘苏不再说话，只是趴在叶慕林的怀里，抓着他的风衣不再放手。

时间就这样匆匆流逝，一连一个月都没有见到小北踪影，终于刘苏问起了叶慕林，“小北去哪里了？怎么这么久没有见到他。”“我让他去帮我办点事情，估计快回来了，到时会给你带一份大礼！”

然而刘苏却怎么也没想到，这份“大礼”会是这个模样。一天上午，叶慕林驾车带着刘苏来到了一处单元楼，破旧的样子看上去像是贫民窟一样，这样旧的楼在北京可是不多见了。小北就站在楼下等着他们的到来。这是栋老楼，没有电梯，只能步行，301的门被打开了，只见里面站着几个男人，看到叶慕林后都叫他“慕哥”。“都办好了。您看吧。”小北说完，拉开了一扇类似卧室的门，里面的景象着实吓了刘苏一跳，只见一个男子口吐白沫地被绑在地上，尽管动不了，可他还是挣扎着满地翻滚。不住求饶：“求求你们，给我点吧。钱，钱我妈已经去凑了。你们给我点吧，我受不了了。求求你们。”这个倒地满口吐着白沫的男人不是别人，正是刘苏所谓“继母”的儿子，准确地说是与前夫的儿子。可是他怎么会在这里？

“苏苏，你满意吗？”叶慕林笑着问刘苏。“你们把他怎么了？他怎么会在这？”“苏苏，我知道你们的关系，我也知道他妈妈是谁。如果不是她，你不会是今天的样子，我想我们的遇见会更美丽些。当然，你之前也不必受那么多的痛苦。”刘苏默不作声地站在那里。只见这个男人挣扎着爬到刘苏面前，对她说：“求求你，救救我。我快筹到钱了，马上就给，马上就给，求求你们给我点吧。”儿时的相见怎能忘记，还记得当年两个人第一次见面，都是满脸的愁云，两个支离破碎的家庭能有怎样的“幸福”？可是不想这么多年过去，他竟然成了这副模样。“你放心，他死不了，只是犯了毒瘾。他母亲很快就会把霸占你家的房产卖掉，赎他的儿子，不过我看意义不大，这个样子出去只会暴死街头，但是这个礼物是我在回北京后送你的第一份礼物。我把你的仇报了把你的房子你的家还给你，我们会幸福的，怎么样，苏苏你高兴吗？”刘苏走过去，看着鼻涕眼泪满面的这个男人说道：“张涛，你他妈活该，要怪就怪你妈抢了不属于她的东西，现在这债只能你来还了。”说完狠狠地踹了张涛两脚，然后转身走出了房间。“看好他，别让他死了。”“是，慕哥。”

只是一粒小小的玫瑰色药丸，在常人眼里和感冒药无外，谁曾想竟然是个折磨人的魔鬼，只要吸食了它就会疯狂，疯狂到泯灭人性。这个看似温文尔雅的叶慕林，最终还是难以掩盖他的残暴，竟然让一个正常人在一个月的时间内就深陷毒海，不过是为了个人情仇。虽然刘苏深知这么做是违法的，可是内心还是有一种无比的满足感，人的私欲永远是无法克制的。但此刻，张涛的生死掌握在叶慕林的手中。

“苏苏，你怎么了？”叶慕林一手扶着刘苏一边问道。“我有点恶心，看到这种场面，我实在受不了。”她说着便跑到楼外吐了起来。“你这样子不行，脸色差极了，必须上医院。”刘苏便被送往了最近的和仁医院。

“请家属到外面等候，我们得给病人做一个胃电图。”说完叶慕林退出了房间。只见医生拉上帘子遮挡，然后在刘苏的身上粘满仪器，开始检查。刘苏躺在那里一把抓住“医生”的手，说道：“他们在魏庄的一处没挂名牌的旧小区里抓住了张涛，我只看到了二单元 301，具体是他吸食麻果儿成瘾，现场大约有三四个人看守，他们暂时不会杀了他，你们得想办法救他。”“医生”拉下口罩，不是别人，正是易扬。一旁的医生急忙出胃电图单子。易扬没有说话，只是点了点头，然后戴上口罩叫家属进来。叶慕林急忙走进房间，“病人没事，就是可能饮食不当引起的恶心，最近注意休息注意吃些清淡食物就可以了。检查结果也无大碍。”一旁的女大夫说道。

尽管不知最后能否救出张涛，但对于刘苏来说已经仁至义尽，对于一个这样关系的人，自己已经完成大爱，舍去了个人情仇。也许这就是对自己灵魂的救赎吧。放过别人亦是放过自己。

刘苏深深地记得曾经在学校的每一刻，仿佛同窗时分就在昨日。老师奋笔疾书地在黑板上写下两个字“毒品”。这是刘苏第一次系统地了解毒品，只是那时觉得这个词离自己很远很远，像是火星与地球的距离。想不到今日毒品竟然会贯穿自己的整个生命。

“同学们，毒品是当今社会上的一颗巨型炸弹，不仅危害人的身体精神健康，更威胁着社会乃至世界的正常秩序。其中非法性是毒品的法律特征。毒品的非法性表现在它是受国家法律管制的、禁止滥用的特殊药品。他们的种植、生产、运输、销售等各个环节都受到国家相关法律、法规的管制。当前世界各国都将非法种植毒品原植物，生产、运输和使用鸦片、海洛因、大麻、可卡因等麻醉药品、精神药品的行为规定为违法或犯罪。”老师的话还在耳边回响，是啊，毒品在世界的影响不用多说，世人皆知，可自己却还和一个大毒枭剪不断理还乱，究竟是对还是错。矛盾总是像空气一样浸得刘苏喘不过气来。

时间像是流水一样匆匆划过，留下的痕迹深深浅浅，让人难以拿捏。“你知道吗？短发的你更好看。”说着叶慕林从刘苏的背后抱住了她。只这一下刘苏的心就像一池春水渐渐漫过全身。只要在这个男人的怀抱里，好像一切都是温暖的、明媚的，无须怀疑，无须抗争，有的只是你永远无法抵抗的柔情。去他的什么毒枭，去他的什么任务，甚至父亲出现的幻影也不重要了。此刻只是此刻，唯有相依相伴的才是最重要的。心中的坚冰总会被暖化，这股力量是那么诱人，不管你接不接受，它都扑面而来，让你无处躲闪。一袭白裙的刘苏看着镜中面庞微红的自己，感叹道这种幸福可能只有叶慕林能够给予，至于其他再无力量去想……

对于易扬而言，刘苏这一头长发同样至爱，这么多年心中的她都是这个模样，此刻却剪断发丝，为的不是改变而是救赎。如果不是刘苏的决然，怕是此刻自己肯定已经命丧黄泉，哪里还会在此儿女情长。可就是如此，对于刘苏的爱才更为煎熬。刘苏不是没有感觉，不是没有回应，只是她还不清楚自己的情愫，找不到方向而已。但是面对这个改变刘苏、沁入刘苏灵魂的“情敌”——叶慕林，易扬可是从来没有忘记，恨不仅是因为他是毒贩，更多的是他堂而皇之地占有了刘苏，能在阳光下亲吻她，能在大街上与她嬉闹，甚至能在夜晚聆听她的鼻息，这都是自己可遇不可求的，面对这个真实的“敌人”，自己不但不能直言面对，连出现都不能出现，只能在暗中默默地看着一切上演，无力阻止，对于他内心的煎熬是难以忍受的，更是难以继续的。这份工作不要也罢，实在不能忍受了。

这一天，阳光还是一样的明媚，清晨的微风还是一样的爽朗，北京的六月已经是最美的时节。刘苏像往常一样出门，在公园见到了易扬，易扬不禁摸着刘苏的短发，心中全是怜惜，如果不是自己，不是那次该死的暴露，刘苏不会剪去一头长发。这个背着双肩包的女孩还是像当年一样纯洁，一样的明媚。

“苏苏，你还好吗？”易扬问道。

“我很好。不用担心。只是最近他没什么动静，不知道他在筹划着什么。我能做的很有限，不能如影随形，他总是把我自己放在家里。”

也许没有情况没有信息对易扬来说就是最好的消息，刘苏是安全的，叶慕林怎么样都无所谓，说他失去心智也好，失去理智也好，不过都是外人的理解，内心的感受谁能体会？易扬还是按照老规矩，抓起刘苏的手解开表带，为她换了一块一模一样的新表，然后转身离开。就在转身的一瞬，他一把搂住刘苏轻轻地亲吻了她的头发，说了声：生日快乐！把自己心爱的女人送入虎口，那种痛苦是难以言表的，但绝对痛入骨髓。阳光就这样挥挥洒洒地照射在北海的湖面上，波光粼粼，宛如当年刘苏的生日也是这个地方，只是那时的刘苏还是个孩子，易扬带她来这里庆祝生日，刘苏少有的开心。也许，也许就是在那个同样明媚温暖的下午，易扬爱上了刘苏，爱上了眼前这个比自己小很多，爱上了这个自己看着长大的女孩。只是那年的长发已经不再，此刻的刘苏更像是上大学那年的样子，容颜分毫未改。

而离别总是必然的，因为信仰因为时间还在继续。刘苏一个人默默地围着湖水走了一圈。她在想如果当年选择结束自己的生命，也许就不会有今日的种种，如果选择离开，也许就不会有今日的叶慕林。曾经自己是多么地想要利用他，就像抓住一根救命稻草一般，可是时光荏苒，自己竟然爱上了这个毒贩，可这是最终的结局吗？想必不是。对于易扬的守护自己能够给予什么？拱手把叶慕林送上？此刻湖中倒映出的自己是多么的干净纯洁，脚上的球鞋还是一样的淳朴，只是自己的内心与灵魂再也回不到以前，她觉得自己就像是一个笑脸恶魔，用无知天真的脸硬挨了自己贪婪的内心，想要的太多太多。究竟是自已的错，还是易扬的错，再或者是叶慕林的错？都不是，只是每个人都选择了一条属于自己的路，只要踏上这条路就不能后悔，就不能回头看，能做的就只有前行，完成各自的使命，也许还有明天，也许再也看不到夜空的点点繁星。但，这是自己的选择。

傍晚时分，刘苏接到叶慕林的电话，只身前往国贸的柏悦大酒店，说是在那里的六十五层碰面。看着流光溢彩的北京城，她在想如果自己的生活也可以如此自由那该有多好。如果少了“说谎”那该多好。只是生命中没有那么多的如果，如果“如果”存在，那么后悔何必残忍出现。进入酒店，身边走过的都是长腿美女，浓妆艳抹，而身穿白色长裙，背着双肩包的刘苏是显得那么的格格不入，但这抹清爽也着实吸引了很多人的眼球。她看到了小北，被带到了电梯里。“什么事啊，小北。”刘苏不禁问道。“还是你自己上去看吧。我不便多说。”小北神秘地转过身去。叮咚，电梯打开的一瞬，只见叶慕林站在那里，还是如往常一样，穿着白色的衬衫和灰色的西式马甲，手里抱着一大束百合花，像是全世界最美的百合都在他的怀中。刘苏怔怔地站在那里，不知该说些什么。叶慕林走上前，拉着她的手，走到窗前，说:“这是看到北京长安街最好的地方，也是最斑斓的世界。我希望有我的每一天你的世界都是如此绚烂美妙，不再有悲伤和阴霾，你所拥有的都是幸福和快乐。永远不会有分离，我将生死相随。苏苏，嫁给我！”说完，叶慕林单膝跪地，轻轻摘下怀里的一枝百合，然后递到刘苏面前，花心嵌着的就是一枚硕大的钻戒。刘苏泪眼婆娑地看着眼前这个年长自己十多岁，但为自己做了这么多的男人，就算自己害他失去一切，但是此刻，他还是选择与自己长相厮守。永远在一起，不再有悲伤和阴霾，这句话一直在她的耳边回荡。不管曾经也好现在也罢，苦苦地追寻不就是逃离痛苦逃离一切生活所带给自己的阴霾吗?

刘苏点了点头，叶慕林微笑着给她戴上了这枚为了刘苏特别定做的戒指。然后一把抱住刘苏，在星光的见证下，在花香的怀抱里，亲吻了刘苏，刘苏忘情地抱着叶慕林，仿佛抱着真正属于自己的幸福。

而在不远处吧台擦着杯子的易扬看到这一幕时，一个不小心，将手中的酒杯啪的一声掉落在地上。破碎的不只是杯子，还有就是他的心，他从未改变的心。

回家的路上，叶慕林一直牵着刘苏的手，在走入家门的一瞬，叶慕林轻轻捂住了刘苏的眼睛，当她张开眼睛的一瞬，只见地上摆满了一朵又一朵洁白的百合，那么的鲜亮，那么的清香，楼梯的扶手、窗台上摆满了红色的蜡烛，整个房间像被鲜花与烛海所淹没。只见叶慕林拿过来一只盒子，打开后里面竟然飞出了许多只蝴蝶，蝴蝶轻盈地落在刘苏的肩上，盒子里装着的是一条手链，手链上面挂着的是一枚做工精细的鸢尾花，活灵活现，鸢尾花的花心是一颗紫色的水晶。叶慕林拿起这条手链，轻轻为刘苏戴上，说:“这是我妈妈留给我的，喜欢吗？可能不是很值钱，但却是我最珍贵的东西。现在它与我一样，属于你了。”刘苏刚要说着什么，只见叶慕林用手指轻轻点住了刘苏的嘴唇，然后轻轻吻向了她柔软的双唇，两人相拥，在这花的世界体会幸福的味道……

楼下的易扬看着卧室的灯光熄灭了，监听器也没有声音了，他知道刘苏已经将表摘下没有放在身边。他更清楚地知道，刘苏再也回不去了，此刻她将是叶慕林的女人，再也不是那个对自己微笑，天真烂漫的女孩。

第十五章

回不去

再次见到刘苏已经是求婚后的第二周了。

“你都知道了吧。”刘苏平静地问道。

“我知道什么？”易扬冷漠地说道。该死，又是一阵难以启齿的沉默。

“你应该知道你自己的身份。”

“我当然知道。”

“你竟然做出越界的事。”

“人是有感情的，他能给我我想要的一切。”

“苏苏，你是不看重物质的，怎么现在这么拜金？”

“也许在你的眼里，我已经不再美好，也没有什么值得你留恋的了。这不更好，忘了我吧。我们只是工作关系。”

“你觉得现在还能继续是工作关系吗？你现在是叶慕林的女人，刘苏，你怎么能这么没有原则，你忘了当初为什么参加这个行动？你怎么能背弃你的信仰？”

“背弃我的信仰？那是你的信仰，是你们的信仰，不再是我的。我为了这个所谓的信仰付出了多少，你看看我的脖子，我身上的伤疤，这就是我对信仰忠诚的代价！可我的信仰给了我什么？我不断地付出，乃至我的生命，可我最珍视的东西呢？我的父亲呢？至今生死未卜？这就是你们对我的馈赠。这就是我付出一切的信仰。”

“无论如何，这件事我已经向上级汇报。”

“那便是切断了我们的联系。以后我都不会再参加这个行动了。易扬，算了吧，放手吧，我也不值得你付出。”

看着刘苏远去的背影，易扬轻声说道：“你知道吗？值得拥有的事情，就值得等待。”

一连几日，刘苏都被叶慕林所“抛下”。这一日刘苏不禁问道：“你这些日子都在忙什么？”

“我在忙着公司的事情，我不能看着它消亡。我只是其中的大股东，还有其他股东，我需要他们的帮助。你放心，既然要娶你，我会给你一个更好的将来。你听话，这几天拿着这个包在北京随便转转，看到什么喜欢的就买，不用问我。等忙完这阵子，我就会好好陪你。乖。”

说完叶慕林带着小北出门而去。刘苏拿起床边放着的双肩背包，打开一看，里面除了一些日用品，还有一个红色的小包，里面有信用卡和储蓄卡，还有一部崭新的 Plus 手机，打开后通信录里面储存着叶慕林和小北的手机号。这个细心的男人让刘苏不禁为之一颤，也许幸福就在身边，只是自己从未觉醒。刘苏的内心更是百般挣扎，对一个让自己如此心动的男人，怎能拒绝他的一番心意，可是更重要的就是救赎，对灵魂的救赎。也许挽救现在还来得及，目前来看直接证据并不多，如果改变，似乎一切还来得及。

"叶总，这笔款项不是小数目，我们还是要与其他董事商讨，毕竟盘古药业面临的问题是史无前例的，我们需要考虑。"寻找的帮助者多半都会如此说明，无论叶慕林曾经是多么的耀眼，是行业的翘楚，此刻也不得不为了生存而四处碰壁。

"好的。不过我想，盘古药业的实力与技术是有目共睹的，辉煌的成就大家也是知晓的。的确目前的资金问题是阻碍我们发展的一个重大课题，这是不容小觑的，但是我相信凭借盘古药业在业界的名望和手握的实力，这个小小的插曲很快就会过去，当然贵司的实力和远见也是叶某欣赏已久的，贵司对华荣集团的收购案我是十分钦佩的，不得不说当时的华荣伟业是一块上等的小牛排，尽管外界对它颇有微词，但张董还是独具慧眼地选择了收购，以当时收购价格，怕是远远低于现在它所带来的市场价值。我想盘古药业与华荣伟业相比，有过之无不及，相信这次注资会是行业中一个新的领头人的崛起。希望张董能够认真考虑我的意见，商者言商，独乐不如与众同乐。所以共赢将是我们共同开阔新世界的最佳犒赏。"叶慕林说罢，喝了一口桌子上的茶。

"不得不说叶总的口才实在很有说服力，但是这笔一千万的资金，我还是要与其他董事商讨，毕竟公司不是我一个人的。希望您能够理解。详细的投资案我会尽快给予您回复。"叶慕林听着张董的言辞，心里有了盘算。此时电话响起。

"好的。就约在下午的三点。没问题。"放下电话，只见叶慕林不慌不忙地站起身来，整理了一下风衣说道，"张董，请您好好考虑，叶某在此谢过了。我还有约，就不打扰了。再见。"

"华南药业有什么动静？"张董问身旁的助理。

“张董，他们好像下午约了叶总，而且据悉，华南药业的苏总今天上午的航班，已经回京。看样子，他们想要趁机注资，不然不会这么着急闻讯就赶回来。”

张董听了助理的话后，说道：“赶快通知所有董事，今天下午就开紧急会议。”

叶慕林的胸有成竹不是空穴来风，他明白，在商界的竞争是分秒必争的战场，但是如果不懂手段，那就不是智者间的游戏，而是一介莽夫胡乱撞墙罢了。说是华南药业的苏总今日的班机赶了回来，其实早在半个月前就谈好了今日的约见，只不过注资的事情是这两天才放出的风，两个商业巨头的争斗不过是打了一个时间差的游戏罢了。

这个苏总年纪三十左右，别看年轻，但却是资深的女强人，更是有着高学历的海归派。与叶慕林有一拼的是两个人都是读化学系出身，工作年资也差不多，不同的是，叶慕林是白手起家，而这位苏喆却是为他人打工。曾经两个人有过短暂的接触，尽管双方的印象都不错，但对于盘古药业的强势，华南药业根本插不进去分毫质控权。尽管双方互生好感，但因为结局，也可以说是不欢而散。今日既然盘古遇到了问题，对于华南来说也是一次机遇，只是今时不同往日，是否如当初一般抢手，就不敢苟同了。

“叶总还是一如既往的风度翩翩啊。”苏喆笑着边说边走过来。

“苏总，您能赏脸见面会谈，对叶某来说是无上的荣耀。”叶慕林彬彬有礼地答道。

男人与男人之间的谈话当然是要理性、睿智，无须绕弯子。但对待女人就不同了，不仅要阐明来意，更要注意氛围的调配。别看这小小的环境差别，但却可以关系到合作的结果。叶慕林将见面地点特意定在了一处红酒庄园，环境不错，而且私密性好，找人谈事也要投其所好。苏喆不仅是一位女强人，更是一位品酒师，这里无论是环境、格调还是酒质绝对是北京市最好的。当然这也是叶慕林自己的产业之一。

“苏总，这次美国之行还愉快吗？”叶慕林为苏喆拉开椅子说道。

“呵呵，还是一样，美国嘛，上学时就生活过的地方，无非就是那些弱肉强食的事。没什么新鲜的，更没什么人情味。还是国内待着舒服，毕竟家就是家，永远都不会改变。要不是公司的安排，我想我不会轻易出国。”苏喆微笑着拢了拢头发。

“这是我们这最好的红酒，请试试。”

苏喆摇晃了几下酒杯，然后看了看杯中的红酒，低头轻轻闻了一下，送入口中，没有说话。过了半晌，苏喆说道:“等级布垦地特级 Burgundy grand cru，产地法国布垦地夜坡 Cote de Nuits。年产量四千到六千瓶。叶总这瓶罗曼尼——康帝可是下了大价钱，这只 1985 年的酒怎么也得七万吧。”

“苏总好灵的舌头，不愧是品酒师，如果我没记错的话，苏总就是 1985 年出生的吧。这瓶酒就当是我送给苏总的见面礼。”

“据我所知，盘古现在的情况不是很乐观，叶总还下这么大的手笔，未免太过奢侈了吧。”

“好酒再好也要遇到会欣赏它的人，不然遇到路人，怕也不过是一杯有味道的水罢了。”

“叶总话里有话，难道你认为盘古就如同这瓶罗曼尼——康帝？”

“盘古的今日确实遇到了一定的问题，但是它是否具有潜质，我想苏总不用我介绍也十分清楚。这不仅是给盘古一个机会，更是给整个行业一个机会，但谁能当这个领头羊，就要仁者见仁智者见智了。”

“可是盘古明天堪忧，谁也不敢一下子就下这么大的本啊，又不是赌徒，贪心难医。”

“可大家谁也没去过盘古的明天，谁知道不是一个金灿灿的未来呢。盘古的未来掌握在智者手里，只有智者才能让它闪耀业界。至于赌徒，我觉得比赌博要有保障得多，毕竟明天还是要靠自己来绘制，不是掌握在别人的手里。对吗？”

“叶总好口才。您的说服力的确很强，不过我还要回去系统地看一下注资案，可是今时不同往日，当然我们华南药业也会提出相应的条件，我会尽快答复您的。”

望着叶慕林离去的背影，苏喆的凝视直至背影消失，然后饮尽杯中的红酒，默默地体会着属于自己的味道。

“怎么了，一个人在家就不高兴了？”

“我没有回家。我在外面吃饭呢。”

“吃什么？你在哪里？”

“我在吃馄饨面。”

“你等着，我这就去找你。”

说完，叶慕林就驱车前往家门口的一家小店，只见刘苏一个人背着书包坐在那里埋头苦吃。

“小东西，还挺能吃的。”

“呀，你怎么都不出声啊，吓了我一跳。”

面对着眼前这个满眼快乐的刘苏，叶慕林仿佛觉得自己已经得到了生命中最珍贵的礼物，什么前途药业都不重要了。只愿守护在这个饱经沧桑的女孩身边，再也不会让她受到伤害。

吃过晚饭，叶慕林带刘苏来到了一处温泉。

“这里很贵，我不去了。”

“怎么，你害怕了？”叶慕林坏笑道。

“哪里，你想什么呢。我是北京人，以前就听过，这里肯定不是一般的贵。”

“走吧。”说着，叶慕林拉着刘苏的手来到了这处温泉的门口。

古人说飘香袅袅怕就是这个意境了吧。刘苏对着镜子，脱下衣服，看到一个伤疤就在自己的左下腹，不免皱了皱眉，如果可以，一辈子都不想看到这个疤。她转身拿起一旁的浴巾，把自己裹得结结实实，生怕这恼人的疤痕突然蹿出来，让人恐惧。

走出更衣室，只见叶慕林坐在温泉里，闭目仰着头，好像睡着了一般。刘苏小心翼翼地用脚试了试水，还挺热，慢慢坐在池边，用脚轻轻划动泉水。叶慕林闭着眼睛，慢慢靠向了刘苏，说道：“换个衣服怎么这么久？小东西，你害怕了？”

“没有。没有。我就是，就是慢了一点。”

叶慕林撩动泉水，逐步淋在刘苏的腿上。

“苏苏，如果有一天，一切都失去了，你还会和我在一起吗？”

“本来我也不需要什么啊。只要有你陪着我就够了。”

“苏苏，你知道吗？我很爱你，你和别的女孩不同，很坚强，很独立。当然也很可爱。但是你知道吗？我的世界不是你所见到的那么简单，我背负了太多。不然凭借我一己之力，根本走不到今天。我很想娶你，真正的让你做我的新娘，可是，你知道我就是一个地地道道的恶魔，不配拥有天使。我能许你一切我能给的，但是为了保护你，我希望你能够理解，我们不能成为法律意义上的夫妻。”

“我明白。”刘苏低着头轻声说道。

“我知道你不在乎我是一个怎样的人，只要你心中和眼见的我而已。但是世界是残酷的，我不想有一天我会连累你。还记得我给你的玉坠吗？戴好它，永远也不要摘下。我对你的爱全在那里面。”

“嗯。我知道了。”刘苏的手不禁摸向了玉坠，这个葫芦形的玉坠，似乎比寻常配饰重了几分，也许是格外重视这个小东西吧。不管它是什么质地，是否值钱，对自己来说这都是叶慕林——自己的心上人送给自己的第一个信物，自己必定会好好珍藏。

想起白日里苏喆那张精致而犀利的面庞，再看看眼前这个被热气蒸得微红的面庞，叶慕林此刻的心都要融化了。他一把抱起刘苏，在水中相拥。

“能告诉我你颈部的疤痕是怎么回事吗？”

“你一定要知道吗？”

“我是你的丈夫，你在这个世界上最亲近的人，所以我必须知道，只有知道你的过去才能更好地保护你。”

刘苏低下头，放开抱紧叶慕林的手慢慢说道：“这是我上小学时留下的。那一年，我爸爸还在监区工作，那时有个犯人，他恨我爸爸，认为他的家属不见他都是因为我爸爸没有做好工作。其实我爸爸是隐瞒了他的母亲已经去世的消息，担心影响他的改造。刑满释放后，他回到家中知道了一切，不但没有理解父亲的做法，还到学校附近劫持了我。这道疤就是当时他拿着铁丝勒的。当时在街上，很多人看见了，就报了警。虽然警察赶到了，也击毙了他，但是我差点窒息死去，被送到医院抢救。我以为那是我最后一次看这个世界，天都是模糊的，都是黑的，就像一瞬间关闭了所有的灯。不过两天之后我醒了，虽然逃过一劫，可是脖子上就留下了这道疤，挺难看的吧。”

说完刘苏不自觉地拿起手来遮挡这疤痕。叶慕林一把抓住刘苏的手，心疼地说道：“不要遮挡，我觉得细细的，很像一条项链。我叶慕林的女人一定是世界上最美丽的女人，何必在乎一条细细的疤痕。”

“你知道吗？那时我爸爸觉得很亏欠我，他对我说一定会好好补偿我，可是这话才说了半年，他就和我妈妈离婚，然后带着那个女人走了。”一串清晰的泪水掉落在泉水中，叶慕林轻轻捧起刘苏的头，帮她拭去脸颊上的泪水。这个让人心酸的小东西，不仅占据了叶慕林的心，更占据了他的灵魂。

接下来的注资案谈得很艰苦，周旋于两大集团之间，着实让叶慕林焦头烂额，身心俱疲。这一天，在谈过与华南药业的合作后，叶慕林用手撑着头，坐在沙发上，一言不发。本以为已经离开了的苏喆走过来，给叶慕林放在桌子上一杯咖啡，然后说道：“你太累了，应该好好休息一下。”

“怎么苏总还没走？”

“怎么这么快就下逐客令了？”

“不是不是，只是这些事怎么能让您做呢。”

“那为了表示感谢，叶总能否赏脸吃个饭呢。”

“呵呵，这些天公司的事一直在叨扰您，应该是我主动请您吃饭，请吧。”说完叶慕林拿起沙发上的西服站了起来。

这是一家不远处的小店，虽然外表不显眼，但是进去后才发觉别有洞天。

“这里的小牛排不错，叶总果然会挑。”

“哪里哪里，这是我太太告诉我的，她说以前她就听说过这里。气氛不错，环境不错，食物味道也不错，还很亲民。”话一出口，苏喆不禁一惊，她没想到这个自己关注了这么多年的男人，竟然已经结婚，这未免也太突然了，之前根本没有一点风声。

“真没想到，叶总年轻有为，竟然这么早就结婚了。”

“呵呵，苏总不要见笑，叶某人认识太太也不过一年多的时间，但是作为男人我觉得就要负责任，无论公事还是私事，都要尽其责。我们的婚礼，还望苏总到时一定要赏光参加。”

只见苏喆脸上浮现出一丝尴尬的笑意。

夜晚的星空还是一样的存在，只是在北京看，似乎朦胧了不少，也许地球与世界是同一个道理，就是在不同的角度看，你总会体味到不同的感受。叶慕林送苏喆回到了公司，就急忙驱车回家，他不想刘苏一个人在家感受那种落寞与黑暗。只是和他一样着急的还有刚刚送走的这个女人——苏喆。回到公司后她急忙命人查找叶慕林太太的资料，她的不甘和嫉妒似乎在一瞬间全部爆发出来，急切地想要知道究竟是何方神圣能够让这个如钻石般耀眼的男人脸上浮现出如此幸福的微笑。

也许这就是女强人与女人最大的区别，刘苏在坠入爱河后一改常态，似乎她找到了原本的自己，没有被刺包裹的自己，天然去雕饰。那种柔软时是自己情感的流露，更是叶慕林的给予，幸福不是一道菜，说上就有，而是需要两个人共同烘焙，如此才可香气四溢。

在拿到房产后，叶慕林第一时间将房本改成了刘苏的名字，然后吩咐小北将这个东西送往刘苏的住处。看着这个暗红色的房本，刘苏觉得它是如此的冰冷，曾经的家没有了人，只是一栋空空如也的房子，还有什么意义呢？但她也深深地明白，叶慕林对自己的爱是如此深刻。张涛被放了，只是不知道他和他的母亲此刻流落何处，也许这是叶慕林的惩罚，也许这是自己的报复，但无论如何，大家的命运都已经被更改，始作俑者不是旁人，都是自己酿的酒，何等滋味都要亲自饮下。

“张队，刘苏……应该退出任务了，她变节了。”易扬声音低沉地说道，仿佛改变的不仅是刘苏，更是自己的整个灵魂瞬间被掏空。

“我知道了，我会和上级汇报的。但是易扬，我相信刘苏，她不会这么走的。经过这么多风风雨雨我能够看清她的本质。当然我也能明白你的感受，不过你眼下还是要跟好这条线，保护好刘苏，盯紧叶慕林。也许这次收网，我们会捕到一条大鱼。”

张队明白的只是刘苏的离开对易扬是个不小的打击，但他不懂的是易扬多年的珍视和付出顷刻间化为乌有，是对他人生最大的讽刺。易扬甚至在想，如果不是这个任务，不是刘苏的参与，也许她现在还是曾经的她，也许她已经成为自己的女人。可惜一切都无法挽回了。可另一个声音也在自己的耳畔回响：刘苏只是暂时的迷失，她迟早会觉醒，会认清叶慕林的面目，会回到自己的身边。终有一日，刘苏会是自己的新娘！

青云帮的日子也不像开始那么舒坦了，因为警方的几次扫荡，很多“产业”都不得不停工，当然对于张队来说这是最好的局面，可是郭处却如坐针毡。他的举动越来越引起别人的怀疑，但是张队一直像没事人一样还和他喝酒聊天，有任务一起做。这一天，霍老大约刘峰出来喝酒，只见他在酒楼等了两个多小时刘峰也没现身，只得自顾自地喝起了闷酒。终于刘峰带着几个手下浩浩荡荡地来到了酒楼。

“干爹，今天赌场的事有点多，来得晚了，您别生气。”说完他点燃了一支雪茄。

“小峰啊，咱们父子好久没有在一起喝过酒了。你能不能让他们出去。”说罢，刘峰便挥手示意，众小弟鱼贯似的退出了包房。

“我一直拿你当自己的亲儿子看待，青龙帮这基业我都给你了，以后你就是老大，不对，现在你就是老大。我对你不薄吧？”

“干爹，您这是说得哪儿的话，要不是您，我哪能有今天啊。”

“我也跟你说句实话，我老了，你说人这一辈子过的是什么，过的就是儿女，只要儿女好，我做老爸的肯定义无反顾。”说到这里，刘峰的脸微微有些尴尬，甚至不敢看霍老大的眼睛。

“你给我句实话，当年霍青究竟是怎么没的。”一脸通红的霍老大，手拿着酒杯摇摇晃晃，没有了往日的霸气，就像是一个失败的父亲在乞求最后一点的真相。

刘峰一口饮尽杯中的白酒，默不作声。

“你说，是不是像外面传的那样，是你开枪打死了霍青！是男人，就承认！”

刘峰慢慢抬起头，看着喝得烂醉如泥的霍老大，说了一个字“是”。

顷刻间，房门打开，冲进来黑压压的一群人，只见一个人高马大的男子，将刘峰按到桌子上，用枪指着他的头。

“刘峰啊，你太伤我的心了。这么多年我对你怎么样你是知道的，我把我的独生女都给了你啊，可你是怎么对我的。”原来霍老大根本就没有喝醉，不过是一场鸿门宴罢了。

刘峰吃惊地在桌子上挣扎，奈何钳制自己的男子太过强大，自己根本动弹不了分毫。

“你对我怎么样，你自己心里清楚。是我干的又怎么样，不是我干的又怎样？！你拿我当过你的儿子吗？我不过是你的一只狗，你养我育我，不过是想我保护霍青，帮她管理青云帮，何尝是为我好？当年，那小子叶慕林和霍青好上了，你表面说许我霍青，其实心里早就动摇了，你想让叶慕林来取代我！我对霍青百般宠爱，可她连看都不看我一眼，她心心念念的只有叶慕林！我打死她是她活该！你们把我当一只豢养的狗，我又何必为他人做嫁衣？！只要霍青死了，你就会恨叶慕林，我就是你唯一的儿子，就不会再有人出现跟我抢！其实这么多年，我看你和叶慕林斗得你死我活，我真的特别解气，你知道吗？霍青不但不是叶慕林杀的，叶慕林还想替她挡枪，可惜来不及了，因为我已经开枪了，砰，那声音好响，霍青的血就那么溅开了。看着叶慕林的样子我觉得太爽了。”

随着刘峰的笑声，霍老大上去给了他一记耳光，大骂道：“你浑蛋！狼心狗肺，我就是真养只狗，也不会忘恩负义！怪不得当年，霍青死活不嫁给你，她就是看穿了你是什么货色！好，霍青的事我们放在一边，这些年，你背着我做了什么事，你自己心里清楚！叶慕林之前丢的货是不是你做的，还来诬陷我。你就是想我们斗，你得利！这几年我对你放松警惕，真心待你，可你呢？让整个青云帮乌烟瘴气，不务正业，几个元老不是被你气走就是被你陷害，所剩无几，你只手遮天。你以为你可以威胁我？架空我？小子，你还嫩了点。我霍老大出来混的时候，还没生你呢！”

刘峰看这个架势就知道，自己上了霍老大的当，一切的一切不过都是人家布的一个局，只是请君入瓮罢了。自己以为拿住了霍老大，逐渐腐蚀他，架空了他，整个青云帮的运作都是自己主持大局，这个社团必定是自己的了。没想到，竟然也有这被人翻盘，被人宰割的一日，可是一切的一切都是当初所酿，在当年开枪打死霍青的一瞬，自己就想到了今日的一切注定是要发生的。只是这个美梦做得太过真实，太过长久，可梦终究是梦，是梦就会醒，是梦就会有破灭的一刻。

“要杀便杀，我没有什么怨言。不必在这废话了。”刘峰倔强地说道。

“你恨叶慕林抢走霍青，可你爱过霍青吗？”

“我当然爱过，我们自小一起长大，她的笑我至今还记得，那么灿烂，那么纯洁。只是我自从加入社团做事，她就开始远离我，看不起我。如果不是你要我加入社团，也许霍青早就会和我在一起，她不会选择叶慕林。都是你一手造就的今天。你害死了你的女儿！”

“你错了，霍青永远不会选择一个杀了自己的人！”说罢，霍老大拿起手下递过来的枪，随着砰的一声，刘峰的生命就此画上句号。

随着刘峰的死，郭处的举动更为明显了，他的电话多了起来，不是妻子病了，就是老妈病了，总之每次都是隐蔽地讲半天电话，但是张队依然一声不响，还好心安慰他，劝他不要着急，还提议要不要跟组织汇报，帮帮他，当然都被他婉言谢绝了。但对于刘苏的离开与退出，张队却是信心满满，他坚信刘苏有一天会回来，她不会变节。可黑云并不是这么想。如此，刘苏便成为和叶慕林一样的人，安全屋黑板上的照片就此多了一个女人——那就是刘苏。

刘苏此刻正在北京和她的爱人叶慕林享受着难得的浪漫时光，仿佛一生中最幸福的时刻就是此时，两个相爱的人在北京，这座没有他们担心的纷扰的城市，用每一缕阳光，每一个微笑，谱写着属于自己的浪漫。不过生命就是有轮回，相信人生也是。刘苏看了一眼手表十四点五十二分，离叶慕林办完公事还有两个多小时，刘苏不得不在大街上乱晃，只见一家表店里的一款情侣表着实好看，大大的表盘，纤细的表针，仿佛在用时间来记录着它所见证的每一分每一秒。刘苏不禁走入表店，看着这款深蓝色表盘的对表。

“小姐，这是我们店的经典款，你要不要看看。”

刘苏细细端详表盘，深蓝色的表盘，亦如叶慕林的目光，总是那么的深邃而专一。心想，这将是纪念二人在一起的每分每秒，便不禁微笑了起来，没有犹豫立即买了下来。

出了表店，她不经意间的一个抬头，看到了一个熟悉的身影，不是别人，正是曾经的张桐。不过在熙攘的人群中两个人还是成为鲜明的对比，眼前的张桐憔悴了很多，满脸的倦意，没变的还是那一身蓝衬衫，黑裤子。可时间也是格外地怜惜刘苏，过去了这么久，竟然丝毫未变，白色的过膝裙子，肩上的双肩包，还是那个清纯可人的小女孩。唯一的不同就是脸上露出的快乐和短发带来的清爽，是以前从未在她身上闪现的美好。

两个人来到了一家咖啡厅，张桐问道：“你还好吗？”瞬间目光落在了刘苏刚刚买的手表袋子上的 Patek Philippe，这个牌子的手表没有便宜的，估计这袋子装的表，不下几十万。便知趣地说了句：“你很好，你变了。”

“你也变了。最近怎么样？”刘苏喝了一口桌子上的拿铁。

“我，就那样吧。你的口味没有变。”张桐苦笑着说。

“是啊，人的口味很难改变。我一直都很喜欢喝这个，你知道的，我怕苦。不过我们都长大了。听说你做父亲了，恭喜你啊。”

“哦，谢谢啊。你呢？怎么样？”

“我还挺好的，现在还没有找工作，慢慢来吧。”

“你还写作吗？我记得你曾经可是分局的第一写手啊。”

“呵呵，没有了。和你们相比，我就逊色很多了。孩子和孙莫怎么样？”

“她们，她们都挺好的。”张桐勉强地说道。

“嗯，看着你们幸福，我觉得挺替你们开心的。”

“苏苏，我，对不起。或许当年我做得太残忍了，伤害了你，也伤害了我自己。”

“过去的事就过去了，不要再提了。你现在有孙莫有孩子，挺好的。这不就是你一直追寻的生活吗？”

“苏苏，其实，其实我从未忘记过你，你的纯洁，你的善良，你的坚强都是那么的吸引着我。我不能忘记。”张桐看着刘苏忘情地说道。

“张桐，我们不过是老朋友叙叙旧而已。”

“你不知道，我以为我和孙莫在一起，对我的事业有所帮助，我的家里人也很高兴。可是在一起生活后才知道，她的生活跟我的生活根本就不一样。她的强势、她的奢侈是我和我的家庭都无法负担的。也许不是她的错，是我的错，我们就不该结合。”

“别这么说，毕竟你们有了孩子，婚姻嘛就是相互包容，不然怎么能长久呢？”说完，刘苏笑着抬起手撩了一下头发帘，只见一个璀璨的钻戒就套在她那纤细的手指上，张桐明白了，一切的一切都太晚了。不是时间太晚，而是一旦错过，就不能回头。爱的世界，不是你想来就来想走就走的，如果你背离了它的存在，那你将难以得到爱的宽恕。

突然，刘苏的电话响了，看到手机屏幕上的显示，她笑靥如花，几句简单的交谈后，叶慕林知道了刘苏的位置，不大一会儿工夫就走进了咖啡店。

“慕林，这里。”刘苏开心地挥着手叫道。

只见这个身穿咖色风衣的男子风度翩翩地朝着自己走来，瞬间张桐的心被狠狠地震了一下。

“您好，我叫叶慕林，是刘苏的先生。听闻你们老朋友见面，没打扰你们吧。”

“没有没有。”张桐打量着眼前这个男人，白色的衬衫，淡灰色的领带，无处不透露出商界新贵的气息，自己此刻倒无处容身般。

刘苏旁若无人地抓着叶慕林的手说道：“你怎么今天这么早就出来了，离你下班还有一个小时呢。对了你看，我刚刚买了两块手表，表盘是深蓝色的，你的最爱。嘿嘿。”

叶慕林摸了摸刘苏的头，温柔地说道：“苏苏，你不介绍一下这是谁吗？回家咱们再看你的战利品啊。”满眼的疼爱怜惜，让在座的每一个人都会心生嫉妒。

“哦哦，是我忘记了。对不起啊张桐。慕林，这位是我以前的同事，叫张桐。我刚刚买完手表在街角碰到了，就一起来这里坐坐。顺便等你。”

“顺便等你。”刘苏的这句话深深地刺痛了张桐的心，仿佛千万根针瞬间刺向自己。原来自己已经是过去式，如同从未存在过一般。但他清楚地明白，这不过是自作自受。这么好的女孩是自己拱手相让，刘苏能有这么好的归宿也是她应得的。就算当初跟着自己，如今能给予她什么呢？

“你们先聊，我还有事，先走了。”张桐起身说道。

“张先生还有事吗？既然是我太太过去的同事，方便的话我们一起吃个便饭吧。”

“不了不了，家中还有孩子，我先走了。再会。”

“再会。”两个男人的话别总是那么简洁。而刘苏却孩子般的依旧拽着叶慕林的手摇晃。

“小东西，当着外人你就不能老实点？”说着叶慕林刮了一下刘苏的鼻子说道。

“不嘛，我都一天没看到你了。”

“这个男人就是你的前男友吧？”

“你怎么知道？”

“你忘了，你跟我说的啊。小笨蛋。”

“哦哦，我忘记了。嘿嘿。怎么样，今天顺利吗？”可看着张桐离去的背影，有一个声音在她的心里默默回荡：毕竟他占据了我几乎所有的青涩时光……那份心动岂能说不跳动就不再跳动，只是现在自己拥有的已经是生命中最美好的时光。

两个人闲话家常离开了咖啡店。在晚霞的照射下，温暖的光晕就这么自然地倾泻，大大的风衣，小小的白色连衣裙，勾勒起的是一幅怎样的画面啊……

回忆没有任何力量，曾经也只是曾经，这句话是在经历分分合合后的一种感慨更是一种决然的美丽。其实张桐在刘苏心中的那个烙印是深刻的，女孩人生中第一次品味爱情的滋味，无论是甜是苦，都是终生难忘的，但是还是那句话，曾经只能是曾经，它不能影响今天的任何，因为幸福只有握在手中的才叫幸福，过往不过是云烟中的看客，注定难以留下，注定要随着时间的洪流去往他处。

刘苏的改变是巨大的，更是夺目的，不在于外表的鲜亮，更在于内心的纯真。叶慕林从没想过他的出现竟然改变了一个女孩的一生。也许不是自己的出现，她还是那个满目愁云的女孩，失去一切而无从改变的女孩。可自己竟然让她如此快乐，如此纯真，当然改变是对应的，不是刘苏的出现，自己还是那个不苟言笑的叶慕林，无论在商场多么的叱咤风云，也许当夜幕降临，卸去伪装，自己只是一个在灯下舔舐伤口的大男孩。

不过幸运的是在茫茫人海中，二人相遇，并且承诺一生相守。如此，便不会辜负这绝美的夜色和这迷离的灯晕了。

灯下的刘苏在看一本戴望舒的诗集，她不禁借着灯光和烛光的温热，读了起来。“撑着油纸伞，独自，彷徨在悠长、悠长，又寂寥的雨巷，我希望逢着，一个丁香一样的，结着愁怨的姑娘。她是有，丁香一样的颜色，丁香一样的芬芳，丁香一样的忧愁，在雨中哀怨，哀怨又彷徨；她彷徨在这寂寥的雨巷，撑着油纸伞，像我一样，像我一样地，默默彳亍着，冷漠、凄清，又惆怅。”

叶慕林走出浴室，接过刘苏的声音，背诵道：“她静默地走近，走近，又投出，太息一般的眼光，她飘过，像梦一般地，像梦一般地凄婉迷茫。像梦中飘过，一支丁香地，我身旁飘过这女郎；她静默地远了、远了，到了颓圮的篱墙，走尽这雨巷。在雨的哀曲里，消了她的颜色，散了她的芬芳，消散了，甚至她的，太息般的眼光，丁香般的惆怅。撑着油纸伞，独自，彷徨在悠长、悠长，又寂寥的雨巷，我希望飘过，一个丁香一样的，结着愁怨的姑娘。”刘苏笑了，笑得那么甜，那么满足。叶慕林的香吻随即奉上，刘苏用手推开，却被他的身体重重地压下。

“干吗读这么凄美的诗？听着不会伤感吗？”

“有你在，哪里还会伤感。满眼全是幸福。”

此刻叶慕林的手机突然响起了，他看都没看就按了关机键。

“我也有一首诗，你要不要听一下。”叶慕林满眼柔情地说道。刘苏轻轻地点了点头。叶慕林趴在刘苏的耳畔说道：“在半空里娟娟地飞舞，认明了那清幽的住处，等着她来花园里探望——飞扬，飞扬，飞扬——啊，她身上有朱砂梅的清香！那时我凭借我的身轻，盈盈的，沾住了她的衣襟，贴近她柔波似的心胸——消融，消融，消融——融入了她柔波似的心胸。”说着将刘苏的两只手在枕头上按住，开始亲吻她的脖子，温热而轻点，像是一股暖流跑遍刘苏的身体，叶慕林顺势将她的大 T 恤拽下，香肩外露。

“你干吗啊，这分明是一首流氓诗。”刘苏笑着说。

“你怎么能这么说我们伟大的情圣诗人徐志摩呢？这叫此诗应此景。我们不该还原一下写诗的情景吗？”也许刘苏所承受的就是幸福的重量。而叶慕林所带来的就是两个相爱的人，温存的融合。

云雨过后的大床，被阳光所照射，叶慕林早已梳洗完毕，轻轻坐在床边，抚摸着刘苏的脸颊，轻声道：“小懒虫，太阳晒屁股啦。我要上班了。”

“那你走吧，我还要睡一会儿，我太累了。”

刘苏闭着眼睛说道，叶慕林趴在刘苏的身上，不断地亲吻着她的脸颊、头发、肩膀。

“你干吗啊，别闹了。你不是要上班吗？快走吧。我好困，让我再睡一会儿，求求你了。”

“这么贪睡啊，是不是体力不支了？”叶慕林坏笑着说道。

“我不支了，不支了，大爷饶命。你怎么还不走。”刘苏闭着眼睛坐起来道。

“你得把我的衬衫脱下来啊。”

“哦，你不能再拿一件干净的啊。这件都是我的气味。”

“我就是喜欢你的气味，我要带着一整天。”说罢，叶慕林搂着刘苏，帮她把衬衣脱掉，顺势按在了床上，似乎每一寸肌肤，对于他来讲都是致命的诱惑……

第十六章

云南

当叶慕林急急忙忙赶到公司会议室的时候，苏喆已经等候多时了。他连忙打开笔记本，并连声道歉。

“叶总好忙啊，怎么今天路况不好吗？”苏喆笑着说道。

“不是，不是，今天早上在家里耽搁了。”一句话一出，在场的几人不免掩面偷笑了起来，这时叶慕林才意识到自己脱口而出的实话让自己尴尬不已，边打开笔记本中的资料边整领带。

而苏喆的脸上却划过了一丝不悦。

“叶总，对于这个注资案，我们集团还需要一份盘古药业未来销售方面的计划书，不瞒您说，这次盘古的问题相当大一部分原因就是因为经营不善，导致药品滞留，一系列的损失接踵而来。我们不想将来华南制药的钱就这么打了水漂。”苏喆犀利地说道。

“那是自然，苏总，这点请你放心。我们有详细的计划，针对之前出现过的问题进行了缜密分析，并采取了相应的改良措施，在保证药品质量的同时，我们对供货商采取了更换，选择了质量更为良好，信誉更为强大的原厂进行采购，避免因质量不合格导致的不必要的浪费。详细的情况，我的秘书会尽快发往您的邮箱。”说完后，坐在对面的苏喆却久久不能回过神来。

究竟是一个怎样的女人能把不食烟火的叶慕林变成如今的模样。曾经的叶慕林油米不进，冷如冰山，且做事绝对分秒必争，可在他重返公司后，竟然带回来了一个女人，说是他的太太，从未听闻他结婚一事，业界多少商家贵富想把女儿嫁给他，但他都以没空考虑自己的事为由推脱，这一切都太过突然，而且如今还性情大变，这不得不让苏喆难以相信。

休息的时光总是透露着美好，在恋人的时间里，还散发着浪漫的气息。叶慕林带刘苏来到香格里拉大酒店，说是这里的蛋糕超级好吃，对于甜食刘苏可是没有一点抵抗力的，于是蹦蹦跳跳地就跟随叶来到这里。就在步入酒店的一瞬，旁边的婚纱店赫然映入眼帘，一件件美丽的婚纱精致得像是艺术品，好像每一件都在向刘苏招手，她不禁走了过去，趴在橱窗上看。叶慕林不禁笑道：“看来每个女孩都是如此地迷恋婚纱。”

“你知道什么，这是设计师兰玉的店，她设计的婚纱每一款都有一个故事，你看这刺绣，你看这个蕾丝的花边，多美。那条鱼尾的婚纱，仿佛在等着一个精致干练的女孩，因为她喜欢简约和突出；那条大拖尾的复古婚纱在等待一位有着童话情结的女孩，穿上它就可以与自己的王子在宫殿里翩翩起舞；这条带着蓝色绸缎的婚纱，是在告诉人们，她心中的女孩是一位欧洲的名媛，优雅而高贵，不凡而清丽。”刘苏自顾自地说道。叶慕林则是一脸宠溺地看着她。

为了实地考察源厂的实力，对销售计划有进一步的评估，苏喆决定和叶慕林一同前往实地考察。源厂种植基地其中一个就在云南，叶慕林本不想到那么远的基地考察，但苏喆执意要去最偏远的地区，叶慕林只好作罢。

这一天，苏喆一改常态，穿上了一条花色的连衣裙，配上一双细跟红色高跟鞋，女人味儿十足。当她热情洋溢地提着行李箱在机场等待叶慕林的时候，叶慕林也没有让她失望，依旧不改绅士风度，蓝色衬衫搭配灰色西装外套，只不过平添了几分休闲。苏喆满脸笑意地向叶慕林走去，只见叶慕林的身后还有一个瘦弱的身影在紧追，原来他带着刘苏一起来了。苏喆的脸瞬间晴转多云，不过也好，她早就想见识一下这个隐藏颇深、大名鼎鼎的叶太太了。

不过大失所望的是，这位叶太太就像是一个大学生一样，穿着破洞的牛仔裤，宽大的白色字母 T 恤，背着双肩包，手里拿着一个相机跟在叶慕林的身后。

“不好意思，苏总，我们稍微晚了一点，路上有一点塞车。”

“没关系没关系，怎么叶总不介绍一下吗？”

“哦，这位是我的太太刘苏。刘苏，这位是要和我们公司合作的苏总。”叶慕林彬彬有礼地介绍道。

“久仰大名，今日终于得见。叶太太果然年轻貌美。”苏喆上下打量着眼前这个乳臭未干的女孩。

“多谢夸奖。”说完刘苏乖乖地站在叶慕林的身后。

“希望苏总不要见怪，本来这次是公事，不过我的太太曾经说过她很想去玉龙雪山拍照，所以这次我就把她也带来了。希望您不要生气。”

“哪里哪里，人多热闹嘛。看来叶总真是个居家的好男人啊。不过我只安排秘书买了两张机票。”

“没关系，我也让人定了两张，正好让小北和您坐在一起，方便照顾您，我和太太坐一起。来，我帮你提箱子。”叶慕林说道。

没想到苏喆以为是在和自己说话，竟把箱子递上前去，可叶慕林一个回头，拎起了刘苏的箱子，还好小北顺势上前把苏喆的箱子提了起来。苏喆着实尴尬不少。

刘苏就这样一手抓着相机，一手拽着叶慕林的衣角前去登机。苏喆看在眼里，妒在心里。其实哪个女人不想小鸟依人，哪个女人不想有个坚强的依靠，只是这个世界太过真实，真实到你必须收起你的柔弱，必须坚强面对，只有这样你才能抵达理想的彼岸。

坐在飞机上，刘苏不停地摆弄着手里的相机，叶慕林细心地帮她系好安全带，苏喆默不作声，小北喊来空姐帮忙拿个抱枕。

“叶总，这是你们的蜜月吗？”苏喆终于按捺不住问道。

“当然不是我们的蜜月，这还是个惊喜，等有空了再旅行吧。”叶慕林回道。

“其实蜜月未必出国，国内的风景也不错，而且比较方便。怎么叶太太喜欢摄影？我有几个朋友是摄影协会的，可以帮您推荐。”

“多谢，我才刚学，就是小小的爱好而已。慕林可是这方面的好手，光影结合得特别好，看他拍出的照片，我才想学的。”刘苏甜甜地回应道。

“叶总夫妇真是羡煞旁人啊。不过打断一下，我想在飞机上和叶总探讨一下源厂的资料与情况，可否换一下座位。”苏喆盛气凌人地说道。

“在飞机上我们休息一下吧，反正就四个多小时的飞机，苏总不要这么拼命，就当是公款旅行了。呵呵。”叶慕林笑着说。

“真没想到在盘古药业遇到问题的时候，叶总还能如此坦然放松，这心胸真够宽广的。”

刘苏笑着让叶慕林站起来和小北换座位。苏喆满意地打开笔记本，然后认真地和叶慕林探讨起源厂的情况，看着叶慕林修长的手指，深情的眼眸，哪个女人不会动心，这个身上散发出一股绿茶般淡香的男人牢牢地抓住了苏喆的芳心。苏喆回过头来看了一眼还在摆弄相机的刘苏，心中暗暗想到：这不过是个黄毛丫头片子，什么天真什么无邪，没想到叶慕林竟然喜欢这种类型的女人，可自己才是与他最为匹配的，无论学历、样貌、能力，无可挑剔。也许有一天叶慕林会清晰地意识到，小鸟依人不如并肩作战来得实惠。而且刘苏能给予他的，他又怎么知道自己不能给予呢？想到此处，她将长发向脖子后面一拢，露出洁白的玉颈，身体故意靠向了叶，而此刻的刘苏正将一切收入眼底。

刘苏以为此次行程只有他们一行四人，殊不知在客机的后面还坐着两个她最熟悉的人——易扬和蒋雪娇。

说起易扬彻底被刘苏伤害后，他着实浑浑噩噩了几日。这几日里，还遭到了好友罗驿的一顿教训。只见易扬连续几天晚上喝很多酒，然后跌跌撞撞爬回宿舍，一直睡到日上三竿。偶尔清醒也不过是一支接一支地抽着烟，完全是一副自暴自弃的样子，而蒋雪娇看在眼里，也不知他为什么这样，更不敢轻易靠近，只是在不远处默默看着一切。罗驿实在忍无可忍，对着喝醉的易扬上去就是一拳。

“今天我就要打醒你！你说你任务没完成好，就算了，还有那么多的工作等着你，你至于这么浑浑噩噩的吗？不过就是为了刘苏有了男人，她长大了，她不再是那个需要你帮她开家长会的小女孩了！你醒醒吧。”罗驿揪着易扬的脖领子说道。

“我，我的事，不用你管。”易扬挣脱后，一个退步摔倒在地上。

“你以为我愿意管你，看着兄弟这么颓废，我着急更生气，易扬是男人就干点男人该干的事！你看看她，一个女人为你做了这么多的牺牲，你看过她一眼吗？”

“跟我没关系。”易扬口齿不清地说道。

“跟你没关系？我让你没关系。”罗驿又是一记重拳，打得易扬嘴角流血，脸颊瞬间肿了起来。蒋雪娇急忙扑过去，抱着摔倒在地的易扬说道：“罗驿，够了。”

“雪娇你起来，今天我就要教训教训这个不负责任的废物！”

“罗驿，你知道吗？刘苏走了，刘苏真的走了，她再也不会回来了。你知道吗？十年，我付出了整整十年，从她上中学起，她人生所有的季节都有我的陪伴，我那么爱她，为什么她就看不见，为什么啊？”说着易扬的眼泪就如同暴风骤雨般落下，一个心碎的男人，此刻真的站不起来了，他的心被摔碎了，他的灵魂被击败了。败给了一个毒枭，他败得一败涂地，这种不能名状的痛只有自己知道，难以言表地藏在心里，藏在灵魂里。

蒋雪娇的泪也流了下来，她心底的一个声音也在同样地申诉：我爱你，我放下所有骄傲与自尊爱你，在你面前，我卑微得像是一颗沙粒，可你从未为我驻足。我对你的爱就如同你对刘苏的爱，从未减少过，无论发生什么，我都愿意守候着你。可你为什么不愿回头看看我，我就在你身边，一直都在。哪怕你不认可我，我也愿意为你孕育一个孩子，毕竟这是我与你最近的距离。

“我今天有什么说什么。易扬，不管你对雪娇到底什么意思。我今天告诉你，我喜欢蒋雪娇，不管她跟你什么关系，我就是喜欢她。

今后你要是再伤害她就不行，我绝不轻饶你！”说完罗驿看了一眼蒋雪娇和躺在地上的易扬，转身离去。蒋雪娇看着罗驿，心中除了感激就是感动，自己偏执任性地做了这么多该做不该做的事情，每每自己需要依靠的时候，在自己身边的只有罗驿，但讽刺的是，这个世界仿佛注定了每个人都要还属于自己债，这个债任何人都改变不了替代不了，个中命数早已注定。对着这样离开的罗驿自己只能说声抱歉了。

在罗驿的心里，易扬就像自己的大哥，无论在工作上还是生活上都是对易扬百分之百的放心，做兄弟就要讲义气。可是这么久以来，看着蒋雪娇的一次次伤害，易扬的冷酷，自己也难免心生不平。毕竟面对这个年轻漂亮的女孩谁敢说肯定不动心？但他深深地明白，蒋雪娇是爱着易扬的，不然不会怀上他的孩子，不会在万众瞩目下丢掉自己所有的最珍贵的自尊。可现实就是现实，感情这种事不是你付出就注定有回报，也不是说告诉自己放手就能放手的。俗话说兄弟妻不可欺，但是易扬根本就从未看过蒋雪娇一眼，而她每次的委屈和痛苦，罗驿都在她的身边陪伴，感同身受。对于这个对感情如此直接，掏心掏肺的傻姑娘，自己真的是一万个不舍。喜欢她也就是喜欢上了那种不求回报的傻气。可罗驿更清楚地知道，这种纠缠的感情就是一个个不舍所串联起来的，自己实在不愿意搅入其中。可感情的事谁说得准呢？

易扬在清醒过后，看着蒋雪娇忙里忙外地帮自己打扫宿舍卫生，再看看桌子上扔着的香奈儿包包，他才幡然领悟，眼前这个骄傲的公主放下一切来照顾自己，不是精神有病，而是中了情毒，和自己一样，难以自拔。对待这个为自己怀过孩子的女人，的的确确如同罗驿所言，自己干的太不是人事了。无论如何这个孩子是自己给的，没有自己，蒋雪娇还是那个清清白白的姑娘。自己又何德何能一直这么伤害着这个傻姑娘呢？于是他坐起身来，拉住正要给自己倒水的蒋雪娇说："坐下休息一下吧。一会儿我来收拾。"

蒋雪娇的眼泪一下子就跳出了眼眶，这是易扬第一次如此温柔地和自己说话，这也是第一次主动拉自己的手，一切的付出都是值得的，不管是怜悯还是同情，自己都会全盘接受。毕竟这就是爱的温度。蒋雪娇是个简单的姑娘，她没有刘苏的重负，没有孙莫的梦幻，有的只是自认为是"爱情"的追求，哪怕前方一片黑暗，哪怕荆棘满布，自己仍然会以飞蛾扑火的精神纵身一跃，为的只是那瞬间的完美，至于赤身的灼热，已经可以忽略不计了。但就是这忽略不计，已经烧得她快要窒息。

这一日，蒋雪娇和易扬一起走在大街上，蒋雪娇离易扬总保持一定距离，她的胆怯让易扬看在眼里，原来错过的是这么多的唯一，易扬一把拽过蒋雪娇的手，说："我给你买束花吧，你不是喜欢玫瑰吗？"蒋雪娇愣愣地和易扬走进一家花店，今天的玫瑰似乎格外的妩媚，因为爱情已经悄悄绽放。

"雪娇，我，我不知道该对你说些什么，我只能说我会尽力弥补我对你的伤害。有些事尽管不是我所希望发生的，但毕竟发生了，我难辞其咎。对不起，让你独自面对这一切。"易扬喝了一口酒说道。

风拂过他们的面颊，吹起蒋雪娇的发丝，她说："别这么说。一切都是我自愿的。不怪你。怪就怪我自己太任性。如果不是我的一厢情愿也许这一切的一切都不会发生。可我从未后悔，因为这是我选择的路，我十分清楚自己的行为。我也不需要你负责，我要的只是你的真心。"说罢，她也喝了一口手中的啤酒。两个人就这样坐在后海的河边，看着熙熙攘攘的人群，坚守着思索着自己的选择，也许这路过的匆匆行人，各有各忙，但他们应该都在守护着属于自己的那份坚持与执着吧。

没过几天，易扬给蒋雪娇发了信息，打算带她到云南旅行，蒋雪娇开心地跑到办公室，填写出京审批，这也许是她最简朴的一次出行，但却是最珍贵最幸福的一次旅行。因为爱的人就在身边，这种事是以前不敢奢望却在脑海中回荡多次的，也许易扬在刘苏那边碰了钉子，现在明白身边的才是最真实的守候，也许是因为自己从未有过的隐忍感动了他，也许是因为罗驿的话点醒了他，可无论如何，只要易扬对自己有所改变，哪怕只是一点点的真心，自己也会如沐春风，这种幸福的喜悦才是生命中最璀璨的玫瑰。

机票、酒店易扬全部准备好，这一天很早便开车前来这处山水明苑，北京城最好的高档小区来接这位千金大小姐。只见蒋雪娇穿了一条花色长裙，一看便知价格不菲，拉着她的 LV 旅行箱站在楼门口的小亭子里等自己。易扬突然觉得，其实两个人的世界从未有过交集，金钱的差距是一条不可逾越的鸿沟，但作为道歉，自己必须履行承诺。他为蒋雪娇把车门拉开，然后将行李箱放进了后备箱里。而在窗口看着女儿与易扬驾车离去的背影，蒋局的脸上露出了一丝笑容，事到如今，只要易扬肯回头，自己也只能睁一只眼闭一只眼了，毕竟女儿已经别无他选，能得到幸福就是最好的结局。

飞机上一帘之隔，仿佛却是两个世界，有时只是一小步，人生的格局已经大不相同，再也无法回到原来的起点。蒋雪娇满心欢喜地靠在易扬的肩上，享受着属于她的“蜜月”，而前面的头等舱，刘苏却在用相机拍下正在商讨原厂的叶慕林与苏喆。飞机终于飞到了属于它的目的地——昆明的长水机场。刘苏兴奋得已经像是出笼的鸟一样，蹦蹦跳跳，叶慕林在第一时间解开安全带，来到刘苏身边帮她拿起壁橱里的书包，然后牵着她的手甜甜地对视着，仿佛这不是一趟公差，而是一次提前预支的蜜月之旅。苏喆突然说道："叶总可否帮我拿一下行李袋。"只见叶慕林笑着从壁橱里拿出苏喆的行李，苏喆笑着伸手去接，只见叶慕林一个转身交给了一旁的小北，并吩咐他照顾好苏总。然后拉着刘苏下了飞机。

根据行程的安排，实地考察要第二天才开始，所以这一下午的时间都是自由活动。叶慕林带着刘苏在酒店安顿好后，就神秘地对着她说，要带她出去走走。刘苏急忙从行李中翻出一条白色长裙，然后说："要把我拍得美美的。"

从卫生间换好衣服的刘苏走出来，正看到叶慕林赤裸着上身在打着电话，原来苏喆打算邀请他们二人一起去昆明市区游览一番。叶慕林回过头来，看着有点脸红的刘苏说道："小东西，你看什么呢，又看呆了。"

"没什么，不要问我，不要问我。"刘苏害羞地用手遮住脸笑着喊道。

"让你偷看，我让你偷看，现在你越来越色了。"说着便把刘苏抱到床上，抓起她的痒来。"别闹了，别闹了慕林，你要干什么？"

"你说我要干什么。"

"别再闹了，苏总还等着呢。"

两个人拉着手，连笑带闹地来到了大堂，小北已经和苏喆坐在那里等待了。

昆明的夜晚是美丽的，是活力四射的，仿佛所有地方都散发着浓郁的香气，这种香气不是嗅觉的感受，而是全身心的释怀，处处有花开，眼眼有惊喜。似乎每个酒肆都会飘出动人的音乐，无论激昂还是静谧都透露出一种让你流连忘返的人生之美，仿佛来到这里，你才会感受到放下一切，寻找到真正的自我，释放每个人最初最真的本性。压力、斗争一切的不快都烟消云散，留下的只是一抹淡淡的花香，留下的只是爱的味道。

赤裸的天空原来如此纯净，每一丝浮云都像是调皮的孩子，自由地徜徉在它的臂弯。幸福有时就是如此简单，无论白天黑夜，只要你在身边。此刻的刘苏就像是这句话所诠释的一样，只要有你在身边，一切皆是美好。熙熙攘攘的人群，淹没了所有的恋人，让他们可以尽情地缠绵，用一个又一个热吻，来祭奠这夜的美好。一行人来到了不远处的一个小酒馆，昏暗的灯光下，一个女人合着这样暧昧的光晕，自弹自唱着一曲温婉的《遗憾》，也许这本是一首伤感至极的音乐，此刻却被这样的光、这样的景、这样的人演绎得格外温暖。是啊，遗憾是每个人生命中必要迎来的一位客人，因为有了它的存在，我们才能感知珍贵为何意。刘苏靠着叶慕林听着这首遗憾，她的心也在一瞬间变得柔软，是啊，人生中有那么多的遗憾，注定它要光顾我们的生命，但是无论这遗憾多么刻骨铭心，遗憾也只能成为一个过客，当它离开时，也许就是新的开始。苏喆喝了一口桌上的鸡尾酒，然后看着光晕中的叶慕林，这个如此出众的男人为什么会爱上一个这样年轻的小丫头，卸去了平日严肃强悍的外表，在温暖中自己不过是个渴望柔情尽现的小女人，她不禁伸过手，邀请叶慕林跳上一曲。叶慕林拉着苏喆的手滑入空地，这简朴的舞池此刻变得柔情无限，不为精致的永恒，只为真实的一刻。苏喆在叶慕林的牵引下仿佛置身于幻境，不知是叶慕林身上的茶叶淡香所致，还是酒精醉了灵魂，一时间竟以为梦想成真，叶慕林是自己的，一直都是自己的，终于得偿所愿。她轻轻地搂着叶慕林的脖子，将头靠向了那坚实的臂膀。叶慕林一个踱步，如飞舞般将苏喆放在沙发上，然后对她说："苏总不胜酒力，有些醉了。还是休息一下吧。"然后顺势抓起刘苏一把抱入怀中，随着音乐的节拍，扭动起身体，并低头强吻了刘苏。不知是大家都喝了酒的缘故，还是这迷惑人心的氛围，让所有人一时间都置身在自己的世界中，苏喆迷离的眼神，仿佛是看着叶慕林正在亲吻自己。可是头突然疼了一下，心一下子清醒了，不过都是自己的想象，叶慕林的吻和霸道只属于这个年轻的女孩——刘苏。

吻的力量是强大的，它可以穿透一切坚冰，为的只是将电流般的激情灌入人的体内，霎时间，一切都变得缥缈，因为恣意，因为激情，因为爱。在街角处的一个果汁摊位，这个吻也同样上演，易扬细心地为香汗淋漓的蒋雪娇要了一杯冰菠萝汁，然后递了过去。蒋雪娇从未想过眼前的这个男人，竟然会照顾自己。一直以来她都习惯于迎合、委屈于这个男人，但此刻不知为什么，也许是上天的眷顾，也许是终于感动了他，这个心有所属的男人竟然会为自己而改变，无论结局怎样，都不再重要，只要此刻温存，何必天长地久。

只是吻是需要温度的，当两个相爱的人在一起温存时，它是潮湿炙热的，可如果一方犹豫，那它就是冰冷干涩的。蒋雪娇明白这个吻的意义依旧没什么变化，可即便如此，感动远远超过了激动。毕竟它是在清醒时上演的，总比醉后失意要强得多。易扬逐渐接受了，毕竟这个单纯执着的女孩为自己，一个如此不负责任的自己，付出了太多太多。

在叶慕林的眼里，刘苏所有的不完美也是完美的，不是过于自负，而是一个真实的女孩，一个真心相爱的女孩对于一个这样的自己来讲是多么的珍贵。也许弹指间自己就会随时灰飞烟灭，但是刘苏在明明知道的情况下，还愿意和自己相守在一起，这是多么的宝贵。所以叶的心里再也不容其他女人流连忘返。

“慕林，我可以这样叫你吗？”苏喆在微风的吹拂下逐渐清醒了起来。

“当然。苏总。”叶慕林略有些诧异地说道。

“你也不要一口一个苏总地叫着了，咱们本来就相差无几，何必这么见外。都是青年人，就放松一些。我想知道这么多年支持你一直奋斗的力量究竟是什么？”苏喆边玩弄着手里刚刚买的小玩意边说道。

“就是为了成功，证明自己吧。”叶慕林望着路旁的大树说道。

“就这么简单？我觉得我们是同一种人，都是为了让自己的价值得到体现，让我们更出类拔萃，而不是永远在人群中做一个平凡的过客。我们都愿意主宰自己的命运。你说我说的对吗？”苏喆不缓不慢地说道。

“也许吧。不过我不认为我有多么的成功，这个世界上没有永远的赢家，也没有永远的输家。无论成败都是轮回，有崛起就有毁灭。这是万物的生存规律。我也许并不像你想象中的那么优秀，我只是一个普通负责任的男人，认真对待我自己的工作，认真对待自己的感情，至于你说的境界，我想我还从未涉及过。”叶慕林回答道。

其实在苏喆的心里，叶慕林本身就是无可挑剔的，他的一举一动，甚至是一个眼神，都透露出一个成熟男人所拥有的魅力。无论他事业上是成功还是失败，对于一个孜孜不倦勇于奋斗且儒雅至极的男人来说，其本身就具有着非凡的吸引力的。一个女人想要的所有优点集于一身，难道不是梦想成真的戏码？如果不是刘苏的出现，也许她至今都没有勇气接近叶慕林，盘古的窘态对于自己来讲正是一个美救英雄的机会，让叶慕林看到有能力的自己，闪光的自己，在苏喆的脑海里，这才是吸引叶的法宝。但无论如何她没有想到，在上天赐予她机会的同时也赐予了挑战，就是刘苏的出现。在短短的几日内，苏喆没有发现这个女孩身上有多么不一样的地方，除了像个一般二十多岁小女生的天真烂漫便再无其他了，不明白她身上究竟有怎样的吸引力，让叶慕林神魂颠倒。通过自己的调查，这二人根本没有领取结婚证，却对外宣称夫妻，爱得炙热，究竟是叶慕林和她太过现代，还是冥冥之中就是对她本身的一种质疑，根本没有想象中认为她那么合适做自己的妻子？如果是后者，对于苏喆来讲就太妙了。无论如何，上帝创造了人类，也就意味着创造了一种制度就是竞争。既然二人不是法律意义上的夫妻，那么自己就要为自己的幸福争一次了。

很多事都没有表面看上去那么简单，表象总会迷惑你的双眼，因为它妩媚的外形，因为它正中了你的心意，所以你宁愿相信它就是真的。可无论幻象多么吸引你，幻象终究是幻象，它经不起现实的敲打，很快便会露出真相。当你意识到现实的一刻，也就是痛苦的开始，仿佛吸取灵魂精髓的恶魔，将人啃食得体无完肤。苏喆以为了解叶慕林的一切，但是一个有着另一面的叶怕是她做梦也想不到的。

第二天一行人便乘飞机到了西双版纳，俯瞰云南的山山水水是如此的美妙，仿佛跌落人间的至宝皆能尽收眼底。源厂的大门就嵌在这片广袤的植被中。这里的温度属于热带，鸟语花香，处处彰显出的都是自然之美。经过简单的介绍，叶慕林和刘苏、苏喆、小北四人来到了种植区，这里植被的生存环境十分优越，郁郁葱葱地扎根于这片富饶的土地上。刘苏拿着相机，不停地拍照。叶慕林与苏喆一边听工作人员的介绍，一边检查药物种植情况和植物成色。就在大家都满意地看着植物的时候，刘苏的相机捕捉到了一些让她不寒而栗的东西。这种东西可是只在书本上见过，这么大面积的种植还是第一次见，难道是自己记错了？不可能，但这就是，没错。刘苏深吸了一口气，望着这些特殊的植物。没错，这就是古柯。刘苏的头脑在飞速地旋转，一下子就回到了曾经的课堂，老师在讲台上讲述着：古柯树是一种生长在南美洲安第斯山脉的热带山地常绿灌木，外形很像茶花，一般高一至四米不等。早在 16 世纪，西班牙探险家们便注意到南美土人通过咀嚼含古柯植物叶子的制品来提神，他们用扇贝或牡蛎的壳焚烧、研碎后的粉末状残渣与古柯叶子混合制成，制成小球状，晾干后咀嚼。甚至有笔记表示嚼这种小球可以让他们感觉不到饥饿和干渴，因此有“圣草”之称。但是现在它的提取物经过淬炼之后有一个更为熟悉的名字叫——可卡因。

原材料就取材于这种古柯树，外形看起来像观赏植物一样，看似无奇的外表，透露出的讯息却是死亡与毁灭。刘苏愣愣地站在那里，她以为叶慕林关闭了工厂，就算告别了过去，可谁想到，一切的一切都是假象，古柯树还在种植，他还来亲自检查。她呆呆地想着自己的愚蠢。此刻苏喆笑着走了过来，朝着古柯树的方向行进，叶慕林紧随其后。

“这是什么树？挺可爱的，我都没见过。”苏喆娇嗔地问道。

“哦，这是云南的土树，没什么名儿，都叫它花树。”旁边的工作人员不慌不忙地解释道。

“好看吧，其实云南有很多植物都是北方没有的，当然也有很多不出名的小植物，比如这种小树，不管有没有名气，老百姓喜欢它，就有生存的价值和意义。”叶慕林笑着解释道。

“刘小姐，刘小姐，能否帮我与慕林在这里合一张影。”苏喆大声地喊道。

“哦，好的好的。”刘苏在她的叫声中赶紧回过神来，拿起相机，记录下了这一刻。

“怎么了？魂不守舍的，是不是太热了？喝点水，要不要休息一下？”叶慕林走过来拉着刘苏的手说道。

“没事没事，你们忙你们的，我就是有点累，坐一下就好了。”

“是不是昨晚累着了……”叶慕林坏笑着说道。

“不好意思，我有点不舒服，先回酒店了。”说完，她拿起相机就回到车旁，让小北先送她回去。叶慕林在和苏喆谈好源厂的事后，就急匆匆地赶回了酒店。

“怎么了？怎么突然不舒服，要不要紧，不然去医院看看？”叶慕林关切地摸了摸刘苏的头，刘苏一下子站了起来，对着窗外凝视。

“你们合影的是什么树？”刘苏问道。

“就是云南的土树，花树啊。那儿的人不是告诉你了吗？”叶慕林望着刘苏说道。

“那根本不是什么花树，那是古柯树。”刘苏一字一顿地说道。

“就是长得像而已，不要想太多了，这么大面积的种植，要是那种树，早被国家查封了。”叶慕林故作轻松地说道。

“古柯树的提取物就是古柯碱，也就是可卡因。可卡因是从古柯树叶中提炼出来的白色结晶状细微粉末，属中枢兴奋剂，其药用价值是作为局部麻醉剂，但其副作用过大，已经停止医疗临床使用。可卡因药性猛、成瘾快，具有极强的成瘾性。国际上被称为‘百毒之王’。别名称为‘雪’。还要我解释得更详细吗？”刘苏满眼的绝望。

“苏苏，你听我说，你不懂。”叶慕林才想解释就被刘苏截住。

“我不懂？我上了好几年的警校，我学的就是这个，我不懂。你说过为了我要好好地活，不是吗？那你现在在做什么？你这是玩火自焚！”

“苏苏，我跟你说过，我有今天不仅是自己的努力，这不是我说不干就可以不干的，我的一切都没有隐瞒过你，难道你不懂吗？我是爱你的，这不会影响到我对你的感情，分毫都不会减少。我们不能就当它不存在吗？”

“当它不存在？你就这么堂而皇之地做着这些事，还当作无所谓。你的人性呢！”

“苏苏，我的人性就是爱你，除了爱你我就不是个人，仅仅是一具躯壳。我做这些就是为了有一天离开这里的一切。你知道吗？在毒品的世界里，海洛因已经成为曾经，以后都会是可卡因的世界。以前搞冰毒、麻谷是小打小闹，既然不适合来，我只能收手。现在的世界是只有搞这个我们才能得到我们想要的一切。”

“你就是一个吃人不吐骨头的恶魔。你知不知道自己在说什么！”刘苏痛苦地看着眼前的爱人，从昔日的儒雅公子，变成了一个制毒的狂魔。

“我很清楚自己在说些什么。我也清楚地知道我在做些什么。每个人的命运不同，其实就是自己选择的路不同，而我想要主宰所有人的命运！”

“主宰？用什么？用毒品？你不觉得你的手满是血腥吗？午夜梦回，你不怕冤魂索命？”

“路是他们自己选的，我没有强迫任何人，那些人不能叫冤魂，只能叫自取灭亡。”

“叶慕林，我以为你是爱我的，会为我改变。可我真没想到，你从没想过放手。你做这些事不怕天报吗？不怕将来你的孩子受到惩罚吗？”

叶慕林愣了一下，然后低下头不再说话。

“我以为我能够救赎你，我以为我们的感情对你十分重要，能够抵挡住那些欲望的侵袭，没想到我还是太稚嫩，根本就改变不了什么。我留在这里还有什么意义？我的背叛还有什么意义。”刘苏哭着说道。

“苏苏，对不起。但我向你保证，事情不是你想的那样。我们还会在一起，我永远不会离开你，永远不会。你对我当然十分重要。难道你看不到我的改变吗？”

“难道你没有看到我的改变和付出吗？我愿意为你背上一世骂名，只愿你的灵魂得到救赎，因为你的初衷不是一个十恶不赦的魔鬼，可我万万没想到，你根本就没变，你还是曾经那个冷酷的叶慕林。”刘苏蹲下身子，抱着双臂，忍受着撕心裂肺的疼，她不明白，为什么所有的感情都要以悲剧为结局，她不明白，为什么曾经头脑清晰的自己，对待毒品有着清楚认知的自己会落得如此田地，曾经的信仰曾经的坚持都去了哪里？究竟是毒品侵蚀了人的心，还是爱蒙蔽了人的眼，此刻真的分不清，爱恨就这样纠缠在了一起，永不休止。

叶慕林不知道刘苏口里的“背叛”是什么意思，他认为刘苏接受自己就是爱的开始，接受了自己的一切，没想到到头来还是无法接受毒枭的事实。但他也知道，刘苏是不会离开自己的，也许她口中的“背叛”不过是曾经的追求，毕竟读了那么多年的警校，自然对是非有自己的理解，但爱的力量是强大的，尤其对一个女人来讲。两个需要爱的人在一起互相取暖，这是生存的本能，所以他坚信他们绝不会轻易分开。

夜色下的云南是如此的美丽，在这个西双版纳的小镇里，刘苏看着最自然的灯火，心想，生命就是这样的生生不息，人的灵魂也是这样的淳朴，可为什么叶慕林的心就像海底一样，不管你站得多高，永远也不会望到底；不管你多么义无反顾地投入，最终还是难以救赎。难道自己真的错了吗？躺在床上的刘苏不停地在问自己同一个问题。而此时的叶慕林像是一个吃了败仗的将军，一改往日的不羁，变得略有些失意。

叶慕林一个人坐在酒吧的吧台上喝着闷酒，一大瓶威士忌像是救命良药一般不停地灌注着自己的心。不经意间，一阵迷人的花香飘过，仿佛顷刻间就可以摄走人魂魄。一个烫着波浪卷发、穿着细带露背裙的女人坐在了叶慕林的身边，今夜的苏喆如此魅惑。在夜的芳香里，在酒的迷幻里，她确实与白天不同，很不同。风情中带着丝优雅，红色的细跟鞋如同花瓣上任性的露水，轻轻滑过你的心房，无比痒痒。但是你绝对不会拒绝这份难挨，因为它正在向你的灵魂深处逼近，想要侵蚀你的全部。

“慕林，怎么一个人在这里喝着闷酒？”苏喆放下手包，抚了一把长发说道。

叶慕林没有回答，依旧消沉地自顾自喝着杯中的威士忌。

“Waiter，one more glass，please.”苏喆扬手示意服务生道。

自顾自地倒了一杯酒后，她望着这个略带颓废的男人，不禁抚摸了他的背，背部的曲线如此落寞，略有些瘦。叶慕林躲了一下。

“怎么，和刘苏吵架了？”

“女人啊，真是搞不懂。你们到底，到底想要些什么？我不够好，不够爱她吗？”叶慕林晕晕乎乎地说道。

“女人都是感性动物，所以变化很快。不过我看不出你有什么让她不满的事。”苏喆喝了一口杯中的酒，心想：这么完美的男人，还有什么可求？一阵沉寂后，叶慕林被酒呛了一口，苏喆赶紧帮忙拍他的背。

“你何必这么虐待自己？”苏喆心疼地说道。

“你懂什么？我对不起霍青，不，我对不起苏苏。也不对，我爱她，你明白吗？我就是爱她。可她，可她不爱我的全部啊。我，我掏心掏肺，我什么都不要了，我只要她。这世界上的什么东西都不如她珍贵。你明白吗？”叶慕林混乱地喊道。

“我不明白你说的都是谁，可我想你这样借酒浇愁就能让她感动，看到你的付出吗？慕林，为什么你不选择身边的呢？远水解不了近渴啊。”

“不不，她是爱我的。世界上哪个女的也不能和她比。她是最最完美的。你，不行。”叶慕林笑着摆了摆手，一下子瘫坐在吧台上。

“我一直在你的身边，你为什么就是视而不见。刘苏有那么完美吗？她不过是一个简单的小女孩，每天只知道任性，她能帮你什么？能给你什么？慕林，世界是残酷的，不是爱丽丝的仙境，所有奇迹都有可能发生。你要明白，选择一个可以和你并肩作战的女人才是最正确的选择。”

“你了解我吗？你了解我的全部吗？你能接受我的全部吗？”叶

慕林口齿不清地说道。

“我当然了解你，我当然能接受你的一切，我们是一路上的人，他们才是别路上的鬼。你何必用别人的错误和不解来惩罚自己呢？”

苏喆扶着叶慕林跌跌撞撞地走回小木屋区，途经花园，阵阵花香飘过。迷糊的叶慕林瞬间清醒了很多，“这是什么气味？”

“这是花的气味啊，傻子。快走吧，我扶你回去休息。”苏喆催促着说道，她的心里此刻就像这阵阵花香，早已醉入心肠。只一夜，只一夜，叶慕林就是自己的了。“不，不，这是百合，是刘苏的百合！”突然，下起了大雨，叶慕林挣脱了苏喆的搀扶，脱下马甲，衬衫，拼命地盖向花朵。

“不能让它们谢了，不能让它们谢了，凋谢了，刘苏就不爱我了，凋谢了刘苏就不爱我了。”苏喆本想拽住叶慕林，阻止他在雨夜的疯狂，没想到却被推倒在了一旁。

刘苏在房间的窗户里静静地看着花园发生的一切，她没有说话也没有出去，任由叶慕林在雨中满花园的发疯。她垂下头，愣了一下转身就离开了窗户，任由这出闹剧自行上演。

一夜狂风暴雨席卷了整个小镇，也冲刷了西双版纳往日的闷热，第二天的清晨，阳光明媚，花香扑鼻，依旧是一派的生机，只是谁也想不到，这盛开的花朵昨夜经历了怎样的洗礼。刘苏起床后独自来到大厅吃早饭，只见叶慕林与苏喆一起结伴而来。刘苏像没事儿人一样坐在椅子上向他们挥手，苏喆则一脸骄傲地跟在他的身边。叶慕林拉着刘苏的手说道：“昨晚睡得好吗？我，我喝多了就没回去吵你。”

“睡得不错，只是你这一身的酒气还是没散，一会儿吃完早饭回房间洗个澡换身干净衣服吧。”刘苏的一席话，让叶慕林喜出望外，他没想到刘苏竟然有这样大的转变，难道是刘苏想通了？还是刘苏品尝了离开自己的滋味后，终于明白理想是虚无的，抓在手里的幸福才是真实的？无论如何，不管过程怎样，只要刘苏还爱自己就够了。苏喆没想到自己还没做什么，叶慕林这一夜未归，刘苏竟然也不生气，难道自己无计可施了？当然不行。没一会儿，刘苏就离席去了卫生间，苏喆也跟了过去。只见刘苏正在水池洗手，苏喆站在那里看着她。

“苏总在看什么。”

“在看你啊。你这么一个黄毛丫头，心还真是大，自己的男人一夜未归，竟然也不急，我真是小看了你。”苏喆冷笑着说道。

“有什么好生气的？只要两个人相爱就会相互信任，我又不是不知道他去哪儿了。”

“哦？信任？你也知道他去了哪里。实话跟你说吧，昨晚慕林睡在了我那里，至于发生过什么，就不用我详细告诉你了吧。”

“能发生什么啊，最多不过是一夜情，也只能是一夜情。真没想到，苏总是这么随便的女人。明知道人家有妻子，还是甘愿做备胎，看来是真爱了。”刘苏对着镜子整理了一下衣服说道。

“你怎么敢这么对我说话！一夜情？呵呵，这是慕林对你背叛的开始，他已经发觉你不适合他了，你有什么？除了年轻点，还有什么值得他选择的？高学历？商业头脑？高智商？良好的家世？我真不明白叶慕林究竟看上你哪点了。还说是什么妻子，你们根本就不是法律意义上的夫妻，还敢冒充自己是人家的妻子，也不看看自己的样子。”苏喆不甘示弱地说道。

刘苏没有说话，走到苏喆的面前上去就来了一记耳光，然后顺势一把拧住她的胳膊按在地上说道：“我的忍耐是有限度的，你不是想知道他看上我什么了吗？他就喜欢我这一面。苏总，别为你不了解的事情埋单。毕竟今天你在这里看日出，要是明天你看不到了呢？一切都有可能，嘣嘣嘣！”刘苏用手比画出枪的样子，对着苏喆“开了两枪”径直走了出去。

苏喆半天没动，呆呆地坐在地上。这个刘苏究竟是个什么样的女孩，与往日大相径庭，一改可爱小女生的样子，变得成熟凶狠，竟然还有这等身手，也许自己的挑衅太过轻率。而叶慕林与刘苏的种种也变得越来越神秘莫测。

“怎么这么久？”叶慕林问道。

“没什么，正好碰到苏总了，聊了几句。”

“你们在聊什么？”

“女人之间的事你也要知道，真够八卦的。”说完两个人嬉笑着回到了房间。

洗过澡的叶慕林显得清爽了很多，刘苏拿过衬衫给叶慕林看，上面赫然印着的一个红色唇印。

“你不相信我？”

“不是，只是你看看，下次要弄干净再回来。”

“小东西，你还会吃醋了！”他说着一把抱住刘苏，放倒在床上。

“为了证明我的清白，只好验明正身了。”刘苏轻轻闭上眼睛，无论结局如何，爱是无法躲闪和视而不见的。因为他对于刘苏来说同样是救命的良药。

在西双版纳的小镇上，另一对“情侣”正在上演着另一出剧目。

“易扬，你看这个好不好看？”蒋雪娇拿起小摊上的一个手钏说道。可易扬的眼神全部落在了旁边的百合花丛上，根本难以转移，那种专注的眼神就像是曾经望着刘苏一般。蒋雪娇心领神会地走过去，拉起了易扬的手，说道：“你是不是累了。我们要不要去一旁休息一下。”

“没事儿没事儿，再看看吧。你是不是喜欢那个手链，我给你去买。”蒋雪娇笑着望着易扬。只是在交钱的时候，看到了小摊上的一串红色珊瑚手钏，天然去雕饰的形状，红如鲜血般的色泽，让易扬一见便想起了刘苏，曾经的她是多么喜欢红色，只是这些年的种种，她再也没染指过。于是，他毫不犹豫地买下了这个红色的珊瑚手钏。三千元，对于月薪四千多的易扬来说，这不是一笔小数目，但是看着这串天然且大红色的手钏，想起刘苏的一颦一笑，易扬不禁会心一笑。

“买好了吗？”蒋雪娇在不远处问道。

“好了好了。”说罢，他将手钏揣在衬衫兜里，然后拿着给蒋雪娇买的手链，跑了过来。

“给你。”

“这是你送我的第一件礼物。谢谢。”

风从来不决定自己的方向，因为自然就是最好的导师。爱情也是一样，如果不是自然的流露，似乎总有一种说不出的尴尬在时时提醒你，你所享受的一切都不是真实的，也注定不属于你。这种感受就总萦绕在蒋雪娇的四周，似乎易扬的貌合神离总像一块大石头一般堵在自己的胸口，时时压得自己喘不过气来。就算自己百般忍耐、百般讨好，依旧不能逃离这种恼人的感觉。甚至还不如易扬冷漠对待自己的日子，至少不用煎熬。

“喂，爸爸。我挺好的，我们在云南西双版纳呢。这里有好多的水果，特别好吃。他？他对我挺好的。钱我这够，不够了我会找您的。您放心吧。”听着蒋雪娇给父亲的电话，易扬的心里很不是滋味，这一路，哪里是陪她来散心，分明是陪自己来释怀，总是分心离神儿的，还要她报喜不报忧，对她太不公平了。可感情不是自来水龙头，你想开就开，想关就关，如果可以随意调整方向，可以随便控制大小，那么人的心就不会那么痛那么累了。

易扬买的手链只有一百多，可蒋雪娇跟得到了什么似的，整天挂在手腕上，从不摘下。也许这是她众多首饰中最廉价的，但是也是她最珍贵的。可怕的爱情把一个年轻气傲的女孩变成了这般模样，易扬的心里越发觉得亏欠了。

“雪娇。你去洗洗澡，换身衣服，咱们出去逛逛吧，我给你拍照，穿条好看的裙子啊。”易扬笑着说道。

看着身穿白色衬衫的易扬，像一个干净的大学生般坐在小木椅子上摆弄着相机，蒋雪娇开心得直奔浴室。

湿漉漉的头发，略显凌乱的发丝随意地落在浴袍上，易扬主动站起身，拿着吹风机帮蒋雪娇吹干。蒋雪娇用不敢相信的神情看着镜中的易扬。

“不要着凉，还是小心点好。”望着易扬的一脸温柔，蒋雪娇的眼泪开始在眼眶里打转。难道这就是守得云开见月明吗？她站起身来刚要亲吻易扬，只见易扬一个转身，将自己留在无尽的遐想里。

蒋雪娇的确是个标志的美人儿，漂亮的长裙在她的演绎下，合着星光与灯光，变得纤细而灵动。易扬手中的相机记录下的不仅是每一个美丽的瞬间，更是每一个心动的瞬间。快乐的笑容不禁爬上这对痴男怨女的脸庞，也许是西双版纳淳朴的气息，也许是远离烦恼的释然，也许是没有功利的接近，两个人的自由与快乐才会这么的淋漓尽致。

就在不远处，刘苏也拉着叶慕林的手，沉浸在夜市的人海中。刘苏开心地拿着一个菠萝，上去就是一口。

“吃慢点，看你的样子，跟第一次吃似的。”叶慕林笑着帮刘苏擦嘴。

“就是很甜嘛。你尝尝。你尝尝。”刘苏把剩下的菠萝推向了叶慕林。就在此刻，蒋雪娇与刘苏擦身而过，易扬将一切看在眼里，却痛在心里。刘苏望了一眼易扬就转身背对着他们二人，易扬趁着人多，将珊瑚手钏套在了她的手腕上。就是在人群中的一眼注视，就是一次短的不能再短的牵手，易扬的心仿佛再次满血复活。他不敢回头，不敢再次凝视，他担心蒋雪娇的发现，更担心叶慕林的发现，可是此刻早已心满意足。因为爱就在不远处，自己的爱也已经馈赠给心爱的人。

“走啊刘苏，咱们去跳舞吧。”叶慕林开心地拉着刘苏的手向不远处的篝火处跑去。映着天幕的巨大，合着火光的绚烂，所有人手拉手成一个大圆，欢歌笑语，仿佛世界就在我脚下，每一次的欢呼与微笑都是对这个世界的最好嘉奖。易扬与蒋雪娇就在另一个大圆里跳舞，有时两个人的擦肩而过就是在一瞬，有时，只一眼就抵过千言万语。

“什么时候多了一个手钏？”叶慕林问道。

“就刚刚啊，你去买水的时候，我在小摊买的。好看吧。”

“嗯。不错，不错。你很适合红色，只是你很少戴。配你今天这条绿色大花的裙子的确挺好看。”叶慕林笑着说道。

而此刻，车窗映出的除了叶慕林略带怀疑的脸，就是刘苏左手不经意间转动的手表。

信任是相爱的前提，但有些爱注定存在裂痕，因为怀疑，因为信仰。叶慕林曾说过，爱是人灵魂最高贵的信仰。但在刘苏的心里，似乎最高贵的信仰只有一个，这个唯一从未改变。也许这就是大爱与小爱的差别，对于刘苏来说，这个唯一只是暂时放下，但最后还会拿起，因为这就像是一个巨大的磁场，你根本不能逃离。也许是它自身的吸引力，也许是你坚信这个信仰后不自觉的一种执行力，但无论这是什么，你都会对此甘之如饴，绝对不会熄灭心中的烈火。如同珊瑚一般，牺牲小我，成就大我。

苏喆忌惮着刘苏，也怀疑着叶慕林身边为什么会有一个这样的女人，所以暂时收敛了很多。但依旧没有死心，决定要最后努力一次，让叶慕林意识到，自己才是最合适的女人。

就在最后签订合同结束后，叶慕林非常感谢苏喆在紧要关头同意为盘古药业注资。苏喆的要求是为了表示祝贺，要开一个聚会，邀请所有药界同人欢聚云南。叶慕林同意了，毕竟这是一个向药业展示盘古的机会，而盘古无论经历了什么，依然是行业的老大。

舞会当天，苏喆无疑是最美的女性，她高挑的身材，精致的妆容，绾起的长发，如同名媛般完美，她轻轻挽着叶慕林的手臂一同步入会场，引得在场嘉宾都频频鼓掌，无疑，在这样的夜晚，她成为自己心目中的女皇。她内心的激动是难以掩饰的，没有了刘苏，她就是主角。可是她又很期待见到刘苏，想看到她不如自己，落寞的样子。

只听大门被打开，刘苏一袭真丝水粉色露肩长裙出现在舞会的入口，同样精致的妆容，只是这利落的短发为所谓的上流社会注入了一股清新。她微笑着站在那里，叶慕林一下子放开苏喆的手，走了过去。并轻轻亲吻了刘苏的额头，他万万没有想到，早晨还拒绝参加这个舞会的刘苏竟然会盛装出席，并如此光彩夺目。议论声此起彼伏，有说他们佳偶天成的，有说盘古依然实力不凡，有说叶慕林果然抱得美人归，有说苏喆不过是和叶慕林仅是合作伙伴。苏喆的不满全在她惊诧睁大的眼睛中，于是她走上台去，拿着话筒说道："今晚是我们药业的一个聚会，抛开繁杂的竞争和日常的压力，让我们共同享受这个云南的最美之夜。今夜不醉不归！下面有请刘苏小姐为我们弹奏一曲。掌声有请。"话音刚落，叶慕林转身瞪着苏喆。只见苏喆除了鼓掌之外，就是静静地看着刘苏，一瞬间，所有人的目光聚集在这个美丽而瘦弱的女孩的身上。

叶慕林走过去本想替刘苏弹奏，没想到刘苏微笑着与他擦身而过，径直走过去，坐在了钢琴前面。悠扬而轻盈地弹奏着那首属于她与叶慕林的曲子。叶慕林的心再次被震撼，这个自己深爱的女人就像是一个宝藏，总能给自己意想不到的惊喜，只要条件允许，就总会闪现出不同的火花。刘苏的眼神滑过琴键，驻足于叶慕林的眼睛，四目相对的含情脉脉，真是羡煞旁人。

曹雪芹说过一句话：假作真时真亦假，真作假时假亦真。此刻叶慕林与刘苏的情是真，可戏仍在上演。但无论戏怎么好，唯有情才是真切的，它容不得半点虚假，因为发自内心的流露难以隐藏。

一曲弹闭，现场爆发出热烈的掌声，刘苏优雅地站起身来，叶慕林走过去一把搂住刘苏的腰，深深地吻了下去。无论时间如何流逝，无论人们如何评论，无论生命如何轮回，此刻，就是此刻，她是他的骄傲，他是她的唯一。心动容易，动心难，一旦动心，那就是此生牵动魂魄的选择。

"各位，借着这个机会，我想向各位宣布，这就是我的妻子，我今生唯一的最爱，刘苏小姐。希望大家能够祝福我们，遇到你是我这一生最幸运的事。”叶慕林拉着刘苏的手向在场所有人介绍道。美丽的月夜，耀眼的灯光，甜美的酒饮，温情的眼神，一切的美好就是这么自然地汇聚在一起，让心动变得如此沉醉，让爱意如空气般肆意蔓延。一个女人所有的希望，一个男人所有的骄傲都在此刻绽放，如果时间可以停止，刘苏与叶慕林的人生该有多么的完美。

微风浮动的窗帘，轻盈而温暖，让人也变得无比的柔软。叶慕林抱着刘苏，轻轻地在她的耳边诉说：“苏苏，你记住，无论发生什么，都不要把这个葫芦拆掉，因为它就是我，里面灌注的都是我对你的爱。它将会伴随你的一生，给你最好的一切。”刘苏笑了，笑得那么甜：“怎么，你还迷信这个？”

“对，我迷信！只要对你好的我都迷信。”叶慕林倔强地说道。有时，拥抱的力量是出乎意料的强大与温暖，两个相爱的人无须言语，无须多么疯狂的行为，只要一个拥抱，就会让感情升华，就会让相守变成一生的承诺。

“慕林，我知道你爱我，希望把一切最好的都给我。可对于我来讲，只要有你，只要我们能够相守在一起就是最大的幸福。那些不属于我们的钱、那些过分的奢侈真的不重要。如果没有它们的牵绊我就可以完全地拥有你，那我情愿我们一贫如洗。”

“我知道的，小东西。可是我是男人，我必须把最好的一切都给我最心爱的女人。不惜一切代价。”

“其实，我劝你收手就是希望你平安。我不想有一天会失去你，你知道，我失去的太多太多了。”

“我也不想失去你，因为我失去的也太多了。不过还好，不管曾经失去什么，那都是曾经，毕竟我们相遇了，这就是生命对我们最大的恩赐。”

“所以我们要好好珍惜。不要亵渎了这份珍贵。”

“现在你什么都不要说。因为你好美，我要做一件事。”叶慕林轻轻地吻向了刘苏，这个吻是如此的深沉，如此的甘洌，如同清泉般干净……

半夜，刘苏突然跳下床，趴到卫生间的马桶上就开始吐。叶慕林急忙跑过去看，只见刘苏不住地干呕，叶慕林只好不断地拍她的后背，过了一会儿，他便抱起刘苏回到床上。

“明天到医院看看吧。”

“不用，没事儿，我就是晚上吃的东西太多了。”

“傻丫头，怎么吃了那么多东西。好吃就不管不顾啊。”

“嗯。我会注意的。睡觉吧。”

也许，一切都早已注定，也许，所结的果早已深重。

对于叶慕林的种种行为，让这个看似毫不相关的苏喆起了极大的醋意，在她的心里，爱情就应该是一道数学题，只有必然没有偶然，只有等于，没有约等于。两个不同世界的人相爱就等于是一加一等于零。但是她忽略的恰恰是爱情世界中最真实也是最本质的东西。原本想要刘苏出丑，可是没想到反倒成全了她的身份。也许自己的失败就在于一次次的不服输，也许自己的失败就在于执着于一段不属于自己的情感。可对于一直优秀的她来说，执着已经成为一种习惯，不会因为任何事情而改变，只要努力，成功必然属于自己。感情也不例外。如果理智可以这么的绝对，如果情感可以像数学题一样标准，那世间的痴男怨女又因何而痛不欲生呢?

小北一连十天都没在身边出现，叶慕林只是说派他去办一些事情，神秘得不行，一点儿风都不透露。但是刘苏的心却提到了嗓子眼，生怕再有什么波澜，因为刘苏的手表已经戴在了左手上。

这一天中午，苏喆不甘心地来到叶慕林的房间，只是敲了半天门依然没有人应，她拨打叶的电话也已经关机。难道是走了？她急忙跑到前台去询问，得知原来一大早，两个人就退了房。失落的苏喆像是吃了败仗的将军，残酷的现实再次把她打倒。原来自己不过是叶的一个过客，也许连过客都算不上。眼泪轻轻滑落她骄傲的脸庞，于是她收拾行李，戴上墨镜坐上了回北京的飞机，将军毕竟是将军，再悲伤，也要昂着头。

第十七章

马尔代夫

机场，一个身穿西服的男人拽着一个穿着球鞋、短裙的女孩，两个人拖着行李箱在登机口等待。

“为什么我们要去马尔代夫？不跟苏喆说一声就走，好吗？”

“工作已经结束了，我们应该放松一下，我记得你说过你想去大海边看看，我想那就好吧。说走就走的旅行难道不吸引你吗？”

“吸引，只是没有想到会成真。嘻嘻。”

“傻丫头。你知道吗？再有十年，也许马尔代夫就不存在了，它会消失在大海之中，淹没于这繁杂的人世。所以我们要趁着它还在，赶快去留下属于我们的印记。”也许对于叶慕林来说不过是一次迟到的蜜月，但对于刘苏来说，这也许就是离别之旅。在一起时，自己的犹豫与矛盾再次显象，不过相守是因为爱，分离也是因为爱。可这种爱未免让人太过苦痛。世界上没有如果，只有选择，刘苏的心远不像天空一样晴朗透彻。

经过了十多个小时的飞行、两次转机，一次快艇，终于来到了这座迷人的小岛——哈达哈。岛主与工作人员在码头迎接，对于第一次踏出国门的刘苏来说，一切都是那么的新奇与期待。无论如何，既然是迟到的蜜月，就要好好享受其中，也许这是第一次，也是最后一次。

岛主奉上的饮料不知是什么，清甜凛冽，几片薄荷叶缀点在冰块之上，这淡淡的柠檬香气如同一阵清风直逼内心，霎时间所有的疲惫似乎都烟消云散。不远处的沙滩屋已经准备好，小北笑吟吟地从帆船大厅的一侧走了过来。

“小北？你怎么在这里？”

“慕哥让我来先准备啊。你的惊喜需要创造！呵呵。你们快回房间休息吧。晚上还有沙滩 BBQ。”小北笑着说道。

房间内硕大的木质床，白色的纱幔，准备好的香槟与巧克力，一切的一切似乎都弥漫着浪漫的味道。只是床头的百合新鲜而芬芳，这一看就知道是叶慕林的安排，刘苏跑到窗户旁，坐在书桌上，轻轻闭着眼睛，嗅着百合带来的清香。

“谢谢，你把百合带到了这么远的地方，太感谢了。”

“我说过，有你的地方就有百合，你就是我的小百合啊。”说着叶慕林从身后抱住了刘苏。每一次的惊喜都是这么的别出心裁，每一个美丽的世界都是叶慕林亲手建造，这一切都是爱的体现，刘苏有点飘然，觉得仿佛世界都是虚拟的，太不够现实。

这只是惊喜的开始，晚上的烧烤聚会，刘苏戴着花环，穿着一袭白色长裙，惊艳地出现在这个烧烤聚会上。人虽然不多，但是气氛很热闹。看着夜晚的银河，看着不远处似乎波涛汹涌的大海，椰影摇曳，海风吹动，海边的确是这世界的一方净土。

“尝尝这个，绝对不后悔。”叶慕林拿着一只烤虾对刘苏说道。

“可我真的吃不下了。”刘苏笑着推开那只“引人入胜”的烤虾。

“只尝一口，你绝对没吃过。”

鸡尾酒晃动，月影婆娑，美妙的BBQ只是拉开序幕的花絮，幸福即将在第二天上演。

清晨的第一缕阳光骄傲地洒在沙滩上，树叶上，也洒在了刘苏的睡床上。

“快醒醒，小东西。”叶慕林轻轻抚摸着刘苏的脸颊说道。

“再让我睡一会儿，我还是很困。”

“最近怎么这么贪睡啊，你快睁开眼睛看看。”叶慕林边说边拍了两下手。刘苏缓缓地睁开双眼，展现在眼前是一袭美丽的婚纱。抹胸的样式，拖地的裙尾，一朵刺绣的轻纱如百合般在胸前绽放，刘苏简直不敢相信自己的眼睛。

“这是？”

“苏苏，我说过，我是不完美的，但你在我的眼里就是这株美丽纯净的百合花，我知道你的心意也清楚地看到你的灵魂，尽管我不能给你法律上的名分，但请你做我最美的新娘，我想用我的真诚我的真心，换你美丽绽放。这件婚纱是我送你的礼物，也是实现你的梦，我记得你在北京的时候就看到了这件婚纱，当时你就说如果有一天你会成为美丽的新娘，穿的一定是兰玉的婚纱，我记得当时你的笑，那么开心那么幸福。感谢你给了生命中最美好的时光，这也是实现我们两个人的梦，我希望你能够接受，今天做我最美的新娘。”

刘苏的泪水一下子就滑落脸颊，她从没想到过，一切会来得这么突然，这么迅猛，仿佛就像是做梦一样。纵使相爱，纵使相守，可历经这许多以后，太多的没想到还是如此真实而美丽地出现在眼前。该感谢命运的眷顾，还是感谢坎坷的曾经，无论曾经发生过什么，此刻彩虹如新，才是对生命最好的礼物。

没有父母的陪伴，没有亲友的见证，有的只是在这个浪漫的小岛上，简单的婚礼。细细的白沙穿过脚趾，美丽的幔帐随风摆动，花瓣布满粉色的地毯，狭长的地毯两侧是一束一束的花球，仿佛世间最美的花都在此刻绽放。婚礼进行曲竟然是一首从未听过的曲子，这首曲子是爱的奏鸣曲，是叶慕林专门为今天，只为今天而做。他要用最美的音乐最美的花朵，铺就一条幸福之路，为刘苏，只为刘苏。两旁坐的全是岛上的工作人员和来岛的宾客，只见刘苏伴着乐曲，缓缓从休息厅走来，美丽的婚纱惊呆了来宾，长长的拖尾和美艳的头纱相互呼应，裙摆上的百合花如同丘比特的羽翼，柔美地静置，手中的百合花与粉玫瑰静静开放，像是天使般从容出现，出现在人们的视野里，也出现在叶慕林的生命中。

牧师简单地问过双方后，告诉他们可以交换戒指。此刻叶慕林对刘苏说："感谢你出现在我的生命中，感谢你让我的灵魂如此纯净。我是这么的爱你，因为你的美丽，因为你的善良，因为你的纯真。我愿把我最好的一切都给你，只为与你长相厮守。曾经满目疮痍的我已经离去，现在一个健康快乐的我站在你的面前，向你许下一生的承诺，请你做我的妻子，请你做我的天使，愿我的爱可以成为你生命中最美的依靠。"

"慕林，其实说谢谢的应该是我。是你让我在最美的季节与你相遇，是你让我体味生命中的美丽，是你让我知道被爱的滋味。我走过很多路，遇见过很多人，但只有你，唯有你爱上了我，并将我视为至宝。走过四季，我们依然携手相伴，这是命中注定，这是前世相约，我不敢说我会是一个好妻子，但我会努力，成为你爱的那个原本的我，我会努力，让你的灵魂找到永远的家，找到栖息的地方，愿你的世界不再黑暗，愿我们的爱能够化解一切。我爱你。”说完两个人交换戒指，并深情相拥。

对着大海对着太阳，所有的承诺都是真实的，都是发自内心的。刘苏被海风吹拂着，可心中却对叶慕林说了一千声一万声对不起。因为爱不是违背道义、信仰的借口。但此刻，面朝大海，花香浮动，一生仅有一次的婚礼如此美妙，不该好好享受吗？还好自己做了正确的决定，为叶慕林送上了一份大礼，无论结局如何，爱不会改变。

夜晚的星空还是一样的美丽，这是刘苏第一次看到这么美的银河，小的时候也见过，在天文馆里，当银河真实展现在你的眼前，你才会觉得宇宙是如此的浩瀚，如此的无边，而每个人作为世间的微尘，又是如此的渺小，渺小但又复杂，因为爱因为恨，所有的事都离不开情，所有的人都离不开情。一个情字可以是救人的良药也可以是杀人的利刃。无论你多么的坚强，在这个字的面前，你都会变得柔软无比，你是杀人不眨眼的毒贩也好，是维持正义的警察也好，情都是难以逾越的，因为不管你在不在意，它就在那里淡然、微笑地注视着你。

当蜥蜴在树林间灵动，当叶脉晶莹剔透，当阳光明媚，当海水温热，不错，这就是马尔代夫带给人们的美好，而这所有的美好对于两个饱受伤害的人来说，太珍贵，太惬意，太不真实。天堂之所以让人向往就是因为幸福满溢，痛苦不再，时光荏苒，可此刻，有阳光，有大海，有沙滩，有树林，有你，还需要天堂吗？

“慕林，我们去出海吧，听说码头那里就可以出海捕鱼，每天都有的。”刘苏蹦蹦跳跳地跑来，叶慕林却盯着笔记本，满脸的严肃。

“怎么了？”刘苏问道。

“没什么，苏总给我发过来一个文件，比较重要。既然我们在度蜜月暂时是回不去了，但是我要翻译好发给国内的同事，让他们继续跟进，还有之前堆积的一些文件要处理，所以我可能不能陪你出海了。这样我在尽快的时间里处理完，就不会在蜜月这个问题上亏欠你一辈子了。”叶慕林微笑着说道。

“那，我帮你吧。”

“你？你行吗？这里有很多的专业术语。你，真的可以？”

“呀，太小看我了。我可是我们学校的英语学霸啊。再说，实在不行还可以问你啊。”

“好吧。那就一起吧。”

两个人就着淡淡咸味的阵阵海风开始了婚后的第一个“插曲”。工作做完已经是深夜了，刘苏抱着笔记本歪在了叶慕林的肩上，美人枕肩侧卧，批完文件的叶慕林哪里还有心思忙于工作，他收起刘苏怀里的笔记本，轻轻地吻向了她微闭的红唇，刘苏闭着眼睛推了一下叶慕林，喃喃自语，又要睡去，叶慕林岂肯就此罢休，把她放倒在沙发上，亲吻着她的脸颊，白皙的玉颈流露出柔美的线条，纤细而诱人……

刘苏抓着叶慕林的白色衬衫，小声说道：“你不能用力啊，不然我会受不了。”叶慕林笑了笑，便脱去上衣，露出坚实的臂膀，这儒雅男竟也有几块腹肌，实在是诱人啊。一番云雨过后，刘苏趴在叶慕林的怀中甜甜地睡去，叶慕林像是抱着一个小孩一般，满眼柔情地看着刘苏，眼前这个自己深爱的女子像是上天赐予自己的瑰宝，只要她需要，自己什么都可以抛诸脑后，江山与美人自古难以取舍，但对于自己而言，有了她此生足矣，江山何足挂齿。

第二天一早，刘苏便有些感冒的不适，叶慕林赶忙找药给刘苏。她刚刚睁眼便跑到了卫生间，关上门，不停地呕吐。

“苏苏，你怎么样？怎么这么多天了，还是水土不服？你把门开开，让我看看你。”叶慕林边敲门，边说道。

“我没事，马上我就出去了。”刘苏赶忙回答道。

看着刘苏有些苍白的脸，叶慕林一下子不知所措，急忙把她扶到床上。“是不是昨晚着凉了？都怪我。”叶慕林关切地摸了摸刘苏的头。

“嗯，的确都怪你。不过我不能吃你找的这些药。”

“为什么？不吃你的病怎么会好？”

“傻瓜，吃了我的病也好不了。”刘苏笑着摸了摸叶慕林的脸，又摸了摸自己的肚子。

叶慕林恍然大悟，高兴地站了起来，在屋里不停地踱步，“刘苏你说真的？是真的吗？”

“其实我也不敢特别确定，毕竟还没有验孕，只是月事迟了两周，我想有可能。”

“什么叫有可能，你不相信我的能力吗？”

“不是不是。我，我相信你的能力。说出来好奇怪。能力，嘿嘿。”

“你别傻笑了，我这就去找验孕棒，你等着啊。”

说完，叶慕林就跑出了木屋，不一会儿就拿着几个盒子跑了回来。“快去看看，对了，这个怎么用，我看看说明书。”

“不用了，我自己会用的。你还是不要看了。”刘苏一把拿过叶慕林手中的盒子就进了卫生间。

只听见叶慕林焦急地在屋里继续踱步，“好了没有？怎么样了？”

卫生间的门一下子开了，“怎么样？怎么样？”

刘苏垂头丧气地摇了摇头，叶慕林的心一下子跌落谷底，“没有？”

“你要做爸爸了。”

叶慕林高兴地用手捂住了自己的脸，然后跑过去一把抱起了刘苏，在地上转圈。

“放下我，放下我，不要摔到我，小心孩子。”

“我真是太高兴了，这个孩子来得太好了，看来老天原谅了我，对不对？我们要好好养育他，让他成为这个世界上最幸福的孩子，你说好不好？”

“你着什么急，他还没出生呢。”

“苏苏，谢谢你，谢谢你。我太激动了。”叶慕林拉起刘苏的手用力地吻了吻。

快乐就是这么简单，只是初为父母的喜悦，只是爱情升华的感慨，但是这都是生命中最珍贵的馈赠，也是生命之所以神奇的地方——延续。

为了工作，小北早几天回到北京，刘苏才明白原来在云南时小北的离开就是为了安排这场海边的婚礼，也许婚礼是简单的，可是爱情不就是这样线条明朗吗？叶慕林年长自己十几岁，成熟非凡的模样再次验证了刘苏对他的依赖，如夫如父，因为被呵护照顾的感觉太过稀缺。

美好如同绽放的玫瑰，芬芳而优美，但是生活却是残酷的，刘苏并不知道这短暂的甜蜜后自己迎来的会是再度的暴风骤雨，可人生不就是如此风雨不定吗？

第十八章

车祸

回国的脚步逐渐临近，飞机上的刘苏再次感受到了关怀备至，叶慕林的手拉住刘苏就再也没有放开，仿佛生怕一阵风会吹跑她似的。再次睁开眼睛，飞机已经落在了北京的土地上。下了飞机后，小北和司机来接机。

“慕哥，夫人。”小北开心地叫着他们。

“一切都安排好了吗？”叶慕林问道。

“都安排好了。”

这个小生命的降临在叶慕林的世界里带来太大的震动，也许这是生命的礼物，但现在还是要做好必要的保护。

“我怀孕的事你告诉小北了？”刘苏在车上问道。

“对啊。现在你就是咱们家的大熊猫，能不在意吗？”叶慕林笑着说道。

“不就是怀孕嘛，不要这么大惊小怪的。”刘苏笑着责怪道。

“苏苏，有件事我要跟你说，你怀孕的事我们暂时不能对外公布，还有就是你的安全要格外注意，不仅是日常生活中注意，外出也要格外注意。以后你出门要小北或者其他人陪着，不能独自出门了，知道吗？”

叶慕林的话让刘苏原本喜悦的心情突然震动了一下，究竟是怎样的情形要如此，难道叶慕林有事瞒着自己？没错，之前回到北京，就有这样的感觉，叶慕林似乎总有很多事欲言又止，他不止一次地担心自己的安危，其中必有缘故，但是此刻自己最重要的任务就是保护好自己的孩子，这个孩子是无辜的，也是神圣的，作为一个母亲保护自己的孩子是本能。刘苏的手不禁摸了摸自己的肚子，心中默念道：孩子，这个世界太过险恶，你不知道周边危机四伏有多么可怕，但无论如何，妈妈都不会让你出事，因为你是爱的延续，更是对爸爸最关键的救赎。

叶慕林送刘苏回到住处，安顿好后，叫来了一个阿姨。“这是我找的阿姨，你叫她张姨就好了，她是自己人，很安全。有什么事你就跟她说，她保准能把你养得白白胖胖的，饮食这一块不用担心。平日没事不要轻易出门，我们先暂时住在这里，过段时间就搬到郊区的别墅，放心我会确保你们母子安全的。”不知道为什么叶慕林的话会如此深沉，和在马尔代夫时的态度判若两人。仅仅是在机场小北和他嘀咕了几句而已，肯定有事发生，不然不会如此。说完后，叶慕林就急匆匆地和小北离开了住处。

刘苏回到卧室，摘下手表，看着指针一点一滴地流逝，心中的结似乎也变得越来越沉重。自己腹中的孩子到底来的是不是时候谁也说不清，可是既然来了就要保护好他。昏昏沉沉地睡去，醒来时已经傍晚六点多了。八月的北京还是有些热，开着空调开着窗户比较舒服，一阵轻轻的敲门声吵醒了刘苏，只见张姨端着一个小碗进来了。“太太，你趁热喝了吧，这是我给你熬的汤，这个得慢慢补，大补可不行，你这么瘦，得好好调养一下。”

“谢谢张姨，我就是一直犯困。”

“太太，你看你还年轻，又刚刚怀孕，我是过来人，多说一句，你可不能每天闷闷不乐的，我看先生最近比较忙，所以心情不好，但你可要保持好心情，不然这肚子里的小宝宝也不会开心，放心有我老婆子在，肯定照顾好你们母子的。”

“谢谢您，我会注意的，我只是刚刚怀孕有点不知所措。慕林的事情我也帮不上忙，所以难免有些担心。”刘苏笑着回答道。

吃过晚饭后，叶慕林和小北还没有回来，刘苏的心就一直揪着，这种忐忑着实难熬。夜里十一点多，终于听到了沉重的脚步声，叶慕林扔下外套，疲惫地坐在沙发上，用手撑着头，刘苏从卧室来到客厅，望着疲惫不堪的叶慕林，给他倒了一杯水。

“怎么生意上出什么事了？”

“没什么，怎么样，今天还难受吗？”

“张姨给我做了好多好吃的，我都快吃不下了，今天没怎么吐，你放心吧。”

“只要你没事就好，我做什么都值得。”说罢，他趴在刘苏的怀里，静静地闭着眼睛，刘苏的手轻轻地摸着他的脸。此刻她最担心的是叶慕林的困境究竟是正常的生意往来，还是跟毒品有关，抑或是因为自己，警方又有了新的动作，一切的一切都是未知，只是作为叶慕林的妻子，自己不过是披着人皮的狼罢了，比起叶慕林的所作所为，自己又光明正大到哪里呢？一阵深深的自责席卷了周身，那种不寒而栗、如坐针毡的感觉实在太过痛苦。爱的人偏偏是个魔鬼，而自己又不能全心赴火，这种煎熬与自责就像腹中的胎儿一样，在日益长大。放手还是不放手就像是天使与恶魔快要将自己撕碎……

刘苏轻轻转动了一下自己的手表，然后摘下放在了桌子上。

“喂，易扬，有空吗，晚上出来喝一杯吧。”罗驿边走在大街上，边给易扬打着电话。

“好啊。老地方，晚上六点半吧，我手头还有点事。”易扬随手关上笔记本说道。自从线索断了，易扬就回到了大案工作，比起之前倒是轻松了不少，至少不用每天东跑西颠的，没个准谱，坐办公室处理一下文件，搜集一下情报算是个假期吧。多亏领导抬爱，也是换个工作方式，让他放松一下，除了工作就是下班后去蒋雪娇那陪陪她，日子在一点一滴地流逝，蒋雪娇的精神状态和身体也越来越好。还是那个小串儿店，虽然店面不大，但来这里吃的食客可谓络绎不绝，不为别的，就为了这个自然、舒坦。几杯啤酒下肚，罗驿憋了半天的话终于说了出来：“你到底和雪娇打算怎么着，就这么黑不提白不提的在一起？你们到底现在是什么关系啊。”易扬没有说话，只是闷头又喝了一杯啤酒。

“我一直当你是我大哥，我知道蒋雪娇心里有你没我，我也知道帅气我比不上你，能力，我也有限。可是我诚实，我专一，不过比起你我最缺失的一点就是她不爱我。不兜圈子了，这么说吧，你要是对她有感觉就跟她光明正大地在一起，作为兄弟，我祝福你们。要是你接受不了她，我就替你爱她。真的，这么多年，我也就对她一个人动过这心思。作为一个男人，我觉得我说得很明白了。”

“罗驿，我明白，你这么说全都是肺腑之言，我也明白雪娇在等什么，她就是在等我的一句话，可是这句话说出来太难太难了。说实话我的确不爱她，有的只是兄妹之情，但是事到如今，发生了这么多事，我是个男人，我得负起责任。你知道刘苏她……”

“你不用说，我全明白，你一直心心念念的是刘苏，可是哥，刘苏回不来了，跟她爸爸一样回不来了。你还在傻等什么呢？”

“兄弟，有很多事我不能跟你说，但是我愿意等。我知道，我的等待都是徒劳的，就像雪娇等我一样，没有任何的希望，可我们不还是等着那个人吗？因为心里和脑子里灌满了她就再也装不下别人了。”

“今天话说到这份儿上了，我也不让了，该追求我会追求雪娇的，我看不了你这么耽误她。她除了傻到为了你什么都愿意做，没什么不好。你自己也想想你的所作所为吧，不愧对良心就好。”说完，罗驿转身就走了，只剩下易扬一个人坐在那里，任凭烟熏火燎，他的泪被呛了出来，罗驿的话都是实话，此刻的刘苏已经和别的男人在一起了，自己的等待除了为了这个任务就是自己的不忍放手，毕竟守护她已经成了自己的一种责任，甚至是一种习惯，只要那块表还走动，他和刘苏之间就还有联系，也许一切都还有希望，在这个关头如果自己不拉刘苏一把，也许一切都再也回不到从前。

很快局里的批示下来了，经过近三年的努力，终于，香港的青云帮社团被铲除了，对于叶慕林来说是个不小的打击，毕竟这是他心心念念的，如果顺利吞并青云帮，香港的市场就算全部掌握了，本来制毒工厂的事就搞得焦头烂额，现在青云帮被铲，自己的势力没有增加反而减少。香港清理社团的动作越来越大，很快就会到自己的社团，如果没有了势力，那未来的路更会是举步维艰，毒这个东西就像是它的本质一样，一旦沾染不是你想走就能全身而退的，就算自己现在不想做了，退出就等于是给自己下了自杀令。上面越催越紧，又要保护刘苏还要顾好厂子，实在左右为难，恨不能将自己劈成两半。如今他就像是一只困兽一样，暴怒而无法言表地在笼中打转。

很快，叶慕林就将刘苏和张姨转移到了郊区的一处别墅，行李被小北一样一样地搬进房子。这里很清静但是也透露出无限的孤寂。叶慕林打开大门的一瞬，欧式的家具布满大厅，这里的环境还是很不错，只是望着这个院子，刘苏感到自己似乎又回到了香港的别墅，被囚禁的感觉似乎又回来了。一点犹豫毫无征兆地爬上了刘苏的脸颊。

“苏苏，我知道这里很偏僻，但是为了你的安全，为了让你安心养胎，这是最好的选择。相信我。”叶慕林少有的严肃又回到了他的身上，映着黑色的西装，蓝色的领带，似乎原来的那个冷峻凶狠的大毒枭又回来了。

“没什么，这里很好呀。一切都那么华丽，只是，慕林，你知道我想要的不是这些，只是你的平安和我们的坦然。”

这句话像是钉子一样，狠狠地扎在叶慕林的心上，有时他真的想一了百了，带着刘苏远走他乡，再也不回来。抛下一切，成为刘苏理想中的男人，但是现实岂是你说抛下就能抛下的？手下这么多的兄弟，制药厂的上千名职工都在等着自己的调遣，他们的饭都要自己去安排，岂能说走就走。可责任越大，内心的挣扎就越强烈。华灯初上，叶慕林带着一身的疲惫回到了家中，张姨做好的晚饭不知道热了多少次，终于等到了他的归来。

“慕林，放手吧。不要再做了，为了我们的孩子，为了我们的将来，好不好？”刘苏神色凝重地望着叶慕林说道。

“我知道，你憋着这句话憋了好久。你是不是后悔和我在一起了？”

“如果后悔，我就不会要这个孩子。”

“如果你现在后悔还来得及，孩子，可以不要，我放你走。”

“你说什么？”

“我说我可以放你走。你不必陪着我担惊受怕。我会安排好你的一切，你可以到国外重新生活。”

“在你眼里，我就是这样的人？”

“我能做的就是这些了。”

“你还要继续做你的毒枭，不肯为我们的孩子积点德吗？”

“我会准备好钱，送你出国。你可以离开，至少不用看着我死得那么惨。”

“我不愿意用你沾满鲜血的手捧回的钱来享受。我也不在乎贫穷，你忘记了，我本来就是个穷人。”

“苏苏，我现在没有退路了，我想洗手不干，可是我做不到，这事情没你想象得那么简单。如果可以，我何必纠结至今。为了你，我什么都愿意做，哪怕受尽天下人的辱骂谴责，我也心甘情愿。”

“慕林，你说的话我越来越不明白。有人威胁你吗？”

“我的事，你不用管，照顾好你自己就好，总之你知道我做的一切都是为了你，我也会保护好你就行了。”说完，叶慕林转身走向了书房，随着砰的一声，房门被关上了，刘苏坐在客厅，孤独地望着桌子上摆的百合花，抚摸着自己的肚子，陷入了沉思。

而同样身处纠结中的易扬也是举棋不定，面对着蒋雪娇无所求的付出，感觉自己就像是一个罪人，甚至是无赖，用自己的任性和所谓的坚持在伤害着这个单纯的女孩。面对着蒋雪娇一次次的隐忍和大度，终于易扬作出了一个决定，他要娶蒋雪娇。婚礼的到来总是能凝聚很多人，热情洋溢的微笑和一声声的恭喜布满易扬的整个世界，而蒋雪娇的转变也从此开始，她不再低调，在公众场合对易扬趾高气昂，并开始大肆购物，各种名牌的疯狂扫货，让易扬的心里很不舒服，这种超出自己经济能力的购物对于一个男人来讲是难以逾越的鸿沟，但用蒋雪娇的话来说:“没关系，不用你付，我爸爸会解决。”的确，有个当官的父亲就是不一样，底气足，出手大方。一来二去的，蒋雪娇的父亲大名鼎鼎的蒋局长也逐渐满意了起来，他多次想把易扬调离刑警队，想让他到政治处工作，但任何一个正常男人都不想离自己的岳父太近，何况又是这种尴尬的关系，这婚结得实在窝囊，可是想起曾经自己对蒋雪娇的伤害，易扬心中的不满和怒火只好强压了下去。毕竟这婚是自己提出来结的，无论好与不好，现在都被蒋雪娇闹得全局甚至整个圈子人尽皆知，做了局长家的乘龙快婿，却一点儿喜悦都没有。不过现在这个形势，没有了退路，只能将这出戏唱下去。自己唯一能做的就是谢绝局长大人的好意，还让自己在刑警干下去，毕竟这是自己与刘苏之间最近的距离。

“易扬快走，快走。马上就到啦！”蒋雪娇一脸幸福地抓着易扬的袖子往前跑，每一缕阳光似乎都从这个纤细的女孩眼中蹦出，那种不言而喻的美丽只有一个满足且幸福的女人才会有。易扬强笑着陪蒋雪娇向前跑，穿过马路终于到了香格里拉大酒店。

“如果你是来喝下午茶的就算了，我手上还有案子就不陪你了。”说完，易扬愤怒地甩开蒋雪娇的手，随即挥手拦下了一辆出租，扬长而去，只留下刚刚还被幸福充斥着的蒋雪娇，尴尬而无奈地站在那里。

不到二十分钟，罗驿就气喘吁吁地跑了来，香格里拉的大厅里，蒋雪娇正在坐在那里神闲气定地喝着红茶，吃着蛋糕。

“怎么了？雪娇。你这么着急，让我干吗来了？”

“走。陪我去试婚纱。”

罗驿一头雾水地被蒋雪娇拉到了一家婚纱店，还是这家店，兰玉。“欢迎光临。”服务小姐礼貌地帮他们拉开门，蒋雪娇一个人在无数件婚纱面前走来走去。

“你应该让易扬来陪你，我来不合适。”说罢罗驿尴尬地坐在了沙发上。

“有什么不合适的，反正是个男人来就行呗。又不是让你来娶我，怎么你还不愿意啊？”

“我不是那个意思，你说我来算怎么回事啊。”

“我来挑婚纱，又不是让你来挑礼服，你就给我看包，总行了吧。”

“行，大小姐，今天我就伺候您一回。您去随便试随便挑。我必定奉陪到底。”

说完，蒋雪娇活蹦乱跳地跑到了试衣间，试起了婚纱，一件两件，虽然都很美，但似乎总差了点什么，蒋雪娇指了指橱窗里的一款婚纱说：“给我把那个拿下来。”

“小姐，这款婚纱只是样品，作为宣传用，我们不卖的。”

“多少钱，我买得起。”

“真不是这个意思，小姐。这款式是一位客人之前来定做的，这件不过是样衣，我们老板觉得很美就用来做宣传，如果您愿意，我们可以为您专门设计一款。这样会更符合您的气质，也更为合身，您看怎么样？”

“行。那我试试总可以吧。”

看着身着这件小拖尾的白色刺绣婚纱的蒋雪娇，罗驿愣在了那里，确实和她的名字一样如雪娇媚。白皙的皮肤，诱人的红唇，纤细的身影，美得就如同从画中走出的人一样，胸前的百合和裙摆上的百合更是将她衬托得纯洁无瑕。

“真的不错？”蒋雪娇回头望着镜子中的自己，说道。

“真的不错。太适合你了。”罗驿咽了口口水说道。

冥冥之中二人总是要争一样东西，但结局却总是出乎意料，因为心有所属，因为爱恨决绝。

易扬回到单位，一支又一支地抽着烟，打开电脑胡乱地看着有的没的，心里乱极了。就在无意中，发现微博上一个熟悉的身影出现了，不错，这个人就是刘苏，看着她穿着洁白的婚纱，笑靥如花地在蓝天碧水间微笑，一张张，一幕幕，如同电影中的场景，这是一个游客发到微博上的照片。原来刘苏已经嫁给了叶慕林。终于，她还是选择了那个毒贩，此刻，易扬的心中如针扎一般坐立不安。这个毒贩迟早要枪毙，跟着他是没有未来没有出路的，为什么在知道一切真相后，刘苏还要跟他结婚，是因为真爱？这个世界是多么的滑稽可笑，又或者说滑稽可笑的人应该是自己。推刘苏过去的人是张队，是郭处，是自己！不然刘苏今天还好好地站在自己的面前，不会和这个毒贩有半毛钱关系。可一切都难以回到从前，发生的事再也无法修正。

就在此刻蒋雪娇的信息发了过来，照片中这个漂亮的女孩身着一袭白纱，清丽而脱俗，原来她是要带着自己去试穿婚纱，可自己却冷酷地把她丢在了马路上。放大图片一看，这不是刘苏在马尔代夫时穿的吗？蒋雪娇怎么会穿上？他急忙拿起电话，刚刚接通他就对着电话喊：“脱了它，你穿着属于别人的衣服也变不成她，你这是在挑衅吗？”

说完挂掉了电话，蒋雪娇的脸一下子凝固在那里。这是谁穿过的？自己不过是穿了一件高级定制，怎么就成了旁人？突然间，她恍然大悟，原来这是刘苏穿过的，怪不得最近他总是心不在焉，脾气捉摸不定，原本好好的一切全部都是因为她的出现打破了。可是刘苏一直杳无音讯，怎么易扬知道她的情况？难道说他们的联系一直没有切断？原来最讽刺的那个人是自己，做了别人的附属品、“第三者”还浑然不知，竟然傻到这份儿上。她呆呆地坐在地上，美丽的纱裙如瀑布般倾泻在地面上，这哀怨的背影着实让人心疼，是啊，这份原本就不属于自己的爱，还要继续吗？蒋雪娇的心乱极了，她举起双手，捂住了自己的脸颊，仿佛短暂的隔离也是对清晰世界的一种逃避。

看在眼里的罗驿很想安慰她，解释些什么，可是话到嘴边又不得不咽回去，自己能说什么，能做什么？此刻能够解决一切问题的人不在这里，自己不过是个局外人而已……但是在爱情面前，罗驿似乎比这两个人要更为大胆直接，也许感情面前没有谁对谁错，但是都拧巴着过日子，难道不痛苦吗？爱就是爱，放手就是放手，这种带死不活的纠缠，难道就是对感情最好的表达吗？剪不断理还乱的情愫让罗驿忍无可忍，直接冲出了婚纱店，跑回宿舍，一进门，一把揪住了易扬的领子说道：“易扬你知道吗？你就是他妈的一个大浑蛋，你是男人吗？你配和蒋雪娇在一起吗？你他妈整天就知道喝酒，刘苏你追不到，还一直耽误折磨着蒋雪娇，你还能干点男人该干的事吗？我以前就和你说过，你要是爱蒋雪娇就跟她在一起，不爱就离她远点，你他妈全当耳旁风啊。今天我就教训教训你，告诉你什么是人性！”说完，一拳又一拳像是雨点般落在易扬的身上，他没有还手，只是任由罗驿疯狂地殴打，直至其他同事回来，才将他们拉开。

易扬的内心并不好过，他最爱的女人，一个爱了这么多年保护了这么多年的女人，竟然成为任务中嫌犯的女人，一个警察竟然败给了一个毒枭，败得一塌糊涂，一点翻身的机会都没有，哪怕是和这个毒贩擦身而过，自己也只能像个路人一样，不能有半点反应，为了这个任务，贡献出了自己最亲的师父，最爱的女人，还不能名状，这种憋屈与无奈向谁去说？都说行动至上，服从命令是天职，可是这种隐忍有几个人能够熬得住？究竟是自己爱错了人，还是自己入错了行，有时他真想辞职，一走了之，再也不回到这个带给自己痛苦的岗位，可是刘苏的手表还在继续走着，而这条线是自己和刘苏唯一的联系，如果真的离开，这么多年的付出与隐忍，还有刘苏的安全与生命就全部化为烟雾，离开容易，回去难啊。

他爬起来，走到卫生间，看着镜子里被打得鼻青脸肿的自己，原本自认为长得还算可以的脸已经变得格外的扭曲，这份痛就如同内心的模样，早已面目全非。他打开水龙头，捧了一把又一把的凉水，冲洗着伤口，也冲洗着自己的大脑和灵魂。真希望一切都可以回归到原点，真希望时光能够慢一些，怜惜刘苏的一切。

但命运似乎并不偏爱刘苏，也许是每一重考验都是磨砺吧，若得真经，必要经历种种磨难。刘苏这几日反复地摸着自己胸前的玉坠，她想不明白，究竟为什么叶慕林格外珍视这个看似没什么特别的小东西。也许有一天这个玉坠会担负起它应有的使命。肚子一天天地大了起来，比起之前的水蛇腰，如今已经像个小水桶了。但对于这种变化，张姨是喜悦的，毕竟作为一个长者，看着生命的延续那种发自内心的喜悦是岁月赠予的本能，但是原本应该更为高兴的刘苏却总是在镜子前流露出一丝不安与无奈，有时她会抚摸着肚子轻声叹气，有时会望着窗外发呆，这个小生命，还没见过这个世界的小生命究竟该不该来到这个世界，自己又能给予他怎样的生命呢？这个无解的问题一直萦绕在刘苏的脑边，可是不安已经爬上心头，再也挥之不去了。

夜幕的降临总能带给人稍许的安全感，似乎这样自己就可以隐藏其中不被人发觉，晚餐中，刘苏只是喝了点粥，然后坐在书房静静地看着外面的夜色。

“苏苏，再吃点吧。这是你最爱的芝麻糊，呵呵。”叶慕林端着一个碗，不知什么时候回到了家中。

“什么时候回来的？怎么没叫我？”

“刚刚。听张姨说你不听话，吃得很少。怎么了？是不是我最近太忙，没有时间陪你，不开心了。”

“不是。你有你的事情要忙嘛。”

“我就知道我的小东西最体贴了。”

“慕林，我有件事憋了很久，想和你说。”

“我知道，我也知道你的煎熬，你不想孩子一出生看到的世界就是这样的。你不想孩子有一个我这样的父亲，这是一辈子难以洗刷的耻辱。”

“慕林。”

“我明白，苏苏。我不怪你这么想。你放心我会处理好的。”

“慕林，我不要金山银山，我只要你我能陪着孩子健康成长，不错过他人生的每一个第一次，你明不明白。对于失去的曾经我太有体会了，失去了就再也找不回来了。我知道你有你的压力和无奈，但是慕林，我求求你放手吧。别再执迷不悟，这样下去，我会失去你的。离开这一切，我们走得远远的好不好？我可以工作，我可以帮你分担，不求大富大贵，只求生死不离。”

望着躺在床上的刘苏，叶慕林不禁感叹道：我遇见的人那么多，可为什么是你，偏偏就是个过客的你，却在我心里占据着全部领地。苏苏，今天我所做的一切都是为了你。原谅我的一意孤行吧。

清晨的气息总弥漫着一股淡淡的百合香，又是一束新鲜的百合，在玻璃花瓶下压着一张字条：我的爱一生一次，一次一生。慕林字。简单的一个小字条，让刘苏的嘴角轻轻上扬，爱就是这么简单，无须多么繁杂的程序，多么奢侈的陪衬，只是一句话，一个眼神，一个拥抱就足矣，如果掺杂了其他，那爱的味道就会改变，不再是甜蜜而是苦涩。

刘苏换上衣服拿着一个布袋子，准备上街去买些水果。“张姨，我打算出去转转，一直在家里实在憋得慌。”

“苏苏，你还是在家吧，需要什么我去买，叶先生交代过不让你自己出门的。”

“放心吧，张姨，我就去附近的超市，很快就会回来的。”

说完，她笑着离开了家，也许她不知道，这次关上门，就很难回来了。刘苏刚刚出门，张姨就赶紧给叶慕林打电话，可是手机一直是关机状态，没办法，她只好继续给小北打，小北闻讯，急忙想办法通知叶慕林。

买完水果的刘苏心想晚上可以做一个水果沙拉，自己肚子里的小宝定是和爸爸一样想吃了，她轻抚了一下肚子，背着袋子慢慢地走回家，只听一阵发动机急促的响声，她回头的一瞬，便被突然驶来的一辆车撞翻，滚落在地，鲜血从她的大腿上流了出来，路旁的人都走过来看，血越流越多，她用微弱的声音说道：“救救，救救我的孩子。”白色的裙子被鲜血洇红，滚落一地的还有一个个橙子……

当急救车赶来送她前往医院的时候，叶慕林正在一个KTV和一个陌生男子交谈着什么，这次交谈似乎很不一般，一向稳重骄傲的叶慕林也会低着头，双手抱臂，那种不安的抉择让他陷入了沉默。当他得知刘苏出事急奔向事发地的时候，留下的只有满地的鲜血和滚落一地自己最爱的橙子。

急救，输血，这个女孩的亲属怎么也联络不上，只是手上的手表还好没有坏，只是表盘碎了。她就这样躺在冰冷的医院，等着挽救她的生命，也许未知终会有知。

蒋雪娇一连几日都未曾联系易扬，这倒让易扬出乎意料，想起自己对她的态度，易扬的心里多少有些妥协，心想刘苏也是回不来了，纵使回来，也永远不会和自己走在一起了，面对着这个蒋雪娇，苦苦哀求自己的蒋雪娇，也许自己应该补偿她。婚礼就像是一阵飓风，席卷了他们的世界，蒋雪娇每天都在拼命地为婚礼各种事宜安排着，这种疯狂似乎超过了婚礼本身所带来的效应，易扬只是把她当作一个心愿得偿的小女孩的正常反应，可只有蒋雪娇知道自己到底做了什么。

易扬手中的监测器已经突然失去信号好几天了，刘苏到底在哪里自己也不知道，究竟是刘苏的手表坏了，还是被发现身份了，还是其他什么情况，自己一无所知，可是失去了刘苏的消息，不能确定她是否安全，的的确确成为压在易扬胸口的一块大石头。

蒋雪娇的脸上总是浮现出一丝不安，甚至每一次手机的响动都能让她一惊，也许是愿望得以实现，自己还有些彷徨吧。易扬是如此解释着种种的反常。“无论发生什么，你都不会离开我的身边，对吧？”蒋雪娇一次又一次地问着易扬，如同一只受惊的小猫，渴望的眼神让人心生犹怜。“当然，我能承诺的就是不离开你。陪着你。作为补偿。”易扬望着眼前这个瘦了许多的女孩说道。“我不要补偿，只要你陪在我的身边就够了，我不要补偿。”这份小小的倔强像极了刘苏，甚至这种决绝的眼神如同就是刘苏站在自己眼前一般，易扬不禁噙着眼泪，也许爱情的唯一是它特有的属性，但纠结就是两个并不相爱的人所必需承担的后果。

一次次的量衣一次次的修改，似乎公主的嫁衣也不过如此。因为易扬的一句话，蒋雪娇毅然决然地改变了风格，到太古里的 Vera Wang 选择了高级定制，这一袭婚纱美得让人窒息，当看到身穿白色拖地纱裙的蒋雪娇站在自己的面前，那种心动也终于怦然而起。和她的名字一样，如雪般娇媚。腰部点缀的如同兰花般的花串如此的清新，腰间至背部的蝴蝶结把蒋雪娇“捆绑”得像是一件礼物，一件人生至宝的礼物。蒋雪娇看着惊诧的易扬和罗驿，脸上浮过一丝笑容，这笑容如此的干净如此的慧心，这抹自然的美如此静怡，其实收起平日嚣张跋扈的小姐脾气，她还是个不错的选择，只是太多的金钱和奢侈将她的本性所掩盖，变得好冰冷，好遥远。

终于，婚礼如期举行，一大早在酒店的门口，车辆不断，迎来送往的人络绎不绝，的确蒋局长的千金出嫁，自然会有不少的人来恭贺，只是原本喜欢热闹的蒋雪娇竟然出乎意料地把婚礼的行礼环节定在了教堂，一队车队浩浩荡荡地向教堂驶去，这间教堂就在一个不起眼的小街上——东交民巷。

教堂的美好就在于那种纯粹的纯净，源于灵魂深处的洁净，如同出生的婴儿，每一次的颤抖都会如同露水在草脉间的跳跃，轻盈而入心入魄。水粉色的玫瑰花束布满甬路两旁，水粉色的地毯完美地延伸至教堂中央，神父微笑着站在尽头等待着蒋雪娇作为今天最美的新娘出现。随着《Turning Page》的响起，大门被缓缓拉开，是啊，《生命中的转折点》这首歌的歌词句句敲打着蒋雪娇的内心：我已经等待了百年，但我愿意等待比百万年还要长的时间，我没有任何经验帮我准备好面对，我正毫无条件地成为你的人……蒋雪娇正是以这种等待，等待着成为易扬身边的人，哪怕他一直追求着风筝，但只要回头，只要回过头来，我永远都在你的身后，静静地等待。

此刻的蒋雪娇如同从童话故事中走出，一袭白纱，头戴的白纱也一如羽翼般散落一地，手中的水粉色玫瑰如同她的脸颊清新而泛着幸福的红晕，幸福已至，佳人难再得。所有人的目光都集中在这美丽的新娘身上，白色、水粉色的玫瑰花瓣被两个天使般的小孩轻轻地洒落在地毯上，仿佛这地毯的尽头就是蒋雪娇的幸福之地，所有等待都是值得的，只差这一刻，只这一刻，一切梦想都将实现。就在此刻，易扬的手机突然不停地震动起来，他掏出来一看，是同事的一条短信："刘苏的信号在北兴医院，已经持续六天。"看到这一条短信，如同晴天霹雳，难道刘苏出了意外？他不顾已然走到他身边的新娘，径直跑出了教堂，留下的只有蒋雪娇无尽的眼泪，蒋局长大吼道："易扬，你干什么去，你给我回来！"蒋雪娇撩起头纱，跟着跑了出去，可是冲出大门，看到的是易扬绝尘而去的车影，她跪在了地上，说道："易扬，你别走，你别走。"

我想上帝是公平的，他总是分配好世间的万物，属于你的迟早会来，不属于你的，争亦是徒劳。人生也是这样，爱情亦是。

"护士，请问有没有一个叫刘苏的女孩在这里？""没有。"易扬疯了似的满医院地跑，可所有的病区都说没有这个病人，就在他希望接近覆灭的时候，有一个外科的大夫走过来说道："我们这里几天前收了一个病人，到现在都联系不上她的家属，是一个二十多岁的女孩，你去看看是不是你的家人。""好的，大夫，她在哪里。""她在ICU。"医生的一句话让易扬觉得如同灭顶之灾，重症，难道刘苏现在生死不明？不可能的啊。她怀孕了，那个毒枭不会连这样都会下手吧？他疯狂地跑到了十二楼的病房，看到了奄奄一息的刘苏。经过医生的介绍，他才得知，刘苏意外遇到了车祸，肇事司机到现在都没有找到，刘苏的手机被压碎了，唯一留下的只有一个坏了表盘的手表还有袋子里的一个小包，里面不过是些零钱。她已经昏迷了六天，因为车祸太严重，腹中的孩子最终没能留住，现在大人的命也危在旦夕，如果能熬过来就能活下去，但至于能不能苏醒，还是个未知数。

看着周身插满管子和仪器的刘苏，易扬的心乱极了，他知道刘苏的今天都是自己一手造成的，如果不是当初自己赞同她参加这个行动，如果不是自己对她的所有行为没有制止，也许她不会与这个可恨的毒贩越走越近，是自己将刘苏亲手送入虎口的。太多的也许，造成了今天的局面，没有太多的也许，今天她就不会伤痕累累地躺在这里，孩子没了也好，不然留下这个孩子，刘苏就没有未来可言了。想到自己是如此"照顾"刘苏的，悔恨着急的泪水就不禁滑落脸颊，掉在了刘苏的手上。

想起曾经刘苏问自己父亲的事，自己还百般隐瞒，其实是自己的自私与自负害了刘苏，刘苏的父亲在这次行动中扮演的"黄老板"是一个至关重要的角色，之所以派他去是因为多方面考虑，刘苏的父亲是一个有着丰富经验的老民警，又不是公安局的民警，所以在这个复杂牵扯颇多的案件中，他的身份不易被识破，当初易扬也并不知道她的父亲是假死，但是自从调到了公安局，又进了重案队，直至刘苏参与这个任务，他才知道刘苏的父亲刘裕成并没有牺牲，其实刘裕成的进入不过是作为一个饵，找到这个制毒窝点的上线，这么多年平安无事，而且生意越做越大，肯定有一个强有力的保护伞，随着行动的不断深入，这个案子的脉络愈渐清晰，这个保护伞不只是一个人，而是一个利益团体，香港不过是他们的一个障眼法，以黑社会为背景，掩盖这层保护伞的黑幕而已。但是逐渐地，刘裕成知道了刘苏牵扯其中，几次冒险联系组织，要求刘苏撤出任务，可是两条线已经埋下，并且进展顺利，此时退出对整个行动都有着牵一发而动全身的危险，所以只能按下。但是刘裕成和普通的父亲不一样，他深切地知道自己对女儿这些年的亏欠，如果不是自己当年的任性妄为，也许刘苏的今天会璀璨得多，尤其得知自己"死"后，刘苏遭遇的种种，他明白自己对刘苏的亏欠更多了，更不能因为自己的"死"将刘苏引入这个案子，最终置身危险之中。亏欠不能再变成犯罪，自己造的业障已经不少了，作为一个父亲他还有着起码的良知。那就是保护好他的女儿，唯一的女儿。

和叶慕林的几次交手，刘裕成知道这个年轻人不是一般的毒贩，城府极深，直至刘苏替他来交易，他才看到了自己的女儿，比起从前，竟然成熟老练了几分，也明白了刘苏在叶慕林心中的地位，不是万不得已，不是心腹，他不会让刘苏来和自己见面交易。但也更确定了刘苏的危险，不仅是被发现的危险，更是线里线外的危险，一步走错，就不能回头了。对于一个刚刚走出校园的女孩这种诱惑是极大的，很容易迷失方向，易扬等人的牵绊不知能否帮女儿把握住方向，但作为一个父亲，他不能等悲剧出现了再挽救，他不得已加快了任务的进程，但这又是何尝容易的?

说实话，为了弥补，老刘做了最坏的打算，这件事没有人知道，只有易扬知道，老刘为女儿留了一笔数目可观的钱，的确这是不符合规定的，但是作为一个父亲，一个不称职的父亲来说，为女儿安排好将来才是自己赎罪的最好方式，这需要一个人来帮助自己，这个人不是别人就是易扬，自己的徒弟自己最了解，他不仅是自己可以托付这些钱财的人，更是自己能够托付女儿的人，他看着刘苏长大，经历了刘苏每一个人生的重要时刻，他明白，易扬对刘苏的爱除了爱情更掺杂了一丝父爱，这份父爱是自己没有给过刘苏的，也是最为心痛的。他没有想到，自己一个如此不负责且与女儿关系不好的父亲，在得知自己的死讯后，刘苏竟然会为了自己如此地奋不顾身，也许是天性，也许这份爱从未切断过，只是我们闭上双眼，不再看它而已。易扬的这份爱恰恰是老刘最为看中的，无论刘苏变成什么样子，经历过什么，做过什么，这份特殊的爱都会包容她，原谅她，守护她。找到一个爱刘苏的人不难，但是找到一个愿意包容她、永远守护她的人太难了。

几十年的工作，老刘最得意的就是有易扬这样的徒弟，不欣喜于他事业上的成就，而是他的重情重义，对刘苏的不离不弃。这仿佛是上天对自己的救赎，对刘苏的馈赠。

疲惫的易扬再次见到刘苏，仿佛生命都被瞬间点燃，所有的不开心、疲倦及一直以来的压抑都烟消云散，看着沉睡不醒的刘苏，他的心竟然是从未有过的踏实。的确，现在刘苏只属于他，这个躺在病床上沉睡的女孩依旧是昨日干净纯洁的爱人，和第一次在学校见面时毫无分别。易扬握着刘苏的手，看着她洁净的脸庞，均匀的呼吸，长长的眼睑，在心中默默念道：苏苏，我不会再让你受到任何一点伤害，你是我的，是我一个人的，等你醒来，我们就再也不分开，我们一起出国，离开这里，到一个所有人都找不到我们的地方去，再也不回来。我要你幸福快乐，再也不会被往事牵绊，让叶慕林永远离开你的生命，离开我们的生命。

经历“逃婚”后的蒋雪娇，穿着婚纱坐在家里的沙发上，一连几日就那么静静地坐着，不换衣服，不洗漱，茶不思饭不想，她的心再次被撕裂了，可是她清楚地知道自己的心为什么会撕裂，这就是因果报应吧，只是没想到来得这么快。有时自己都会问自己，为什么会这么执着于一段不属于自己的情感，也许是过分的自尊，也许是不认输的性格，也许是曾经的一夜，可不管因为什么，自己的过分追逐都让这份爱失去了原有的颜色，变得黑暗不堪。自己的过分追逐将自己的自尊、自信变得一文不值，就像是一个乞丐在乞求易扬的怜悯，可即便是有了这份怜悯，爱依然毫无踪影，得不到的心会是永远的痛处。

蒋局长的脸色很是难看，他丢了这么大的面子，平白让女儿受辱，岂能就此了事。他一把拉起坐在沙发上的蒋雪娇，对她说：“你还在为这个负心人难过？你是我蒋振国的女儿，不是沿街的乞丐，还要他施舍你一份爱，一个婚姻吗？去换下这身婚纱，这是耻辱！”此刻的蒋雪娇已经没有力气挣扎，往日的嚣张跋扈已被从身体里抽去，蒋振国一把扯下女儿头上的白纱，把她拖到卫生间，让她看看镜子中憔悴的自己，让她脱去婚纱。终于望着镜中形容枯槁的自己，蒋雪娇崩溃了，再也掩盖不住内心的痛苦，她趴在地上痛哭不止：“爸，我错了，我错了。可是我爱他啊，我这一辈子只爱过他这一个人，爸爸，我的心好痛啊。你别让我脱掉婚纱，这是女儿的嫁衣啊。这是他给我的承诺，我舍不得脱掉啊。”

看着悲痛欲绝的女儿，蒋振国不再是平日严肃沉稳的局长，只是一个无力保护女儿的父亲，他抱着女儿流下了眼泪，如果不是自己的纵容，不是自己缺失的陪伴，蒋雪娇不会执着于一份感情，这是亏欠啊。女儿的眼泪总能打湿父亲的心，这种痛是无法比拟的。“闺女，咱不哭啊。爸爸会把易扬给你抢过来，不会让你独守空房的，你放心。谁挡你，她就得死。”蒋雪娇一下子坐了起来，她拉着爸爸的手说：“爸，你别，你不要。我，我做了错事，你知道易扬为什么走吗？因为刘苏回来了。”

“她回来就回来，回来就要抢走你的丈夫吗？这不公平！”

“爸爸，她，她现在在医院，我，我在一周前从超市的门口看到了她，我，我撞了她，就在她出现的一瞬，我想只要没有她，易扬就会是我的了，再也没人跟我抢了。我拼命地告诉自己不能这么做，可是看着她隆起的肚子，我就想起来我失去的孩子，我的心乱极了。我就，我就踩下油门，撞向了她。她，她应该伤得很严重，可能不会醒了。爸爸，我该怎么办，我杀了人，我杀了人，我的手上，我的裙子上都是血，都是血。”蒋雪娇疯了似的擦着自己的手和脸，她拉住裙角拼命地藏，蒋振国看到如此，一把抱住几近疯了的女儿说：“没关系，你什么都没做过，你也没见过刘苏，记住你没见过刘苏。那天你一直在家中。雪娇，相信爸爸，这件事我会处理好。你别担心，这两天就在家里好好休息，对谁都不能提起这件事。车在哪里？”

“在，在车库里。我把它开到了叔叔工厂的车库。”“好的，剩下的事你就不要管了。我会帮你善后，记住爸爸说的话。最近你也不要见易扬了，给我老老实实在家待着。”说完蒋振国转身离开了家。

叶慕林的崩溃丝毫不亚于易扬在得知刘苏嫁给他时的崩溃。一杯又一杯的黄汤不住地灌下去，一支又一支的雪茄在黑暗中点亮、熄灭，熄灭又被点亮。小北无奈地守在他的身边。

“慕哥，我出去找找夫人吧，这么待着也不是办法，你看你都把自己糟蹋成什么样子了。”

“小北，你以为我不想出去找吗？医院已经打听了，没有一个叫刘苏的住院，大张旗鼓地找？你知不知道现在是什么时候，如果上面知道了，我死不要紧，刘苏也活不了。这个关口上，咱们什么都不能做。”

“我不明白，咱们为他们拼死拼活，为什么他们要这么对我们？上面几个人被抓，和我们有什么关系？”

“关系？呵呵，关系就是现在他们害怕了，你知道吗？干咱们这个的，过的就是刀尖上舔血的日子，想踏实，想放心地生活根本就不可能，老天对我已经不薄了，我就更不能把她害死。如果这个时候找刘苏，肯定会让黑云不高兴，他不高兴了，刘苏和我孩子的命就彻底没了。”

“哥，我暗地里已经找过了，刘苏不可能凭空消失啊。”

叶慕林没有说话，只是深深地喝了一口酒，然后闭着眼睛靠在沙发上，眼泪不住地流。他的心中很清楚，刘苏是死是活都不好说，她肚子里的孩子更不好说，自己什么都不能做，只能在这里熬时间，那种挣扎难以言表。有得必有失，叶慕林依仗黑云的帮助才有了今天的事业，之前江南的“酒厂”被迫倒了作坊，如今药厂才缓过来，如果再有任何差池，黑云肯定会要了刘苏的命，因为当黑云知道刘苏存在的那天起，叶慕林的命就已经不再重要，只要握着刘苏，叶慕林就会拼命为黑云卖命。

刘苏的生命就像点滴的流速在一点一滴地流逝，不知下一秒会清醒还是永远地沉睡，她用沉默来面对整个世界，而世界回馈她的只有一个不离不弃的易扬还有那个生不如死的叶慕林。命运有时是残酷的，但是无论多么残酷、多么幸福都将是过眼云烟，如果一生平坦，怕那就不是人生了。也许如此的沉睡对刘苏来说是一件好事，因为她终于可以放心地休息了，不必再苦苦煎熬，不必再痛苦挣扎。有的人生来就好命，比如蒋雪娇，可她却要受到爱情的煎熬；有的人命运多舛，比如刘苏，可她偏偏被世上两个男人所珍爱，无论天堂地狱都有坚定不移的陪伴。所以是得到也是失去，是失去也是得到。

刘苏就这么静静地躺着，易扬熬过了最初的几天，回家换过衣服就会买束白色的百合，准时回到医院，一直守着她。似乎在易扬的心里，只有百合的香气才能唤醒刘苏，唤回那个曾经只属于自己的刘苏。擦脸，擦手，翻身，易扬在用生命照顾着刘苏，面对这个沉睡的公主，易扬的心既疼痛又踏实，近在咫尺却如同相隔万里，相隔万里却又近在咫尺，这种奇妙的感觉贯穿了整个病房，如同这混着百合香的消毒水的味道。

因为易扬的逃走，蒋雪娇仿佛成了全世界的笑话，蒋局长的千金像嫁不出去了似的，死乞白赖地拽着易扬不放手，愣是逼婚，最后人家还是走了，有钱不代表有一切，局长的女儿怎么了，不还是得不到一个男人的心吗？比这难听得多的话像传染病一样静悄悄地在全局传开了。似乎这小小的世界全部都知道蒋雪娇被狠狠地甩了，就在所有人都以为蒋雪娇肯定痛不欲生的时候，只有她自己知道，此刻的躲藏是因为自己的罪孽与狠毒。

可是蒋振国绝对不会放过易扬，让自己丢了这么大的脸，不做些什么，似乎都对不起自己的职位。但是若被人看出来，又未免显得自己太过小人，于是他只好象征性地将易扬从刑警队调到了派出所，其实说实话，懂行的都知道，这两个部门不分伯仲，在哪里都是一样的又苦又累，只是稍微的变动，让人们知道蒋局长其实对易扬也有了看法，就足够了。在蒋振国的心里，又有另一个声音在告诉着自己，自己的闺女自己最了解，得不到的永远是最好的，还有的就是这副像极了自己的倔强脾气，认准的事，八头牛都拉不回来。一是让她得到点教训对以后走好自己的路有好处，还有就是易扬这小子心里有了记挂的人，蒋雪娇生生嫁给他未必是件好事，作为一个男人，他最知道，和一个自己不爱的女人生活在一起顶多算是怜悯，但这份怜悯又能维系多久呢？到时人家小伙子遇到了意中人，把你一蹬，人家欢欢笑笑地开始了新生活，自己的女儿呢？从黄花大姑娘到人老珠黄，再拖着个孩子，日子肯定好过不了，等她真正成熟到这个份儿上，怕是也已经晚了。所以现在分开最好，就算有点丢脸，但比起女儿的幸福还是轻重缓急有所比较的。

工厂的坏车很快就被分解处理掉了。对于这件事情，蒋振国很有数，他知道只有刘苏被撞得很厉害，能不能醒还两说呢，别说威胁了。车子也处理掉了，少了物证，很多事情就像蒸发一样，不复存在。现在要做的就是找到刘苏，确定一下她的情况就可以了。作为一个男人他知道刘苏是一个不易的孩子，但是面对自己的女儿，那份舐犊情深又使自己变得极为自私。刘苏消失了这么久，竟然出现了，听着蒋雪娇胡乱的叙述，刘苏还怀孕了，难道她结婚了？这个孩子应该不是易扬的，如果是，他肯定不会同意和雪娇结婚，但是为什么易扬会知道刘苏在医院呢？一个个的问题扑面而来，但是此刻的蒋局长不同以往，他只是一个要保护好女儿的父亲。

第十九章

重拾爱人

一个月，两个月，三个月，时间在一点一滴地流逝，阳光和月光不断交替着照进病房，刘苏一直沉睡着。这一天，易扬望着百合花，拉着刘苏的手，对她说：“你知道吗苏苏，我给你买百合花，不仅因为你喜欢，我也喜欢这种花，看着它就像看着你。还记得你小时候，每次有事都会第一个找我，慢慢我就习惯了，我觉得我就是你的天，你的全部世界。但是你并不知道，其实就算没有你爸爸的托付，我也会一直守护你，那不是承诺是本能。虽然你在这里睡了好几个月，但是我一直相信，注定在一起的人，不管绕多大一圈，依然会回到彼此的身边。只要能和你在一起，晚一点真的没关系。”说到这里，易扬的泪水顺着他深深的眼眸轻轻地滑落，他的心里全是刘苏，再也装不下别的女人，其实易扬在给刘裕成当徒弟的时候，很多人都认为他只是像一个父辈一样在关爱着刘苏，连他自己都这么想，可没想到经历了刘苏青春岁月的种种后，竟然会被这个倔强、坚强的小女孩所俘获，深深地爱上她，这种爱就像根一样驻扎在你的心里，越长越深，难以自拔。

突然间，刘苏的指尖似乎微微动了一下，易扬睁大眼睛看着她，以为自己是花了眼睛，又动了一下，这次看得很清楚，没错，刘苏的手真的动了。他急忙跑到楼道里喊医生。经过医生的查看，刘苏确实有了反应，真是奇迹，原本以为她会一直睡下去，没想到终于感动了上苍，刘苏又被还了回来。

“大夫，她，她什么时候能醒啊？”易扬激动地问道。

“这个还不好说，可她有了恢复的迹象，如果顺利的话应该会苏醒。小伙子，你真是个幸运的人，有多少人守了多少年也许都等不到爱人的苏醒，你的运气真的很好。”说完，医生笑了笑离开了病房。

经过了近一周的守候，刘苏慢慢睁开了眼睛，一缕金色的阳光透过窗户照了进来，明晃晃地洒在了她的眼眸上，她慢慢伸手挡住阳光，缓缓地坐了起来。她环顾了一下四周，白色的床单，白色的墙，仿佛眼前的一切都浸泡在 84 消毒液中，就在这时，易扬推开了门，看到坐起来的刘苏，他手中的一扎百合轻轻落下，卷曲的花瓣微微颤抖着，他奔向病床，抓着刘苏的手说：“苏苏，你终于醒了，我等了这么久，你，你终于醒了。”那份坚守后的惊喜，难以用言语来形容，是啊，等了这么久，这份等待何止是几个月，而是几年，十几年。无论风雨阳光，这份守护从未离开。

“你是谁啊？”

刘苏的一句话彻底慌乱了易扬的每一根神经，她竟然不认识自己了！这是怎么回事，大夫说的难道不幸言中了？刘苏失忆了……

很快出院手续就被办好了，躺了这么久，刘苏的身体总是虚弱的，走起路来摇摇晃晃。对于易扬，虽然自己不记得眼前这个男人，但是他应该是自己的家人，不然为什么睁开眼看到的第一个人就是他呢？可是很奇怪，以前发生的事，自己是一点都记不清了，连个影子都没有。易扬左手提着一个包，右手扶着刘苏来到了停车场。

“还记得这辆车吗？”

刘苏摇了摇头。

“这是你上大学那年我买的，那时候你就说你喜欢CC，我特意买了你喜欢的。为了这车我可是倾囊所出，还贷了款，这香槟色还是你挑的呢。”

现在的刘苏变得温柔了好多，也木讷了好多。对于没有半点印象的过去，易扬却是十分兴奋，那种兴奋源于对过去美好旧时光的怀念与重温，更在于这是上天给自己再一次的机会，刘苏忘记了自己也就忘记了叶慕林，也许她可以重新开始，自己和她的情分也可以重新开始。看着靠在车座上一脸茫然的刘苏，易扬的心却有着针扎般的疼痛。

回到了刘苏的家，里面干净整洁，饭桌上还摆着一大束的百合花，刘苏走过去，轻轻地闻了闻，好香啊。她不禁闭上了眼睛，似乎有一个男人的身影晃过，只是一下便稍纵即逝。易扬把她扶在了沙发上，帮她换拖鞋。

“你是谁？”刘苏再次问了一遍。

“我是你的，你的未婚夫，我叫易扬。”易扬似乎略微有一丝心虚地回答道。

“未婚夫？我要结婚了吗？”

“对啊，你要不是因为车祸，咱们早就结婚了。”

“哦。不好意思，我想不起来了。就像做梦一样，全都忘了。我拼命想拼命想，可一点踪影都没有。”

“没关系，想不起来就不想，我们重新开始好不好，这样每一点每一滴你都会经历，然后重新记住，这样岂不更好？”

刘苏点了点头，坐在沙发上，呆呆地望着那束骄傲绽放的百合，这花香，还有眼前那个闪过的男人都有一种似曾相识的感觉，难道是自己被摔傻了？呵呵，也许吧。

恢复性的训练每天都有，但是易扬不许刘苏自己去，总是亲自开车带她去，似乎没有他的陪伴，刘苏就会置身于危险中一样。其实这不过是自欺欺人的借口，易扬更担心的是失去，他知道自己隐瞒了什么，虽说这样似乎对刘苏好，但是更多的是为了满足自己的欲望。早晚有一天，这个美丽的谎言会变成现实，刘苏会顺利地嫁给自己，那将是多么美好的事情啊。可是蒋雪娇的曾经毕竟霸道地占据了易扬所有的第一次与最初，发生的一幕幕并没有全部散去，那张痛哭的脸至今仍然萦绕在他的脑边，一定是上辈子蒋雪娇欠自己的，自己欠刘苏的，所以这辈子都是来还债的。如果再多想，又要举棋不定了，还是坚持最初的情节，毕竟刘苏的一切自己都是如此的了如指掌，而且熟记于心，喜欢什么不喜欢什么，憎恶什么，热爱什么。可有时自己又不自觉地怀疑，难道隐瞒真的可以霸占她全部的生命吗？如果有一天她的记忆恢复了，也许就到了自己的宣判日。可在爱情的面前，人总是盲目而固执，愚蠢而奋不顾身的，因为太多的回忆，因为太多的遗憾，因为太多的无奈，因为太多的不甘。

逐渐，刘苏的气色红润了起来，每天都会在易扬的陪伴下到街角的鲜花店买一扎百合，同样的百合，同样的气味，只是陪在身边的人有了天地之别，从警察到毒贩，又从毒贩回到了警察。也许冥冥之中注定着什么，就像爱丽丝的梦，再疯狂也会有醒来的一天。只是是梦还是现实，此刻真的分辨不清。

在蒋雪娇像人间蒸发一样的日子里，易扬的确很快乐，他在享受着“霸占”刘苏的日子，每一分每一秒都是如此快乐。可是相比较之下，刘苏就显得郁郁寡欢了，失去的记忆就像丢掉的生命，睡一觉醒来，什么都不记得了，仿佛哪里都是曾经，仿佛哪里的曾经都是如此的陌生。

这一天晚上，下了班的易扬带刘苏来到了一个小 PUB，怀旧的风格，一切都如浸泡在黄红色的酒里一般，易扬给刘苏要了一杯红酒，自己独自喝着一杯冰红茶。

“怎么你要了饮料，我要喝红酒？”

“因为我要开车啊小姐，不然被警察叔叔抓怎么办。”

刘苏笑了笑，看着窗外的夜色，自己似乎就像这天幕的色泽一样，混沌不堪，星星点点的影子晃来晃去，但是却始终不能清晰分毫，自己的未来在哪里自己根本不知道。远远望去，这个穿着宽松白色毛衣的女孩，微恙的神情，美极了。就在这时，一阵吉他声传来，她回头一看，是易扬坐在台上，抱着一把木吉他自谈自唱，酒馆里的人都投来赞许的目光，这个年轻人唱的每个音符都十分清晰明朗，仿佛是山棱的线条，错落有致，但却直逼心灵。一曲唱罢，易扬对着麦克风说：“这首歌送给我此生唯一最爱的女人，无论你在哪里、无论你做着什么，我都永远陪在你的身边，你永远不必担心夜幕的降临。”说罢，PUB 里的人都鼓起了掌，刘苏淡淡地笑了笑，轻声问道：“这是什么歌？好像听过。”

“Somebady That I Used to Know.”这首歌似乎是易扬对自己演唱的，我曾经认识的某个人，是啊，曾经认识的这个人影响着自己的一生，而自己也一直努力将自己的身份从一个过客变为主宰者。眼前的刘苏是曾经认识的那个人，也是现在需要重新认识的人，她的性格似乎大变，不再叽叽喳喳，沉默寡言，每日就静静地坐在那里，不知道在想些什么。

“苏苏，不管过去发生过什么，未来即将要发生什么，你都不必去想，不必去担心，因为我不会离开你，我是你的未婚夫，还记得吗？我知道你暂时忘记了我，可是我从未忘却你，我有信心会让你爱上现在这个陌生的我。我必定会让你幸福一生。”

刘苏的笑意游荡在嘴角，也逐渐触动到了她的心，不离开，是啊，人在脆弱的时候最需要的就是一个肩膀，一个不离不弃的诺言，此刻的易扬就像是挽救刘苏的天使，出现得刚刚好。

一个穿着时髦、体态微胖的女孩走了过来，手里端着一个红酒杯说：“呀，这不是刘苏吗？这位是？”

“哦。我是刘苏的未婚夫。”

“哦哦。你好你好，我是刘苏的小学同学，我叫董晓，呵呵，你唱得真不错啊，在台下我可是听得如痴如醉。”这个浓妆艳抹的女子爽朗中带着丝造作的笑声传遍了酒吧的每一个角落，她仿佛忽视了刘苏的存在，只顾端着酒杯拉着易扬说话。刘苏打量着这个自称是自己同学的人，一脸的骚浪贱，似乎这个女孩也曾经见过，但是实在想不起来。

“你是从事什么工作的？”董晓问道。

“警察。”

“是吗？哈哈哈，警察多好啊，我特别崇拜警察，有空来我公司坐坐，我们这里美女特别多。”乍一听还以为是拉皮条的呢，谁能想到她是个医药品公关。

易扬正在尴尬不知如何回应的时候，刘苏站了起来，一把拉开董晓不断游走在易扬衬衫上的手，握住说：“你也不看看你勾引的是谁的男人。”说完一个前推，将董晓扔在了沙发上。易扬愣住了，这个眼神，这个快速的动作，似乎原本的那个刘苏又回来了。易扬的笑僵在脸上，既高兴又紧张。这时一个魁梧的大汉从洗手间走了出来，看到沙发上的董晓一把抓起她，“怎么了？”

“以后再勾引我丈夫，我卸了你的爪子。”刘苏说完拉着易扬就走了。留下了一脸惊愕的董晓和她的男友。

刚刚出门，易扬一把将刘苏拉进怀里，轻轻地亲吻了她的额头。“你刚刚说什么？我是你的丈夫？”

刘苏一下子挣脱了，抱着双臂说道：“我也不知道刚刚是怎么了，看到董晓那个样子我就急了，打心里特别反感，我是不是特别过分啊，要不我回去找她道歉吧。”

“道什么歉啊，她那是活该，谁让她勾引我的，你就是看到了她动手动脚才烦的，说明你心里有我啊。还真吓了我一跳，我以为原来的刘苏又回来了。”

刘苏苦笑了一下，心里有他？自己的心在哪里还不知道呢，有些东西，一旦丢了就很难找回来了。而曾经的自己又是什么样子的？

回到家中，刘苏扶了一下墙，易扬赶紧扶住她，一下子就把她抱到了卧室。看着微红的脸颊，易扬知道刘苏不胜酒力，帮她脱去鞋子，轻轻地说道：“你睡吧，我就在外面。”

同一片夜幕下，同一片星海中，不同的人享受着属于自己不同的夜色。蒋雪娇独自在家，愁肠满腹，一杯接一杯地喝着，她不能出门，不能去争取自己爱的人，因为爱自己做错了事，因为那种得不到的煎熬，仿佛每一分钟都像毒品一样侵蚀着她的每一寸皮肤，肝肠寸断。

“你是谁啊？”这句话却一直萦绕在易扬的耳畔……

而叶慕林的夜也是同样煎熬难耐，刘苏的离开也许是件好事，无论是生是死，自己都不能有太大的反应，不然等到的一定是刘苏清晰的噩耗！这种痛折磨得人难以活命，只有死才能解脱。可是想到刘苏，想到那个未曾谋面的孩子，自己就必须坚持下去。早晚有一天会脱离这个魔爪，所有害刘苏的人都只有一个下场——就是死！

在失去刘苏的日子里，看样子叶慕林听从上面的意思，继续为他们卖命，药厂继续运转，那些见不得人的事自然也在正常做着，实际上报的不过是些空数据,根本没有进账,因为叶慕林早已经将这“黑暗”停工了，不为别的，只为等待时机将这些曾经伤害刘苏的人一网打尽。当上面对刘苏的事情放淡以后，他决定开始偷偷打探刘苏的下落。虽然依然是杳无音讯，但是只要努力，心里的希望就不会破灭。

但是这段失忆的岁月对刘苏而言，却是从未有过的轻松与自在，那些本属于她花季年龄的美好似乎又被流逝的时光所归还，易扬带着她走遍了北京城的山山水水，看似对工作毫不上心，但在易扬眼里，他所做的一切不过是为了偿还刘苏万一。妙峰山的野桃花开得是那么的茂盛，一束束像云像雪般绽放在这个灰暗的世界，那种淡淡的香味向人们送来的绝不是诱惑，而是命运的美好。百转千回，无论你经历过什么，那抹淡淡的花香总会在你不经意间芬芳了你所有。爱情也许就是这样，期许不如等待，是你的终究会到来。

“我们知道，刘苏和你在一起，虽然她现在失忆了，但是你还是很爱她的。一直在保护她照顾她。我们也知道她怀孕的事情。但是她的身份很特别，不是咱们的在编民警，所以对她来说也许这是件好事。”

“你们又要打她什么主意？她已经落得今天这步田地了，你们就不要逼她了好不好？放了她吧。失忆对于她来说，也许是件好事，至少不必再纠结，不必再痛苦。难道你们真的希望她生下那个毒贩的孩子吗？”

“易扬你冷静一点，你听我说。你的师父刘裕成在一次交易中已经牺牲了，不过你放心他没有被识破身份，只是，只是因为身体原因，在去往交易的路上突发心脏病，不幸殉职了。我知道你师父之前假死的事你瞒刘苏瞒得很苦，我们也能够理解你的心情，毕竟都是你至亲至近的人，但是你师父这么拼死拼活为了什么？为的不是钱吧，不是升官吧，他是为了信仰，属于他自己的信仰！这个信仰也是刘苏的，因为他们是父女，不然当初为什么刘苏会接受这个任务，会奋不顾身。就算她后来爱上了那个毒枭，在挣扎过后还是把手表打开，重新戴上了。这说明了什么。难道刘苏不爱叶慕林吗？难道刘苏不知道这样做对自己意味着什么吗？哪怕在她怀孕期间，她都没有摘下过手表，为什么。因为她的信仰指引着她，让她放下小我，成全大我。”

“她不是警察，我不会同意她回到这个任务，你们肯定有你们的打算，但是在我这我是不会同意的。”

“你觉得这对刘苏公平吗？你应该让她自己选择。”

“我不会再像上次那样，傻到让她以身犯险，差点就毁了自己的一生。至少现在我在她的心里就是她的未婚夫，我必须保护好我的女人。她受到的伤害已经够多的了。”

“易扬。别忘了你是个警察，别忘了你师父。你的欺骗究竟能维持多久？当有一天刘苏恢复了记忆，看到自己一直生活在你编织的假象与谎言里，那她该有多么的痛苦。到那个时候，你还能拥有或者说给予她幸福的能力和机会吗？”

“我只要想起她将不再属于我，我就会很心痛。但更心痛的是，我一直以来都知道这个结果。但是哪怕仅仅是短暂的，我也甘之如饴。”

“易扬，你是个经得起考验的同志，组织一直很放心你。但你把刘苏藏起来这是个极不理智的行为，但是考虑到你们两个人一直以来的付出，我们给了你们时间，希望你们可以休息一段时间。但是是大雁就得有归队的时间。现在这个时间到了。你知道刘苏为什么会发生车祸吗？你知道为什么那么多派出所你偏偏会来这个所吗？”

易扬转过头来盯着衡所。

“刘苏的车祸不是意外，我们的同志曾在郊区的一个工厂里找到过撞她的那辆车，经过进一步勘察确定了就是撞刘苏的那辆肇事车。这个工厂的大股东叫蒋伟国。”

易扬的心震动了一下，难道刘苏的车祸不是意外，是蒋雪娇干的？

“我不说你也知道跟谁有关系了吧。简单地说，蒋雪娇撞倒了刘苏以后驾车逃逸到郊区，把车放在那里后回到家中，但婚礼上你逃走了。因为这样她才对蒋振国说明事由，但是蒋振国并没有带他的女儿投案，相反地将这辆汽车拆解，并处理了。所以这个案子至今没有破。虽然我们掌握了相关证据，但是时候未到。”

“什么意思？”易扬问道。

“其实你来这个所是衡所安排的，他不仅是这个所的所长，还有另一个身份就是部里派下来的负责这个专案的专员。这个任务到了今天，历时近四年，也算是快到了收尾的时候了。可是因为老刘的突然牺牲，他那条线算是断了，所以我们必须从叶慕林下手，虽然刘苏几经周折算是撤出了这个案子，但是现在是关键时期，如果没有她我们就不能收网。这次行动的目的就是要连根拔，把这些余孽，大鱼小鱼一网打尽，绝不留后患。其实资金链的最终持有人不是上面那些大鱼，而是叶慕林。”

“不可能，他只是一个打手，根本算不上什么大人物，怎么可能在他的手里？”

“蒋振国在这个案件中也是其中的一个打手，但是这个链条之所以安全无恙那么久，就是因为它有它存在的特殊性，就是这个资金。所有上属高层都不会把钱放在国内，也就是说通过一些人澳门洗钱，这些钱干净了，直接汇到国外的银行账户。但是最后一次的大买卖的钱因为最大的老板被抓了，所以现在还在叶慕林的手里，他现在不但不想把钱交出来，还想独吞变为大家。他想操控这个利益集团，说白了没了上面的最大老板，现在谁有钱谁就是老板。如果现在收网，钱肯定是没有了，因为追回难度非常大。澳门那边就是个缺口，资金外流的渠道非常多，不是咱们能全部把控的。但是要是有一个途径，能够挽回，那这个案子就可以完美收官了。”

“完美收官就是要一个女人去奉献自己的全部？一个这么大局的的警力竟然还要一个手无缚鸡之力的女人去单刀赴会？您不觉得可笑吗？”

“如果这件事简单到凭借我们自己的力量就可以完成，那完全没必要这么做，但问题是刘苏才是这个案子的关键人物，她的出现能够起到的作用不是你我蛮力能够达到的。叶慕林对她的痴狂绝对不亚于你，的确我们之前安排她进入这个任务是因为她长得很像叶慕林曾经的女友霍青，但是后来刘苏凭借自身的魅力让叶慕林完全抽离出替身的概念，全身心地投入爱上原本的自己。刘苏在这个过程中也发生了改变，她从单纯的行动变成了爱情，从理性变成了感性，当然她自己也付出了代价。当初我们也以为她变节，感到很痛心。但是终究她改变不了叶慕林的本性，扭转不了局面，她选择了信仰，哪怕在自己怀孕后依旧选择了信仰！难道这都不能让你对刘苏刮目相看吗？她的决定是正确的，她的胸怀也是博大的，因为她和你师父一样，都愿意为信仰而生！”

衡所与张队的一席话，让易扬陷入了沉思，他盯着茶杯里起起伏伏的绿茶，内心乱极了，如果强硬地让刘苏退出这个任务，那么师父就白死了，当有一天刘苏恢复了记忆，自己就是刘苏的千古罪人，如果说了，等于再次把刘苏拱手相让，让给那个可恶可憎的毒贩。等待刘苏的不仅是未知，也许将是无底的深渊，这一去也许就永远不能回头了。信仰与爱情似乎总会产生或多或少的矛盾，看着衡所和张队恳切的眼神，他不知道自己该何去何从，这份小爱与大爱，让这对苦命鸳鸯付出了太多太多，有些痛苦超出了自己的承受力，折磨得人生不如死。

“易扬，你爱刘苏吗？”张队点燃了一支烟说道。

“爱，胜过了爱自己。”易扬将脸与那双布满了红血丝的眼睛同时埋葬在自己的手掌心。

“孩子，爱一个人就要学会放手，让她选择属于自己的路。别让遗憾灌满你们的人生。人活着得有个念想有个奔头儿，对于咱们这种人，就是信仰。其实你说信仰究竟是个什么东西，咱们谁也说不清，但是当选择与考验来时，我们总有办法让它现身。是我们选择了它，也是它选择了我们。”

易扬什么也没说，站起身来走出了房间，衡所刚要追上前去，被张队一把拦住。“他已经作出了选择。”

转身的一瞬，泪水涌出眼眶，那份刺心的痛难以言表，全部包含在泪水中，苦涩而心酸，这种难以割舍的情愫是不能名状的痛苦。可是最震动他内心的一句话是：我们选择了信仰，信仰也选择了我们。的确，进了这道门，就如同洗脑般，因为正义与奉献的魅力总是有着超强的吸引力，无论你身在何处，面临怎样的状况都会作出选择，这种选择简单而粗暴地席卷了你整个世界，唯一的选择让你不必再彷徨，哪怕是生死存亡之际，你的内心也会无比的坦荡与平静，因为你知道，自己的选择没有错。错的只是那段情，那段路，那个曾经拥抱的温度，那个若有似无的吻。

叶慕林的日子也没有想象中那么好过，他疯了一样地席卷了集团内部所有的阶层，他要实打实的权利，他要利益的至高点。不为权倾一世，只为有足够的能力去寻找丢失的爱人。药厂恢复了往日的生机，药品与“药”同时生产，生意非常火爆。小北每天跟着叶慕林东奔西走，像收复失地一样，席卷了整个药业。不停地收购，使得盘古药业成为名副其实的药业龙头，但是在光鲜满足的外表下，叶慕林的心只有自己知道有多么的疼，这种疼在白天不会展现出来，只有当夜幕降临，他才会到一个没人发现的地方不断舔舐，不断惆怅，那份唯一只有一个人享有——就是刘苏。有句话说：最让人回味的爱情就是还没有爱够，就戛然停止。的确，得不到的永远是最好的，可这份唯一性，太过珍贵，因为曾经的霍青，因为过去的刘苏，不，更多的是刘苏于自己的未来！

叶慕林沉迷于自己编织的纸醉金迷中，难以自拔，他骄傲于自己挣脱束缚，一手建起的庞大“帝国”，那种疯狂的麻木，让他忘记了曾经的承诺，但他的心并没有得到宁静，相反更加疯狂，疯狂地报复这个世界，自己的手满是罪恶的灵魂，不断地将白色的粉末撒向人间，他纠结，他痛苦，他无奈，他错失爱人后的全部伤感一股脑地倾泻而出，这股力量是巨大的，也是悲惨的。因为救赎已经远离他，刘苏用自己的生命与灵魂将他拉回岸边，但很可惜，一个巨浪袭来，两人分离，叶慕林再次被卷入深海，窒息于黑蓝色的深渊，不再醒来。

他后悔，后悔自己当时的懦弱，后悔自己的束手无策，如果当时自己不顾一切地寻找刘苏，就不会有今天的失去，这份爱太过沉重，也太过自私，失而复得的美梦永远不会再来。以至于这份后悔演变成熊熊的烈火，他恨，恨这个世界为什么如此地玩弄自己，恨这个世界为什么不多给自己和刘苏一个机会。纵使拥有一切，自己依然像一个贫瘠的乞丐，灵魂与情感永远得不到救赎。白天他意气风发，指点商场；夜晚回家，独自面对着刘苏的房间，一个人自言自语，然后就一杯接一杯地灌着黄汤，向刘苏的衣服、化妆品、床铺、书籍诉说衷肠。他不仅悔恨，更觉得自己不配，无论因为什么，都是自己的自私毁了这最后一份感情。爱，一去不再复返。

这一天，刘苏静静地躺在阳台旁的摇椅上，盖着一条毯子，望着易扬为她买的一束又一束的百合花。那香气真是弥漫着整个房间，醉人，醉心。伴着丝丝甜蜜，她轻轻地睡着了，当年的短发已经续成了一拢长发，看着美人侧卧，易扬的心却似针扎般。刘苏少有的恬静生活，很快就要被自己亲手打破了，但至少应该还给她选择的权利。他太了解刘苏了，如果她恢复了记忆，如果知道了自己所有的隐瞒，那将是致命的打击与仇恨。他轻轻地走上前去，跪在刘苏的身边，用手抚了抚她柔软的头发，刘苏渐渐睁开双眼。

“那一刻，我升起风马，不为祈福，只为守候你的到来；那一天，闭目在经殿香雾中，蓦然听见，你诵经中的真言；那一日，垒起玛尼堆，不为修德，只为投下心湖的石子；那一夜，我听了一宿梵唱，不为参悟，只为寻你的一丝气息；那一月，我摇动所有的经筒，不为超度，只为触摸你的指尖；那一年，磕长头匍匐在山路，不为觐见，只为贴着你的温暖；那一世，转山转水转佛塔，不为修来生，只为途中与你相见；那一瞬，我飞升成仙，不为长生，只为佑你平安喜乐。”易扬满眼的深情弥漫在整个房间，不错，其实易扬最像眼前的百合花，那么单纯清丽，永远没有余地地爱着刘苏，哪怕舍掉自己的性命也要护刘苏周全。这份倔强偏执的爱贯穿了他整个生命，这说长不长说短不短的人生中，最值得记住的就是和刘苏在一起的所有时光，他不明白自己的爱为何如此深沉，他更不明白自己为何像蒋雪娇一样对一份也许不属于自己的情感执迷不悟，他总是告诉自己，这就是爱，没有原因，没有理由，爱了就爱了，爱了就是一辈子的事。

“你平白无故的干吗念这首诗？”刘苏坐在摇椅上问道。

“苏苏，有件事我必须告诉你，尽管你现在暂时失忆了，我也不能瞒着你。不然有一天你沉睡的记忆苏醒，你会恨我一辈子的。”易扬从未有过的严肃，让刘苏吃惊不已，但很快她放下心来，这是自己的未婚夫，是自己一辈子要依靠的人，怎么能怀疑呢？无论发生什么他都会不离不弃。于是刘苏用手轻轻地抚摸了易扬消瘦的脸颊，说道：“无论是什么，我都会好好接受，因为你一直都在。”

易扬的泪水一下子溢出眼眶，这么多年，自己等了这么多年，付出了这么多年，终于得到了刘苏的心，可是此刻，就在此刻，自己却要亲手把她送给别的男人，那个毒枭，曾经的情敌，一直以来的重犯！他所承受的痛苦是巨大的，是撕心裂肺的。但是诚实是信仰的基本，诚实也是爱的基本，自己必须这么做。

“苏苏，你知道吗？你的父亲，这次，这次是真的牺牲了。他再也回不来了。”这句话像是利刃般撕裂了刘苏的大脑，以至于她全身的血管如同爆裂般，似乎记忆一下子被点燃，她一把扯掉身上的毯子，激动地在房间里来回走动，终于不堪重负，双手抱头蹲在墙角。

“胡说，都是胡说。你们都是骗我的，不会的，不会的，我爸爸不会离开我的。我知道，他去执行任务去了，只是延长了，只是延长了……”刘苏一个人自言自语的样子让人心疼极了。

“苏苏，你听我说，是这样的，你爸爸在执行特殊任务的时候，在交易的路上突发心脏病走了。他没有受到太多的折磨，你应该为他高兴。苏苏，你是不是全都想起来了，你告诉我是不是？”易扬崩溃地问道。

“想起什么，我该想起什么，我得想起什么？别逼我，别逼我。”刘苏边说边站起身来，跌跌撞撞地扶着墙，不慎将一个又一个的透明花瓶蹚倒，水流得满地都是，委屈的百合花杂乱地躺在地上，湿答答的如同泪流满面的刘苏。她的记忆总是一片一片的，有的甚至只是一个影子，但是唯独听到了牺牲、父亲，她的记忆似乎一下子苏醒了，她想起了关于父亲的一切，那种痛灌满了她整个神经，以至于她颤抖不已。

就这样，这个曲折的故事再次被易扬娓娓道来，直至天亮。当晨曦微红的脸颊照亮世界，刘苏一脸空洞地靠在易扬的怀里。

“我怀过别的男人的孩子，你还会爱我吗？”

“当然会，只要你回头，我永远在你的身边。”

“那一世，转山转水转佛塔，不为修来生，只为途中与你相见。”刘苏强笑着对易扬说道。

当第一缕微风拂面的时候，两个人已经携手走进了派出所的大门，打开小会议室的门，就是打开了另一种生活。那种生活叫信仰。

简单的桌子上横七竖八地躺着几个饭盒和空的矿泉水瓶，很显然这不仅是一个小会议室，更是一个小根据地。对叶慕林的二十四小时监视就在于此。出出进进的人很少也很小心。

“刘苏，我们知道你一定会回来的。欢迎归队。”衡所开心地说道。

“你们是谁？”说完，刘苏本能地藏在了易扬的身后，对于这种状态的刘苏，张队很是陌生，以前的刘苏那种初生牛犊不怕虎的冲劲竟然全面沦陷，此刻的刘苏更像是一个刚刚毕业的女大学生，懵懂而恐惧。

很快，刘苏成为任务的一分子，再次回归似乎她的整个状态都很低沉，她不知道叶慕林是一个怎样的人，只是当看他照片的一瞬，瞬间想起曾经眼前闪过的那个影子，那个穿着西式马甲、喜欢扣袖口的男子，但是仅存的也只有这个影像，再无其他。自己究竟和照片上这个儒雅但却冷峻的男人有过怎样的曾经，她的手不自觉地抚摸了一下自己的肚子，这里曾经包裹着一个怎样的小生命，自己竟然全然不知。这种莫名的空白像是缺失了的细胞，让人心生恐惧，但是此刻自己只能只身前往，置身黑暗不为其他，只为了父亲的死能够得以偿还。

由于时间紧，刘苏的记忆也依旧没有太大程度的恢复，无奈只好将错就错，将忘就忘。假设刘苏被撞后被人救起，随后入院医治，但经过几个月才苏醒，此刻已然将过去全部忘记，出院后独自生活至今。

第二十章

送你回去

这一天，天空格外晴朗，几丝浮云淡淡地飘浮在蔚蓝之上，刘苏穿着一条白色的棉质裙子，白色的渔夫鞋，在路边的花摊挑选百合，根据点子线报，每天的五点左右叶慕林都会驾车前来购买几乎所有的百合。所以刘苏在这里出现，将会刚刚好。披肩的长发微微挡住了刘苏的眼眸，她轻轻地撩动起发丝，微笑着面对着一束洁白如雪的百合花，细细地嗅着，仿佛要将自己与花朵融为一体。就在这时，一辆黑色轿车停下，车门被打开，一个男子迈着矫健的步伐向这个摊子走来。他注意到了这个一袭白裙的女孩，太像了，一切都太像了，就在刘苏侧脸微笑的一瞬，叶慕林惊呆了，急忙跑上前去喊了声："刘苏，是你吗？"

刘苏微笑着回头看了叶慕林一眼，然后回身拿起包好的一扎百合，信步离去。叶慕林愣了一下，然后急步追去。他一把拉住刘苏拖入怀中，嘶哑的声音说道："苏苏，我就知道你不会离开我。"

"你是谁？"刘苏挣脱后说道。

“我是谁？你怎么了苏苏，你不认识我？我是叶慕林啊。我是你的丈夫，我们在马尔代夫办过婚礼，还记得吗？”叶慕林看了一眼纤细身材的刘苏，说道，“我们的孩子呢？”

“什么孩子，先生你认识我吗？”

叶慕林如同遇到了晴天霹雳，孩子没了……

经过了几番周折，刘苏终于同意和叶慕林一起回家。在叶慕林的眼里，一切都要重新来过，因为刘苏已经全然忘记，忘记曾经的美好也忘记了曾经的痛苦。但是爱已然回归，自己绝对不能放手。当叶慕林挽着刘苏的手来到曾经属于他们的房间时，刘苏迷茫的眼神多过了好奇。这里竟然是自己曾经住过的，如此豪华奢侈。比起自己的那个洁净纯白的小家，简直天壤之别。桌子上摆着一张合影，是自己与这个叫叶慕林的男人在大海边的合影，头戴花环身着白纱的自己幸福地笑着，仿佛蓝天碧水间所有的快乐都在自己的一颦一笑间，这个叫叶慕林的男人怀抱着自己，显示出与平时不一样的温暖，只是现在的他比那时候要消瘦很多。

叶慕林打开衣柜，里面全是各大品牌的衣服，琳琅满目。“你知道吗苏苏，你不在的这段日子里，我每次去法国去意大利都会给你买最时尚的裙子，我知道你最喜欢的就是连衣裙和风衣，你看，整整两大衣柜，我想有一天你会回来的，看到这些你一定会特别高兴。你看桌上这些化妆品，从未动过，都是你原来在时候的模样，这些墙上的油画，有你画的，也有你喜欢画家的作品，只要我看到都会尽力买下。我做的这一切都因为我爱你，就算你现在忘记了我，我依然爱你。不用担心，我们丢失的岁月会一点一滴地找回来。”看着满眼的名贵，周身的奢侈，刘苏冷冷地说了句：“谢谢。”就转身来到了客厅，静静地坐在沙发上。

“我为什么要和你重新开始？”刘苏冷漠地问道。

叶慕林的心为之一震，“苏苏，难道你看不到你曾经的快乐吗？我们难道不应该找回来吗？你是我的妻子，我们自然要在一起。”

“可我失忆的这段日子你为什么从不去找我？我为什么会出车祸？”

叶慕林低头沉默了一下说道：“苏苏，我对不起你，请你原谅我，我当时有迫不得已的苦衷。绝不是故意抛弃你不管。”

“可我已经不爱你了，我想开始属于我自己的生活。”

“你当然可以开始属于你自己的崭新生活啊。”

“没有你的生活。”

叶慕林的泪水终于如决堤的洪水，席卷了他早已干枯的脸颊。是啊，自己凭什么再次拥有刘苏，凭什么再说爱，凭什么渴求她的原谅？自己做对了什么，在需要自己的时候，她一个人孤独地面对了整个陌生的世界，爬过死亡的悬崖，挣扎地面对记忆的空白。自己那份自私埋葬了这份爱，买再多的东西就可以赎罪吗？这不过是天方夜谭罢了。现在所有的一切都是自己一手造成，不要怪任何人，只要刘苏开心，自己愿意为她做任何事来补偿一二。

“我是你的妻子，所以我不会离开，直到你同意分开的那一天。”

“苏苏。相信我，我发誓会让你幸福。”

“你还是留着这些话对我死去的孩子说去吧。”

说完刘苏关上房门，再也不面对叶慕林。叶慕林从未有过的痛苦与失败，他扶着门慢慢滑落，跪在地上，不住地流泪，他深深地自责，自己的错是不能更改不容救赎的。孩子，是啊，孩子没了。自己杀了这个得来不易的孩子。自己的亲骨肉。

但是刘苏对易扬的思念与眷恋却从未停止过，也许从昏迷到苏醒，从康复到恢复，近一年的时间，易扬基本上没有离开过自己的身边，纵使知道易扬在最初骗了自己，但那份依恋强大过了被骗的愤怒。想起简单的小家，想起那架普通的钢琴，想起他每次抱着自己的温度，想起那一扎扎简单而自信的百合，刘苏的笑意就不禁挂上了嘴角。而叶慕林却从未放弃过对刘苏的争取，他努力想找回刘苏失去的记忆，如果找到，刘苏也许会回到过去，也许他们还能有未来。

“苏苏，你还记得这里吗？我第一次来故宫就是你带我来的，你看这里的花花草草，还是开得那么茂盛，我记得在这里你给我讲述了好多好多关于故宫的历史，我觉得那时的你美极了。”

叶慕林独自像个导游般絮絮叨叨地描述着在这里发生的种种，可刘苏却心烦意乱，因为已经好几天没有见过易扬了，她的恐惧与不安，乃至对这个毒贩的反感席卷了她周身的每一个细胞。这种烦躁很快就显示了出来。

“你究竟想要说什么？回忆过去有意思吗？我一点儿也不想知道这些所谓的过去，你知道过去为什么称为过去吗？那是因为去代表着消失，消失了就是没有任何存在的意义了。你觉得就算我想起来曾经，我就能回到过去，爱上你？你想得太天真了。”说完，一阵风吹起刘苏的头发，凌乱而暴怒浮在她的脸颊上，那种不耐烦的神情是叶慕林从未见过的，他内心在刘苏抱着双臂转身的一瞬，如万箭穿心，此刻自己最爱的女人竟然都不愿意看自己一眼，厌烦到如此地步，就算明知自己是自作自受，可是当现实上演时，接受它还是会觉得很痛很痛。

车子在长安街上疾驰而过，刘苏看着眼前的事物飞一样地过去，脑海中逐渐闪现的是儿时与父亲一起在此放风筝的场景，那时的自己笑得真开心，那时的快乐如此简单，一点杂质都没有，飞上天空的大金鱼如同在水中嬉戏般，自由而美艳。只是想起这些，再想起父亲的离去，想起这个任务，想起易扬，她的泪不禁轻轻流下，得到与失去是件多么简单的事情，自己对叶慕林说过的话其实也是在对自己说，去就是消失，再也回不来了。目前最重要的就是要叶慕林血债血偿，如果不是他，自己的父亲不会牺牲，如果不是他，自己的孩子不会没了。将自己推入痛苦深渊的人不是别人就是在身旁坐着，看上去很绅士，并对自己一往情深的叶慕林！早晚有一天自己会将他亲手送到宣判的法庭！让他为自己的行为付出应有的代价。

“太油腻了，我不喜欢吃这个东西。”刘苏一脸厌恶地望着手机，对桌上的烤鸭动都不动一下。

“这是你以前最爱吃的，你还告诉我全聚德的烤鸭和便宜坊的区别在哪里，你忘记了？”叶慕林好脾气地说道。

“对，我忘记了。你能别总说以前吗？我失忆了你不知道吗？以前对我没有任何意义，这句话还要我说几遍？”刘苏怒气冲冲地说道。

小北在门外听得很清楚，但此刻他明白，两个相望而忘却爱的人是多么的纠结。他能做的就是在门外，爱莫能助的感觉就是如此。感情世界，谁也插不了手，谁的债必须由谁来还。

回到家里，叶慕林早已命人为刘苏的房间摆上一束特别大的百合，卷曲的花瓣妖媚至极，刘苏看都没看直接走进房间，坐在沙发上玩弄着手机。

“你究竟在给谁发信息？”

“我的事你凭什么管？”

“我是你的丈夫。”

“我承认吗？我的回归是为了和你分手，不是为了重温旧梦。”

“刘苏，难道你就那么憎恶我吗？”

“没错，我就是想离开你，但是我恐惧你的纠缠。”

“好吧，我先出去几天，要去办点事，分开一下，也许你会冷静很多。”

叶慕林说完关上刘苏房间的门，来到了客房。他把玩着刘苏留下的一条珊瑚手钏，这是刘苏曾经最喜欢的，自从刘苏失踪他就把它每天都带在身上。

“掌上珊瑚怜不得，却教移作上阳花。”的确，这串手钏的的确确带来的除了刘苏的气味，还有的就是在云南的不解，这种质地的手钏绝对不是刘苏口中地摊上的小玩意，那它究竟是从何而来？短短几分钟的时间究竟发生了什么？难道还有旁的人在她的身边，这个人是谁？是否一路跟到云南。太多的疑问席卷了叶慕林的每一根神经。刘苏失踪的几个月是谁照顾了她，她的心性怎么有了翻天覆地的变化。不管发生了什么，自己必须将刘苏抢回来！

漫长的夜对叶慕林来说是难以入眠的，但是对易扬和蒋雪娇而言又何尝不是呢？

“就算我们最后也没能在一起，但你要记得我任性地爱了你好久好久。”这是蒋雪娇的心里话，也是最后一次爱着易扬，她辞职了，因为车祸这件事，她的精神受到了很大的打击，她深刻地以为自己撞死了刘苏，也撞飞了自己的爱情，易扬的离开就是最好的证据。这期间，他们切断了所有的联系，易扬是根本就没把她放在心上，而蒋雪娇是想说却不能说的心痛。她明白自己到了该离开的时候，为了自己的未来，为了父亲，她必须脱下这身警服，离开。

桌子上横七竖八地放了几个酒瓶子，蒋雪娇独自躺在床上，一年的时间，她不上班也不出门，就窝在家里。蒋局长看在眼里痛在心里，可是能做的就是让女儿变得坚强些，爱情不是一个人的一厢情愿，而是两个人的天荒地老。可惜，蒋雪娇一直不明白这个道理，也许不是她不明白，是她不想明白，只要看到易扬，看到有关易扬的一切，自己就会卑微到尘埃，不再有自我，世界就会倾斜。但是这种迷恋却是致命的，可以说是她过分的骄傲和执拗造成了今天的局面，但是一切都为时已晚，还好她肯听父亲的话，离开这里。

就算刘苏没有死，那个被撞飞的瞬间，怕是她永远也忘不了了。

为了在刘苏面前展示自己良好的一面，叶慕林想尽办法，终于决定在这个对他来说较为陌生的城市投资，投资一处郊区的小镇，这里是新兴的度假村，需要一个配得上的酒店。但这一切都在刘苏不知情的情况下，悄悄上演。为了这个惊喜，叶慕林投入了很大的精力与财力，似乎这样他才觉得自己是在弥补。

但与日俱增的除了叶慕林对刘苏强烈的占有欲，就是刘苏对易扬的思念。相爱却不能见面的情况持续着这对好不容易才在一起的小恋人。刘苏不断通过微信、短信联系易扬，在易扬的指导下开展工作，但这是极其困难的。很快叶慕林似乎看出点什么，于是在一日刘苏洗澡的时候，他终于没有忍住，看了刘苏的手机，易扬的信息是：每分每秒我都在想你，只要你好，我会一直等下去。这对于叶慕林来讲就是晴天霹雳，一直以来的忍耐和退让让他在顷刻间爆发，他一把抓住刚刚走出浴室的刘苏，将她推到床上，然后说道：“我就知道发生了什么。你说这个叫易扬的人是什么人！你跟他什么关系？！”

“什么关系？你说什么关系，还要问我吗？”

“你吃我的喝我的穿我的，还要出去找男人！”

“我回来是要和你分手，不是和你重聚！”

“他有什么好？”

“他救了我，没有他我早死了。说不准那车祸就是精心布局，我就是你的替死鬼，你还有什么资格质问我！”

一句话说得叶慕林犹如败下阵的将军，瘫坐在沙发上，他用手松了松领带，用嘶哑的声音说道：“苏苏，我该怎么做，我究竟该怎么做，才能让我们回到过去。我努力奋斗经营的这一切就是为了你，为什么今天我们要变成这样？”

“你是为了你自己。”

“好吧。等到我给你的礼物到位，我和他见一面吧，如果你真的爱他，如果他真的能给你幸福，我愿意退出。”

说完他冲出了刘苏的卧室。没想到相见后的局面会是这么痛心，没想到他们的境遇竟然会如此转变。刘苏趴在床上揉了揉自己被拽疼的肩膀，这个男人的冷峻与热情就像是冰与火，可是自己确实忘记了那段深刻的情，现在自己的心里脑里全是易扬，再也装不下其他男人。如果不是失忆，也许自己依然和这个喜欢穿白衬衫的男人在一起吧，那一定会是另一种生活。

易扬与刘苏联系的事很快就被张队、衡所发现了，被处以了较为严厉的批评。

“你知不知道你在做什么，你这样做不仅于案子无益，对刘苏的生命安全也造成了威胁。”张队生气地把一个矿泉水瓶扔到了地上。屋里的工作人员鸦雀无声，生怕这个时候触动了哪根导火线，会烧到自己。

“易扬，你应该知道刘苏这个时候需要的是你的支持，你现在这么做不是往回拉她嘛，那还不如不回到这个任务。”衡所说道。

“你们说我什么都行，反正我是一直反对她参与这个行动的，她不是警察，犯不着卖这个命。我说的也都是心里话。张队，从这个任务开始，我就跟着您，您最清楚我对刘苏的感情，我承认这次是我不对，可是你看到了叶慕林对刘苏下手有多狠，她又被打了，我不知道这种事以后还要发生几次，她的生命受到威胁时，我们就眼睁睁地看着，如果她是您的女儿，您忍心吗？忍心她被一个毒贩打吗？还好是被打，如果是性侵犯呢！”

“他们本来就是一对。何况叶慕林的修养与感情，他不会强迫刘苏的，我们的兄弟就在附近，如果有意外，我们就会提前收网。”张队点燃了一支烟说道。

“可是现在刘苏失忆了，她忘记了叶慕林和曾经的一切，她不再是叶慕林的女人，是我易扬的未婚妻！”

“我们都知道你对刘苏的感情，你是看着她从一个小女孩变成今天的，但是你要明白，如果不是刘苏失忆，你对她的雪藏，她不会成为你的什么未婚妻。之前的种种是我错了，我太相信你，也太宠惯你。现在你必须退出这个任务，还是在所里的治安组吧，这个案子不用你再插手了。希望你好自为之。”张队的话也不是全都是冷酷无情的大道理，是啊，如果不是刘苏的失忆，易扬不可能得到刘苏的一点爱恋，不过感情的世界就是如此，百转千回让人难以抗拒。哪怕在信仰面前，有时人也会迷失方向。

花朵的芬芳总是能带给女人一份莫名的心动，没错，因为女人是水做的，更是花做的，不管经历怎样的风雨，花朵就是花朵，有着得天独厚的优势，哪怕遍体鳞伤，也绝不低下骄傲的头。罗驿的心里从未放下蒋雪娇，他知道蒋雪娇的今日与易扬有着千丝万缕的关系，如果易扬的态度再决绝些，如果易扬从未给过蒋雪娇希望，也许今日的蒋雪娇还像以往一样骄傲美丽。

“老板，把这束玫瑰花给我包起来，包装得漂亮点。”罗驿对着花店的女老板说道。

“放心放心，送给女朋友的吧。真是有心的男孩。”

老板娘的几句话倒让罗驿的心里生出了一股甜蜜。尽管他清晰地知道自己哪里都不如易扬，而且蒋雪娇的心里根本没有自己，但依然想去看看这个受尽伤害的女孩，现在怎么样了。

罗驿驱车来到了蒋雪娇家的高档小区，这里真是和普通住宅有着天壤之别，尽管这是第二次来到这里，但还是觉得格格不入。冰冷的门卫看到这辆非豪车的小轿车后，淡淡说了句，请把车停在门外，联系好住户才允许进入。

罗驿心想：真是豪门的狗都比一般的厉害，狗眼看人低就是这么来的。于是他摇下车窗，掏出一个警官证，跟他说：“警察办案。”这个门卫就像是吃了什么灵丹妙药一般，神色大变，赶紧按动遥控，只见大门缓缓地打开，易扬一脚油门蹿了进去。“就算我的车不是豪车，马力也是可以的。”

“小姐，有人找你。”

“谁啊？我不见。”

“是我。罗驿。”

这一声回答让蒋雪娇的心一下子恢复了血脉，立即跳了起来，用手抓了抓头发，跟阿姨说:“让他进来吧。”

罗驿小心翼翼地进入了这栋住宅，两层的结构，到处弥漫着浓重的酒味。大厅里的钢琴早已被一块红布丑陋地遮住了。桌子上零零散散地放着几个酒瓶，一看就是昨夜蒋大小姐又没少灌黄汤，不然阿姨怎么会还来不及收拾。

“你怎么来了？”随着蒋雪娇的话音，罗驿才发现杂乱的沙发靠垫中蒋雪娇潦倒地坐在那里。

“这是送你的花。”

“谢谢，就放在那里吧。”

“我记得你喜欢玫瑰。”

“是吗？我都忘记了。这一年我觉得过得好慢，每一天不喝醉了，都不知道怎么过。”说完，她抬手拿起桌子上的一个水晶壶直接打开盖子往嘴里灌水，一看就知道这是宿醉后的表现。罗驿的心里说不出的难受，曾经风华正茂的骄傲公主，如今变成了如此萎靡不振的怨妇，天壤之别，人的精神真是一股强大的力量，也是摄命的利刃。

“对了，听说你辞职了。”

“对。我辞职了。我得走，我得远远地离开这里，再也不回来了。”

“为什么。就因为易扬。”

“咱们能别提他吗？”说完蒋雪娇一阵剧烈的咳嗽。

“不提他你就能忘记吗？”

“这个能忘，而且飘飘然的，什么烦恼都没有。”蒋雪娇指了指桌上的酒瓶说道。

“你这就是酒精依赖！”

“你别逗了。”

“雪娇，我认识你也不是一天两天了，我知道这身警服在你心中的重量，你为了这身警服付出了很多，它不仅是一个职业，更是你的信仰，你怎么可以这么草率地就辞职呢？你有没有想过有些决定做了就再也回不了头了。”

“回头？我还能回头嘛。做错了的事就是回不了头的事。我能做的是什么，就是离开，到一个没人认识我的地方重新开始。理想？信仰？全他妈狗屁。我，你知不知道，我，从小就喜欢易扬，我穿上这身警服也是为了他，大学毕业那年电视台让我去做主播我都没去，我放着高薪亮丽的工作不做，一心就想进这个圈子，我想着我要是能离他近一点多好。哪怕就是看看他也好，结果才工作，他就调到了公安局。后来的事你都知道了。我知道我贱，我他妈没见过男人，信仰，他就是我的信仰，我差点，我就差那么一丁点就成为他的新娘了。可惜，我造的孽就得自己尝，说到底，他到底不属于我啊。”说完，蒋雪娇打开瓶子盖往杯子里倒了一杯酒，黄黄的色泽，像极了她此刻的脸色。

长期饮酒，她的手已经开始颤抖，似乎拿起的酒杯随时都会随着她的颤抖而跌落。罗驿一把抢过她手里的酒杯，说：“别喝了。你觉得他值得你为他做这么多的牺牲吗？值吗？”

“我也不知道值不值得，反正就是对也就对了，错也就错了，反正都做了啊。我连我们的孩子都没保住。你说我有多失败，是吧，我多失败。”说完蒋雪娇一下子从沙发上滑落下来，眼角的泪水不住地流，她的灵魂散了，心碎了。是啊，这个年轻的女孩把自己所有的第一次的美好所有的忍耐还有所有的眼泪，都给了这个叫易扬的男人，可是得到的却是满身满心的伤痕。是她太傻？是易扬的浑蛋？不，是两个原本就不在一个面上的直线，总是更换各个角度也难以找到焦点。爱情就是这样，看似互相折磨，其实是那份不甘在作怪。

“你不能这样下去了，你看看自己成了什么样子。”罗驿一把拉起蒋雪娇，把她提到客厅的镜子面前，蒋雪娇急忙用手捂住自己的脸，易扬用力把她的手扒开，把她推到镜子前，强迫她看看镜子中落败的自己。

蒋雪娇崩溃了，仿佛一瞬间，所有的情绪宣泄了出来，一年了，这份委屈与不满，彷徨与恐惧，一股脑地倾泻而出，她开始嘶叫，这份撕心裂肺的吼叫是生命的哀号，是对灵魂的忏悔。无论如何，事已至此，接受也得接受，不接受也得接受。

罗驿搂着跌落在地上的蒋雪娇，用手轻轻地安抚着她，蒋雪娇的情绪一点点地得到了控制。旁边巨大油画上那个自信微笑身着警服的蒋雪娇默默对着这个败得一败涂地的自己，或许蒋雪娇从未感受过来自一个异性的温存，易扬对待自己哪怕是酒后乱性那一夜也从未有过这种怜惜。她的心被深深地震动了，自己一直以来疯狂而执着的追求，究竟是什么？那不过是“理想”的执拗，不过是任性的代价。蒋雪娇的心里一直有个声音在一遍又一遍地重复，“为什么，为什么易扬爱的人不是我。我哪里做错了，为什么。”可事实就是太多的为什么，没有答案；太多的答案，没有为什么。一切皆有定数，求之不得，弃之不舍。人心就是如此。

随着袅袅而起的烟雾，在这样的夜里，同样是个伤心人的还有叶慕林。他在烟雾中麻醉自己的神经，但却清晰地见到刘苏的每一个冷漠的瞬间。“没有你的生活”，这句话像是一把刀子深深地插在叶慕林的心上，就算赢得了全世界，失去了自己的挚爱又胜在了哪里呢？不过是美好冷却后的狰狞。究竟自己当时是否做对自己也不知道，如果不顾一切地去找寻，保不住的不仅是孩子还有刘苏，但放任后的重逢，却是失忆后的冷漠，不过幸好刘苏一切都好。随着烟雾越来越浓，叶慕林的泪随着眼角的一条线，渐渐流了下来，打开房门的刘苏看到了如此落寞的叶慕林，那孤单的背影，颤抖的肩膀，无尽的烟雾，刘苏的心不知道为何会如此之痛。平日不可一世的叶总，意气风发的样子让人难以忘怀，而此刻，他就像是一个打了败仗的将军，无尽的失败与伤感侵袭着他的全部，那份骄傲像被从体内抽走一样。刘苏深知一切的一切都是源于自己，源于自己的失忆，源于那场车祸。如果没有这些曾经，或许自己还是单纯得如叶慕林口中叙述的那样，只属于他，全部属于他。但世界没有如果，没有无缘无故的爱也没有无缘无故的恨。刘苏心心念念的易扬此刻也在宿舍望着窗外的明月，抽着一支香烟，他担心着刘苏的一切。这份纠缠太久的四角恋着实将人折磨得体无完肤。情感的世界就是如此，兜兜转转，你不知道在下个街口你会遇到谁，更不知道邂逅与分离是否意味着牵手一生还是咫尺天涯。

两个女人的泪，两个男人的惆怅，使这样的一个夜变得如此漫长，如此漫长。可总要有人选择放手,因为爱因为恨,因为一切一切的无为，因为爱打了一个死结。

第二天，天刚微微亮，叶慕林轻轻地敲了敲刘苏的房门，然后带她来到了郊区的一处靶场，这个清晨的清新除了空气，还有的就是两个人在一起的气氛，不再是剑拔弩张的硝烟，而是尴尬的沉默。

“这是要做什么？”刘苏不解地问道。

“最近比较忙，在筹备你的大礼，当然还没到揭晓的时候，但是趋于现在的形势，我觉得还是要保护自身安全最重要，所以带你来这里，教你学会更好地保护自己。”叶慕林说完看到刘苏笑了一下，心中不免一阵甜蜜，为什么刘苏会有如此巨大的转变？怕只有上天知道了。

进入靶场，叶慕林拉着刘苏的手，刘苏没有了往日的烦躁，相反是一种顺从，这让叶慕林握着她的手更用力了一些。叶慕林来到靶场，帮刘苏戴好护具，熟练地拿起一把枪，对准靶心开了几枪。不错的成绩。然后对刘苏说道：“这是中国 92 式手枪入选福布斯十大名枪之一。手枪特点：一是枪弹侵彻力好。二是结构设计优化。该枪发射国产 DAP9 毫米手枪弹，也可发射巴拉贝鲁姆弹，全枪长一百九十九毫米，全枪质量七百六十克，枪管长一百一十一毫米，采用十五发双排双进弹匣供弹，有效射程五十米。”说完他将枪放在刘苏的手中，从她的背后握着她的手，对着靶心就是两枪。刘苏自己拿起手枪细细地看了看，似乎有一种似曾相识的感觉，却无论如何也串联不起来，好像曾经有过开枪的经历，这个靶场也似曾相识。不过很快，她恢复了应有的正常，拿起枪对着靶心开枪，虽然成绩不怎么样，但总算是自己独自开枪了。

“熟能生巧，多加练习，你也会打出漂亮的成绩。”

就在叶慕林转身出去接电话的一瞬，那个曾经眼光灼灼的刘苏似乎又回来了，她的枪口从叶慕林的背部凝固，再转移到靶心，砰砰两枪，直中靶心。叶慕林也许不知道，刘苏在警校时的专业课可是出名的好，不为别的，因为她的心中总是充满了仇恨。这股力量是巨大的，可以推动你朝你想要的方向前进。只要你想，就能得到属于你的猎物。

在郊外的小路上，叶慕林与刘苏漫步着，仿佛每一缕花香都是如此的诱人，仿佛每一股青草味都是如此的沁人心脾。只是曾经爱得炙热的良人再也找不回曾经的感觉。

“你知道我不爱你了，为什么要把我留在你的身边？”

“因为我的爱从未改变。”

“你想改变我，成为过去你身边的女人。”

“我只是依然爱你，除此便没有其他了。”

“现在这个时代你说的就像是老夫子所言，根本就不现实。”

“不努力，败的就不会心服口服。”

“原来在你的心里，我就是你成功与失败的筹码。”

“不管你怎么说，我对待你的心不会改变。”

“如果我想要的是你给不起的呢？”

“比如我的命？”

刘苏没有说话，叶慕林停了一下，转过身来，看着这张自己爱了似乎一辈子的脸，不同的神情就像天空变幻莫测的风云，爱或不爱就在那同一张脸上悄悄上演，只是自己的心还是像第一次看到这张脸时一样悸动。

“刘苏，我是一个商人，在商言商，我承认我做过许多错事，无论因为什么，迟早有一天我会为此付出代价，这就是轮回，这就是命数，老天爷在上面睁着眼睛看着我们的一举一动，我从不愿意回忆过去，就是因为我怕自己后悔，怕自己看着这一步一个血印走过的每一个季节。可你不同，你是纯净的，至少在我的眼里你一直就是那枝纯洁高尚的百合花。如果有一天我必须结束自己的罪孽，还上我欠的债，我情愿是为你离开。至少那样我的生命还算是有些意义的。”

叶慕林的一席话让刘苏有些震撼，往日冷峻的叶慕林竟然说出这种动人心魄的话，着实让人不知所措。不过转念一想，对啊，人在做什么，自己都清楚得很，不用老天帮你丈量，自己心里就有数。每个人在世上都要还自己欠下的债，造下的孽障。这就是所谓的天理有寻吧。尽管一段日子的接触让刘苏的心渐渐不那么厌恶叶了，但是她一刻都没有忘记自己的使命，没有忘记父亲的死，没有忘记离开易扬的日日夜夜。这份煎熬只有自己能够亲手了断，那就是叶慕林伏法之日。

其实在爱情面前，不也是还着各自欠的债吗？蒋雪娇终于按捺不住，再次拨通了易扬的电话，不断地占线，她明白易扬将自己拉成了黑名单，这种痛是自己自作自受，刘苏回来了，自然自己就是那个最多余的人。不管刘苏是生是死，她都将永远占据着易扬的心，易扬的灵魂。而自己不过是他们重逢的一个始作俑者，一个过客。戏散了，人就要走了。这一夜的分分秒秒就像炉火上的烤鸡，不管你以什么样的姿势自持都是煎熬，都是满眼的痛苦。蒋雪娇终于做出了一个决定，她来到天台，点燃了一支香烟，坐在那里静静地抽着，想着自己曾经和易扬的种种，自己就是一个大傻逼，连上床，这个男人都喊着另一个女人的名字，自己仍旧飞蛾扑火，这难道不是自焚的节奏吗？随着烟火在黑暗中一次次亮起又一次次暗淡，蒋雪娇的泪水不住地倾泻而下，自己做错的只是爱着一个心有所属的男人，这个错让自己犯下一个又一个错，终究难以挽回。晚风吹动起她的发丝，扭曲地缠动着，一双玉腿就在空气中随意摆动，仿佛下一刻就是解脱的一瞬。

她望了一眼这个深深让自己爱过恨过的城市，望了一眼这宁静与喧嚣混杂的尘世，闭上双眼，让自己如羽毛般轻盈，亦如当年的母亲。就在此时，她的电话响了，她急忙打开一看，不是易扬，却是罗驿。她轻轻地挂上了电话，准备纵身一跃的时候，电话再次响起，这一次依旧是罗驿。蒋雪娇的泪水伴着一丝苦笑接听了这个和自己同样执着的电话。

“雪娇，你在哪里？”

“我？我在自己家里。”

“你胡说，你在哪里？我就在你家，你根本没在家。”

“我在迦兰大厦。”

听到这个名字，罗驿的心被狠狠地抽动了一下，那里不就是蒋雪娇妈妈跳楼自杀的地方吗？他急忙闯出门去，直奔迦兰大厦。

气喘吁吁的罗驿看到蒋雪娇的一瞬，他安心了，蒋雪娇就坐在那濒临下坠的边缘，罗驿一把将她拉回，没有言语，没有犹豫，只是一个动作，瞬间将蒋雪娇拉离了生死的徘徊线。蒋雪娇闭上了眼睛，任由自己在罗驿的怀里哭泣。这份温暖是从未有过的，也或者是自己从未注意过的，但是你的漠视不能遮盖它存在的现实。这就是宿命吧。罗驿轻轻地吻着她的额头，问她为何这么傻，无论因为什么，何必要走到绝路。

“梦醒了，一切都消失了，我也该消失了。你知道吗？这个梦是我做过最美的梦，而这个梦也是我亲手撕碎的。我面对不了，我真的面对不了，我很累很累，就像有千斤重的石头压在我的身上，喘不过气来，我想活，想像羽毛一样地活着。我别无选择。”

的确爱上一个人是幸福的，哪怕所有的苦难都是生命的调味剂，因为爱遮蔽了你的双眼、口鼻，你听不见看不见嗅不见一切的真实。但是当迷雾散去，你看到的只会是满身的伤痕，一道一道，血淋淋地提醒着你，你的盲目你的不顾一切，甚至是你的错爱都将让你为此付出惨痛的代价。而蒋雪娇的梦再美也不过是水月镜花里作为替代者的一夜，为了这个“梦”，她做了不该做的事，她明白这是垂死的挣扎，最后的一搏，但曲终人散，她终究不是刽子手，只能面对命运对自己的宣判。

面对所有的煎熬，每个人面对它都有属于自己的无奈和屈服，因为这就是生活，这就是每个生命必须面对的生活！没有生活何谈生命？

易扬与刘苏的煎熬如此的相同又如此的不同，因为在爱的面前两个人的内心都保持着一种独一无二，又都为那份执着的第三个人而感到纠结，仿佛麻绳沾染了水，越拧越紧，根本松懈不下来分毫。

这一天，清晨的花香依旧清晰，一大束百合花就静静地在刘苏的床头绽放，她记不清这是第多少束，记不清这到底是多少缕足以让人沉迷的香气，在这床头的还有一尊塑像，一个婴儿在父母的怀中，三个人没有表情，甚至是没有五官，而刘苏想起那个还没有出世就静静离开的孩子，眼睛里竟然噙起一阵泪花，她轻轻地抚摸着自己的肚子，很难想象，这里曾经孕育着一个胎儿，一个有着自己血脉的胎儿，然而自己最无法相信的一个事实就是，这是自己和毒贩的孩子，或许他的存在就是一个错误，还好在无法挽回前就离开了人世，可是自己的内心为什么会这么痛，痛到无法名状，刘苏拼命地告诉自己，这不过是一种母爱的本能罢了，再无其他再无其他。

叶慕林看着刘苏望着雕塑的深情，陷入了深深的自责中，是自己的无能再次伤害了刘苏，也失去了自己的孩子，这是上天的惩罚。刘苏的手机再次响起，里面显示两个字，乌云。她明白，自己必须抓紧时间，不然和易扬见面的日子就会遥遥无期，而这个案子也再拖不起。当她看到叶慕林和小北的车离开后，就打通了易扬的电话，说了一句话：我很想你。

当叶慕林再次回到家中的时候，刘苏的房间被紧紧地锁住，任凭他怎么呼喊也没有回应，终于叶慕林一脚把门踹开，却被眼前的景象惊呆了，刘苏的血流了一地……

送往医院后，经过抢救，她暂时没有了生命危险，原来刘苏割腕自杀未遂，鲜红的血流了满地，滴在了委屈的百合花瓣上，也滴在了叶慕林的心中。医生认为刘苏有一定的精神障碍，需要治疗，当然从生活中就要注意，不要刺激她，叶慕林决定，带刘苏回香港。

收拾简单的行李后，一行三人登上了飞往香港的飞机。

“把我的手机还给我！你们究竟对刘苏说了什么！”易扬暴怒地冲进了指挥室。“易扬你冷静点！”衡所拉住疯狂的他说道。张队放下手中的耳麦，慢慢转过身子，看了看易扬说道：“我们也没想到，刘苏会用这么激进的方法推进行动进程，但我已经确认过了，刘苏没事。”“没事？我说过很多次了，她不是警察，你们为什么逼她？她必须撤出任务，不能再继续了！”“她已经离开北京，飞往香港了。”张队的一句话，仿佛瞬间将易扬打入了十八层地狱。

“这是机票，你和我还有其他同事下午飞香港，确保刘苏的安全，也快到收网的时候了。”

可是压在易扬心头的沉重就像是机窗外层层叠叠的乌云，没有一丝的缝隙，窒息而让人难以逃离。在易扬的心中，最痛的不过是面对刘苏一次次的伤害，而自己束手无策，最痛的不过是刘苏是因为失忆才爱上自己，最痛的是眼睁睁地看着自己最心爱的女人每天陪在一个毒贩的身边，那痛直逼骨髓，如果不是因为这近乎扭曲的爱在苦苦支撑，自己仿佛在下一秒就会结束自己的生命。

香港的别墅还是那个样子，静怡而落寞地矗立在那里，仿佛用无言来表述自己的内心藏着一个巨大的秘密，而刘苏就是这个探秘者，她需要做的就是解密，挖出这个大毒瘤，但太难太难，人非草木，孰能无情，但对于自己过去的情感，遗忘是最好的一剂良药，但也是自己灵魂深处的最痛。自己竟然为身边这个风度翩翩的毒贩怀上了孩子，自己竟然爱了他那么久。

可是噩梦终究还是会闯入想安睡的人们的大脑中，挥之不去的总是那些触目惊心。刘苏一次次地在噩梦中惊醒，一次次地感受着生命的重量。她突然坐起，走到窗前，看着窗外一动不动。"苏苏，你在干什么？"叶慕林不安地走到她的身边，"我在想我会不会飞，我能不能从这里飞出去，做一只小鸟。"她伸出手去抓空气，然后似乎抓住了什么，愣愣地看了一下，就放到了鼻子边，深深地嗅着什么，然后闭着眼睛，张开双臂。叶慕林紧张地看着越来越不正常的刘苏，他拉下她的手，轻轻地抱住了她。

这个看似温暖的怀抱在刘苏的心里却像一根刺一样，扎得她很不舒服。一连一个月，刘苏三次自残，这让叶慕林无法接受，犹如一只困兽，随时可能爆炸。而霍老大的衰败，直接导致的是内地输入的急剧下降，这个当口，谁要是冒险走上一遭，必定会赚得锅满瓢满，叶慕林的心也在犹豫，刘苏的情况每况愈下，如果继续拖下去，精神随时可能崩溃，而且内地与香港警方联手，霍老大这种老龙头都不行了，自己也在劫难逃，所以为了刘苏，为了自己，也许应该再干最后一票，带着所有的家当和刘苏出国，以后便不再碰这浑水。

可局还是得设，毕竟这是香港，想直接跨过霍老大，还是不太现实。所以叶慕林心中也得盘算盘算，怎么来一次最后的晚餐。

第二十一章

最后一搏

这一晚是刘苏在香港的最后一晚，叶慕林已经联系好了美国的医生，为刘苏诊治，不仅仅是心理的治疗，对于她车祸后的失忆，还需要进一步的检查，叶慕林亲手做了饺子，这是刘苏最爱的青瓜虾仁馅，还做了鲜虾油菜浓汤，不知为什么，刘苏对虾的热爱就是如此的令人费解。她缓缓地举起酒杯，喝了一口里面的红酒，然后眼神空洞地望着窗外。叶慕林走过来，弯着腰用手绢轻轻地擦拭着刘苏唇边的酒渍。

“苏苏，味道怎么样？我知道你最喜欢吃虾了，什么山珍海味都代替不了。我也知道你最近都很不愉快，很痛苦，你放心，属于我们的好日子就快到了，我会带你离开这里，忘记所有的一切，我们重新开始，我们去国外找最好的大夫医治你，你放心，有我在，你一定不会有事。”叶慕林的一席话着实让刘苏松了一口气，离开就意味着不再回来，叶慕林会带着所有的家产，那么就包括那笔巨款。下落不明就会变成水落石出，离开这个案子，真正地离开叶慕林的日子就会到来。她看着叶慕林笑了一笑，说道：“我们走，拿什么走，厂子都没了，制药公司你的股份也没了，我们拿什么安身立命。出国？带着一个病恹恹的我？”

“苏苏，你真以为我们身无分文吗？如果是这样，我还有什么资格爱你，今天我不妨给你透一个底，只要你好，我可以养你这辈子，下辈子，下下辈子。我不会让你为钱奔波，不会让你受到一丝一毫的伤害，你的生命将被幸福所灌满。只要你高兴，我们可以住在好莱坞，我们可以去拉斯维加斯疯狂，我们可以去夏威夷度假，我们可以做很多很多有意义的事情。我们的生活将是美好的开篇，苏苏，你想想，拥有这些，你还有什么不满，什么不快呢？”

刘苏的眼神依然没有变化，她冷冷地说：“拉斯维加斯？呵呵，我的人生就他妈像拉斯维加斯，不过我输了……”说完她转身回到了房间。

刚刚洗完澡，躺下的刘苏被叶慕林一把拽了起来，刘苏的心提到了嗓子眼儿，难道出了什么事？怎么会这样？叶慕林把刘苏塞进了车子的副驾驶座，然后蒙着她的眼睛，绑上双手，开着车带着她来到了一个神秘的地方，只听见开门声，刘苏被带到了一个房间，摘下眼罩刘苏愣在那里，这究竟是什么地方，一个地下室，里面全是酒，各种各样的葡萄酒，墙面被酒柜所覆盖，穿着睡衣的刘苏不禁抱起了手臂，寒意从心里发出。如果东窗事发，不应该是叶慕林一个人带她来，最起码应该有小北在，可是这里什么人都没有，而且叶慕林的眼神与状态都和往日不同，没有了那么深刻的儒雅，反而像是一只醉后了的豹子，耐人寻味。看到略惊的刘苏，叶慕林脱下自己的外套给刘苏披了上去，然后亲吻了一下她的额头，说道：“苏苏，别怕，我知道我这么做让你很害怕，可是我别无选择，我要带你来到的是我的核心，我所有的机密。”说完，他转身走向一个酒柜，用力地搬走了最下面的两个酒桶，拉开里面的挡板，里面竟然嵌着一块可以挪动的墙砖，再里面就是一个密码锁，幽蓝的光就像它所隐含的秘密，让人不禁不寒而栗。就在输入密码的一瞬，竟然在进门处右手边的一整面墙缓缓抬了起来，原来这根本就不是墙面，而是一个大门，打开的一幕让刘苏目瞪口呆。除了一些字画，还有一个个银色的手提箱以及一个个和外面一样的酒桶。叶慕林松了一下领带，抓着刘苏的手走了进去，他打开一个又一个手提箱，里面竟然全是美元，这数十箱的美元，加起来可是数目可观，叶慕林又拿起撬棍，撬开了一个、两个、三个的木制酒桶，里面不是酒，而是一个又一个闪闪发光的金条。刘苏倒吸了一口凉气，原来失踪的庞大资金，除了盘古制药的钱，所有的毒资都在这里，叶慕林肯定是为了方便外逃，竟然把钱换成了黄金，就藏在这个密不透风的酒窖里。如果不是自己一月数次的自残，如果不是霍老大恰逢时宜的失势，可能这个秘密自己永远不可能知道。刘苏蹲在地上流出了眼泪，叶慕林以为刘苏被眼前的景象所惊呆，便弯下腰来轻轻地抚摸着她，他暗自告诉自己，所有的奋斗终于有了回报，那就是带着刘苏，哦不，带着霍青，自己的初恋，自己燃烧了整个青春岁月为之倾其所有的女孩，离开香港，到自己编织的伊甸园去，作为男人所有的满足感顷刻充满了大脑每一个细胞。他抱着刘苏碎碎念道：“霍青，我不再是那个一无是处只会做试验的穷小子，我能给你整个世界；刘苏，我不会再让你受到一丝一毫的委屈，我会给你所有的美好。”也许病入膏肓的是满身疮痍的刘苏，也许病入膏肓的是这个行走的躯壳——活在过去的叶慕林。刘苏的心猛烈地被震动了一下，原来这个十恶不赦的毒贩，原来这个平日里冷静睿智的儒雅志士不过是一个简单得再不能简单的情种，他想要的不过是和自己最爱的女人厮守终生，而自己仿佛在此刻，比这个毒贩还邪恶，自己亲手编织了一个虚幻的美梦引其入局，然后将其套住，在某一个时间，亲手将这个美梦撕碎，让其痛不欲生，如同从墙壁上掉下的蜘蛛，无力地挣扎，最后一动不动，等待生命的终结。

刘苏的泪轻轻地滑落在叶慕林的衬衫上，这泪在叶慕林的眼里是极其珍贵的，但在刘苏的心里却是最后的挣扎。熟视无睹？毫不动情？如果人可以忘情，便可没有痛苦，但没有情，人还能称之为人吗？时光的流逝就如同从脚边退去的浪花，无力抓住，也无法带走一件行李，告别就是我们每一个人必须面对的，因为重逢？因为掩盖自己的眼睛？此刻的叶慕林将自己的全部乃至灵魂全都表露在刘苏的面前，这一刻他等了太久，她也等了太久。

刘苏被戴上眼罩，重新出发，回到了住处，遗憾的是自己根本没法看到这个地方究竟在哪里，而且酒窖被屏蔽，根本无法发送信号，进入核心已经是任务中的重大突破，可是如何找到这个地方却成了看似简单的一层窗户纸，只可惜捅破它还需要时间。

而远在北京的蒋雪娇此刻如同鹅毛大雪般轻盈，轻盈到无力挣扎，独自坐在卧室的床上，她也在思念，思念着早年离开自己的母亲，思念着远在天涯的易扬，思念着自己固执走过的韶华，可是所有的思念都在此刻慢慢蒸发，因为桌上罗驿送来的一个小熊，如此的单纯，如此的可爱，也许自己太过执着，从未回头，身边的花朵就在那里静静地开放，而悬崖上的雪莲终究只能在传说中相见。蒋局长明白自己的女儿，更明白易扬是一个怎样的人，对于这种不识抬举的青年，自己自然不愿意把女儿交给他，对于悔婚这种事都做得出来，还有什么做不出来的？看着颓废的蒋雪娇，他的心很痛，想起她母亲生前对自己说过的话，更是觉得无比的亏欠与自责，这件事必须处理好，然后送她出国，自己的任期马上就要到了，提前退出这局棋是最好的选择，但是需要的是一个时机，时机到了自己就可以带着蒋雪娇离开，重新开始。似乎这一刻的离开，已经成为所有人的追求，似乎只有“离开”，所有人才能得到灵魂的解脱，但真正的解脱并非如此，因为结局已然上演，拉开序幕就必须演完才可以闭幕。

工厂的车已经处理完，下一步就是找一个替罪羊，这个关系很快就落实到蒋雪娇单位的一个领导身上，这位领导很快就被带走，谈话，进一步地审查、核实，迎接他的肯定就是牢狱之灾，但是尽管他觉得天衣无缝，可重案组的人已经在暗地里掌握了他几乎所有的罪证，只等收网一刻，万箭齐发。

叶慕林的大礼已经准备完成，这个西餐厅同样有一个酒窖，这儿餐厅有一种气味，一种淡淡的忧伤似乎弥漫在每一个角落，一架钢琴静静地站在那里，等待它的主人前来揭开它的面目，怎么样的音乐会从它的眼眸中奏出？

“你联系他吧，我想见见他，我答应你，如果他与你的事已深不可测，我可以放你走。”叶慕林淡淡地说道，仿佛他在诉说着别人的事，仿佛那晚他带刘苏到核心的事没有发生。刘苏的心怦怦直跳，这局棋实在让人难以看懂，她只好拨通了易扬的电话，说叶慕林想要见他。可是没有提前约定，这出戏该怎么唱下去呢？穿帮？代价可能就是这个任务全面崩盘，刘苏的脸变得如同一张白纸般没有血色。

“你会怎么样？你会打死我们吗？”刘苏愣愣地看着叶慕林问道。

“怎么？在你的眼里我就是这样的一个暴徒？”叶慕林吸了一口

手中的雪茄说道。

“不，你太小看我了，你知道我是做什么的，但我不像那些人，总以结束别人的生命作为代价换取自己的平安，不，我从不那样做，我只做我自己应该做的事情。我是一个讲理的人，属于我的，谁也动不了；不属于我的，我也决不强求。苏苏，就像流水一样，我们能阻止水往下流吗？不能，就算我再武断，我也不能强迫逆流而上，对吗？”话虽如此，但你能相信一个毒贩的话吗？

“打扮得漂亮一些，我不希望他看到你和我在一起生活后变得有一丝的不快。”叶慕林双手握住刘苏的肩膀，趴在她的耳边说道。刘苏在衣柜里拿出了一身藏蓝色的连体裤，合身而严肃，肩膀处的荷叶边轻轻地垂下，仿佛是一苇刚刚睡着的叶脉，她将发尾微微卷起，大波浪式的造型很是大气，精致的眼线，蔓越莓色的口红，将刘苏衬托得从未有过的霸气。刘苏在心里默默告诉自己，就算这是最后的晚宴，自己也绝不能有一丝一毫的恐惧。她穿上一双靛蓝色的高跟鞋，拿起一件羊绒大衣，径直走出了房间。如此形象的她是叶慕林从未见过的，这种美，美得让人窒息，更美得让人不寒而栗。

车子缓缓开动，直奔尖沙咀地区的一间西餐厅。走进餐厅，每张桌子上都有一束火红的玫瑰，静静地开放，只有一个桌子上插的是白色的百合，静静地在那里呼吸，仿佛世间所有的纯净只此一处。叶慕林礼貌地为刘苏接过大衣，拉开椅子。不一会儿，餐厅的门打开了，身穿皮夹克的易扬走了进来。他径直走到刘苏身旁，摸了一下她的肩膀就坐下了，这一个看似细微的动作，深深地触动了叶慕林的每一根神经，似乎每一个细胞都在跃跃欲试，仿佛下一秒就要冲破肌肤，直击易扬！

“刘苏，好久不见。”易扬坐下后对着刘苏说道。

刘苏没有说话，只是静静地看着易扬，不自觉地抓住了易扬的手。易扬碰触到的是一双冰冷的手，寒冷过外面的温度，叶慕林抓起了刘苏的另一只手，说道：“苏苏，你冷吗？服务生，来一杯咖啡。”刘苏的眼神又转到叶慕林的身上，同样的悲伤与复杂的情愫交织在一起，抉择总是那么痛苦而现实。

“你好，我是叶慕林，盘古药业的总裁。”

“你好，我是易扬，我是刘苏最信赖的人。”一句简单的问候，似乎叶慕林从第一句话开始就败下阵来。叶慕林继续说道：“刘苏对我而言就是我的生命，开诚布公地说，我很爱她，但这份爱是不容分享的。我希望我们今天能够谈清楚。”叶慕林挥了挥，示意服务生将咖啡端上来。

“好的，我也想让刘苏单纯地生活，不要继续纠结。”

“这间餐厅是我送给苏苏的礼物，我不是摆阔，只是我知道苏苏的心愿就是拥有一间属于自己的餐厅，用最雅致的方式经营它，我做到了，我希望她的每一个愿望都可以达成。”

“我只希望刘苏幸福。”易扬简单地回答着。

“你爱苏苏吗？”叶慕林紧张地问道。

“从她十五岁我第一次看见她起我就爱上了她，我爱了她十二个春夏秋冬。”易扬目不转睛地和刘苏对视着说。叶慕林似乎更紧张了。

“那你为什么让她回到我的身边？”叶慕林紧追不舍地问道。

“为了让她幸福。我相信她会做出对她最好的选择。爱不是占有，是舍得，有舍才有得。”易扬不紧不慢地说道。

一时间，平日胸有成竹的叶大老板竟然不知从何说起了。

“我非常地爱苏苏，我能给她她想要的一切。我知道苏苏是一个淡泊名利的人，但是对待我心爱的女人，她有权利过最优质的生活。百合始终不能在寒风中盛开，她需要温暖和洁净。”叶慕林边说边端起咖啡，喝了一口。

“我知道叶总说的生活是我给不起的，但我相信无论怎么样的生活，只有刘苏自己知道她最适合哪种。我们无权评判。”易扬对服务生说，“我不喝咖啡，请给我一杯柠檬水。”

“请问易先生在哪里高就？”叶慕林说道。

“公安局。”易扬边说，边将手中的柠檬水往刘苏的玻璃杯里倒，一人一半。

“公安局。”叶慕林的心狠狠抽动了一下，同样被抽动的就是刘苏，她没有想到易扬竟然会实话实说，这难道是衡所他们事先安排好的？怎么能实话实说呢？这样这出戏该如何演下去？叶慕林是何等聪明狡诈的人，岂不会暴露？但她仍然没有说话，静静地坐在那里，喝了一口杯中的柠檬水。

“不错。易先生有信仰吗？”

“有，就是刘苏。我答应她父亲要保护好她照顾好她，前提是尊重她。所以我知道她当初选择跟叶老板来香港是为什么，我选择尊重她的意见，我就在原地等待，等待她处理好这段关系后，再回到我的身边。”易扬不紧不慢地说道。

“易先生怎么敢肯定苏苏会回到你的身边，你给得了她最优质的生活吗？据我所知，大陆警察的薪资并不高。”

“如果她不会回到我的身边，就不会有我们今天的见面了。对吧？”叶慕林从未有过的挫败感迎面扑来，一个普通的小警察竟然将自己问得哑口无言，的确，如果自己有能力把刘苏留在身边，就不会有今天的会面。可是无论如何，自己不能将刘苏拱手相让。

“苏苏怀过我的孩子，你是知道的，虽然没有留住，但我会补偿她，让她过更好的生活。”

“我知道，曾经我放手，让她选择她想过的生活，她只是想证明她成人了，可以飞向离开我的未来。可事实证明，她错了，她付出了巨大的代价，失去了孩子和记忆，但却明白了什么是最安全最适合她的，所以她选择回到我的身边。我没有叶老板的伟业，但是我能给她最简单的幸福。或许您不能体会，我是看着刘苏长大的，某种意义上我更像她的父亲，我经历了她人生中很多的第一次，我不在乎她犯错，不在乎她走错某一步，因为我知道，线再长，终究风筝还是会收回。也许冥冥之中上天注定，她没有失去全部的记忆，仅仅只是有关叶老板的，说明您的存在就是刘苏做过的一场梦，梦醒了，人就要回到现实中，梦只能是梦，不能成为现实。”易扬看着叶慕林说道。

刘苏苍白的脸颊和深色的唇色成为鲜明的对比，她内心的感受并不是装出来的，此刻的她真的很挣扎，对叶慕林的情感虽然不清楚，但冥冥之中似乎有个印记在心中涤荡，对易扬的情感是最清晰的，自己一直奋力想游回的不就是易扬的怀抱吗？玫瑰与百合，究竟哪个才是自己真正的色泽？

“我不会逼刘苏，她自己可以做出选择。”易扬的话不深不浅地直接扎在刘苏的心上。这道题，是三个人都需要回答的，何去何从，如何选择。

时间一分一秒地流逝，而时间又仿佛静止在此刻，嘀嗒的声音不过是在证明世界依然存在，但毁灭也许只是一瞬间。

“我们只差最后一步了，苏苏，想想你的父亲，想想你在警校的岁月，想想你的曾经，刘苏，信仰是需要我们用实际行动来灌溉的。你可以随时选择退出，但是想想我们所有的付出，为的是什么。”张队的这句话一直在刘苏的耳畔响起，当然响起的还有那声巨大的碰撞，身体腾空而起的痛苦。虽然记忆是支离破碎的，但似乎冥冥之中有一种力量，让人难以后退，前进，就算前面是刀山火海，也容不得半点迟疑，也许这就是人们常说的宿命……

当手表再次转动的时候，刘苏就为自己选择了一条属于自己的道路……

一连几日，叶慕林像消失了一样，刘苏自己在房子里静默，仿佛这个陌生的地方又是如此的熟悉，仿佛每一处都残留着自己的气味，但是手铆的温度告诉自己，心只有一个方向。

一阵急促的敲门声响起，打开房门，小北拖着喝得烂醉的叶慕林站在那里。

“夫人，您看慕哥喝多了，能不能让我把他放在床上？”

刘苏没有说话，侧身让小北将叶慕林扛了进来。小北看到刘苏没有反对，识趣地退出了房间。刘苏看着这个为了自己，几乎倾其所有，为之疯狂的男人，心里竟多了一丝怜悯，是啊，爱情这毒中得最深，谁也逃不掉。她将叶慕林的领带解下，安放好身子，将被子给他盖好，然后自己放下头发，静静地躺在叶慕林的一侧，凝视着这个外表冷峻，内心柔软的男子，叶慕林突然喊道：“苏苏，你别走，你别走。”刘苏下意识地握住了他的手，究竟自己和他曾经发生过什么，就算他再无辜，但他自己犯的罪还是要自己偿还。为此，自己只能说声对不起了。

清晨的阳光温暖地洒落在房间的每个角落，叶慕林看到穿着白色睡衣的刘苏就在自己的臂弯里酣睡，竟不自觉地笑了，他想自己的努力终于打动了刘苏，刘苏做出了选择，而这次自己不再是局外人，我一定要补偿，补偿这个我最爱的女人。他轻轻地吻了吻刘苏的额头，看着微微汗意盈头的美人，他的心似乎终于归于宁静了。

“哥，咱们这是去哪里？”小北边开车，边问道。

“去买戒指。”叶慕林冷峻的脸庞再次泛起了一丝笑意。

此刻，小北的心中已经是波澜万千，从这个与霍青长得十分相像的刘苏出现到如今，已经过去了几年，可是这几年，叶慕林虽然像是活着了，但是生意上一直是惊险万分，自己不知道这刘苏究竟会不会毁了叶慕林，可是他也深深地明白，叶慕林的心已被填满，成也萧何败也萧何。再次求婚，似乎也意味着，他真的要收手了，罢了，这条命就是他给的，陪着他无论哪里，做什么都值了！而此刻的叶慕林，除了心中的小甜蜜，失而复得的喜悦外，正在盘算着一桩大买卖，这也是必须回香港的原因之一，只做这一次，之后就会洗手，带着心爱的苏苏离开这里，离开种下两个人所有回忆的地方，到一个新的世界，重新开始，重新书写两个人的回忆，重新开始应该属于自己的人生，甚至重新拥有一个孩子，欠刘苏的，自己必须还上。

想起即将迎来的美好生活，这个素日冷酷惯了的毒枭，竟也觉得春意盎然，温暖极了。这么多年，他冷了世界，世界也冷冻了他，自己终于发现，原来香港这么暖，原来路旁的花店一直是五彩缤纷。原来只有离开才是放下。

结束才是开始，刘苏一个人在泳池旁边散步，心里也是一团乱麻，情感的混乱，让她感觉自己时刻会发疯，案子还是要继续，而自己挣扎于这爱或是恨的煎熬，才真正叫人生不如死。看到不远处叶慕林正风度翩翩地踱步而来，刘苏脑子里一片空白，竟自己跳入了泳池，只听扑通一声，便失去了知觉，叶慕林急忙一个纵身跃入泳池，抱起刘苏奋力游向岸边，只见刘苏没有了呼吸，定是呛了水，也急忙按压刘苏的胸部，帮她排水，终于刘苏吐了几口水，醒了过来。叶慕林一把抱住刘苏，什么都没有说，他明白，刘苏这是在惩罚自己，也是在惩罚他，他抱起刘苏，回到了房间，这一夜，刘苏高烧不退，他衣服都没有换，就一直在照顾刘苏，换衣服，换毛巾，喂水喂药，一刻也未停歇，家中的阿姨都被喝退，事事都要亲力亲为，生怕刘苏像空气般消失。经过了两天的忙碌，刘苏的烧退了，当她睁开眼，看到衣冠不整、满脸胡茬的叶慕林竟靠着床，在地上睡去的时候，心真的很痛，也很暖，似乎脑海里闪现了一些曾经的东西，虽说只是闪现，但足以震撼，原来自己和这个人真的有太多的曾经，原来自己只是道阻且长的一根鱼刺。她轻抚着叶慕林的发丝，为了自己，原本风度翩翩的叶慕林，竟熬成了这般模样。叶慕林睁开了眼睛，摸了摸刘苏的额头，说："不烧了，以后走路小心。"说罢转身就要走，刘苏却不自觉地伸出手，拉住了叶慕林，叶慕林低头不敢相信地看到了自己被刘苏牵起的手，慢慢转身，看到了刘苏的眼中终于出现了曾经的注视，刘苏回来了，原来的苏苏回来了。他一把搂住刘苏，浅吻着她的额头说道："苏苏，你醒了，苏苏，你终于醒了。"刘苏也第一次抱紧了这个男人的臂膀，这股气味太过熟悉，似乎原本就是自己的氧气，只是一场暴雨，让自己丢了曾经。叶慕林缓缓地将刘苏放倒，轻轻地吻了她，刘苏双手推着叶慕林的肩膀，说道："天亮了。""亮了才好，亮了我才能更清楚地看到你，感受到你的存在，这下你可跑不了了，小东西。"

“哎，你别乱动。”“此刻，你已逃不出去。”说罢，叶慕林深深地吻向了刘苏……

日上三竿的时候，叶慕林还在沉沉地睡着，可是刘苏的心却更乱了，自己究竟是一个怎样的女人，面对易扬的等待，自己却和别的男人同床共枕；面对心里还有另一个人，叶慕林却丝毫不在意地依旧爱着自己，这夫妻难做，可进退两难的境地似乎是自己这么多年来一直重复的话题……

就在这时，叶慕林不知不觉醒了，他起身穿上了衬衫，说道:“苏苏，你是不是后悔了，我知道是我太着急，着急得到你，可是……我们是夫妻，我们发过誓言的，我知道发生了很多变故，可我不在乎，我爱你，我愿意等。对不起，我先出去了。”平日里意气风发的叶大老板，此刻就像是一个做错事的孩子，刘苏起身，抱住了叶慕林的背，轻轻说道:“后悔什么？”

经过一段时间的相处，刘苏的态度有了很大的转变，只是头疼的毛病却一直未愈，每当发作的时候，头疼欲裂，撕心裂肺的叫声总是不断从房间传来，只有叶慕林抱着她，她才不至于伤害自己，面对这样的刘苏，叶慕林的心如同千万把刀子捅向自己。

小北虽知道，但是医院也无计可施。“哥，要不，要不用点药吧。你忍心看着夫人疼得死去活来吗？”声音刚刚落下，叶慕林走过去狠狠地抽了小北一记耳光，“我说过，我身边的人都不许碰，我就是看着她疼死，也不能碰。”小北用手拭去了嘴边的血，说道:“知道了。”叶慕林也没有想到，自己竟如此大的反应，也许是因为自己太知道这“药”的弊端，也许是太过心疼刘苏的痛，也许是神经太过紧张，只是这东西，人不能碰，碰了一辈子就完了，再也没有回头路。

刘苏满头大汗，一脸苍白地坐在地上，气喘吁吁地说：“慕林，不要欺负小北，他说得没错，只是关心我，你不能对你的亲人下手。”叶慕林走过来，一把抱起坐在地上的刘苏说道：“知道了，别怪我心狠，如果用了药，也是要了你的命。苏苏，如果能让你好起来，让我做什么都行。”“别说傻话了，我的病，你要怎么做才能医好我，这是我的罪，我的债，就得我自己还，你怎么能替代？是我没有保护好我的孩子，我应该受到惩罚。”“苏苏，这不是你的错，是我的，是我的，要罚也应该罚我，要不是我造的孽太深，上天也不会如此惩罚我。苏苏，你要什么，你告诉我，我都会满足你。”

“好，那你带我离开，我们再也不回来了，我们隐姓埋名，到另一个地方，你不再是叶慕林，我也不是刘苏，我们重新开始，可好？接我们的孩子回来，可好？”叶慕林的泪轻轻掉落，他明白，刘苏的痛何尝不是自己的痛，孩子，就是自己欠刘苏的，也是自己一辈子好不了的伤……

这单买卖无论如何都要尽快促成，之后便可带着刘苏远走高飞。叶慕林不是一个急功近利的人，但面对发病的刘苏，他第一次感受到了急迫。

“慕哥，对方虽然我们接触过，但始终没有见过老板，这次直接这么交易，会不会风险太大，我知道你怎么想的，可是小心驶得万年船，不能在最后功亏一篑。”小北的话其实叶慕林的心里明白得很，可是时间真的很重要，刘苏不能再重复痛苦。他陷入了沉思，这时，刘苏推开书房的门说：“慕林，你说过不再做了，难道我们要的还不够多吗？”叶慕林一下子站了起来，扶着刘苏的肩膀说：“我知道我答应过你，这是最后一次，这样我们就可以安心地远走高飞，我们会有孩子，我们的孩子会接受最好的教育，有最优渥的生活，你相信我，我会给你们最好的一切。”“有你在，才有最好的一切，你觉得钱能解决一切吗？”“苏苏，做了这么多年，我已经是鬼了，为了你我愿意下地狱，就是为了重新做人，这是最后一次，给我一个赎罪的机会好吗？”

刘苏陷入了痛苦之中，这个时候，自己本应该推一把，这样案子就会往张队他们期望的方向发展，可是出于一种难以名状的本能，自己必须拉住站在悬崖边，随时有可能坠落的叶慕林一把，可是面对叶慕林的如此执着，而且就算粉身碎骨也在所不惜，一切的一切都是为了自己，一个要将他绳之以法的女人，自己的内心就无比地煎熬，仿佛是左手和右手争，这其中的滋味只有自己知道。

这一夜，是如此的漫长，叶慕林独自在书房默默地抽着雪茄，仿佛时间静止了，回想起自己的曾经，真是像梦一般。手中的U盘就是自己最大的资本，能给刘苏最好一切的资本。他站起身来，走到刘苏的房间，看着黑暗中刘苏躺在床上，他摸了摸刘苏的头发，如丝缎般柔软，只是刘苏太瘦了，经历了这许多，她的身体已经如风中的枯叶般，仿佛一阵风都能将她击碎。这种深深的自责填满了叶慕林的心。就在他转身的一瞬，刘苏拉住了他的手，“你要去哪里？”叶慕林回过头来，“回书房。”“这也是你的房间，你还要走吗？”叶慕林没有说话，静默了一会儿，刘苏拉了拉叶慕林的袖子，叶慕林坐在床边，看着刘苏。“你当真要做最后一次。”“是的，苏苏，为了我们的将来。”“我不想失去你，就像你曾经失去我一样，如果你要做，我只求你的平安，绝不能铤而走险。”这一夜，静谧得像池中的水，没有丝毫的波澜，有的只是波光粼粼的柔情。第二天，刘苏的手机收到了一条信息：见老板。刘苏清楚地知道通过“手表”，易扬他们已经知道叶慕林要做的事情，然后这次可以一石二鸟，既得到叶慕林的左右毒资，又能抓到这个下家，这是最关键的时刻，成败就在此一搏。

叶慕林接纳了刘苏的意见，让小北去联络，只有见到老板本人，才会交易，为了赢得对方同意，叶慕林表示这是最后一次，离开后，工厂将给对方，这无疑是一个巨大的诱饵，在这个时代，技术就是命，知道了叶慕林的想法，对方很快回复，交易与见面一同进行。

刘苏明白，是她将叶慕林推到了悬崖边，并且很快就会坠入，将万劫不复。为了稳定刘苏，不得已，安排易扬与刘苏见面。

在一家咖啡屋，刘苏用一件黑色风衣将自己裹了起来，易扬看到没有血色的刘苏走进咖啡厅，心已经被重重地敲了一下。“你还好吗？怎么脸色这么苍白。他有没有对你怎么样？”

“我不说你也知道发生了什么，还用问吗？”刘苏面无表情地回答道。

易扬的脸扭曲极了，他仿佛觉得是自己将已经回来的刘苏再次送到了那个大毒枭身边，是自己亲手将自己的女人送到了别的男人的枕边，自己太无耻了。恼怒与悔恨一下子冲进了自己的每一根汗毛、每一滴血液，他强忍着眼泪对刘苏说：“苏苏，只要你点头，我马上带你走，你不必回到那里，我们过自己的生活不好吗？你为什么同意回去？”

“我还要解释吗？易扬，你应该恨我，而不是爱我，我是一个怎样的女人，连我自己都不知道，我，我糟透了，我根本就不值得被爱，我是一个只会背叛的女人，我根本就不该活着。这件事情结束后，我应该离开。”

“刘苏，我不管你做出怎样的决定，我不管你的心里到底有我还是叶慕林，你都是我唯一的苏苏。我都会等你。只要将他绳之以法，只要没有他的存在，我们就会有未来。”

“未来？你以为他只存在于现实中吗？他也存在于我的心里，我不知道我和他发生过什么，可是我总觉得和他在一起有一种很微妙的感觉，很熟悉，就像和你在一起的时候一样，你要一个这样不堪的我做什么？”存在于刘苏的心里，这句话像刀子一样，戳在易扬的心上。他明白，自己比叶慕林好不到哪儿去，自己编了一个弥天大谎，才让刘苏爱上自己，如果不是因为失忆，刘苏一辈子都不可能接受自己的心意。可是自己却没有说出一切的勇气，没有得到就不会失去，可是如果曾经握在掌心，怎会轻易拱手相让。

“或许，或许蒋雪娇是你更好的选择，你应该对她负责。她等了你太久。”刘苏的一句话，让易扬愣住了，怎么，她究竟想起了什么？为什么突然提及蒋雪娇？“至少她是爱你的，她是只属于你的，毕竟，毕竟她为你怀过孩子，而我，我又算什么呢？”

易扬冷静地说道：“刘苏，我们现在不考虑其他，只要你照顾好自己就好，说一千道一万，张队的意思你应该清楚，收网的时候到了，我们付出了这么多，不应该让一切付诸东流。我记得你曾经对我说过，正邪不两立。别忘记你的父亲，我说过，我是你的依靠，你永远的亲人，只要这件事结束，你就可以回家了。好吗？”

回家，这个词对于刘苏来讲太陌生了，太遥不可及了，家在哪里，自己又属于哪里？这根本就是一个不存在的问题，因为无解，因为不存在。“家？”刘苏不禁脱口而出。“是的，有我的地方，就是你的家。”

易扬完美地完成了张队交给他的任务，刘苏的心静了，知道自己该怎么做了。一句简单的回家，道出了这些年刘苏最可望而不可即的愿望，十多年了，家究竟是什么，她并不知道，除夕夜，自己一个人坐在房间吃着简单的速冻饺子，放假了，自己独自回到家中望着百合从绽放到枯萎，家，究竟是避风的港湾，还是痛苦的源泉？已经无法分清了，能做的就是逃避，永远地离开。

第二十二章

我爱你

刘苏回到家，看到叶慕林坐在房间，一件白色的衬衫，和以往一样，那么的儒雅，那么的干净，他的手里拿着刘苏的手表，刘苏紧张地走过去，一把抢过手表，叶慕林的手就悬在半空中，时间霎时冷冻，刘苏紧张地握着手表，低头不语，叶慕林说道："我在书房的地板上捡到，想给你送来，看你出去了。""嗯，谢谢，我出去了一下。我以为你开会要晚上才会回来，所以出去走走。"刘苏故作镇定地回答道。"好，苏苏，我给你，我给你挑了一件裙子，我知道你喜欢连衣裙，我想今晚我们去吃个饭，毕竟过几天我们就要走了，我想，我们应该在这里留下些记忆。你说好吗？"叶慕林似乎有些伤感地说道。"好的。"刘苏望着床上放着的盒子说道。"你，打扮一下吧，我先出去了，晚一点过来接你。"说罢，叶慕林走了出去。

刘苏望着手表，这块叶慕林送给自己的手表，原本是爱的象征，可是如今的分分秒秒都是要他命的倒计时。她走到床边，打开盒子，一袭淡粉色的连衣裙，静静地躺在那里，他是懂自己的，是的，他是懂自己的。泪水瞬间像决堤的河流，夺眶而出，亲手葬送心爱的东西是多么的痛，如果不曾拥有，就不会痛苦，而亲手送他消失，这是一种怎样的煎熬，未来的每一分自己都不敢去想。刘苏对着镜子，化起了妆，也许这是最后的告别，也许这是最后的 Ending。

饭店昏暗的灯光下，叶慕林绅士地为刘苏拉开椅子，入座后，刘苏才发现，桌子上摆的不是百合，而是一束鸢尾花，紫色的鸢尾花，刘苏的泪光映在烛光里，闪烁着，坚持着，记住这最美的时光吧，留下这每一秒……

“苏苏，我知道你喜欢百合，可是今天我摆了鸢尾花，你知道吗，这是我最爱的，因为它看不透，有着难以穿透的深邃，我想给你看，我想让你了解我，我想带你去看很多很多风景，如果有机会，如果，如果我们能去的话。”叶慕林的哽咽，让刘苏不知所措，可是无论他是否察觉，这出戏都要继续唱下去，因为谁也无法买到一张回到过去的机票。

“苏苏，我，给你看几张照片，这是我唯一能为你做的。”叶慕林拿出一个信封，刘苏打开看到了照片，是一个女人被捆绑着的样子，被打得血肉模糊，可是不管这张脸多么的扭曲，自己也永恒难忘，这不是别人，就是那个女人，毁了刘苏的家和生命的女人，这个贱人被打成这样让人好生痛快。“苏苏，我知道她对你的意义，她夺走了你的家，你的父亲，不然你可以过得很好，至少，比现在幸福很多。我没有经过你的同意，因为我知道你不想再面对她，所以，我帮你解决了她，她死前很痛苦，死的时候也很挣扎，但我知道，她给你的痛远不止这些，所以我替你下手了。我想这是对你曾经的慰藉。”叶慕林仿佛在说着风景般平常，可是看到最后这个女人的惨死，刘苏的心还是被狠狠地扎了一刀。也不禁倒抽了一口冷气。“我是毒贩，手法不会那么含蓄，希望你能理解，苏苏，我只是想告诉你，我是爱你的，为了你我愿意与世界为敌。”

两个人静默地吃完晚餐，映着烛光，喝着红酒，这时的红酒没有了醇厚，就像一杯毒药，每一口都是醉上心头的苦涩，也是结束的前奏。不远处的小提琴在低低地吟唱，仿佛情感就如同这一个个的音符，悲哀，不，失落，不，也许只是一种无奈，对的时间遇到对的人是一件多么难的事，究竟是造化弄人，还是原本就是两条平行线，错误的交集，终会走向背离的方向。

叶慕林默默地自顾自地品着红酒，这一刻，他多么想时间静止，看着淡粉色丝绸包裹下的刘苏，他的眼神仿佛要吞掉刘苏，融化她的所有，这样就能拥有，不再恐惧失去。外面的雨终于倾盆而下，烛光下的刘苏走向不远处的中央，拿起大提琴，演奏了起来，《绅士》。伴随着每一个音符，刘苏的泪水终于流了下来，这滴滴眼泪不仅落在琴弦上，也滴落在叶慕林的心上。是啊，自己了解刘苏多少，知之甚少，她的恨她的痛自己能做的就是帮她或者说替她报复，但她会什么乐器，自己都不清楚，每种乐器都是刘苏的一面，这个女人，总有一袭帘子将自己隔开，这同床异梦的感觉真真是太过难受，刘苏的爱总是若即若离，究竟是哪个环节出现问题？也许自己知道了答案，这也许能解释出心再火热，但终究两个世界是不能重合的。这场分别的戏码太过伤情，可天使与魔鬼终究还是不能相爱。

“苏苏，今天是最后一次交易，我想带着你去，因为我要送你一份礼物。”叶慕林像往常一样，穿着黑色的风衣，笔挺地站在刘苏面前，刘苏才从睡梦中醒来，看着叶慕林有些不知所措。叶慕林坐在床边，抚摸着刘苏的头发，轻轻地吻了吻她的额头，说道："苏苏，我们是夫妻，是一生一世的夫妻，我永远爱你。"一句话，让昨夜还缠绵的两个人霎时间变得距离了起来，究竟是为什么，刘苏的心中也有了答案。

路上的车子越来越少，刘苏与叶慕林静静地坐在车里没有说话，仿佛时间停止，仿佛每个人都清楚对方的底牌，知道世界的隔阂无法逾越，但彼此间都没有揭穿，原因很复杂。也许是因为爱，也许是因为不忍……

一座破旧的工厂屹立在黄草丛中，斑斑驳驳的铁锈挂满钢架，这座被遗弃的地方很符合叶慕林的性格，但一般叶慕林都不会与买家见面，这次究竟是为了什么，而且就环境而言，并不适合交易，刘苏的心越来越忐忑。毒枭的心境你永远揣测不到，可是这次的交易又像一次诀别。就在这时，对方的车队也缓缓驶来，下车的是一位戴着墨镜的中年男子，当他走上前来，摘下墨镜，刘苏清楚地看到，这个人不是别人，就是蒋局长。这究竟是一场戏还是真实地上演，一时间让自己恐慌了起来。

握手之后，蒋局长才注意到叶慕林身旁的刘苏，他惊讶地说道："这是？"叶慕林冷静地说："蒋局长要说什么，我很清楚，但这是我的妻子，霍青，不是你们的人，我在外面这么多年，若是不小心谨慎些，肯定活不到今天。"蒋局长的惊恐一下子得到了缓解。刘苏的心已经提到了嗓子眼，这次的交易太过突然，只有监听器一个线索让易扬他们知道这边的情况，而自己已经没有任何时间知道张队他们的计划，更不知道如何配合，自己能做的就是等待，等待这最后的结局。

叶慕林的手始终牵着刘苏，刘苏手心的冷汗让叶慕林很是暖心，果然是个小女子，这等阵仗就已经被吓到了。他掏出手绢，细心地帮刘苏擦拭双手，然后轻轻地吻了她的额头，拍了拍她的肩膀说:“没事，霍青，相信我。”刘苏点了点头，究竟叶慕林此刻是把自己当成了霍青，还是为了不让蒋局长起疑，已经分辨不出。

“叶老板，我们讲得很清楚了，我也就不兜圈子了，我是做什么的，你是知道的，但是这只是其中的一个身份，当然，我们都是有着共同理想的人，就是建立一个舒畅的生活圈，何不让自己勇敢地面对自己的本性？对吗？”蒋局长的话让刘苏一时间摸不到头脑。

“是的，蒋先生说得很对，每个人的信仰都该是自己，单纯的自己，因为人本身就是上帝最杰出的作品。我们只是帮他们找到救赎的钥匙。”叶慕林微笑着说道，仿佛这就是场美丽的演说，“来，小北，放一曲我们最喜欢的曲子，庆祝我们和蒋局长合作愉快。”悠扬的大提琴曲随着被风吹动的干草，挥挥洒洒地填满整个世界。

“好吧，我们既说到了赎罪，谈完了生意，我们再来说说这个话题。蒋局长意下如何？”叶慕林突然放下手中的雪茄说道。蒋局长的脸显得有些迷茫。

叶慕林拍了拍手，此时，不远处的台子上站着一个女人，薄衫下，她痛苦地挣扎着，而小北将这个绑着的女人，提在手中。“蒋局长，这位，您应该认识吧。”叶慕林不急不慢地说道。蒋局长的脸一下子惊恐了起来，这个女人不是别人，就是自己的女儿蒋雪娇。“娇娇。叶慕林，你究竟要干什么？为什么要抓我的女儿，快放了她。”说罢，蒋局长不自觉地走向女儿。“蒋局长，最好不要轻举妄动，不然我的兄弟随时会走火，那，那蒋大小姐能否跟你回家就，就不一定了。”“姓叶的，你要干什么？价格我已经加了三成，你还要怎样？”蒋局长气急败坏地吼道。

“刚刚我们说到理想，每个人都有选择自己人生的权利，得到自己想要的，而不是剥夺别人的生命。换句话说，来而不往非礼也，有得到就得有失去，这才公平。您的女儿，故意用车撞了我的妻子，我的孩子已经八个月，还没来得及看看这个世界就走了，我的妻子失忆，离开了我近一年，您觉得这笔账该怎么清算？”叶慕林的一席话，让蒋局长大为震惊，他没想到，原来蒋雪娇撞的人不是刘苏，而是霍青，而霍青又是叶慕林的女人。原以为车子处理干净，这个女人失踪一切都将无头可查，没想到竟然被叶慕林挖了出来。此刻，女儿的命比什么都重要。

“叶先生，我明白你的意思。我的女儿确实撞了你的夫人，原因很简单、因为刘苏和您的妻子长得十分相像，我的女儿错认了人，才会误伤，当然，作为一个父亲，我难辞其咎。叶先生，我这个人喜欢直来直去，合作这么多次了，我们是第一次见面，我想我们的信任度已经和当初不同了，希望您能给我一个机会，放过我的女儿，条件，您开。”蒋局长的话似乎已经败下阵来，面对一个为情所困，以至于走错路的女儿，自己能做的就是倾其所有救她。

“好啊，但是这不是我说了算的，因为我不是第一受害人，所谓冤有头债有主，您应该征求我妻子的意见，而不是我。”刘苏此刻望着台子上摇摇欲坠的蒋雪娇，心中百感交集，面对这个一直伤害自己的女人，除了恨，此刻更多了一份怜悯，也许这就是人性。

叶慕林从身后抱住刘苏，亲吻了她的头发，说道：“我们的孩子没了，对不起。这就是我送你的礼物，怎么处决她，你说了算。”说罢，将一把枪塞进了刘苏的手里。刘苏每向前一步都觉得无比沉重，这么多年的过往，如电影般在眼前闪现，从警校到失去父亲，从参加任务到与父亲重逢，从车祸的瞬间到抚摸自己肚子的悲伤，从与易扬在一起的快乐到回到叶慕林身边的点点滴滴，一切都像是做了一场梦，一个无比真实的梦。刘苏的心中充满了恨意，她恨这个世界，恨眼前的人，更恨不能走出来的自己，就像是置身迷雾中，没有了方向，跌跌撞撞地寻找出口，却碰得浑身是伤。她扬起手，对着蒋雪娇。“只要一枪，我们的仇就算报了，一切就会回到最初的模样，不要怕，我就在你的身边。”叶慕林不紧不慢地说道。“我是不是应该跟她有个了断。”刘苏一字一顿地说道。“可以，只要你想要的，我都会给你，勿施于己勿施于人，你应该去做个了断。”叶慕林扬手示意刘苏走向蒋雪娇。

“从小你就恨我，这种恨好像是与生俱来的，是无法回避的，因为我哪里都比你好，对吗？”刘苏问道。“是的，我恨你，我不明白你为什么身边的一切都是完美的，我不明白为什么有那么多的人爱你，我究竟哪儿不如你，你为什么可以得到一切，而我只能做一个旁观者，一个艳羡者。后来你的家不如以往了，我以为我可以替代你，替代你的位置，可我没想到我最爱的人竟然爱的是你。他的爱不顾一切，我在他的眼里什么都不是。”“是的，你最爱的人爱上了我，你以为最重要的在我眼里也许不是，你所做的一切我都可以理解，包括你对我的嫉妒，可是你不该夺走我的孩子。”刘苏一字一字地吐露着，仿佛这是积攒了多年的怒火，越是平静越是可怕，蒋雪娇不再气势汹汹，她知道自己的罪。“我怀的孩子和你没有一点关系，你却因为你的得不到，夺走了我孩子的命。你觉得这笔账咱们今天该怎么算？”刘苏的枪顶在蒋雪娇的头上。“我承认，是我干的，那天易扬根本就没有联系我，换句话说他根本就不想娶我，我为他做了多少事，我也怀过孩子，可惜没有保住，而且我可能再也不能有孩子了，我的心乱极了，在街口，我看到了你，我又看到了你，你还是那样，假装自己白莲花的样子勾引男人，你以为你穿着白裙就是圣女？不是，你脏极了，但最让我无法忍受的是，你竟然怀孕了，你的肚子那么大，我瞬间想到了易扬这几天的反常，难道是因为你怀了他的孩子？最重要的是我联系不到的易扬竟然把他最重要的珊瑚手钏给了你，望着你的肚子，我知道里面是你和他的孩子，那我呢？你们又将我置于何地？你们欲盖弥彰地向我示威吗？来展示你们的爱情多么伟大吗？”

“没错，你就因为一时的疯狂，开车撞了我，我的孩子没了，她离开了我，我也失忆了。可你没想到吧，这恰恰是你给了我机会，把易扬推给了我，你陪他睡了多久？他对你爱抚过吗？他和你上床的时候喊的是谁的名字？你知道这手钏是给他心爱的人吗？你知道他亲吻我的时候那种满足感吗？”刘苏趴在蒋雪娇的耳边说道。“别说了，我求你别说了。他是爱我的，我的肚子为他怀过孩子。”“那又怎样，那不过是一次技术上的失误，你的孩子就不该来到这个世界，他后悔选你做他的妈妈，因为你没资格，你不配，所以他走了。老天开眼，他知道你的罪行，所以剥夺了你做母亲的权利，这是你应得的报应。”“不，不，我还会怀孕的，我会和易扬结婚，只要没有你，我就会的。”“是吗？蒋雪娇，你问问易扬他是爱我还是爱你。”蒋雪娇崩溃了，她明白，就算易扬在，也不会选择自己。这让她的灵魂都在一瞬间瓦解了。“他永远爱的都是我，你只不过是一个自己爬上他床的贱货，你永远都将在痛苦中度过。每个人都应为自己犯下的罪赎罪。”说完，刘苏开了枪，就在枪响的一瞬间，蒋局长崩溃地扑倒在地，蒋雪娇倒下了。她的发丝就在风中飘动着。不远处埋伏的易扬，除了震惊再无其他。

“好了，我们功德圆满了。”叶慕林拍着手说道。

“下面我们就要有请第三位主角登场。刘苏，你不让你的青梅竹马出来吗？”叶慕林的一席话，让刘苏处于崩溃的边缘。没错，他知道易扬的存在，更知道了刘苏的身份。

“你疯了。”趴在地上的蒋局长说道。

“苏苏，我爱了你这么久，我把我的一切都给了你，就为了留你在我的身边。我错了吗？可你却背叛了我。此刻，你竟还用枪指着我。纵使我做错了那么多的事，可我爱你有错吗？你对我说过放下一切，你陪我走，你会陪我到老，可结果呢，你还是背叛了我。你不想说点什么吗？为咱们的陈情旧爱做个了断。”叶慕林平静地说道。

刘苏的枪口却对准了昨夜的枕边人。“苏苏，你舍得开枪吗？这一幕曾经无数次地重复于我的梦里，今天终于上演了。你恨我吗？为什么我们的爱总是这样错误？你知道吗？我幻想过无数次你穿着警服的模样，肯定很英气，他们不了解你，你是外表柔弱内心果敢的女人，你的脾性只有我了解，我欣赏。所以我爱你。”

“我会爱你吗？也许会，也许不会。你知道你是一个什么样的怪物吗？你的爱就是占有，没有其他。纵使我爱过你，那也成为过去了，因为你的手沾满了鲜血。”刘苏说道。

“啊，对，我的手沾满了血，嗯，没错，我习惯了闻血腥味儿，这种味道，怎么说，让人觉得亢奋。我所做的就是供给。我不明白我为什么成为你口中的怪物。苏苏，我说过，我的理想就是建立一个公平的世界。你觉得你身处的世界公平吗？他们能给予你什么？不过是出卖你和你的身体，来换取他们想要的，你觉得这就是所谓的正义？当你失去了你自己，你的孩子，你以为他们还能为你承诺什么？在他们眼里你就是一个棋子，一个背叛者，因为你爱上了我。”

“或许我是错的，我会为我自己的行为付出代价，但是，你的理想，不是我的理想，你的信仰也不是我的信仰。我可以违规，但我没有犯罪。你做出的那些东西，杀了多少人，毁了多少家庭，我的家不也是被你毁了吗？”

“你错了苏苏，我没有毁了你的家，毁了你的家的是你身后的人，看看他们，枪口对准我也对准了你，你爸爸的死是他们造成的，原本你和你的父亲都可以不被卷进来的，可是为了他们的目的，牺牲了你们。我觉得我不是恶魔，相反我是上帝，我创造了一个平和的世界。我让每个人都能找到属于他们自己的公平。”叶慕林陶醉在自己的解说里。

“满口的仁义道德，其实全是你犯罪的借口。你说你爱我，其实不过是找到一个替身，我是霍青的替身，我不是你的爱人。”

“没错，你知道我为什么不碰毒品吗？因为我相信我是上帝，我得保持清醒，去维护我所创造的世界。我不能倒下，就在我空虚的时候，你出现了，就像我生命中的彩虹，一下子我就觉得我活过来了。我觉得我创造的世界感动了上帝，他终于觉醒了，派了你来到我的身边救赎我的灵魂。可是我发现，原来你也是魔鬼，一个长着天使面庞的魔鬼，你诱惑了我，可我也知道了你的小秘密。你的手边，怎么说呢，太让我伤心了，这是我们爱的见证，可你却用我们的信物来伤害我，要杀了我。我没有说出来，因为我爱你，我要向你证明我的爱，没有人可以取代，就算我知道我要付出生命，可我也不后悔。苏苏，你就没有爱过我吗？你和我在一起不快乐吗？我们在云南，我们在北京，我们在上海，我们在香港，我们在马尔代夫，你说你是我的妻，我们生生世世在一起，难道不是吗？你敢说你没有，从没爱过我吗？”叶慕林满脸失望地注视着刘苏。

“刘苏，不要再跟这个人废话，结束了，一切都结束了。”易扬走上前来，同样举着枪对准叶慕林。

“好，既然这么不顾及往日情分，我也就无憾了。我的身上什么都没有，我也可以跟你们走，但前提是，蒋大小姐的身上有个礼物，随时会崩开，就像烟花一样。易扬，你就是这么爱你的两个女人吗？你让一个爱你的女人怀孕，然后在婚礼上抛弃她，再来抢别人的妻，我真没想到，你们警察竟然是衣冠禽兽。你对待感情太不专一了。把我的苏苏托付给你，我还真不放心。”

“看吧，到最后你也不信任我，你以为我不会杀了蒋雪娇。”刘苏盯着叶慕林说道。

“苏苏，只有我对你是忠诚的，只有我的爱是完美而洁净的。你看看你身后的这个人，他没有把全部告诉你，他的过去，他的曾经，一切的一切，我一直相信爱情就是坦然地面对，他能做到吗？作为一个人民警察，他在玩弄女人的感情，来达到自己的满足感、成就感，你觉得他比我干净多少呢？苏苏，很抱歉，我不知道你会不会打死蒋雪娇，但为了以防万一，我在她的身上绑了一个小东西，送给你，也算送给我们孩子的礼物。”

刘苏听到了太多声的孩子，瞬间她支零破碎的记忆被连贯了起来，想起了自己抚摸着肚子，想起了警校雨中的奔跑，想起了面对父亲的遗像，她的头剧烈地疼痛着，仿佛每一秒都像要炸开一样疼痛，她痛苦地喊叫着，这种举动着实震惊了叶慕林，他跑过来一把抱住刘苏，说道：“苏苏，你是不是想起什么了，你想起我了，你想起曾经了，你是不是不再恨我了，告诉我，告诉我你爱我，告诉我你从没忘记我。”叶慕林接近崩溃地问道。刘苏满脸泪水且惊恐地被叶慕林剧烈地摇动着。易扬的心都要碎了，他的怒火一再压制。

“叶慕林，你想想霍青，你忘记她了吗？她是怎么死的你不会不记得吧。刘苏和霍青再像也不是她，你难道想让两个同样的女人毁在你的手里？”张队站在不远处大声说道。叶慕林的泪竟然流了满面，“你说什么，我从没忘记霍青，她是我这辈子最爱的女人，我所做的一切都是为了爱她，可是她也离开我了，为什么？我做得还不够吗？”叶慕林颤抖地说道。

“对，你做得还不够，原本霍青可以很好地活着，因为你，因为你的贪欲，因为你的欲望毁了她，这就是你说的爱？你从未想过为什么？那是因为你不敢面对，你不敢承认是你害死霍青的。你一直告诉所有人是霍青替你挡了那一枪，其实呢？是你自己害怕推了她，她才中枪的。”张队一字一句地说道。

“不，我没有，我没有。我以为我推了她，她就安全了，可是我不知道她会死啊。我没有，我没有。”叶慕林的精神崩溃了，他似乎沉浸在自己疯狂的世界中，身体在不断地颤抖，内心的崩溃和着眼泪不停地倾泻。刘苏的心也被深深地震撼着，自己爱过的两个男人，原来都有着自己的秘密，而这个秘密却都是让自己如此的心痛。就在刘苏思绪狰狞的时候，一声枪响，叶慕林应声倒下，她回过头来，看到易扬开了枪，她大喊了一声，抱起叶慕林，拼命地擦他胸口流下的血，然后不停地说：“别走，别走，别留下我一个，别走，别走。”叶慕林抓住刘苏的手说：“苏苏，我，我爱的是你。”他拼命抓住刘苏脖子上的翡翠葫芦，一把拽下，将它放在了刘苏的手里，“你后悔吗？”刘苏问道。“不，我从不后悔。”叶慕林笑着说道。刘苏抱住叶慕林，用脸紧紧地贴着叶慕林的脸颊，叶轻轻地说了声：“走。”刘苏跪在地上悲痛地号叫着。这个让自己又爱又恨的男人终究还是走了，自己无数次地告诉自己，他会被绳之以法，但不会死去，没有想到，竟然一切都真实地在自己面前上演。过去的几年，这个男人陪伴了自己那么多的日日夜夜，他的爱是真实的，但自己却亲手将他撕碎，就算叶慕林知道了自己的真实身份，还是愿意倾其所有，陪自己走到最后。这份爱是扭曲的，或许是错误的，但终究命运的天平不会倾斜任何一边，它必须是公平的，是正义的，黑与白就是如此的分明，容不得半点混淆。如同雪后的大地，洁净终将光临尘世间……

第二十三章

结局

警灯闪闪，在它的面前一切罪恶都将露出本来面目。蒋雪娇没有死，只是被打伤了，因犯故意伤害罪被捕，小北被埋伏的同事逮捕，蒋局长因贩卖毒品、包庇他人等罪被捕，一切似乎都画上了完美的句号。刘苏在窗前凝望着百合，手里攥着叶慕林交给她的钥匙，她明白这是叶慕林的心，也是最后的温暖，窗前被风吹起的发丝还是如此的凌乱,白衣下的自己还是如此的苍白。她没有犹豫,将钥匙交给了张队，收拾行李后，她选择了离开，离开曾经熟悉的世界，去一个自己想去的地方，活下去。

易扬跑到刘苏的家里时，那里已经空荡荡了，没有一切，只有一窗白纱帘，还在那里肆意地飘荡着，宛如刘苏满目疮痍的灵魂。张队告诉易扬，刘苏走了，带着最后的气息走了，她不想再看到有关过去的一切，她去找她的宿命，她的结局去了，也许很快就会安定，也许会飘落一生，但无论何种选择，都是自己的轨迹，都应该走完。至于这身警服，自己已经无力面对了，有时失去也是一种解脱。易扬的心被刺痛了，他知道无论如何自己亲手开枪击毙了叶慕林，这个被刘苏曾经爱过春夏秋冬的男人，刘苏怕是不愿意再见到自己了，可是爱情就是这么的盲目和自私，总是想不遗余力地拥有，占有，哪怕头破血流也在所不惜。因为爱就是这么的霸道，因为爱，独一无二。

讲完这个故事，房间的门打开了，这个小警察知道了面前的女孩经历了什么，也同样震撼，这个年轻的身体承受了多少生命难以承受之重，这似乎就是自己一直寻寻觅觅想要找寻的东西，因为经历而沉淀，因为失去才知珍惜。刘苏喝了一口桌子上的白开水，离开了房间，她知道她的未来不在这里，而留恋不是结局，直面过去才能勇敢地迎接未来，纵使生命中不会再出现瑰丽，但每一处景色都是释然后的微笑。当这个小警察跑出去寻找刘苏的时候，她再次离开了，做个行者才会使灵魂得到救赎，学会离开，才能永远地拥有。守护自己的花香从未离去，因为爱如影随形……

自白

蒋雪娇：服刑的岁月让我把身上的警服换成了囚服，我知道这是我为自己的任性埋单的结局，内心的痛苦无法想象，曾经我在这里挽救他人，今日，我却成为阶下囚。阳光还是温热，风儿还是轻轻，突然间我觉得轻松了好多，因为生命不再沉重，失去的也许是从未得到的。或许生命就是这样，总会让你长大，变得更有担当，负责是我必须面对的一个话题，我今后的人生也许就是真实的开始吧。

罗　驿：每个人都有自己的选择，我清楚地知道自己爱上的不是娇柔的牡丹，而是带刺的玫瑰，可我无怨无悔，因为她的执着，她的单纯像一阵清风划过我的生命，让我平淡无奇的人生有了心动的涟漪，或许短暂的美好我并不能救赎她的灵魂，或许她的伤痕我不能一一抚平，但我想说：亲爱的雪娇，一如你的名字，你在我的心里永远是那片洁净的雪花，我会等你，等你清身而来。

易　扬： 终究，你还是离开了我，看着你长大，陪伴在你身边的这许多年，让我知道你是一个多么不易的女孩，你的坚韧，你的可爱，你的美好，我都曾经拥有，我知道你总有离开的一刻，可我不愿把你从我的怀中放走，因为守护你已经成为了我的一种习惯，一种本能。看着你为了信仰付出的一切，看着你为了错误的情感付出的纠结，我知道你的痛，可作为你的战友，我无能为力，再次得到你，我如获至宝，你的失忆也许是上天给我的机会，被夺走的终于还给了我，可惜，你还是走了，如同花开的瞬间，总意味着凋落也开始了倒计时。我知道在信仰的路上，你永远比我有着更深的追求，你热爱这个职业，纵使它将你伤得一无是处，你也不曾放手，我知道你从不去父亲的墓前，因为你害怕，你不忍失去，每每想到此处，我的心都如刀割一般，最近我总做梦，梦中出现的你，还是当年你在警校时的样子，穿着警服，那么的青春，那么的稚嫩，那么的阳光。时光匆匆，如今已不知你身在何方，我知道我已不配拥有你分毫，可是苏苏，请你记得，不管你走多远，我都会在原地等你，从不曾离去。

叶慕林： 我曾经以为爱是得到，爱是给予，如今我明白了爱是注视，爱是凝望，被左右的爱人是不会幸福的，而我的错就在于控制了本应自然的东西。一个罪恶的灵魂永远不应被原谅，但如果，当然没有如果，我应该为自己的行为付出代价，哪怕是源于爱与失去。亲爱的霍青，我永远记得你灿烂年华的陪伴，亲爱的刘苏，我永远记得你花香般的萦绕，很可惜，我辜负了你们，纵使我有千万条理由，我也最终辜负了你们。

罪恶的花朵如同罂粟般不断地被繁衍，终将酿成大祸，我知道，我也清楚，我很庆幸在最后的时刻我做出了正确的选择，我知道钱对你们来说都是最不重要的，可这是我的表达方式，哪怕这是错误的。刘苏，愿你可以用它来救赎我的灵魂，让我可以安然入梦。我相信，今年的鸢尾花会开放得最为美丽……

刘　苏：曾经我以为世界是黑白分明的，曾经我以为我可以做一个好警察，和我的父辈、祖辈一样，可最后我失败了，我无法面对最爱夺走我的最爱，左手和右手争的局面真的太可怕了，一再的重复让我失去了活下去的信念，但我知道，生命的意义就在于感受，感受每一缕阳光就要感受每一次的风雪，感受每一度温暖就要感受每一股寒冷。离开也许是最好的答案，因为在找寻的路上，我从不寂寞，失去的已然失去，而留下的则是记忆中的灵动。爱不再是简单的占有和得到，恨也不再是毁灭与惩罚，人终究还是人，总要有本性，我相信时间与沿路的风景总会治愈我，治愈我千疮百孔的情感，治愈我遍体鳞伤的魂魄，最终我会驶向平静的彼岸，看到满地的汀兰，再次拥抱阳光。再见我的爸爸，再见我曾经的爱，再见我的警服，愿来生，我可以将你们拥入怀中……

2017年2月27日夜

写于北京大兴

图书在版编目（CIP）数据

青春为证 / 北斋先生著 . -- 上海 : 上海文艺出版社 , 2022
ISBN 978-7-5321-8447-7
Ⅰ . ①青… Ⅱ . ①北… Ⅲ . ①长篇小说 – 中国 – 当代
Ⅳ . ① I247.5
中国版本图书馆 CIP 数据核字 (2022) 第 154266 号

发 行 人：毕　胜
责任编辑：李　霞
封面设计：仙境设计
特约编辑：王美元

书　　名：青春为证
作　　者：北斋先生
出　　版：上海世纪出版集团　上海文艺出版社
地　　址：上海市闵行区号景路159弄A座2楼　201101
发　　行：上海文艺出版社发行中心
　　　　　上海市闵行区号景路159弄A座2楼206室　201101　www.ewen.co
印　　刷：三河市兴国印务有限公司
开　　本：880×1230　1/32
印　　张：10.5
字　　数：242千字
印　　次：2022年9月第1版　2022年9月第1次印刷
I S B N：978-7-5321-8447-7/I・6665
定　　价：69.00 元

告 读 者：如发现本书有质量问题请与印刷厂质量科联系　T:15100673332